미망 3

未
忘

미망

3

박완서
장편소설

未忘

민음사

차례　　　　**3권**

일러두기

── 민음사판 『미망』은 1990년 문학사상사에서 출간된 초판을 기준으로 하되,
　　소설에 사용된 고어(古語) 및 한자어의 의미를 알 수 있도록 주석을 추가했다.
── 맞춤법은 국립국어연구원의 '한국 맞춤법'에 따르는 것을 원칙으로 했다.
　　단 원문에 사용된 방언과 입말은 작품의 분위기에 영향을 준다고 판단해
　　그대로 두었다.

7 　　　적선정 나으리 댁 사람들

좋은 아침이었다. 비록 얻어 입은 거긴 하지만 몸에 맞는 양복 위에 걸친 인력거 조합의 표지가 나염된 감색 한 뗀*을 날개처럼 부풀리는 초여름 바람엔 비릿하고 들척지근한 아카시아꽃 내음이 섞여 있었다.

인력거꾼 방 서방은 그 냄새가 싫지 않아서 코를 킁킁대며 사직단과 황학정이 있는 산을 돌아다보았다. 연연한 신록 사이로 아카시아꽃이 젖빛 구름처럼 피어오르고 있었다.

제에미 붙을……. 좋은 냄새가 좋은 건 인지상정 아닌감. 방 서방은 엊그저께 적선정(積善町) 나으리로부터 당한 수모를 이렇게 스스로 다독거렸다. 인력거 채 잡기 전에도 사람대접 받고 산 적은 없었지만 인력거 채 잡은 지 3년 동

＊　　깃을 뒤로 접지 않고 가슴의 옷고름 끈이 없는 일본의 겉옷 중 하나.

안은 더군다나 수모와 하대의 연속이었다. 제 자식뻘이나 될 젊은 양복쟁이한테도 헛게나 반말을 듣기 일쑤였고, 기생 아씨나 기생이 되다 만 것처럼 난봉기가 질질 흐르는 신여성한테도 허리를 못 펴고 굽신거려야만 했다. 방 씨는 자신에게 자존심은커녕 배알이나마 남아 있다고 생각한 적도 없었다. 그런데 그 하늘같이 높은 적선정 나으리의 한마디가 왜 그렇게 배알이 꼴렸을까. 참 알다가도 모를 게 사람의 속이라지만 남의 속도 아니고 제 속을 모르겠는 게 단순한 방 서방을 혼란스럽게 했다.

엊그저께까지도 방 서방은 그의 인력거 조합의 제복처럼 돼 있는 왜식 한뗀 밑에 겨우내 입어서 올이 안 보이게 찌들은 솜바지저고리를 입고 있었다. 솜을 두었다고는 하나 피리창처럼 얇게 둔 명색만의 솜옷이라 겨울에 추위를 막을 만하지 않은 대신 봄이 다 갈 때까지도 견딜 만했다. 방 서방댁이 유별나게 게으른 건 아니었지만 단벌 솜바지저고리를 빨아서 꿰매려면 방 서방이 인력거 채를 적어도 하루 이틀을 놓아야겠기에 관공서에 제복이 일제히 하복으로 바뀌는 6월까지는 견디기로 하고 있었다. 자식복만 터져서 올망졸망 육 남매나 둔 탓으로 옷 가난이 심한 방 서방도 여름 고의적삼은 두어 벌 가지고 있었다. 그러잖아도 내일 모레쯤은 이놈의 솜바지저고리를 훨훨 벗어 놓고 고의적삼으로 갈아입어야지 싶은 어느 후텁지근한 날 아침 가파른 남산길을 쏜살같이 달려 그 으리으리하고도 위엄이 넘치는 총독부 앞에 인력거를 댔을 때였다. 총독부 정문을 지키는 순사까지 경례를 올려붙이는 높은 어른을 태워 가지고 왔다는 자부심과 신나게 달린 끝의 숨가쁨으로 기분 좋게 상기한 방 서방을 곱지 않은 눈으로 흘긋 일별하고 난 나으리는 양미간을 잔뜩 찌푸리고 한다는 소리가 쿠사잇!(에잇, 구려!)이었다. 워낙 높은 신분인 데다가 성품이 까다롭고 차가워서 지나가는 말로라도 수고했네 소리 한마디를 안 하던 나으리한테 모처럼 들어 본 소리가 하필 쿠사이라니, 방 서방은 그 소리가 어찌나 아니꼽고 배알이 꼴리던지 생각할 때마다 재작년에 먹은 오려송편이 다 올라올 것 같아지곤 했다.

제에미 붙을⋯⋯. 세도 부리는 양반 똥은 구리지도 않은가 어디 두고 보자. 생전 처음 별난 앙심까지 품으면서 벼르게 되는 걸 어쩔 수가 없었다. 차라리 자네 냄새 한번 고약하네그려, 온종일 손님 모시는 사람이 자주 씻고 빨아 입어야지 그 꼴이 뭔가, 했더라면 흥, 상전 제 배 부르면 종 배고픈 사정 모른다더니, 입속으로 한번 중얼거리고 나면 그만이었을 텐데.

그다음 날 나으리의 소실인 야주개 아씨로부터 헌 여름 양복을 한 벌 얻어 입었건만도 방 씨의 분은 풀리지 않았다. 총독부에서 조선 사람으로서는 제일 높은 자리까지 올랐다는 나으리를 매일 아침 총독부까지 출근시키는 일을 단골로 맞게 된 것도 실은 야주개 아씨와의 인연 때문이었다. 그가 인력거 채 처음 잡고 나서 몇 번 명월관까지 태워다 준 적이 있는 기생이 여염집 부인처럼 수수하고 점잖

9

은 손님이 되어 그의 인력거를 타게 된 건 작년 섣달 그믐께였다. 하류계에서 그런 변신은 간혹 있는 일이나 선불리 아는 척하지 않는 게 도리인 것쯤은 방 서방도 알고 있는지라 시침 딱 떼려고 했는데 그쪽에서 먼저 몇 년 만에 만난 사촌 오래비 대하듯 반색을 하며 흉허물 없이 굴었다. 그리고 마침 자기를 소실로 들어앉힌 나으리를 아침마다 총독부로 출근시킬 인력거꾼을 구하는 중이었다면서 그 자리에서 방 서방을 채용했다. 방 서방은 하루에 60전씩 공일날 빼고 한 달에 15원만 달라고 했고, 아씨는 뜨내기가 아닌 단골이고 또 아침 시간 외엔 전혀 매여 있을 필요 없이 자유로이 돈벌이를 다닐 수 있다는 걸 감안해서 한 달에 12원만 하자고 깎았다. 기생 때처럼 헤프게 굴지 않고 조목조목 따지는 게 되레 신통해서 방 서방은 그렇게 하라고 선선히 승낙을 했다. 12원이면 웬만한 관청 소사 월급은 되는 액수였다. 아침에 한두 시간 매여 있는 걸로 월급을 탈 수 있게 됐으니 실로 방 서방은 생애 최초의 운수대통이라고 할 만한 사건이었다. 그러나 '쿠사잇' 생각만 하면 운수대통도 반갑지 않았다. 제에미 붙을 놈의 운수대통이었다.

쓸쓸이는 뉘 집에서나 수입보다 한발 앞서 늘게 마련이어서 지난겨울 아새끼들은 왜 그렇게 번갈아 가며 주접이 드는지 다달이 알토란같이 모일 줄 안 12원은 온데간데없고 그는 여전히 고달팠고, 쿠사잇 소리 들어 싸게 추저운 단벌치기 신세를 못 면했다.

방 서방이 모시게 된 적선정 나으리는 바로 박승재였

다. 그가 총독부의 경무국 내무국 등을 거치면서 조선 사람으로는 드물게 과장 자리까지 오르면서 새로 장만한 적선정 집은 안팎 굴도리에 부연 달린 고래 등 같은 기와집이었다. 세벌대 높은 댓돌 위에 나는 듯 올라앉은 안채와 운치 있는 홍예문과 화초담과 일본식을 흉내 낸 고담한 뜰이 딸린 사랑채와 너절하지 않게 간소화한 행랑채까지 합하면 마흔 간이나 되는 큰 집이었지만, 그럴싸해서 그런지 화기가 부족하고 썰렁해서 정 붙는 집은 못 됐다.

승재는 한 달의 스무 날 정도는 적선정 본가에서 자고 나머지 열흘만 야주개 소실 집에서 잤다. 본가에서 소생을 못 본 게 어느 한쪽에 이상이 있어서가 아니라 젊어서부터 부부 금실이 안 좋았기 때문이라고 소문이 나 있을 만큼 워낙 데면데면한 부부였다. 그런 푼수로는 처음 본 소실에게 푹 빠져 보이지 않는 걸 아랫것들은 신기해했지만 방 서방은 그 까닭을 야주개 아씨의 무던한 심지로 돌리고 있었다. 야주개 아씨는 방 서방을 고용하면서 신신당부하길 아침에 나으리 모시러 출근할 때 나으리가 본가에서 주무셨건 야주개에서 주무셨건 상관 말고 일단 적선정 본가로 먼저 가야 한다고 했다. 그게 큰댁 마님에 대한 도리라고 여기는 것만 봐도 영감의 사랑만 믿고 방자하게 구는 요망한 첩하곤 달랐다.

그러나 방 서방으로서는 나으리가 본가에서 자지 않은 날 아침에 적선정에 가는 건 여간 고역스럽지가 않았다. 안방마님이 분합문 밖으로 난 미닫이문을 짝 소리가 나게 열

11

어젖히고 도끼눈을 뜨고는 거렁뱅이 대하듯이 함부로 내뱉는 호령끼 야담을 고스란히 들어야 하기 때문이었다.

아무리 투기에는 체통이고 나발이고 없다지만 쉰 살이 넘어 머리가 허열 뿐 아니라 양자로 들인 아들과 며느리가 대청마루 건넌방에 기거하고 있는 걸 생각할 때 보고 배운 거 없는 상사람도 그럴 순 없는 일이었다. 그러면서도 며느리가 하는 일이라면 일일이 트집을 잡고 훈계를 할 때마다 양반 자세가 그렇게 등등할 수가 없었다. 느이 친정에선 그걸 그렇게 하더냐? 아무리 중인의 집이기로서니 어찌 딸자식을 저리 본데없이 키웠을꼬, 하면서 하인들이 보는 앞에서까지 마구 능멸하는 소리를 들으면 무슨 연유로 그 대단한 양반댁에서 중인 며느리를 들였는지는 모르지만 정말 본데없는 건 마님이다 싶었다.

방 서방의 인력거가 박승재네 집 앞에 당도했을 때 마침 행랑아범이 골목길을 쓸고 있었다.

"우리 나으리 오늘 아침엔 본댁에서 기침하셨겠지?"

"내가 그걸 어떻게 아나? 느이 나으리라면서?"

둘은 서로 이해 상관없이 앙숙이었다. 행랑아범 보기엔 인력거꾼이 가소로워 보였고 인력거꾼 보기엔 행랑아범이야말로 바닥 상것으로 보였다.

"제에미 붙을……. 오늘도 재수 옴 붙었네. 튀튀."

그러자 행랑아범은 싸리 빗자루로 골목의 모래흙을 한바탕 방 서방한테로 날리면서 킬킬댔다. 방 서방은 그의 입버릇인 제에미 붙을……을 연발하면서 대문 중문을 지나 안마당에서 안방에다 대고 소인 방 서방 대령했습니다요 하고 씩씩하게 외쳤다. 대꾸가 없자 안마당에서 사랑채로 통하는 홍예문 밖을 기웃거려 보니 사랑 댓돌에 까만 구두가 보였다. 승재는 본가에서 잘 때도 꼭 사랑방에서 혼자 잤다. 방 서방은 소인 방 서방 대령했습니다요 소리를 또 한번 하고 나서 기다리는 동안 야주개 아씨가 하는 걸 보고 배운 대로 나으리의 구두를 반짝반짝하게 닦아 놓았다.

다홍치마에 흰 행주치마를 두른 며느리가 사랑으로 숭늉을 들고 나오면서 방 서방한테 희미하게 웃었다. 새댁은 웃음뿐 아니라 말씨도 걸음걸이도 조신함이 지나 희미했다. 그 집안에서는 새댁의 존재 자체가 희미하달 수도 있었다. 방 서방은 주제넘게도 그게 안쓰러워서 편안히 주무셨습니까요 새아씨, 하면서 꾸벅 머리를 조아렸다. 사랑에서 에헴 큰기침 소리가 들렸다. 두 사람은 잘못한 것도 없이 움찔했다. 구두를 다 닦아 가지런히 댓돌 위에 모아 놓은 방 서방은 다시 안마당으로 나왔다. 그럴 때 행랑어멈은 쏘시개나무를 패 달라든가 빨랫줄을 매 달라든가 의당 저희 서방이 해야 할 일을 방 서방에게 시키곤 했다. 그러나 오늘은 개 밥그릇에다 곰국만 한 사발 끼얹어 주고는 부엌으로 들어가 버렸다. 셰퍼드라는 양종 개는 어쩌면 그렇게 양인의 인상과 흡사한지 키가 크고 얼굴이 날카로우면서도 욕심스럽고 박덕해 보였다. 방 서방은 개의 긴 혀가 양, 곱창, 양지머리 등 기름진 국 건더기를 게걸스럽게 말아 먹는 걸 곁눈질하면서 경풍 들린 것처럼 얼굴을 씰룩거렸다.

개 밥그릇으로 들어가는 음식 말고도 그 집에선 버리는 음식이 많았다. 행랑어멈이 방 서방한테 시키는 심부름 중에는 부엌에서 모은 음식 찌끼를 바깥 쓰레기통에다 내버리는 일도 포함돼 있어 허연 이밥 덩이나 굴비 토막, 양념을 들어부어 무친 나물 등이 쓰레기로 나가는 걸 볼 때마다 그는 하늘이 내려다보는 것 같아 팔이 절로 오그라붙곤 했었다. 차마 그런 걸 달라는 소리는 못 하고 무슨 말끝엔가 반찬 귀한 사정을 행랑어멈한테 슬쩍 내비친 적이 있었다. 강조밥에다 소금을 찍어 먹으려니 정말 잘 안 넘어가더라고 했더니 행랑어멈 대답은 소금을 찍어 먹을 게 아니라 아예 밥 끓을 때 한 움큼 집어넣어 지으면 한결 먹기가 수월하다는 것이었다. 그리고 도통한 얼굴로 덧붙였다.

"누군 그만 고생 안 해 본 줄 아남."

곰국이 괴롭기는 이 집에 기식하고 있는 여란이도 방 서방 못지않았다. 여란이는 올해 숙명여고보 졸업반이었다. 입학한 후 쭉 기숙사에 있던 여란이가 아버지의 친구인 승재네로 옮겨 온 것은 방 서방이 이 집에 취직한 때보다 아마 서너 달 먼저였을 것이다. 여란이 보기에 이 집에서 일어나는 일은 하나같이 이상하다 못해 괴기했다.

곰국을 끓이는 날이면 안방마님은 으레 부엌으로 내려와 몇 해나 묵었는지 새빨갛게 변색한 미역을 한 줄기 따로 담가 놓고 들어갔다. 알맞게 고아진 곰국을 퍼내고 나서 그 국솥에다 맹물을 붓고 끓일 미역이었다. 곰국 솥을 휘 한 바퀴 설거지한 물로 끓인 미역국은 며느리 몫이었다. 승재가 공부하는 동안 손톱이 닳도록 바느질품을 팔아 살림을 꾸려 온 마님은 소싯적 고생에 웬수를 갚듯이 진일이고 마른일이고 일은 질색이었다. 어떤 호의호식보다도 손톱에 물 튀기며 사는 걸 가장 으뜸가는 호강으로 동경해 온 터라 드난꾼들한테 막판 천국이었다. 눈가림만 잘하면 쌀독 밑에 누룩이 생겨도 된장 독에서 구더기가 끓어도 그만이었다.

그렇게 나 몰라라 하던 살림을 며느리 보자 김치 써는 것까지 참견을 했다. 봄 되면 동이동이 퍼 내버릴 김장 김치도 며느리 먹는 건 아까워서 가운데 토막은 상에 놀 거라고 미리 제쳐 놓고 대가리하고 끄트머리만 따로 조금 남겨 놓았다. 여름엔 나들이 갈 일이 있으면 그 전에 오이소박이 수효까지 세어 놓고 나간다고 소문이 나 있었다. 먹을 만한 건 하다못해 콩자반 북어무침까지 상에 놓을 거라고 봉해 놓았다. 며느리 밥상은 상도 아니었다. 하긴 여란이가 이 집에 오고 나서 여지껏 새댁이 상에서 밥 먹는 걸 본 적이 없었다. 부뚜막이나 찬 마룻바닥에서 훔쳐 먹듯이 재빨리 먹어 치웠다. 그렇다고 게걸스럽게 먹는 것도 아니었다. 무표정하게 죽지 않을 만큼만 먹었다. 자신을 겨냥한 맛난 음식에 대한 잡도리가 그렇게 유난한 상황에서 자존심을 지키는 방법이란 스스로 식욕을 거세시키는 방법밖에 없으리라는 건 여란이도 알 수 있을 것 같았다. 그러나 그게 어디 아무나 할 수 있는 일인가. 여란이는 그런 생각으로 그 여자를 바라볼 때 그 희미한 표정조차 본디 그렇게 태어난 게 아니라 혼신의 힘으로 스스로의 성깔을 거세시킨 결과만 같아서 짜릿하도록 강렬하게 와닿곤 했다. 그러나 그런 인상은 다 어린이의 막연한 호기심과 한참 나이의 왕성한 상상력이 만들어 낸 것일 뿐이니까 새댁의 실상과는 전혀 틀린 것일 수도 있었다. 그 여자가 실지로 어떤 생각을 하고 있으며 지금의 처지를 개선하거나 극복할 의지나 방안이 있는지, 도대체 그 여자에게도 행복이나 불행을 느낄 수 있는 능력이 있기나 있는지 그런 것들이 궁금하지 않은 것도 아니었건만 한집 식구로 생활한 지가 방학 동안을 빼고도 반년이 꽉 찼건만 서로 그 정도로 마음을 틀 기회도 없었다. 젊은 여자끼리 죽이 맞아 시시덕댈까 봐 그런 기회를 오이소박이나 콩자반 단속하듯이 표나게 마님이 단속한 건 아니었지만 어쩌면 그보다 훨씬 지능적인 단속일 수도 있었다.

합방 후, 집안 형편이 확 피고 나서 10년을 넘게 믿고 부리던 안잠자기*는 정혼하고 택일하자마자 내보내고, 키워서 시집보내 주마 언약하고 데려온 심부름하던 아넌은 새사람 들어온 지 사흘 만에 내보냈으니 마흔 간 대갓집 살림을 혼자 손에 떠멘 새댁이 온종일 엉덩이 붙일 새가 있을 리 없었다. 행랑 식구들이 있긴 했지만 행랑방을 집세 없이 내주었을 뿐 끼니는 따로 지어 먹도록 하고 있었다. 따라서 아범은 아침에 마당이나 쓸어 주고 나서 막벌이를 찾아 나서든가 투전판을 기웃거리든가 했고 어멈은 대청마루나 하

---

*   여자가 남의 집에서 먹고 자며 그 집의 일을 도와주는 일. 또는 그런 여자.

루 두 번씩 휘이 물걸레질해 주고 나면 온종일 부엌을 풀 방구리 쥐 드나들듯 하면서 주인집 먹다 남은 거 빼돌릴 궁리만 했다.

부엌에서 음식 만지는 일 다음으로 어멈이 좋아하는 일은 장 보러 가는 일이었다. 워낙 입질을 잘하고 또 물건값 잘 깎기로도 소문이 난지라 아무리 많은 푸성귀나 마른 걸 모개*로 살 일이 있어도 어멈이 아범 제쳐 놓고 나섰고, 안방마님 또한 거지반 어멈이 낸 소문이련만 그 소문을 곧이곧대로 믿고 시켰다. 상당한 목돈과 살 물건을 조목조목 쓴 언문 발기를 허리춤에 찌르고 나가면 한나절이 오히려 짧았다. 목의 힘 못지않게 입심도 센 여편네라 단골 가게에 퍼더버리고 앉아 만수받이**하랴 삿대질해 가며 에누리하랴 날 저무는 줄 모르다가 한 임 이고 와서도 또 일일이 마님 앞에 늘어놓고는 이건 얼마 달라는 걸 얼마에 후려쳐 샀고, 조건 얼마짜리를 덤으로 거저 빼앗았고, 공치사하느라 새롭게 목청을 돋웠다. 며칠에 한 번 그러고 나면 가슴속에 뿌덥지근하게 가로걸린 응어리가 쑥 빠진 듯이 가뿐해질 뿐 아니라 푼돈도 수월찮게 떨어졌다. 실로 일거양득이었다.

안방마님은 며느리한테만 야박하게 굴었지 그 밖의 사람한테는 터무니없이 인심 좋을 때도 있었다. 행랑어멈은 주인마님의 그런 점을 후한 인심이라고 보지 않고 세상 물

*   죄다 한데 묶은 수효.
**   아주 귀찮게 구는 말이나 행동을 싫증 내지 않고 잘 받아 주는 일.

정을 모르는 걸로 얕잡고 있었다. 하긴 그게 맞는 말인지도 몰랐다. 마님의 고약한 며느리 길들이기도 세상 물정을 몰라서 저런다 싶으면 이해가 되기도 했다. 새댁처럼 입으로 한가닥 할 재간이 없는 사람이 아무리 뼈 빠지게 수고해 봤댔자 낯이 날 까닭이 없는 게 그 집안 켯속이었다.

속저고리 바람으로 경대 앞에 앉아서 머리를 빗던 여란은 대청마루 쪽에서 들려오는 괘종시계 소리를 세느라 잠시 빗질을 멈추었다. 그리고 머리를 풀어 헤친 채 벗어 놓은 속옷을 주섬주섬 뭉쳐다가 반닫이 속 새 옷 갈피에다 감추고는 표 안 나게 다독거렸다. 오늘부터 교복이 흰 저고리로 바뀌는 김에 벗어 놓은 속옷이 제법 많았다. 새댁한테 속곳이나 양말 버선 따위 빨래를 들키면 영락없이 빨아서 푸새*까지 해서 다릴 건 다리고 다듬을 건 다듬어서 갖다 놓는지라 앞으로는 어떻게든 그런 신세만은 지지 않으려고 단단히 결심을 하고 있었다. 반듯하게 앞가르마를 타고 참빗질까지 하고 나면 기름 안 바르고도 윤기가 자르르 흐르는 숱이 알맞은 머리를 한 가닥으로 총총 땋아서 끄트머리에 자주 댕기를 물려서 뒤로 훌쩍 넘기면 치장은 끝났다. 머리꼬랑이 길이는 쪽 찔 머리처럼 길 필요는 없는지라 저고리 도련** 밑까지 내려올 만큼만 길렀다. 그러고 나서 자주 치마에다 흰 숙고사 저고리를 받쳐 입으니 날아갈 듯 가뿐

---

*   옷 따위에 풀을 먹이는 일.
**   저고리나 두루마기 자락의 가장자리.

했다. 방년 열아홉 살의 여란이는 약간 튀어나온 듯 둥근 이마며 겁 없이 사람을 똑바로 쳐다보는 버릇이 있는 눈동자가 검은 큰 눈하며, 매끄럽고 흰 살결하며, 어머니를 빼닮은 미인이었다. 그러나 태임이에겐 철나기 전부터 따라다니던 우수의 그늘 같은 게 여란이에겐 빠져 있어 도도한 미인이라기보다는 귀염성스러운 미인이었다.

"여란이 학생, 아침상 봐 놨수."

새댁의 목소리였다. 언제나 밖에서 엿보고 있던 것처럼 여란이의 등교 채비가 끝날 때를 칼날같이 맞추어 아침상을 보는 새댁이었다.

"네에, 언니, 곧 나가요."

처음엔 얼마 먹지도 않는 아침밥인지라 격식 차릴 거 없이 찬간에서 두어 숟갈 뜨고 갔으나 곧 마님의 엄명으로 안방에서 마님과 겸상을 받아야만 했다. 처음에 마님은 여란이를 집에 두게 된 게 영감님의 부탁이니 싫은 내색은 할 수 없어도 군식구가 반가울 것도 없었다. 더군다나 영감님의 태도로 봐서 허투루 대접해도 되는 만만한 군식구도 아닌 것 같으니 늘그막에 시앗을 본 것도 억울한데 팔자에 없는 상전까지 거느리라누, 하는 푸념이 절로 나왔다. 그러나 조석으로 들고나는 여란이를 눈여겨보는 사이에 그만 조금씩 정이 들고 말았다. 정의 시작은 욕심이었다. 어느 날 문득 나도 그런 딸이 하나 있었으면 얼마나 좋을까 하는 욕심이 생기자 그날 온종일 안절부절을 못했다. 한 번도 생산을 못 해 본 마님에게 절절한 아들 발원의 경험이 어찌 없었겠는가. 딸이라도 하나, 아니 목침 뎅이라도 하나 낳아 보길 삼신할머니께 애걸두 해 봤지만 그렇게 화장욱 하게 욕심이 동하기는 처음이었다. 여란이가 다 큰 처녀가 아니라 서너 살 먹은 계집애만 됐어도 훔칠 궁리를 했을지도 모른다. 이런 무턱댄 욕심이 차츰 이성을 찾으면서 여란이를 빌어 여짓껏 못 해 본 어머니 흉내라도 내 보고 싶은 온당한 생각으로 바뀌었다.

들고나는 걸 정겹게 바라보고, 구들이나 이부자리, 입성이 너무 덥거나 너무 춥지 않도록 수시로 참견하고, 학교 파해 돌아오는 시간이 조금만 늦어도 걱정하고 나무라고, 입에 맞는 음식으로 보비위*하는 어머니 노릇이란 해 볼수록 그 재미가 진진하여 사람 사는 맛이 바로 이거구나, 새롭게 눈을 뜬 기분이었다. 또 며느리와 비교하여 하나에서 열까지 여란이가 돋보이는 것도 마님의 시어머니다운 심술을 만족시켰다.

먼저 상을 받고 앉아서 여란이를 기다리던 마님은 아주 책보까지 끼고 들어온 여란이를 보고 호들갑을 떨었다.

"흰 저고리가 어쩌면 그렇게 잘 어울리냐? 꼭 백매화꽃 같구나. 그 칙칙한 자주 저고리 잘 벗었다. 진작 그렇게 환하게 입을 일이지."

"교복은 서로 약조한 날밖엔 못 갈아입는답니다."

여란이는 새침하니 웃지 않고 공손하게 대답했다.

---

*　남의 비위를 잘 맞추어 줌.

"교복인지 뭔지는 아마 인물 없는 계집애들 좋으라고 만들어 냈을 게다만 어림없지. 입성이 똑같으면 인물도 판에 박은 것처럼 그게 그거마냥 묻힐 줄 알지만 우리 여란이 같은 인물을 무슨 수로 제까짓 것들이 광을 죽이남 죽이길."

"아주머니도 참."

여란이는 빨리 한술 뜨고 그 자리를 면하는 게 수다 싶어 본데없이 보이건 말건 어른이 수저도 들기 전에 밥을 먹기 시작했다. 마님은 그저 대견하기만 한 듯 자기도 수저를 들면서 말했다.

"너 때문에 독상을 면하니까 살 것 같다. 아무리 상다리가 휘어지게 차린 산해진미라도 독상을 받아 봐라. 무슨 맛이 있나. 하다못해 우거지 뚝배기라도 식구끼리 서로 숟가락 부딪치며 먹어야 제맛이 나는 법인데."

마님은 독상의 외로움을 빌어 한맺힌 독수공방의 외로움이라도 호소하려는 건지 목소리가 앳되고 처연해졌다. 그렇게 독상 받기가 고적했다면 며느리하고 겸상을 하든지, 겸상이 법도에 어긋난다 싶으면 밥그릇을 내려놓고 먹게 하더라도 한 상의 반찬을 같이 맛보면서 시중도 들게 하고 말벗도 삼으면 될걸 이 무슨 말도 안 되는 청승일까. 그러나 여란이는 그 점을 꼬집어 줄 만한 성의조차 우러나지 않았다. 구태여 꼬집을 것도 없이 그녀에 대한 마님의 일방적인 총애를 이용해서 고부간의 화해를 도울 방법도 얼마든지 있었다. 그러나 여란이는 그런 시도를 전혀 하지 않았다. 여란이는 이 집 식구들이 싫었고 이 집 식구들이 사는 방법이 경멸스러웠다.

그러나 무엇보다도 참을 수도 이해할 수도 없는 건 일본 정치가 천년만년 갈 줄 알고 거기 빌붙어 큰소리치며 사는 썩어 빠진 친일파네 집에서 꽃다운 여고 시절의 마지막 1년을 보내게 만든 고향의 부모였다. 그건 서울로 유학 오기 전 서해랑 집에서 달래와 달포를 넘게 같은 방을 쓰면서 알게 된 새로운 세계, 민족 자존의 기상이 청청하게 살아 있는 세계에 대한 비열한 배반이나 다름없다고 생각했다. 이게 무슨 꼴이람. 참되고 정의로운 것을 향한 자신의 정열에 티끌만 한 하자도 없기를 바라는 여란이의 열아홉 순수는 어쩔 수 없이 처하게 된 입장에 가끔 그렇게 진저리를 치곤 했다. 그러나 열아홉 살이란 10대의 마지막 나이이기도 해서 실리를 위해 타협도 할 수 있을 만큼 교활해질 무렵이었다.

아무런 갈등 없이 기숙사에서 박승재네 적선정 집으로 짐을 옮긴 건 아니었다. 정말 어쩔 수 없었다.

작년 가을 여란이는 상급반 학생 몇 명과 함께 일본인 사감 배척 운동의 주동자로 몰려 종당엔 종로경찰서 신세를 진 일이 있었다. 나카무라라는 일본인 사감이 기숙사생들의 반감을 산 건 일본화 교육의 생활화에 너무 철저했기 때문이었다. 방마다 가미다나*를 모시게 하지를 않나, 순

---

* 집 안에 신을 모셔 놓은 감실.

갈질은 야만적 젓갈질은 문화적이라고 우기지를 않나, 심지어는 다다미방에서 발달한 여자들의 꿇어앉기를 여성미의 극치인 양 온돌방에서도 강요함으로써 앉고 일어서는 걸 형벌처럼 고통스럽고 굴욕스럽게 했다. 기숙사에서 발단한 나카무라 사감 배척 운동은 곧 전교생 맹휴로 파급됐다. 300여 명 전교생이 한 명의 이탈자도 없이 참여한 맹휴에서 유독 여란이와 몇 명이 주동자의 혐의를 쓰게 된 건 진원지인 기숙사생 중에서도 상급생이란 까닭도 있었지만 기숙사 내 문제를 전교의 문제로 확대시킨 공로(?) 때문이기도 했다.

나카무라 사감을 배척하는 건 사감 개인의 인격에 유감이 있어서가 아니라 민족적 자존심을 지키기 위해서라는 호소는 3·1운동의 감동과 긍지가 아직도 꽃답게 살아 있는 20년대 초반의 여학생들 가슴에 쉽게 불을 질렀다. 학교 당국은 사건을 학내 문제로 조용히 처리하려고 궁리 끝에 학부형회를 소집해 학생들을 회유해 줄 것을 부탁했으나 학부형들의 의견 역시 학생들의 분개가 정당하다는 쪽으로 모아지고 말았다. 종상이도 개성에서 상경해서 학부형회에 참석했고 어느 누구보다도 학생들 입장을 이해하고 동조하는 것처럼 보였다. 그러나 사건 해결이 차일피일 지연되면서 여란이 등이 주모자로 지목되어 서(署)로 연행돼 급기야는 정학 처분까지 당하자 사색이 되어 태도가 돌변했다. 정학 처분을 풀고 학업을 계속시키려면 앞으로는 절대로 그런 일을 저지르는 일이 없도록 하겠다는 각서를 학부형이 써야 하는데 종상이는 그렇게 호락호락하지가 않았다.

여란이가 마치 파렴치 범죄에라도 연루된 것처럼 빳빳하게 내가 너를 어떻게 믿고 그런 각서를 쓰겠느냐, 정학당한 김에 퇴학시켜 데리고 내려가 시집이나 보낼 테니 그런 줄 알아라, 과년한 딸년을 혼자서 대처로 내돌리는 게 아닌데 차라리 잘됐구나, 이렇게 나오는 데는 여란이도 도리가 없었다.

전체적인 학부형의 한 사람으로선 누구보다도 열렬하게 학생들의 용기 있는 행동을 지지하고 격려하는 것 같다가도 내 딸의 아버지로서는 단지 딸의 무사안일만을 추구하려는 아버지의 이중성에 여란이는 환멸과 배신감을 느꼈지만 정면으로 대립해 봤댔자 자기만 손해라는 걸 경험으로 알고 있었다. 종상이가 딸한테 그런 모순된 이중성을 드러낸 건 실은 이번이 처음이 아니었다. 3·1독립만세사건이난 건 간도에서 태남이 내외가 불쑥 다녀가고 나서 여란이가 소학교를 졸업할 무렵이었다. 개성에도 곧 만세운동이 파급되긴 했어도 소문난 경성의 그것에 비하면 산발적이고 소규모였다. 그게 안타깝고 창피해 어쩔 줄을 모르던 종상이는 몇몇 뜻 있는 장사꾼을 규합해서 황도중 어른을 모시고 용수산에 올라가 대한 독립만세를 목이 터져라 불렀지만 아무 일도 일어나지 않았다. 아무 일도 일어나지 않으니까 이불 속에서 활개친 꼴밖에 안 돼 태극기를 든 황도중 어른을 앞장세워 경찰서까지 걸어 들어가기에 이르렀다. 그러나 운수 나쁘게도 황도중 어른만 따귀 몇 대 맞고 풀려

난 게 빌미가 되어 그 노인은 지금까지도 귀가 어두웠다. 뿐만 아니라 그 사건은 한동안 그 고장 사람들 사이의 웃음거리로 유포되기도 했다. '서에 제 발로 걸어 들어가 따귀 맞고 귀먹을 위인'이란 우스갯소리가 다 한때 유행했으니 평생 하자 없이 점잖게 처신한 황도중 어른 체면이 말이 아니었다. 이래저래 종상이가 참담한 열등감에 시달리고 있을 무렵 경성서 전문학교 다니던 분열이가 만세사건에 연루돼 옥고를 치르고 나서 몸조리하러 내려와 있었다. 처가에서는 쉬쉬하는 걸 종상이는 매우 자랑스럽게 여겨 그간 뜨악하게 지내던 처가를 뻔질나게 드나들며 분열이를 문병했고 보약까지 지어 보내고 했다. 처조카가 참여했다는 게 다 자랑이 될 만큼 종상이는 3·1만세운동을 위대하게 여기고 있었다. 그러면서 그해에 여란이를 경성으로 유학 보내는 건 꺼렸다. 만세운동의 기운이 아직도 펄펄하게 충만해 있을 고장에 딸을 혼자 내놓을 수 없다는 거였다. 종상이의 고집은 완강했다. 그럴 땐 종상이 눈에 3·1운동이 못된 돌림병으로밖에 안 보이는 듯했다. 결국 그해에 여란이는 경성으로 유학을 못 떠나고 한 해를 묵었다가 그 이듬해에나 목적을 달성할 수가 있었다.

그때 그런 경험이 있는지라 여란이는 처음부터 아버지와 정면으로 맞서거나 경우를 따지기를 피하고 아버지가 안심하고 믿을 수 있는 방법만 있다면 어떤 방법이든지 복종하겠으니 제발 학교만 졸업하게 해 달라고 애원했다.

"정 그렇다면 아주 방법이 없는 건 아니다. 너를 다시 기숙사에 보내는 건 너를 위해서도 학교를 위해서도 득 될 게 없을 게 뻔하니 불가하고, 어떠냐? 애비기 친구 중에 믿을 만한 댁에 너를 맡기면."

여란이는 아버지의 이런 타협안에 감지덕지했고 아버지는 즉시 각서를 써서 여란이의 정학을 풀어 주었다. 그때로서는 그럴 수밖에 없었다. 졸업장을 꼭 받고 싶어서가 아니라 앞으로 더 넓은 세상으로 나아가 더 전문적인 공부를 해 보고 싶은 야심 때문이었다. 그게 여란이가 적선정으로 옮겨 오게 된 경위였다.

그러나 그렇게 철저하게 믿을 만한 친구에게 맡겨질 줄은 미처 몰랐었다. 총독부 고관 나으리 집이라니. 조선 사람으로 과장이면 고관이었다. 여란이가 아무리 부모네들의 속성인 이중성에 대해 체념하고 있다고는 하나 아버지가 박승재를 좋아할 리 없다는 건 알고 있었다. 박승재가 누군지 모를 적에도 그를 경멸하는 소리를 들은 적이 있었다. 불온한 사상을 감시하는 일엔 믿을 만할지 모르지만 인간적인 신뢰감이 조금도 없는 친구에게 딸을 맡길 수 있는 걸까. 여란이는 한동안 그 문제로 번민한 적도 있었지만 지금은 그것도 부모네들이 행사할 수 있는 심술궂은 형벌의 한 방법이려니 체념하고 있었다. 여란이가 그 집에서 한솥밥을 먹는 식구들의 비뚤어진 인간관계에 참견할 뜻이 없이 계속해서 냉담할 수 있는 것도 형벌로 내려진 환경은 아무도 개선할 수 없는 것이기 때문인지도 몰랐다.

그 대신 그들의 사는 모습이 아무리 아니꼽고 꼴 보기

싫어도 그 실상을 하나도 놓치지 말고 똑똑히 봐 두기로 마음먹고 있었다. 그 집에서 건질 건 그것밖에 없었다. 그들의 한 치 앞을 못 내다보는 아둔함, 전도된 비굴과 교만, 자존심 대신 모시고 사는 허욕, 마비된 도덕감과, 그런 그들에게 아양을 떨며 조석으로 모여드는 주변 사람들을 볼 때 조선이 망한 건 틀림이 없구나 싶었지만 망국을 확인하고 싶어 똑똑히 봐 두려는 건 아니었다. 망조로만 돌아가는 세상을 안 망하게 하려고 그들과는 정반대의 방법으로 살고 있는, 정말로 살아 있다고 할 만한 사람들을 나는 알고 있지 하는 짜릿한 환희와 자부심을 위해서였다. 천지에 미만한 망조에 가려 정말 살아 있는 사람들의 역사는 보이지 않지만 그 사람들은 확실히 존재하고 어딘가에서 열심히 조선을, 조선의 망조까지를 떠받들고 있음을 알고 있다는 건 얼마나 살맛 나는 일인지.

아직 어린 나이에 그건 아무리 곱씹어도 물리지 않는 감동이었고, 동전의 양면을 동시에 볼 수 있는 기적이었다. 여란이에겐 이를테면 이 세상의 신비의 열쇠를 쥔 거나 마찬가지였다. 그 정도로 달래와 태남이는 여란이의 생애에 굵은 획을 긋고 지나갔다고 할 수 있었다. 아니, 아직은 지나간 게 아니었다. 여고 졸업을 앞두고도 소학교 졸업하던 해 겨울에 만난 달래의 강한 영향권 속에 있다고 해도 과언이 아니었다.

"나으리 납십니다요."

방 서방이 안마당에서 호기 있게 외쳤다.

"나으리 납신단다, 어서."

마님이 손갈을 내려놓으며 속삭였다. 같이 배웅을 나가잔 소리였다. 나으리가 본댁에서 잔 날은 늘 그래 왔건만도 번번이 여란이는 아니꼬운 생각이 들곤 했다. 어른이 납실 때 댓돌이나 문간에서 공손히 배웅하는 건 집에서도 해 온 일이나 여란이한테까지 그를 깍듯이 나으리로 부르게 하는 건 도무지 귀에 거슬렀다. 그래서 여란이는 여지껏 한 번도 승재하고는 그쪽에서 묻는 말에 대답하는 것 이상의 말을 건넨 적이 없었다. 새댁이나 마님하고 얘기할 때도 그를 호칭해야 할 말은 교묘히 피해 왔다.

그날 아침 안방마님은 여란이만 내보내고 자기는 나으리 배웅을 나가지 않았다. 마님은 여란이가 와 있지 않을 때도 가끔 심사가 뒤틀리면 그럴 적이 있었다. 실상 며느리나 아랫것들의 보는 눈이 있어서 마루 끝까지 나가 서 있긴 해도 영감과 변변히 눈길 한번 마주쳐 보지 못한 게 마님의 배웅이었다.

여란이는 마님이 따라오지 않은 걸 기회로 댓돌 아래로 내려서지 않고 마님처럼 마루 끝에 버티고 서서 나으리의 행차를 내려다보았다. 박승재네 사랑채는 안마당을 거치지 않고도 밖으로 나갈 수 있는 대문이 따로 있었지만 승재는 꼭 홍예문을 통해 일단 안마당으로 들어왔다가 나가는 버릇이 있었다. 승재 딴엔 그건 버릇이 아니라 평생 소박한 마님에 대한 최소한의 의무요 연민이었는지도 모른다. 그는 한껏 거만한 갈지자걸음으로 행랑아범이 땅 위에다가 보기 좋게 내놓은 싸리비 자국을 천천히 밟았다. 그리고 부엌에서 황망히 나와 물 묻은 손을 행주치마에 부비며 읍하고 서 있는 며느리와 행랑어멈에게 고개를 보일 듯 말 듯 끄덕여 주고는 곧바로 중문간으로 나갔다. 마나님이 나와 있든 말든 마루 쪽을 쳐다보는 법이 없었다. 그런 승재가 그날은 문득 걸음을 멈추더니 안채를 쳐다보았다. 시선이 닿는 느낌이 평소와 다르다고 느낀 반사적인 행동이었다. 세벌대 댓돌 위에 날아갈 듯이 높이 솟은 안채의 육간대청 분합문에 기대듯이 비스듬히 서 있는 건 마나님이 아니라 여란이였다. 여란이는 승재와 눈길이 마주치자 미미하게 웃는것도 같고, 머리를 조금 까딱한 것도 같았다. 승재는 그걸 미처 확인할 새도 없이 얼른 고개를 돌렸다. 가슴이 화끈하면서 갈지자걸음이 흐트러졌다. 물론 그게 여란이와의 첫 대면은 아니었다. 종상이가 여란이를 기숙사에서 빼내다가 승재네 집에다 맡길 때도 첫 대면은 아니었다. 어려서 몇 번 본 기억 때문에 참 많이 컸다 싶긴 해도 아직 철부지 계집애로 보였고, 종상이로부터 그녀가 졸업을 앞두고 정학까지 당한 사연을 듣고는 보기보다는 맹랑한 계집애로군 하고 다시 보았다 해도 역시 철이 덜 났다는 생각엔 변함이 없었다. 그 후 종상이의 여식을 그의 지붕 밑에서 건사하고 있다는 사실을 상기할 때마다 그에게 심리적인 만족감과 우월감을 준 건 사실이었지만 실질적인 건사는 안방마님의 몫이었다. 그는 비록 마님에게 정을 준 적은 없지만 조강지처로서 누릴 수 있는 안살림의 권한을 넘보거나 간섭한 적 또

한 없었다. 군식구 건사도 그 군식구가 아녀자인 한 당연히 마님의 권하에 속했다. 그가 구태여 관심을 가질 필요가 없었다.

영락없이 제 에미를 빼닮았거든. 왜 그걸 인제서야 깨달았을까. 처음부터 그걸 알아보았다고 해도 뭐가 크게 달라졌을 리 없건만 그는 그게 미심쩍어서 도무지 마음이 편치 못했다.

인력거가 골목을 벗어나자 곧바로 신축 중인 조선총독부 공사장이 바라보였다. 500년 왕조의 정기를 끊고, 그 위엄을 능멸하듯이 경복궁을 가로막고 터를 잡은 총독부 건물은 반 넘어 공사가 진척되어 그 어마어마한 규모를 거의 드러내고 있었다. 앞으로 서너 해 안에 그리로 출근할 날이 올 테고 그때 남이 보기에 자신은 얼마나 존대해 보일 것인가. 생각만 해도 으쓱해져서 그 권부가 높이 치솟는 걸 마치 자신의 신분 상승처럼 대견하게 바라보던 그였다. 그러나 오늘은 그것조차 여의치 않았다.

생각할수록 괘씸한 계집애가 아닐 수 없었다. 그의 출세와 영화를 한없이 불쌍히 여기고 깔보는 듯한 여란이의 미소가 섣불리 단근질을 당한 것처럼 아리고 홧홧하게 승재의 가슴에 남아 있었다. 영락없이 제 에미를 빼닮은 것까지는 또 좋은데 하필이면 그때의 제 에미의 그 도도하고 오만한 걸 그대로 물려받았을 줄이야. 혹시 나의 자격지심이나 아닐까. 그러나 내가 뭘 잘못했다고 자격지심을 갖는단 말인가. 아침부터 재수 나쁜 날이었다. 그는 부글부글 화가 났지만 도대체 누구에게 화를 내고 있는지조차 종잡을 수가 없었다.

승재가 태임이를 처음 본 건 물론 종상이의 혼인에 후행으로 따라가서였다. 그때 승재는 이미 연상의 조강지처가 있는 몸인 데다가 적빈한 고학생의 신분이었으니 호화스럽기 이를 데 없는 혼인 잔치와 개성 지방 특유의 격식과 사치롭고 정교한 단장을 한 신부가 황홀해 보였던 건 당연했다. 그러나 '그때'에다 대면 아무것도 아니었다. 승재가 잊지 못하는 건 그때의 태임이였고 오늘 여란이를 통해서 헛본 것도 그때의 태임이였다.

그때는 이미 승재와 종상이의 처지가 옛날하곤 달랐다. 종상이는 장가 잘 간 덕으로 의식이 족하긴 하되 사내가 몸 바칠 업이 없어 헛되이 암중모색하고 있는 반면 승재는 국망(國亡)을 틈타 재빨리 일본 세력에 붙음으로써 조선 사람으로선 드물게 통감부의 관리 노릇을 하고 있었다. 그때 개성 종상이네를 들른 것도 종상이가 부탁한 도움을 주려고였으니 자신의 출세를 과시하기 위해서도 절호의 기회였다. 승재가 그때 또 하나 은근히 기대한 건 그동안 늙고 미워져 있을, 보통 애어멈처럼 범속해져 있을 태임이를 만나 보는 거였다. 친구가 자기보다 빼어나게 아름다운 아내를 가졌다는 건 출세나 성공 따위로부터 메워질 수 있는 열등감이 아니었기 때문이다. 그러나 웬걸. 승재는 그때 태임이의 혼삿날과는 또 다른 도도한 미모에 끌려 다리가 다 후들댈 지경이었다. 그때 태임이는 대청 분합문에 비스듬히 비켜선 채 허리에 홍두깨라도 두른 양 뻣뻣이 댓돌 아래 선 승재를 굽어보았고 승재는 마치 미천한 하인처럼 머리를 조아렸었다. 그러면서도 흘금흘금 비굴한 곁눈질로 태임이의 나이와 상관없이 요요한 옆얼굴과, 가냘프고 빼어난 목과, 정결한 동정을 살짝 찍어 누르듯이 늦추 찐 술이 풍부한 쪽과, 요염한 붉은 댕기와, 검소한 은비녀를 얼마나 걸신들린 듯이 훔쳐보았던가. 승재의 회상은 그 대목에서 여지없이 자존심이 상했다. 시간도 치유할 수 없는 건 비애나 고독 좌절이 아니라 상처 입은 자존심인가. 그때 태임이는 말 한마디 안 하고도 출세에 자족하며 획득한 신분을 과시하고픈 승재의 우쭐한 마음을 냉랭하게 비웃으며 보잘것없는 것으로 위축시켰었다.

지금 승재가 부글부글 화가 나는 건 여란이가 하필 그때의 제 에미를 닮아 보였기 때문만은 아니었다. 그때보다는 몇 배나 더 출세를 해서 아침마다 땅을 밟지 않고 인력거로 출근을 하는 신분이 된 이 마당에 어쩌자고 그때처럼 비굴하고 남루해지려는 자신의 마음 때문이었다. 문제는 자신에게 있었다.

길이 오르막으로 접어들면서 남산의 초여름 바람이 코끝에 싱그러웠다. 반만 올린 인력거 앞문을 통해 바람에 부푸는 방 서방의 한뗀 뒷자락과 기름칠해 놓은 것처럼 번들대는 구릿빛 장딴지가 얼핏얼핏 어른거렸다. 방 서방이 숨 가빠지고 있었다. 거의 다 왔나 보다. 평소 같으면 한잔 술처럼 그의 기분을 거나하고 홍겹게 할 이런 것들이 오늘

따라 유난히 아득하고 심란하게 여겨졌다. 그는 눈을 지그시 감으면서 가볍게 신음했다. 기생첩까지 두었건만 어쩌지 못한 강렬한 정염의 불씨가 아직도 그의 몸속에서 지글대고 있다는 걸 그는 비로소 깨달았다. 그는 화를 내고 있는 게 아니라 두려워하고 있는지도 몰랐다.

승재네서 여란이한테 내준 방은 부엌머리 찬마루와 연해 있었다. 찬마루와는 허섭스레기를 간수할 수 있는 골방을 사이에 두고 붙어 있어서 부엌 냄새나 소리도 나지 않았고 또 두 면이 미닫이문으로 돼 있어서 안채에선 가장 밝은 방이었다. 간살도 넓어 혼자 거처하긴 좀 휘한 방이었다. 그러나 안마당으로 면한 문이 서향이라 여름방학을 앞두고 날로 달아오르는 날씨엔 문 닫고 지내기가 여간 고역스럽지가 않았다. 그러잖아도 여란이 생각이 끔찍한 마님이 벌써부터 발을 쳐 주면서 문 열고 지내라고 성화지만 여란이는 말을 듣지 않았다. 그 문을 열면 역시 안마당으로 면한 건넌방 문과 대각선으로 마주 보게 돼 있었는데 건넌방에선 벌써부터 발만 치고 살았다. 이 집 양아들인 규서가 더위를 몹시 탄다고 했다. 여란이 보기에도 규서는 살갗이 희고 볼이 풍성하고 키와 손발이 짤막하고 토실토실해서 체질적으로 더위에 약해 보였다. 여란이는 규서가 까닭 없이 싫었다. 서로 말을 해 본 적은 없지만 잘생겼다기보다는 복성스러워보이는 얼굴에도 미간이 좁게 다붙은 눈썹 때문에 음침해 보였다. 서로 말을 해 본 적이 없었을 뿐 아니라 눈길이 마주친 적도 없건만도 여란이는 문득문득 어디선가 그가 누려ㅂ고 있는 것 같은 느낌으로 소스라칠 적이 있었다. 그놈의 발 때문인지도 몰랐다. 건넌방에 친 발도 그렇게 싫은데 마주 발을 치고 지낸다는 건 상상만 해도 진저리가 쳐졌다. 남쪽으로 난 미닫이문 밖은 안채의 끝이었다. 좁다란 툇마루가 있고 그 밑은 군불 아궁이었다. 안채의 댓돌이 그쪽까지 ㄱ 자로 꺾이어 한 사람 정도 운신하며 군불을 땔 수 있는 넓이를 남겨 놓고 마당으로 내려갈 수 있는 섬돌이 놓여 있었다. 김치 광, 장작 광이 있는 뒤란으로도 통하는 그 마당은 사랑채와 안채 사이의 담 때문에 골목처럼 돼 있었다. 여란이가 그쪽 툇마루에 나서면 사랑채의 추녀가 바로 눈높이로 손에 닿을 듯이 가까이 보였다. 뿐만 아니라 그쪽 사잇담에 난 홍예문을 통해 드나드는 사람을 뻔히 바라볼 수도 있었다. 승재를 찾아오는 손님들은 사랑 대문으로 들어오니까 드나드는 사람이라야 새댁이나 어멈이었지만 때로는 규서까지 교자상을 마주 들거나 술 주전자를 들고 드나들 적도 있었다. 안방마님 말에 의하면 승재는 소실 집에는 결코 손님을 들이지 않는 성미여서 승재가 적선정 집에서 자는 날은 늦도록 손님이 끊이지 않았다. 다과상이나 내가는 손님, 주안상을 내가는 손님, 교자상을 내가는 손님 등 손님마다 층수가 다른 듯했지만 그 분별을 누가 어떻게 하는지는 여란이가 알 바 아니었다. 가끔 일본 사람들이 올 때도 있었다. 그들은 그쪽의 필요에 의해 내방하는 게 아니라 이쪽에서 초청하는 손님인 듯 마님이 미리 솜씨 좋기로 소문난 찬모를 친척 집에서 청해 오는 법석을 떨기도 했다. 기생을 부를 때도 있어서 장구 소리 창 소리가 나기도 했고, 승재가 직접 돼지 목따는 소리로 나니와부시* 흉내를 내서 일인들의 갈채를 받기도 했다. 그까짓 창호지 바른 미닫이문 한 겹으로 사랑채의 이런 쓸개 빠진 흥청댐, 알랑거림을 아주 안 들은 걸로 할 순 없었지만 그런 것들에 대한 최소한의 혐오감이라도 나타내고 싶은 게 여란이의 결벽증이었다. 그래서 그쪽 문까지 꼭꼭 닫고 지내려니 하교 후의 여란이의 생활은 징역살이나 진배없었다. 규칙이 엄하다고는 하나 동무들을 규합해서 일본인 사감 배척 운동을 모의할 만큼 자유스럽고 서로 통하는 게 있던 기숙사 시절 생각이 굴뚝같았다. 그럴 땐 뭐든지 봐 두고 잊지 말자던 당찬 앙심이 조금도 위안이 되지 못했다.

여란이의 방은 바깥으로 난 미닫이문이 달린 남쪽, 서쪽과 골방 문이 달린 북쪽을 뺀 나머지 한 면도 온전한 벽이 아니었다. 얼핏 보기엔 같은 도배지로 싸 발라 놓아 벽과 구별할 수 없는 작은 널쪽문이 그쪽에도 달려 있었다. 아무리 키가 작아도 어른은 허리 펴고 드나들 수 없는 작은 문이었지만 문밖은 채광이 안 돼 어둑시근한 복도였다. 마루를 깐 복도는 집 뒤로 찬마루와 부엌을 지나 안방을 지나서 꺾이면서 대청마루 북창문 밖에서는 시원하게 하늘을 볼 수 있

* 浪花節: 일본의 현악기를 반주로 하여 보통 의리나 인정을 노래한 대중적인 창.

는 툇마루로 변했다. 북창문 밖 툇마루는 본디부터 있던 거지만 복도는 안방에서 부엌이나 부엌머릿방까지 신을 신지 않고 갈 수 있도록 일본식 건물의 낭하*를 본떠서 나중에 만든 편의시설이었다. 여란이는 자기 방의 사면에 크건 작건 다 문이 달려 있다는 게 여간 짜증스럽지가 않았다. 마치 네거리에 나앉은 것처럼 불안했다. 특히 복도 쪽으로 난 작은 문을 안방마님이 수시로 애용하는 데는 질색을 할밖에 없었다. 아무리 싫은 눈치를 보여도 소용이 없었다. 잠이 안 와도, 며느리 흉이 보고 싶어도 속곳바람으로 그 작은 널쪽 문을 밀고 들어와 퍼더버리고 앉으면 그 수다가 한정이 없었다. 면하는 방법은 초저녁부터 자는 척하는 수밖에 없는데 그러자니 하고 싶은 공부, 읽고 싶은 책을 읽을 새가 없었다. 방학 때 내려가면 어머니를 졸라서 이 집을 면할 계책부터 세워야지 싶어 일각이 여삼추로 방학만 기다려지는 여란이였다. 졸업반이길 천만다행이었다. 이 집에서의 첫여름이자 마지막 여름이라는 게 억지로라도 위안이 되었다.

그런 여란이 속도 모르고 마님은 날로 깊이 여란이에게 정을 쏟고 있었다. 정이라기보다는 착각인지도 몰랐다. 나도 저런 딸이나 하나 있으면 하는 욕심이 자라 친어머니 흉내를 내려 들었다. 마님이 꿈꾸는 어머니 노릇의 가장 행복한 정점은 뭐니 뭐니 해도 마음에 맞는 사위를 보는 일이었다. 마님이 며느리가 곱지 않은 건 양아들이 처음부터 탐

* 건물 안에 다니게 된 통로.

36

탁지 않았기 때문이기도 해서 요렇게 보나 조렇게 보나 귀엽기만 한 여란이를 헌헌장부와 짝 지워 가까이에 살게 하면서 마음대로 참견하고 귀애하고 싶어 안달이 났다. 마님 역시 여란이를 졸업할 때까지만밖에 끼고 있을 수 없다는 걸 알기 때문에 그렇게 초조한 것이었다.

내일부터 학기말시험인데도 여란이는 빌려다가 반 넘어 읽은 이광수의 『무정』의 재미에 푹 빠져서 헤어나지 못하고 있었다. 졸업반에 돌기 시작한 이 소설책은 벌써 여남은 명의 손을 거쳐 겉장이 나달나달했다. 여란이 다음으로 차례를 기다리는 동무들이 또 그만큼은 될 터였다. 이 깨가 쏟아지게 재미있는 소설을 누군가가 처음 반에 가지고 왔을 때 너도나도 빌려 보기를 청하여 즉석에서 차례를 정한 게 여란이는 중간쯤 되었었다. 그러나 설마 시험 때 차례가 돌아올 줄은 몰랐다. 재수가 나쁘다는 생각도 들었고 줄창 뛰어난 그녀의 성적을 시샘하는 동무들이 일부러 그리 만든 게 아닐까 하는 생각도 들었다. 일본 유학을 꿈꾸는 여란이에게 최종 학년 성적은 남달리 중요한 뜻을 지녔다. 그러나 한번 빠져든 소설의 재미에 비하면 인생 계획 같은 건 실로 하치않았다.

복도 쪽에서 인기척이 나는 듯했다. 여란이는 요새 그쪽 인기척에 민감했다. 시험공부조차 제쳐 놓고 보는 재미를 마님의 말동무로 망칠 순 없었다. 여란이는 얼른 전깃불 먼저 끄고 미리 펴 놓은 홑이불을 머리끝까지 뒤집어쓰고 드러누웠다. 옷 입은 채였다. 아니나 다를까 쪽문이 열리는 기척이 들렸다. 여란이는 꼼짝도 안 하고 인기척이 되돌아 나기를 기다렸다 뭐든지 기한 볼일을 만들어 가지고 오는 마님인지라 한두 번쯤은 흔들어 깨울 법도 한데 조용했다. 문만 열어 보고 돌아간 듯도 하고 바로 곁에서 지켜보는 듯도 했다. 여란은 마침내 숨과 마음이 갑갑한 걸 참지 못하고 안에서 꼭꼭 여몄던 홑이불 자락을 살며시 들추었다. 여란이 머리맡에 뜻밖에도 새댁이 앉아 있었다. 창호지를 통해 스민 마당의 장명등 불빛으로 가뜩이나 희미한 새댁의 모습이 마치 번진 수채화처럼 몽롱하고 애매해 보였다. 더 애매한 건 새댁이 그녀의 방에 들어온 까닭이었다.

"자는 척했군요? 그럴 줄 알았어요."

새댁이 먼저 말을 시켰다.

"미안해요. 언닌 줄 모르고 그랬어요."

"나도 알아요. 미안해할 거 없어요."

"전깃불 좀 켜 줄래요?"

여란이는 발딱 일어나 앉아 옷매무새를 고치면서 말했다. 새댁이 일어나서 전깃불을 켰다.

"이래도 되는 거예요, 언니?"

여란이는 아직도 안방 쪽에 신경이 써져서 조심스럽게 물었다.

"뭘?"

새댁이 시침을 뗐다.

"아주머니가 언니하고 나하고 수군대는 거 별로 안 좋아하실 것 같아서요."

"나 여란이 학생하고 수군대려고 오지 않았어요."

"암튼."

"혼자 공부하다 모르는 게 있어서 물어보려고……."

새댁이 허리춤에서 주섬주섬 책하고 연필을 꺼냈다. 소학교 3학년 일본어 교과서하고 공책이었다.

"언니 보기보다 여간 아니네. 혼자서 독학을 다 하고……."

"여란이 학생 보기에 내가 어떤데 응? 말해 봐요."

새댁의 표정이 별안간 또렷하게 영악해졌다. 여란이는 또 안방 쪽에 신경이 써지면서 가슴이 다 울렁거렸다. 새댁의 평소와 다른 얼굴은 흥미를 끌었지만 그럴수록 안방마님에게 들켜선 안 된다고 생각했다. 새댁을 위해서였다. 그러나 새댁은 영악할 뿐 아니라 눈치도 빨라서 생그레 웃으면서 여란이를 안심시켰다.

"걱정 말아요. 어머님 코 고시는 거 보고 나왔으니까……."

"언니 정말 여간 아니네, 벌써 안방까지 염탐을 하고 나왔으니."

"아유 망측해라 염탐이라니 당치도 않아요. 초저녁부터 다리를 주무르라 하시길래 자근자근 시원하게 주물러 드렸더니 곧 잠이 드십디다."

"웬일이실까. 늘 잠 안 온다고 성화시더니만……."

"여란이 학생하고 얘기하고 싶으셔서 괜히 핑계 대시는 거지 그렇지도 않으셔요. 더군다나 오늘은 대갓댁 마님들과 어울려서 세검정으루다 물맞이까지 갔다 오셨으니까 아마 내일 아침까지두 업어 가두 무르실걸."

"언니야말로 이 큰살림 도맡아 하랴 사흘들이로 손님 겪으랴 얼마나 고단하우. 누가 업어 가도 모르게 자야 할 사람은 언닌데 그까짓 일본말을 배워서 뭣 하려고."

"언문 깨쳤겠다, 진서도 웬만한 진서는 붙여 읽을 줄 알겠다, 계집애 학식이 그만하면 기성명은 넘었으니 이 아니 과하냐."

새댁이 느닷없이 염소 우는 소리로 이렇게 뇌까리고 나서 픽 하고 싸늘한 냉소를 띠었다. 누군가의 흉내를 내고 있는 게 분명했다.

"누가 그럽디까?"

여란이는 맨날 희미한 줄만 여긴 새댁의 이목구비가 발랄한 생기를 띠고 살아 보이는 걸 신기하게 지켜보며 물었다. 작은 얼굴이었지만 콧날이 오뚝하고 눈이 옴팍하고 입술이 작고 도톰해서 귀엽고 또렷한 얼굴이었다.

"누군 누구겠수. 우리 친정아버님이 글강 외듯 하시던 소리라우."

"언니가 학교 보내 달라고 꽤나 졸랐나 보죠?"

"난 미처 조를 새도 없었다우. 우리 언니가 극성맞아서 학교 다니는 걸 못 말리시고선 내가 혹시 언니 본을 뜰까 봐 맨날 같은 소리로 당조짐을 하셨지."

"언니 되시는 분이 대단한 분이셨나 봐요?"

여란은 그동안 너무도 몸을 낮추고 희미하게 구는지라

존재를 의식할 필요조차 없었던 새댁에게 처음으로 호기심이 동했다. 어떤 집안의 어떤 환경에서 자랐으며 어떤 경위로 이 집안의 며느리가 되어 어떤 생각으로 나날의 고된 노역과 부당한 수모를 감수하는지가 읽다 만 소설의 다음 줄거리보다 더 궁금했다. 그러나 새댁은 대꾸하지 않고 교과서를 펴 놓았다. 혼자 익혔다는데 막히는 데 없이 발음도 정확하게 잘 읽었다. 다만 몇 군데 훈독으로 읽어야 할 한자를 음독으로 읽으니까 어미하고 자연스럽게 연결이 안 되는 걸 이상하게 여겨 물어 온 것이었다. 머리 쓰는 것과 재치도 보통은 넘어 보였다. 욀 수 있을 만큼 읽고 나면 뜻도 대강은 알게 되더라며 해 보이는 해석도 정확했다. 여란이는 한자에다 토를 달아 주고 나서 사전도 한 권 빌려주며 말했다.

"안방 눈치 보며 여기까지 올 게 뭐 있어요. 오빠한테 가르쳐 달래면 될걸."

규서를 오빠라고 부르라고 일러 준 건 마님이었지만 마주 대하여 그렇게 부를 기회도 없었고 그를 입에 담아 화제에 올려 보기도 처음이었다. 그래 그런지 오빠란 말을 하기도 그랬지만 듣기에도 껄끄러웠다. 더군다나 그들 부부가 이마를 마주 대고 배우고 가르치는 모습은 상상이 안 됐다. 여자와 남자가 눈이 맞고 서로 사랑하게 되는 마음의 낌새를 시시콜콜 까발린 소설을 읽던 끝의 잔뜩 고양된 상상력으로도 그들 부부가 화락하는 모습을 상상하는 건 불가능했다. 여란이는 제풀에 괜한 소리를 했다 싶어 괜히 책장을 펄럭이며 딴 화제를 찾으려 했지만 잘 안 됐다. 분위기가 어색해지면서 여란이는 새댁에게 막연한 연민을 느꼈다.

"그이한테는 비밀이에요, 내가 일본말 배우는 거……"

새댁이 단호하게 말했다. 옴팍하지만 정직해 보이는 눈을 깜박이며.

"왜요? 오빠가 안 좋아할 것 같은가 보죠. 하긴 조선 남자들치고 여자들이 유식해지는 거 꺼리지 않는 남자 없다니까, 너무 섭섭하게 여기지 말아요."

여란이는 주제넘게 규서 역성까지 들면서 새댁을 위로하려 들었다. 연민 때문이었다. 그러나 새댁은 여란의 연민을 가볍게 퉁기듯이 말했다.

"그게 아니라, 수틀리면 도망가려고 배우는 건데 그 사람이 알면 어떡허게."

새댁이 하도 엄청난 소리를 외눈 하나 까딱 안 하고 쉽게 말하는지라 여란이 쪽에서 한동안 말문이 막히고 말았다.

"언니 여간 아니네."

"또 여간 아냐유?"

"농담도 잘하니까."

"농담 아냐, 농담으로 밤잠 설치고 이 짓 하겠수?"

새댁은 연필을 거꾸로 쥐고 방바닥의 교과서를 쿡쿡 찌르며 말했다.

"농담이 아니면, 도망갈 여편네가 옷 보따리나 패물을 챙길 일이지 일본말은 배워서 뭣에다 쓸려구."

"도망갔다 하면 멀찌거니 가지, 이까짓 토끼화상 속에

서 옴치고 뛸 내가 아니라우."

그러고 보니 새댁의 옴팍한 눈이 여간 담대해 보이지 않았다.

"그럼 만주?"

"이왕이면 바다 건너."

"일본?"

"그래요. 일본 땅은 싫지만 아까 말한 그 언니가 거기가 있으니까."

"언니의 언니면 시집갔을 텐데."

"안 갔어요. 나만 바보같이 시집을 오고 말았지."

"그럼 유학을 갔나요?"

여란이 역시 일본 유학을 꿈꾸고 있는지라 새댁의 바보 같은 사정보다는 한 번도 보지 못한 새댁의 언니라는 여자 사정이 한결 더 궁금할 수밖에 없었다.

"학교 다니고 있대나 봐요. 그렇지만 떠날 때는 유학도 아니지. 도망을 갔으니까. 부모님이 정해 놓은 혼처 마다하고."

"정말 대단한 여자네. 언니까지 대단해 보여요. 한 핏줄이라고 생각하니까."

"난 어림도 없다우. 보면 몰라요?"

"그럼 학비는 어떡헌대요? 여자가 고학도 할 수 없을 테고."

여란이 쪽 관심은 역시 그쪽이었다.

"집안의 패물이랑 돈이랑 얼마나 많이 훔쳐 가지고 갔

다구요. 시집보낸 셈만 치라고 편지까지 써 놓고요."

"언니네 친정 부잔가 봐요."

"도둑보다 더하다는 딸년이 셋씩이나 되는데 재산마저 없으면 우리 부모님 불쌍해서 어떡허라구요. 하긴 재산 있어도 불쌍해 보이긴 마찬가지였어요. 언니가 그렇게 속을 썩이니까 부모님들이 어찌나 안돼 보이던지 나는 그러지 말아야지 싶어 얌전하게 굴다가 정해 주시는 혼처 어련하랴 고분고분 시집을 오고 보니 그게 아니더라구요. 역시 언니가 옳았다 싶어요."

"그 언니하고는 요새도 연락이 있나 보죠?"

"나하고만요. 그렇지만 시집에도 친정에도 비밀이에요."

"친정에도?"

"그럼요. 아시면 큰일 나죠. 예전에 의절한 딸자식인걸요."

"언니를 좋아하나 봐요?"

"하이카라 신여성이 좋아요."

"딸이 셋이라고 했는데 언니가 또 있나요?"

"아뇨. 내 밑이에요. 걘 지금 진명학교 다녀요. 그 밑의 막내로 남동생이 있구요 나만 학교를 못 다녔어요. 학교라는 데가 얼마나 좋은 데라는 걸 진작만 알았어도 나도 언니처럼 극성을 부리는 건데……."

여란이는 순수한 동경으로 별처럼 반짝이는 새댁의 눈을 보면서 괜히 슬퍼졌다. 조금 미안한 생각도 들었다. 언제 어떻게 학교라는 걸 그렇게 좋게 부럽게 느끼게 되었을까.

극적인 계기가 있음 직했다. 여란이가 묻기 전에 새댁이 먼저 말을 꺼냈다.

"기미년 만세 통에 여란이 학생은 서울에 없었죠? 우리 집은 종로통 복청다리 근처니까 만세 통 한복판에 산 셈인데 그때 서울 장안이 어땠는 줄 알아요. 참 장했다우. 특히 학생들 장한 건 말도 못 해요. 학생들이니까 그렇게 일제히 한꺼번에 일어날 수가 있지 백성들이야 마음은 있어도 제각각이지 합칠 재간이 없잖아요. 여학생들도 남학생들과 똑같이 발을 구르고 두 손을 높이 들어 태극기를 흔들고 만세를 부르는데 정말 장합디다. 조선 사람이 아니면 모를까 그걸 보고 같이 따라서 만세를 안 부를 수가 없었으니까. 다리 밑에 거지가 쪽박을 두드리며 만세를 부르지 않나, 부엌에서 밥 짓던 여편네가 부지깽이를 휘두르며 뛰쳐나오질 않나, 그동안 가만히 죽어 지낸 게 부끄럽고 원통해서 제각기 나 여기 살아 있다고 외치고 나서는데 그 힘에 천지가 진동하고 고목나무도 살아나 춤을 추는 것 같더라구요. 난 그때 당장 독립이 될 줄 알았어요."

"그때 독립을 못 한 건 원통하지만 세계만방에 우리가 독립할 수 있는 민족이라는 걸 알린 것만으로라도 아쉬운 대로 성과라고 봐야죠. 그리고 참 언니, 언니는 그 독립만세 운동을 학생들이 주도한 것처럼 알고 있나 본데 그게 아녜요. 국내 국외의 애국지사들이 세계정세를 살펴 가며 몇 달을 두고 치밀하게 계획을 짠 끝에 마침내 그날 거사를 한 거예요."

여란이는 독서회에서 얻어들은 지식으로 조금 아는 척을 했다. 아는 척을 할래서 한 게 아니라 새대의 학생들에 대한 열렬한 찬탄이 왠지 안쓰러워 식혀 주고 싶었을 뿐이었다.

"나도 그 정도는 알아요. 그런 위대한 일을 어떻게 학생들이 주동할 수가 있겠어요. 그렇지만 남녀노소, 부자, 가난뱅이, 장사꾼, 지게꾼 할 것 없이 누가 시키거나 끌어낸 것도 아닌데 저절로 우러나서 만세를 부르게 한 그 이상한 힘이 학생들로부터 온 건 틀림이 없어요. 내가 직접 보고 느낀 거니까요. 제 나라를 도적질당하고도 가만히 죽어 지낸 게 부끄럽고 부끄러워 못 견디게 만드는 힘도 방 안에서 독립선언문을 초안하고 다듬고 팔도에 지령을 내리는 애국지사들의 높은 뜻 못지않다고 봐요. 요새도 그날의 아우성만 생각하면 부끄러운 것 천지예요. 일본 고관 비위 맞추기 위해 요리상 차리는 것도 부끄럽고, 이 집의 영화가 천년만년 갈 줄 알고 대를 물려 누리려고 양자가 되어 비굴하게 사는 남편 섬기기도 부끄럽고 아버님 나니와부시 가락이 담 넘어 나가는 것도 부끄럽고⋯⋯."

"언니가 자꾸만 그러니까 나도 부끄러워지네요. 난 그때 시골집에 꼭꼭 숨어 있었거든요. 원래 그해 봄에 서울 유학 오기로 돼 있었는데 만세운동이 나니까 집에 가둬 놓고 안 보내 주시는 거예요. 우리 아버지는 그날 서울에 와서 만세 못 부른 걸 두고두고 유감스럽게 여겨 나중에 그 고장에서 뜻을 같이하는 이들을 모아 기어코 만세를 부르고서야 얼굴을 들고 다니신 분이건만도 그러셨으니 참 어른들 마음은 알다가도 모르겠어요."

여란이가 정말 알다가도 모르겠는 건 친일파를 그렇게 경멸하던 아버지가 딸을 친일파네 집에 맡기고서야 마음을 놓은 까닭이었지만 입 밖에 내진 않았다.

"부모로서 딸자식은 그렇게 단속할 수밖에 없을 거예요. 우리 언닌 그때 진명 학생이었는데 워낙 극성이니까 만세도 앞장서서 얼마나 극성맞고 줄기차게 불렀던지 종당엔 경찰서에 붙들려 가고 거기서도 뻣뻣하게 구니까 독종이라고 재판받고 감옥살이까지 했으니 그동안 부모님이 동분서주 애간장 태운 건 이루 다 말 못 해요. 나도 여학생들이 씩씩하게 독립만세 부를 때는 그렇게 신이 나고 부러울 수가 없더니 언니가 고생할 땐 속상하고 불쌍하던걸요. 장한 건 학생이라는 큰 덩어리일 때뿐이었던 것 같아요. 특히 여학생이 개인적으로 겪은 고초는 얼마나 비참했다구요. 옥중에서도 때 되면 월경을 할 거 아녜요, 여자니까. 왜 여자로 태어났나 몰라. 아이 싫어, 여자 노릇⋯⋯."

새댁의 눈빛이 분방해지면서 말이 두서없어졌다. 여란은 고삐를 잡듯이 지그시 말했다.

"언니 그 얘기 마저 해야죠."

"그래 참. 서답이 없어서 옷을 버리고 여기저기 뚝뚝 떨구고 말이 아니었나 봐요. 왜놈 순사들이 그걸 보고 시시덕대며 야비한 농지거리를 한다는 소문을 듣고 어머니는 치를 떠시고 머리 싸고 드러눕지를 않나, 아버지는 서답

47

을 차입할 수 있을 만한 연줄을 찾아 뇌물을 쓰러 다니시질 않나 차마 눈뜨고 볼 수 없는 형국이었디구요. 부모 슬하에서 조신하게 음식 시세와 침선 익혀 시집 잘 가는 여자 팔자가 상팔자다 싶을밖에요. 그때 내 나이 열일곱 살이었으니까요."

새댁은 만세운동이 자신의 정신에 미친 영향과 팔자에 미친 영향 사이에서 갈피를 못 잡고 허둥대고 있었다.

"내일부터 학기말시험이에요."

여란이 하품을 쎕으며 말했다.

"알았어요. 갈게요."

"아니 그런 게 아니라, 공부가 잘 안 돼요. 좀 더 잘해야 되는데. 나도 일본 유학을 가고 싶거든요."

"미아리 성화는 어쩔래요?"

"미아리? 으응, 그거. 언니도 알고 있었구려."

두 사람은 그 뜻이 통하자 한바탕 웃었다. 안방마님이 여란이 방에 자주 드나드는 구실 중엔 신랑감 사진도 있었다. 어데서 구해 들이는지 줄기차게 여란이 신랑감 사진을 모아다가 여란이에게 보이면서 마음에 드는 걸로 골라잡아 미아리를 하자고 성화를 했다. 그때 신식 남녀 사이에는 구식 결혼을 마다하고 연애를 동경 찬미하는 풍조가 풍미하고 있었는데 그걸 망측하게 여기거나 그 폐단을 우려하는 부모네들은 구식과 연애의 절충식으로 일본에서 유행하는 맞선을 일본말 그대로 미아이〔見合〕라고 하면서 젊은이들에게 적극 권하고 있었다. 먼저 사진을 서로 교환하고 나서 마음에 있으면 신랑이나 색시의 친척 집을 빌려 당사자끼리 만나 보는 미아이를 마님은 아무리 가르쳐 줘도 미아리라고밖에 발음을 못 했다.

여란아, 이 신랑 자리 좀 봐라. 좀 잘생겼나. 글쎄 천석꾼의 맏이라는구나. 접때 그 신랑을 네가 시뜩해하길래 이번엔 사방모(사각모)로 구했다. 사방모에다 양반이래. 양반이면 이만저만한 양반인가. 안동 김씨 중에서도 장동 김씨네와 한집안내라는데. 딴 건 다 속일 수도 있고, 있다가도 없어지고 없다가도 생길 수 있는 거지만 양반만은 안 그렇다. 뼈다귀가 어디 가나, 생전 따라다니지.

마님이 사진을 내보이면서 으레 다는 주석이 대강 그러했다. 때로는 후작이니 자작이니 하는 일본 양감의 턱찌기의 종손이네, 팔촌이네, 십촌이네 하는 희한한 신랑감도 들어왔다. 하긴 박승재도 후작 박영효와 십몇 촌 간이라는 걸 촌뜨기 금이빨 번득이듯이 수시로 나타내고 싶어 하니까. 거기까지는 그래도 참아 줄 수 있는데 그쪽에다 이쪽을 뭐라고 과장했을까 생각만 해도 모골이 송연했다. 사진을 내돌린 바는 없으니 대신 입에 침이 마르게 미모를 과장했을 테고 다음은 개성 부자의 외동딸쯤으로 문벌 대신 줄 수 있는 실속을 암시했을 게 뻔했다.

"언니도 오빠하고 미아이 혼인했죠?"

"아아뇨. 안 했어요."

실은 맞선을 보았음에도 불구하고 새댁은 필요 이상으로 강하게 그 사실을 부인했다. 그때의 이상스러운 분위기

와 자신의 변변치 못함에 대한 돌이킬 수 없는 후회 때문에
그 일을 생각하기도 싫었다. 새댁이 표정이 우울하고 희미
해지더니 부시시 자리를 떴다.

"전깃불 좀 꺼 주고 갈래요?"

여란이가 새댁을 쳐다보며 말했다. 그리고 새댁이 방
문지방을 넘기도 전에 베개를 명치에 고이면서 엎드렸다.
새댁은 전깃불과 함께 소멸한 것처럼 기척도 없이 사라졌
다. 여란이는 『무정』을 마저 읽을 마음도, 시험공부를 시작
할 마음도 나지 않았다.

기미년 이후의 학원가의 분위기는 선배들이 치른 희생
의 대가로 민족자존의 기상에 충만해 있었다. 여란이가 기
숙사에서 주동한 일본인 사감 배척 운동이 쉽사리 전교생
의 호응을 얻을 수 있었던 것도, 학부형의 지지까지 받을 수
있었던 것도 이런 깨어 있는 분위기에 힘입은 바가 컸다. 비
록 직접 독립만세를 부르지는 못했지만 선배들이 그때 얼
마나 장하고 꽃다웠다는 건 듣고 또 들어도 생각하고 또 생
각해도 그때마다 새롭게 피가 더워지고 마음이 황홀해지는
영웅의 전설이었다. 물론 그 영웅들이 그 후에 겪은 여러 가
지 고초와 불이익에 대해서도 알 만큼은 알고 있었다. 같은
여학생인 유관순의 옥사에 대해서도 알고 있었고 여학생들
의 옥살이가 월경이라는 생리적 차이 때문에 남학생보다
더 큰 고통과 모욕을 감수해야 했다는 것도 이미 널리 알려
진 뒷이야기였다. 그와 유사한 박해받은 이야기는 그 박해
가 비참하고 모욕적일수록 듣는 이로 하여금 그 영웅적 행

위에다 비장미를 더 보태게 하면 했지 그들을 우러르고 찬양하는 마음을 조금이라도 주눅 들게 하지는 못했었다. 그러나 박해받은 영웅이 새댁의 언니라는 연줄연줄로 닿을 수 있는 개인적인 여성으로 좁혀지고 구체화될 때 모든 비장미는 사라지고 새댁이 문득 내비친 "왜 여자로 태어났나 몰라, 아이 싫어 여자 노릇……."이라는 구닥다리 탄식에 승복하게 되는 걸 어쩔 수가 없었다. 그건 여지껏 여란이가 마음에도 입에도 담기를 거부해 온 자기모멸이어서 한층 그녀를 낭패스럽게 했다.

잠이 올 것 같지 않았지만 다시 불을 켜지 않고 그냥 조용히 엎드려 있었다. 쉬 잠이 올 것 같지 않은 예감이 동통을 참는 것처럼 지겨웠다. 소설책이 재미있었던 건 기말시험공부를 희생한 대가였고, 미뤄 놓은 시험공부에 시달려야 했던 건 소설책 재미 때문이었다. 그녀의 의식에 맞물려 있던 그 두 가지 일이 상쇄하듯이 무의미해졌다. 결국은 모든 게 시시해졌건만 자유로워진 것하곤 달랐다.

어둠에 눈이 익숙해지자 마당의 장명등 불빛이 보름달처럼 휘영청해졌다. 풀기 빠진 홑이불이 미적지근한 목욕물처럼 휘감겼다. 돌아누우면서 시집이나 갈까 하는 생각을 했다. 다시 돌아누우면서 혀끝을 날름 내밀고 코웃음을 쳤다. 누구에겐가 거짓말을 시키고 돌아섰을 때처럼.

불빛이나 밤빛조차 새어들 데가 없는 칠흑의 골마루를 지나 뒤 분합문을 통해 대청마루로 들어선 새댁은 습관처럼 잠시 안방 건넌방의 기척을 살피고 나서 건넌방으로 들어갔다.

규서는 조금 비스듬히 눈감고 누워 있었다. 포마드를 잔뜩 처바른 하이카라 머리가 창호지를 통해 희석된 장명등 불빛을 받아 쇠붙이로 만든 투구처럼 보였다. 살의에 가까운 돌발적인 증오에 몸을 떨며 새댁은 두 팔로 두근대는 자신의 가슴을 안았다. 잔뜩 오므린 옷가슴 속에서 책과 공책이 만져졌다. 규서가 눈을 떴다. 졸음기 없이 생경한 눈빛이었다. 새댁이 섬찟해서 물러나 앉으려고 했다. 규서가 윗몸을 일으켰다. 새댁은 남편의 낯빛을 보지 않으려고 다가오는 흰 가르마를 노려보았다. 규서는 정확하고 냉철하게 새댁의 옷가슴을 움켜쥐고 흔들었다. 앞가슴이 난폭하게 열리면서 책과 공책 연필 나부랭이가 우수수 떨어졌다.

"뭣 하는 짓이야?"

규서의 목소리는 쉰 듯하면서도 매정스러웠다.

"나쁜 짓은 안 했어요. 정말이에요."

그 안에 것을 들키고 났건만도 새댁은 옷섶을 악착같이 움켜쥐고 말했다. 이마에 진땀이 배었다. 더위 때문만은 아니었다.

"누가 나쁜 짓 했다고 했나?"

"물어볼 게 있어서 여란이 학생 방에 다녀오는 길이에요. 정말이에요."

"도둑이 제 발이 저리다더니, 누가 당신한테 거짓말 시켰다고 했소?"

규서가 비꼬는 듯이 말했다.

"정말이라니까요."

새댁은 헛소리처럼 무의미하게 지껄였다.

"그래 뭘 물어봤소?"

뜻밖에 규서가 새댁의 상체를 지그시 끌어당기면서 물었다. 규서는 한 팔로 새댁의 어깨를 꼼짝 못 하게 휘어잡고 한 손으로는 새댁의 치마 말기를 조급하게 내리고 젖무덤을 더듬었다. 비록 금슬이 아기자기하달 순 없어도 남편에게 몸을 내맡겨야 하는 도수는 보통의 젊은 새댁과 다르지 않았다. 그는 자신의 욕망에 집요했지만 난폭하고 일방적이었다. 이렇게 부드럽게 은근하게 굴기는 처음이었다. 그러나 새댁은 그런 손길이 조금도 반갑거나 즐겁지 않았다. 진저리가 쳐지도록 섬찟했다. 그녀는 자신의 가슴을 애무하는 남편의 눅눅한 손을 물어뜯고 싶은 충동을 억제하느라 이를 악물었다.

"여란이 고 계집애하고 무슨 얘기를 했냐니까?"

규서는 혀끝에서 알사탕을 굴리듯이 감미롭게 말하면서 그 대답을 기다리지 않고 아내의 입술을 자신의 입술로 틀어막았다. 새댁은 입맞춤에 대해서 소설책이나 친구들의 얘기를 통해서 알고 있을 뿐 당해 보긴 처음이었다. 규서는 아내에게 한 번도 그것을 요구하지 않았었다. 그래서 새댁에게 그건 아직도 감미로운 미지(未知)였고 그 미지로 말미암아 문득문득 자신을 순결한 처녀로 착각할 때가 있었다.

규서가 그녀의 악문 이빨을 열려 하자 그녀는 마침내 참을 수가 없어졌다. 두 사람의 이빨 부딪치는 소리가 이 가는 소리처럼 삭막하게 그녀의 신경을 건드리면서 그녀는 다시 십벌이라도 빙하고 있는 듯이 혼신의 힘을 디뎌 반항을 하기 시작했다. 목석처럼 무감각하게 순종하던 아내의 느닷없는 이런 변화는 되레 규서의 은밀한 욕망을 부채질했다.

"여란이 고 계집애가…… 고 맹랑한 년이……."

그는 알 수도 없는 소리를 헛소리처럼 중얼거리며 여란이를 범하고 있다는 착각을 즐겼다. 그의 손길은 점점 격렬하고 난폭해졌고 기진한 아내는 눈물을 머금고 그의 유린에 몸을 맡겼다.

오랜 유린 끝에 규서가 떨어져 나가자 새댁의 눈물은 봇물이 터지듯이 흐느낌으로 변했다. 피를 실컷 빨고 난 거머리처럼 뚝 떨어져서 둔중하게 뒹굴던 규서는 그 소리가 귀에 거슬리는지 이윽고 벌떡 일어나 불을 켰다. 새댁은 허둥지둥 홑이불을 끌어당겨 머리끝까지 뒤집어썼다. 그러나 규서는 충분히 본 낭자한 꼴에 눈살을 찌푸리면서 이건 여란이가 아니다라고 허탈하게 뇌까렸다. 그리고 흩어진 책과 공책을 집어서 펄렁펄렁 넘겨 보았다.

"흥, 병신 육갑하고 있네. 제까짓 게 일본말은 배워서 얻다 써먹으려고, 수틀리면 일본 집 조츄*로라도 나서겠다 이런 심보겠다."

이렇게 악담인지 으름장인지 모를 소리를 하고 나서

---

*   女中: 하녀.

불을 껐다. 새댁도 홑이불 속에서 울음을 삼키면서 지지 않고 중얼거렸다. 더러운 자식, 나쁜 자식, 더러운 자식. 나쁜 자식.

승재는 삼대독자였기 때문에 양자를 들이기도 쉽지가 않았다. 그가 일찍이 십몇 촌이나 되는 후작 박영효네를 한 집안처럼 가까이 드나들며 공경하고 받듦으로써, 친족의 범위를 넓히고 아울러 자신의 영달에 이용도 하고, 한편 두루 자신의 존재를 알렸기에 망정이지 그렇지 않았다면 그대로 절손되고 말았을 것이다. 그의 부친 대까지만 해도 집안내가 고적한 데다가 가세 또한 구차하여 문중에서 아무도 알아주지 않았었다. 그나마 부친을 여읜 승재는 박영효를 처음엔 같은 종씨임을 빙자하여 출입하기 시작하여 그가 영화로울 때나 욕될 때나 가리지 않고 한결같이 진국스럽게 굴어 가장 믿을 만한 친척이 되었고 문중에서도 차츰 존재를 드러냈다. 그뿐 아니라 자신도 독자적으로 출세의 길로 나아갔기 때문에 아무도 그를 무시 못 했다. 그의 출세가 설사 친일의 결과라 해도 뒤로 손가락질하거나 수군댈지언정 앞에서는 너도나도 아부하고 칭송하는 게 세상인심이었다. 그럴 거 없는 가문에서 손이 끊어지다니 될 법이나 한 소리냐고 근심하고 대책 마련에 앞장선 것도 촌수도 알수 없는 문중 어른들이었고 마침내 선택된 게 규서였다. 워낙 손이 귀한 문중에서 승재 아래 항렬로 마땅한 양자를 구하기가 여간 어렵지 않았다는 게 노인들의 생색이었고 촌수로 보나 자란 환경으로 보나 탐탁하달 수는 없어도 마다 할 만한 흠도 없었다. 내 일처럼 나서 준 문중 어른들의 성의를 보아서도 그렇고, 성입학교를 갓 졸업한 나이도 맞춤했고 멀끔하게 생기고 건강한 것도 마음에 들었다. 살아생전에는 남 보기에 덜 적적해 보이면 족하고 죽어서는 제사나 받들어 주면 된다는 양자에 대한 승재의 욕심 없음도 양자 들이는 일을 비교적 순조롭게 했다. 물질 추구와 신분 상승을 위해선 누구보다도 적극적이고 용의주도한 승재가 양자 문제엔 그토록 담담했던 건 욕심 없음이라기보다는 가정 내에서의 살뜰한 정을 일찌거니 단념한 차가운 성격 탓으로도 볼 수 있었다. 그러나 체면상 입 밖에 내지만 않았지 승재도 양자에 대해 최소한의 욕심은 있었다. 그는 철저한 현실주의자였기 때문에 그가 죽은 후 양자가 봉제사를 정성스럽고 호사스럽게 해 주는 것보다 그의 생전에 최소한 무해무득하기를 바랐다. 그래서 살림 잘하게 생긴 색시를 골라 장가를 들이면서 한편 금융조합에 취직을 시켰다. 장차 제 처자식은 제가 먹여 살리도록 처음부터 길을 들이고자 하였다.

양아버지의 이런 처사는 규서의 기대에 크게 어긋나는 것이었다. 아주 궁색하지는 않아 아들 셋을 다 근근이 신식 공부를 시킬 수 있었던 규서의 친부모나 규서 자신이 부자 친척의 가문을 잇는 대가로 사각모 한번 써 보기를 바란 건 결코 과욕이랄 수 없었다. 그건 양가 사이에서 그 일을 주선한 어른들이 생가 쪽이 장차 보게 될 적지 않은 이득과 함께 내비친 조건이기도 했다. 그러나 생가 쪽에선 얼떨결에 아들 하나만 빼앗기고 여지껏 특별히 덕을 본 바가 없어, 규서 또한 금융조합 서기가 됨으로써 떡 줄 사람은 생각도 안 하는데 김칫국부터 마신 꼴이 되고 말았다. 무엇보다도 사각모의 꿈에 금상첨화가 되어 따라다니던 자유연애의 꿈마저 단념해야 하는 게 아쉽고 허전했다. 그렇다고 어린애 장난도 아니겠다 이제 와서 무르겠다고 할 순 없는 일이거니와 양부모의 사후 재산이라도 차지하고 싶은 차선의 욕심 때문에 섣불리 앙앙불락하는 심사를 드러낼 수도 없었다. 그는 젖은 남구* 타듯이 자욱한 불만을 품고 양부모가 정해주는 규수와 형식적인 맞선을 거쳐 혼인을 했다.

늙은이들이 아무리 망측해하고 단속을 하려 해도 청춘 남녀라면 누구나 자유연애를 꿈꿀 만큼 당시 그 새로운 풍조의 매력은 절대적이었다. 그러나 아직은 그걸 실제로 누릴 수 있는 층은 사각모짜리에 국한되어 있다고 해도 과언이 아니었다. 조선에서건 일본으로 건너가서건 사각모만 썼다 하면 설사 조강지처가 있는 몸이 순진한 처녀를 유혹해도 자유연애라는 미명으로 멋있게 보였지만 전문학교 문턱에도 못 가 본 선남선녀가 속삭이는 사랑은 바람이 났다, 난봉이 났다는 말로 비난받거나 흉한 누명을 쓰기 십상이었다. 규서 또한 사각모 쓸 팔자가 못 된다고 단념하자 자유연애의 꿈도 덩달아서 체념할밖에 없었다.

그렇다고 그의 내부에서 매캐한 내만 내고 있는 젖은

* 나무.

남구까지 타오르기를 체념한 건 아닐 것이다. 그는 은밀히 여란이를 훔쳐본 저마다 미구에* 미친 듯이 타오른 관솔 같은 걸 그 안에서 느끼면서 몸을 떨곤 했다.

출근 시간이 제일 이른 게 규서였다. 그는 세수하러 나가는 데도 상큼하게 다려 놓은 새하얀 옥양목 고의적삼을 입었다. 대님은 안 맸지만 바짓단을 두어 번 걷고는 맨발에 일본식 나막신을 끌면서 흘긋 여란이가 거처하는 부엌머릿방을 바라보았다. 아직 안 일어난 듯 그녀의 방 툇마루엔 금빛으로 반들대는 놋대야 안에 세면도구가 올망졸망 들어 있었고 댓돌 위의 신발들도 가지런했다. 부엌머릿방 댓돌 밑에서 뒤란으로 돌아가는 골목에서 화덕의 불을 물리고 있던 행랑어멈이 벌겋게 단 얼굴로 서방님 안녕히 주무셨느냐고 인사를 했다. 날이 더워지면서 한데다가 화덕을 걸고 조석을 짓고 있었다. 규서는 어멈한테 고개를 끄덕여 보이고 나서 체조를 하기 시작했다. 손발을 휘두르기도 하고 번쩍번쩍 들기도 하고 고개와 허리를 꼬기도 하고 휘두르기 하는 양을 바라보면서 어멈은 괜히 웃음이 났다. 어떤 게 잘하는 체조인지는 모르지만 규서가 하는 꼴은 어딘지 장단이 잘 안 맞아 우스꽝스러워 보였다. 부엌에서 굴비 비늘을 긁고 있던 새댁이 종종걸음으로 나와 세숫물과 양칫물을 대령했다. 그동안 규서는 아내와 한 번도 눈길을 마주치지 않았다. 눈길은 고사하고 코빼기도 제대로 못 보게 새

* 얼마 오래지 아니함.

58

댁은 요령껏 고개를 꼬고 남편 시중을 들었다. 새댁 옷깃에서 비릿하고 찜찔한 냄새가 났다. 가슴을 펴고 심호흡을 하려던 규서는 얼굴을 찡그렸다. 불러 세워서 트집을 잡으려다 말았다. 아내는 자주 그의 비위를 건드렸지만 막상 시비를 걸려면 내가 참아야지 싶은 생각이 들곤 했다. 양가의 층층시하란 생가의 그것과는 또 다른 어려움이 있어 삼가는데 길들여져 있기도 했지만, 그렇게 차곡차곡 파국의 원동력을 축적하고 있는지도 몰랐다.

서방님 출근 시간 늦겠다는 어멈의 재촉이 있고 나서야 규서는 그 어정쩡한 체조를 그만두고 세숫물에 손을 담갔다. 얼굴과 목덜미의 끈적한 감촉이 어젯밤의 광폭한 정욕의 찌끼처럼 불유쾌했다. 그는 벅벅 비누질로 씻어 내고 나서 뭔가 차가운 것이 목덜미를 스치고 지나가는 느낌에 얼핏 뒤를 돌아다보았다. 그의 대야보다 한결 앙증맞은 대야를 든 여란이가 그를 지켜보고 있었다. 양회로 짠 물확 곁엔 세숫대야를 놓을 수 있는 받침대가 하나밖에 없어서 아마 차례를 기다리는것 같았다.

"미안합니다."

규서는 허둥대며 먼저 사과를 했다. 한솥밥을 먹은 지 몇 달째지만 이렇게 가까이서 마주 대하긴 처음이었다. 좀 전의 차가운 느낌은 그녀의 눈에서 왔다 싶게 푸른 기가 도는 큰 눈이 그를 똑바로 바라보고 있었다. 드나드는 걸 떨어져서 훔쳐볼 때도 미인이었지만 상상력으로 보완할 여지가 많은 미인이었다. 모호성이랄까, 아무튼 상상력을 활기 있게 하는 데가 있었다. 규서의 상상력이란 주로 정욕적인 것이었지만, 그러나 눈앞에 큼프즈업된 여란의 얼굴은 한미디로 깨끗했다. 세수하기 전이라 덜 떨어진 눈곱에도 불구하고 그렇게 깨끗해 보일 수가 없었다. 규서는 그게 자신의 마음 상태와 상대적인 것일 수도 있다는 걸 깨달을 겨를도 없이 다만 신기하고 황홀했다.

"괜찮아요. 천천히 하세요."

여란이 한참 만에 이렇게 대답했다. 규서는 그녀가 필요 이상 뜸을 들이고 나서 대답한 것에도 특별한 의미를 부여하고 싶은 판에 이번엔 방긋 웃는 게 아닌가. 장미꽃이 벌어지듯이 요염하고 신선한 웃음이었다. 그는 둘 사이에 조성된 팽팽한 긴장의 줄을 여란이가 불의에 끌어당긴 것처럼 느꼈다. 그는 무력하게 그러나 미칠 듯한 희열로 여란이한테 고꾸라지고 있었다. 아내가 건네준 수건으로 얼굴을 문지르며 아침상을 받으러 건넌방으로 들어가면서도 그는 걷잡을 수 없이 여란이한테로 고꾸라지고 있었다.

여란이 쪽에서도 규서를 그렇게 가깝게 똑바로 쳐다본 건 처음이었다. 살결이 곱고 볼에서 턱으로 흐르는 선이 둥글어서 복성스러운 인상이었다. 막연히 음험한 사람이라고 느꼈던 것과는 다르게 멍청하고 단순해 보였고 조금도 낯설지가 않았다. 숙명학교 선생님 중 후쿠스케*라는 별명을 가진, 몸에 비해 두상이 유난히 크고, 눈이 가늘고 볼에 살

* 福助: 복덩이.

이 많은 선생님과 닮은 인상이어서 그렇게 낯익어 보였다는 걸 깨닫자 웃음이 절로 났다. 여란이는 그래서 웃었을 뿐 딴 뜻은 없었다.

첫날부터 잡치기 시작한 학기말시험은 내리 신통치 않아서 석차가 5등으로 밀려나고 말았다. 여란은 아무렇지도 않았다. 지독한 미망에서 깨어난 느낌이었다. 5란 참 좋은 숫자였다. 오래도록 5란 놈을 사랑할 수 있을 것 같았다. 담임선생님이 특별히 불러다가 2학기가 남았으니 그때 가서 분발하면 문제없다고 위로해 주었다. 그러나 여란이는 다음 학기에 분발할 생각이 없었고 되레 담임선생님을 위로하고 싶었다. 선생님의 걱정은 진실해 보였지만 한 반 30명의 성적이 골고루 오르기를 진심으로 바라야 한다는 건 얼마나 고달픈 일일까. 위로받아 마땅했다.

성적과 석차로부터 자유로워지니까 남는 건 귀향의 기쁨밖에 없었다. 내일 오전 기차를 타리라. 신촌역을 비롯해서 수색, 능곡, 일산, 금촌, 문산, 장단, 봉동역의 비둘기장만 한 역사와 구내에 핀 백일홍, 맨드라미, 봉숭아 등 여름 화초들이 왁자지껄 줄지어 늘어선 앞을 열병식하듯이 으스대며 통과하는 꿈을 얼마나 자주 꾸었던가.

그다음은 고도의 역사답게 한결 의젓한 개성역, 마중나와 손을 흔들고 있을 어머니와 동생의 그리운 얼굴, 생각만 해도 입맛이 다셔지는 맛깔스럽고 정결한 내 집안 음식, 아아 그리고 치러 내야 할 싸움 또 싸움……, 여란이는 단신 치러야 할 싸움을 위해서도 씩씩하고 늠름해져야 한다고 별렀다.

여란이가 성적이나 석차로부터 자유로워졌다고 해서 일본 유학까지 단념한 건 아니었다. 실은 좀 편하게 부모와의 마찰을 최소한으로 줄일 수 있는 유학의 방법을 택하려고 1등 자리에 집착했었다. 여란이가 재학하고 있는 동안 학제가 바뀌어 고보*의 연한이 3년에서 4년으로 연장됨으로써 졸업과 동시에 전문학교나 대학 예과에 진학할 수 있는 자격이 주어졌을 뿐 아니라 재학 중 성적이 뛰어나고 품행이 방정하면 일본 도쿄나 나라의 고등사범에 시험 없이 추천만으로 입학할 수 있는 자격까지 생겼다. 명치유신** 후 교육의 중요성을 최우선으로 해 온 일본이니만치 중등 교사로 취직이 보장되는 관립의 고등사범은 일본인 중에서도 엄선에 엄선을 거치는 들어가기 힘든 우수한 교육기관이라고 했다. 3년제에서 4년제로 수업 연한이 바뀌었을 때만 해도 교장선생님 이하 모든 선생님들은 제일 먼저 고등사범에 입학할 수 있는 자격이 주어졌다는 걸 들어 축하해마지않았고 더 열성적인 교사는 감읍할 만한 일이라고까지 흥분했었다.

그러나 사범학교라는 교사 양성을 목적으로 하는 기관이 얼마나 틀에 박힌 황국신민 교육을 할지는 불을 보듯이 뻔한 노릇이었다. 그럼에도 불구하고 여란이가 그 방법을

---

* 高普: 일제 강점기에, '고등보통학교'를 줄여 이르던 말.
** '메이지 유신'을 우리 한자음으로 읽은 이름.

택했던 것은 관립 사범의 관료적 보수성이 우선 객지에서의 딸의 행실 걱정부터 하려 드는 부모의 불안을 무마시키기에 적절했기 때문이다. 거기다가 내 딸이 그 바늘구멍만한 관문을 통과해서 선택됐다는 영광까지 겹치면 아무리 완고한 부모의 마음도 어쩔 수 없게 되리라는 걸 여란이는 알고 있었다. 그건 아주 쉬운 방법이었다. 그리고 최상의 방법이었다. 그리고 여란이처럼 별로 노력 안 해도 곧잘 1등을 하는 우등생에게 가장 잘 어울리는 방법이었다. 다만 사감 배척 운동에 가담한 게 품행 방정에 저촉될 우려는 있었으나 그 점은 여란이보다 오히려 학교 측에서 더 신경을 쓰고 있는 듯 책임지고 선처해 줄 테니 공부나 열심히 하라는 언질 비슷한 격려의 말을 수차 들은 바 있었다.

만일 그 밖의 방법으로 일본의 웬만한 전문학교로 유학을 가려면 학교 공부와는 별도의 체계적인 시험공부를 한 일본인들과 겨루어야 할 난관도 있었지만 그보다 앞서 치러야 할 싸움이 여간 아닐 터였다. 누구보다도 먼저 개명했다고 자처하면서도 딸한테만은 누구보다도 보수적인 아버지의 완고한 이중성과의 싸움, 조목조목 따지기도 잘하지만 요긴한 대목에서 눈물을 보이기도 잘하는 어머니의 자애와의 싸움, 과년한 나이, 주위의 이목, 불투명한 미래 등 자신 속의 인습적인 것과 안일 지향과의 싸움 등, 극복해야 할 난관에 부닥쳐 보고 싶었던 건 단지 첫날 시험을 그저 그렇게 쳤기 때문일까. 점수에 급급하는 걸 왜소하게 느끼기 시작한 건 그보다 훨씬 전부터였다.

기선이 때문이었을까? 기선이도 지금쯤 기숙사에서 짐을 꾸리고 있을지두 모른다. 어쩌면 오후 기차를 타기 위해 벌써 떠났을지도 모른다. 천안역에서도 20리는 걸어야 하는 벽촌이라고 했으니까 아침결에 떠나는 게 안전할 텐데. 여란이는 집으로 가려다 말고 기숙사로 갔다. 방마다 귀성 짐을 꾸리느라 부산했고 간간이 웃음소리, 다투는 소리도 들렸다. 한 학기 동안 제 물건 간수에 칠칠치 못하던 아이일수록 짐을 쌀 때도 양말짝이나 손수건 실패 따위를 남의 것과 헷갈리거나 흘려서 티격태격하던 생각이 났다.

기선이 방은 말끔히 정리된 채 혼자 달랑 남아 있었다. 한 방의 하급생은 함경도 단천 아인데 먼 길이라 오빠하고 같이 가려고 오빠의 하숙으로 옮겨 갔다고 했다. 서글서글하고 키가 훤칠해서 동갑인데도 언니처럼 믿음직스럽던 기선이가 오늘은 왠지 우울해 보였다. 아기자기한 걸 늘어놓기 좋아하는 하급생의 짐이 빠졌기 때문인 듯했다.

"너 고사 가는 거 포기했다며, 그거 정말이야?"

"응, 안 가기로 했어. 역시 네 말이 옳았어."

기선이야말로 제가 원하기만 하면 얼마든지 고사 추천을 받을 만한 성적을 올릴 수 있는 두뇌와 실력을 가지고 있었다. 또 집안 형편도 넉넉지 못하다고 하니 입학만 허락되면 총독부 장학금을 받을 길도 널리 열렸을 뿐 아니라 졸업 후 취직이 보장된 고등사범에 감지덕지할 만했다. 그러나 기선이는 전혀 그러지 않았다. 졸업반도 되기 전부터 그 치열한 경쟁의 대열에서 스스로 물러나 독자적으로 시험공부를 하고 있었다. 기선이의 소망은 장차 의사가 되는 거였다. 처음엔 유력한 경쟁 상대가 하나 저절로 제거된 걸 은근히 기뻐한 게 여란이의 얕은 소견이었다. 그러나 언제부터인지 이런 이기심은 열등감으로 변해 가고 있었다. 기선이가 되려는 의사가 자기가 되려는 교사보다 잘나 보여서가 아니라 관립의 고등사범에 대한 기선이의 냉소적인 생각을 편견으로만 여길 수 없기 때문이었다. 사범학교건 고등사범이건 교육자 양성을 목적으로 하는 학교는 어떤 교육기관보다도 황국신민화라는 제국의 교육 이념에 투철하리라는 게 기선이의 주장이었다. 기선이는 이렇게 장담했었다.

"네가 무슨 선생이 되든, 설사 수학이나 가사 선생이 되고 싶어 해도 그 이전에 먼저 쪽바리가 돼야 할걸. 두고 보렴 내 말이 틀리나."

그때 여란이는 입 밖에 내서 반발하지 않았지만 속으로는 그렇게 안 될 자신이 만만했다.

내가 누군데, 나는 태남이와 달래 같은 사람들을 알고 있고, 그들에게 독립 자금을 대는 부모님을 가지고 있다는 걸 넌 아마 모를 거다. 그걸 모르니까 너는 우리 민족의 망조만 눈에 보이지, 절대로 안 망하리라는 걸 믿지 못한다. 망조로 달려가는 세상만 보이지 안 망하게 떠받치고 있는 딴 세상의 존재는 보지 못한다.

이렇게 으스대는 마음에 충만해 있었다. 그러나 자신의 됨됨이가 기선이보다 왜소하다는 열등감은 여전히 남아 있었던 것이다.

"그럼 나 때문에 일부러 시험 망쳤단 소리야?"

기선이는 따죄되는 듯이 앙미간을 어둡게 찌푸리며 말했다.

"천만에, 네 영향력을 그렇게까지 심각하게 생각할 건 없어."

"그래도 어째 마음에 걸린다, 좀."

"동무끼리 영향을 좀 받으면 또 어떠냐? 책임을 지란 것도 아닌데."

여란이는 기선이의 우울한 태도에 신경이 써져서 짐짓 호탕하게 말했다.

"책임이 느껴진다 얘. 내 말이 옳지 않았으니까, 내 문제도 잘못 짚은걸."

"무슨 소리야. 너답지 않게 죽상을 해 가지고."

"나 지금 심각해. 진작 학교 공부나 열심히 해서 도쿄건 나라건 고등사범 추천도 받고 총독부 장학금도 받을걸 그랬다 싶어 후회가 막심이야. 너나 잘되길 바랐는데……. 내가 바람 넣은 거나 아니길 바래."

기선이는 그런 말을 하면서도 조금도 기죽거나 비굴해 보이지 않는게 신기했다. 어딘지 도통해 보이는 게 고작이었다. 그러나 열아홉 살의 도통이란 비굴보다 도대체 어느만큼 나은 걸까. 여란이는 비죽비죽 웃음이 나오려고 했다.

"시험공부가 그렇게 어려워?"

"좌우당간 지긋지긋해."

"네 실력에도?"

"실력이 무슨 상관이야."

"너 혹시 학비 문제로 미리 겁을 먹고 있는 거 아니니?"

여란이의 말씨가 은근해지자 기선이의 얼굴이 싸움꾼처럼 눈빛 따로, 콧구멍 따로, 입 따로 제멋대로 해체되기 시작했다. 그녀는 싸늘한 눈빛으로, 콧구멍은 화통처럼 벌름대며, 무진장한 수다쟁이처럼 너덜너덜해진 입으로 침을 튀기며 말했다.

"그래. 학비 때문에 내가 고민을 하면 네가 어쩔래? 오오라 느희 집이 개성 부자라더니 조선총독부 대신 나한테 학비 좀 대 줄래? 땡전 한 푼 안 들이고 일본 유학 가려고 기를 쓰는 게 개성 깍쟁이답다 싶더니 이제 와서 웬 딴전이야? 그까짓 시험 한번 못 봤다고 단박 그렇게 마음 변할 거 없어야. 네 방법이 역시 옳았으니까 기죽지 마, 이 바보야."

뭘 잘못 본 것처럼 그녀의 표정은 순식간에 정돈되고 종잡을 수 없던 말도 조금은 조리 있어졌다. 취중에 본색이 드러난다고 종잡을 수 없는 말 속에 든 가시가 여란이 귀에 라고 안 거슬리는 건 아니었으되 탓하고 싶진 않았다. 기선이 역시 함부로 내뱉은 말 때문에 낭패스러워하고 있음이 역력했다.

"너 도대체 왜 그래?"

여란이는 마음으로부터 걱정스럽게 물었다. 기선이는 말은 안 했지만 미안하다는 듯이 열적게 웃었다. 그리고 고리짝을 열었다. 귀성할 때 가져가려고 싸 놓은 듯 평상복 속옷 등을 차곡차곡 개켜 넣은 위로 교과서, 참고서, 문학 전

집 등 적지 않은 책이 들어 있었다. 그중의 한 권을 꺼내 보이면서 말했다.

"내가 고등사범 가고 싶어 안달이 난 애들을 비웃으며 따로 의전 갈 공부 시작할 때 얼마나 기고만장했었는지는 누구보다도 네가 잘 알 거야. 그렇지만 그동안 내가 어떤 공부를 하고 있었는지는 아마 몰랐을걸. 이것 봐."

별것도 아니었다. 고보에서 상급학교로 진학하려면 으레 보아야 하는 몇 가지 유명한 수험 준비서 중의 하나였다.

"그래. 보통 참고서야. 이런 보통 참고서까지 교묘하게 조선 사람 자존심을 짓밟는 게 지긋지긋하다는 거야. 이런 굴욕을 견디면서 꼭 상급학교를 가야 하는 건지 모르겠어. 난 고등사범 가는 과정만 굴욕적인 줄 알았더니 이건 한술 더 뜨지 뭐야. 여기 나온 예상 문제 중 아무거나 하나 읽어 줄게 들어 볼래? 문제, 조선과 내지와의 역사상의 관계를 물음. 그다음 모범 답안을 들어 봐. 조선은 예로부터 아국과의 관계가 깊어 신공황후의 삼한 정복 이래 자주 아국에 입공하였고 이어서 풍신수길의 조선 정벌이 있었음. 명치 38년 일로전쟁의 결과 아국의 보호국이 되었고 명치 43년 8월 한국병합조약이 성립되어 조선은 우리의 영토가 되었음. 그 조약의 제1조에 왈 '한국 황제 폐하는 한국 정부에 관한 일체의 통치권을 완전하게 그리고 영구히 일본 제국 폐하에게 양여함.' 이런 유의 예상 문제를 달달달 외는 게 할 노릇이냐? 차라리 이따위 책을 자근자근 씹어 먹어설라므네 똥으로 만들어 버리는 게 속 편할 것 같아."

기선의 어진 눈에 눈물이 그렁했다. 기선이가 좋은 동무라는 감동으로 여란이도 가슴이 찐했다. 누가 툭 건드리기만 해도 덩달아 울 것 같았다.

"너무 심각하게 생각하는 것도 병이야. 구데기 무서워서 장 못 담글 수는 없잖아. 아니꼽든 메스껍든 꾹 참고 어떡허든지 그놈의 관문을 통과하고 볼 일이야. 일본이 우리보다 강하게 된 게 먼저 개명했기 때문이라면 우리도 수단 방법 가리지 말고 배움의 길을 터야 해. 아는 것이 힘이야. 자아 용기를 내자."

"지식이나 기술이 그렇게 중요한 걸까. 쓸개나 간을 빼주고도 바꿀 가치가 있을 만큼······."

"중등학교 학제가 3년에서 4년으로 바뀌었을 때 모두들 얼마나 좋아했는지 생각 안 나? 우리들은 같은 학년 중에서도 나이배긴데도 쌍수를 들어 환영했잖아. 1년 늦게 졸업하더라도 상급학교 갈 수 있는 자격이 일본 애들과 동등하게 주어진 게 그렇게 기뻤던 건 순전히 더 배울 욕심 때문이었는데 지금 와서 무슨 소리야."

"생각나다마다. 그러나 그때 우리가 좋아라고 받아들인 건 일본 애들과 동등하게 상급학교에 갈 수 있는 자격이 아니었어. 그렇게 단순한 게 아니라 황국신민의 자격의 일환이었던 게야. 앞으로도 그들은 그네들에겐 천부의 자격인 황국신민의 자격을 손톱만큼씩 토막토막을 내 가지고 우리들한테 긴요할 때마다 던져 줄 테지. 그 미끼에 감질이 나기 시작하면 우리의 근본 열을 주고 그놈의 자격 하나를 구걸할지도 모르고. 우리의 근본이 다 바닥나면 그땐 별수 없이 한국신민이 되는 거기 뭐. 어떻게 해서 니끼를 팔아먹었나도 조금은 알 것 같지 않니. 그 엄청난 일도 시초는 아마 작은 미끼였을 거야."

기선이는 서글프게 웃으면서도 아까 읽어 주던 참고서를 고리짝 안에다 도로 집어넣었다. 여란이는 안심이 되었지만 한마디 비꼬았다.

"별수 없구나."

"왜 씹어 먹지 않아서? 씹어 먹든 달달 외든 결국은 일본 놈 손바닥 위에서의 지랄이라는 걸 생각하면 맥 빠지고 답답해."

여란이는 일본 놈 손바닥을 벗어난 사람들을 나는 알고 있다고 자랑하고 싶은 걸 참고 딴소리를 했다.

"넌 의사보다 신문기자가 되는 게 좋을 것 같아."

"그건 또 왜?"

"그냥, 멋있잖아. 입심도 좋고, 또 겉으로 나타난 것보다 속내를 보는 눈도 남다른 것 같아서……."

"아냐, 난 의사가 되고 말 거야."

기선이가 고집스럽게 말했다.

다음 날 하직 인사를 들어간 여란이한테 안방마님은 어머니 갖다 드리면 안다고 겹겹이 봉한 상자 곽 같은 걸 하나 주면서 작별을 아쉬워했다. 조석으로 드나들던 저 예쁜 걸 보내고 내 무슨 낙으로 살꼬, 소리를 어찌나 여러 번 하는지 새댁 보기 저으기 민망했다. 안방마님은 또 사양하는 여란이에게 부득부득 어멈을 서울역까지 딸려 보냈다. 어멈은 개찰할 때까지 지키고 있다가 비로소 이고 있던 트렁크를 건네주고 들어갔다. 각급 학교가 일제히 방학에 들어간 날이니만치 서울역엔 귀성하는 학생들 천지였지만 여란이처럼 하인을 안동하고 나온 학생은 눈에 띄지 않았다. 여란이는 자신의 처지의 유난스러움이 창피하고 우울했다. 일본 유학보다는 서울에 있는 전문학교로 진학을 하겠다면 부모의 승낙을 얻기가 훨씬 수월할 걸 알면서도 안 그러고 있는 것도 그런 까닭이었다. 여란이가 유학 생활에서 경험하기를 꿈꾸는 것들의 진수는 학문이라기보다는 자유, 고독, 사랑, 향수 등이었다.

예상한 대로 개성역엔 어머니와 경우가 마중 나와 있었다. 그 두 사람은 몇 달 만에 만날 적마다 여란이를 놀랍고 즐겁게 했다. 어머니는 그동안에 조금도 안 늙고 여전히 곱고, 경우는 그동안에 이마빡 넓이만큼은 더 자란 것 같았다. 다섯 살이나 아래건만 귀밑에서 넘실대던 키가 그녀와 거의 맞먹고 있었다. 트렁크를 받아 든 모습이 의젓했다. 세월의 역사가 어머니에겐 전혀 안 미친 반면 동생에겐 현저하고 부지런함에 여란이는 감탄을 면치 못했다. 대견하고 기특한 김에 동생의 등을 토닥거리면서 한다는 소리가

"녀석, 이렇게 자라다간 이번 겨울방학엔 누나를 굽어보겠다. 공부 잘하냐? 이다음에 뭐 되고 싶은?"

"아버지 하시는 일을 이어야 않겠수."

가볍게 물어본 소리에 대한 대답치곤 진중했다.

"이미미 애 즘 뵈. 꼭 에늙은이치럼 구는 게 누기 시긴 것 같네."

"시키긴 누구라 시켜. 우리 경우, 아버지 생각 끔찍이 하는 거 이제야 알았어? 쯧쯧 저래서 딸자식은 소용이 없다니까."

그럴싸해서 그런지 어머니의 말투에도 표정에도 근심 같은 게 얼핏 스쳤다.

"왜, 아버지가 어디메 편찮으시기라도 하십니까?"

"편찮으시긴, 사위스럽다."

"하시는 일은요?"

"큰돈은 못 버셔도 손해 볼 양반도 아니다."

"큰돈은 엄마가 버시잖수?"

경우가 느물대는 투로 말했다. 어머니의 사업 수완에 대해서 여란이도 이미 알고 있는 바이지만 경우가 그렇게 말하는 건 듣기 싫었다. 세 사람 사이가 괜히 어색해졌을 때 집에 당도했다. 사랑으로 아버지를 뵈러 들어간 여란이는 흑, 하고 들이마신 숨을 내쉬지를 못하고 그 자리에 얼어붙고 말았다. 불과 반년 사이에 아버지의 머리가 반백이 돼 있었기 때문이다. 봄방학에 잠시 내려왔을 때는 아버지를 뵙지 못했었다.

"왜 그러고 있는?"

간신히 큰절을 하고 나서 울상을 짓고 있는 여란이에게 종상이가 물었다. 메마른 목소리였다. 여란이는 어리광과 울음이 반반씩 섞인 소리로 아버지! 외마디 소리를 지르고 나서 종상이의 무릎에다 얼굴을 묻었다. 그런 여란이를 종상이는 다독거리거나 우는 연유를 묻지 않고 물끄러미 내려다만 보았다. 제풀에 고개를 든 여란이에게 이제 들어가 쉬렴, 하는 말도 데면데면했다.

"아버지가 왜 저리 되셨어요?"

안방으로 들어온 여란이는 어머니에게 따지듯이 물었다.

"저리 되시다니?"

"폭삭 늙으셨으니 말예요."

"숭없다. 폭삭 늙으시긴. 아마 백발이 다 되신 걸 보고 그러나 본데 금년 들어 걷잡을 수 없이 세는 걸 난들 어쩌겠니? 그렇게 일찍 세는 것도 내력이라 하더라. 근력은 여전하시니 걱정 말아라."

"제가 보기엔 마음도 좀 변하신 것 같아요."

"간도에 다녀오시고 나서부터 좀 그렇긴 하다만……."

어머니가 말끝을 흐렸다.

"간도엘요? 언제요? 그럼 아재랑 언니도 만나 보셨겠네? 아기도."

"언니가 뭐냐, 앞으론 숙모라고 부르거라."

"지금 그런 게 중요한 게 아니잖아요?"

"그동안 그쪽에 변고가 좀 있었나 보더라."

"변고가요?"

"차차 알게 될 테니 씻고 옷 갈아입고 허잖구."

태임이는 딴청을 부리며 서울서 마님이 따로 보내온

마분지 상자를 열었다. 두루마리 편지와 열 장도 넘는 사진들이 쏟아져 나왔다. 여란이 신랑감 사진들이었다. 태인이는 과년한 딸을 둔 어머니다운 최소한의 관심도 나타냄이 없이 쉰 떡 밀어 놓듯이 그것들을 밀어 놓고 나서 편지를 펴 들었다.

"우리가 중인이라는 것도 모르나, 웬 양반 타령이 이렇게 장황해."

어머니의 입가에 거만한 조소가 어리는 걸 보자 여란이는 비로소 내 집에 돌아온 걸 실감했다.

복순이가 화채 그릇을 들고 들어와 흩어진 사진들을 흘금댔다.

여란이는 그 사진들을 복순이 쪽으로 밀어 주고 "실컷 봐." 하면서 눈을 찡긋했다. 복순이는 제 신랑감이나 되는 것처럼 귀밑까지 달아오른 얼굴로 어쩔 줄을 몰랐다. 그러나 언감생심 그 사진들을 바로 보거나 손을 대진 못했다. 그 또래의 호기심보다는 드난꾼다운 분수를 지키고자 하는 마음이 더 강했던 모양이다.

별로 엄하게 구는 것 같지도 않으면서 아랫사람 길들이는 데 타고난 솜씨가 있는 어머니에게 여란이는 문득 혐오감을 느꼈다. 그녀는 적선정 마님이 보라고 성화를 할 때는 진저리를 치면서 기피하던 그 미아이 사진들을 화투짝 모으듯이 손바닥으로 쓸어 모아 한 장 한 장 유심히 들여다보았다. 적선정 마님의 간섭이 싫었던 것만치나 어머니의 냉담과 무관심이 서운해서 여봐란듯이 그러고 있는지도 몰랐다. 일각이 여삼추로 기다리던 귀성이었건만 막상 고향 집 안방에서 여란이는 울적했다.

"시집가고 싶는?"

그런 딸이 못마땅하다는 듯이 태임이가 물었다.

"아니요."

"무슨 여편네가 이렇게 오지랖이 넓담. 즈이 애비 에미가 시퍼렇게 살았는데 때 되면 어련히 알아서 시집을 보내든지 말든지 헐러구."

태임이가 적선정 마님의 두루마리 편지를 말면서 비웃었다. 꽤 가지런한 마님의 언문 글씨가 말려 들어가는 걸 보면서 여란이는 불현듯 마님의 역성을 들고 싶어졌다.

"그 댁 마님 보시기에 제 나이가 과년해 보였나 봅지요. 따님도 없으니 저를 딸같이 여기는 재미로 그러실 수도 있지 않겠시니까?"

"너 무슨 소리를 그렇게 허는? 일본 가서 공부 더 헐 수 있도록 아버지를 설득해 달라고 조를 땐 언제구 시방 네 말투는 마치 에미가 과년한 딸을 시집보낼 체도 안 허는 걸 빗대 놓고 원망허는 소리로 들리는구나."

태임이는 복순이를 눈짓해서 내보내더니 이렇게 정색하고 따졌다. 자신이 한 일에도 하자가 있을 수 있다는 걸 못 참는 어머니의 고집스러운 표정을 보고 여란이는 비로소 피식 웃음이 났다. 자신의 일면을 보는 것처럼 계면쩍기도 했다.

"그럴 리가 있겠시니까? 다만 그 아주머니를 너무 나쁘게 생각 마시라는 거죠. 어머니가 특별나신 거고 딸 가진 보통 어머니들이야 다 그 아주머니처럼 여기는 시집만 갈 기면 더 바랄 것도 더 할 것도 없다는 생각이니까요."

졸업반이 되고부터 부쩍 학교로 선보러 오는 부인들의 행차가 늘어났다. 생긴 외모만 보고 가는 게 아니라 교무실에 들러서 성품과 행실에 대해서 자세히 묻고 가기도 한다고 했다. 더 극성맞은 신랑 측에선 성적표까지 보여 달래는 수도 있으니 아무리 상급학교 갈 마음이 없더라도 시험공부를 너무 소홀히 하진 말라고 타이르는 담임도 있었다. 대개는 누구를 선보러 왔는지 눈치채지 못하게 조용히 창밖에서 자기들끼리만 수군대며 기웃거렸지만 간혹 번접스러운 부인네들이 손가락질을 하며 몇째 줄 몇 번째라고 소리내어 지목을 해 당사자를 홍당무로 만들기도 했다. 그 색시보다는 그 옆의 옆의 색시가 더 나아 보인다고 그 자리에서 한눈을 파는 주책스러운 부인도 없지 않아 있었다.

복도로 난 교실 유리창은 선을 보거나 보이기에 매우 편리했고 학교 측에서도 그런 행차에 최대한의 편의를 제공해 주고 있었다. 그렇게 선을 보고 나서 신랑 측에서 서둘면 졸업할 때까지 기다릴 거 없이 시집을 가는 일도 드물지 않았고, 그렇게까진 안 되더라도 졸업 전에 혼처가 정해졌으면 하는 건 누구나 다 바라는 바였다. 그래서 창밖에 부인네들의 행차가 어른거리면 제아무리 새침데기도 이번에는 내가 아닐까 하는 기대에 부풀곤 했다. 정말로 마음으로부터 시집엔 관심이 없이 오로지 상급학교에 갈 속셈으로 공부를 해 온 건 여란이 기선이를 포함한 극소수였다.

여란이가 어머니를 특별나다고 한 건 적선정 마님 역성을 들래서가 아니라 그런 학교 분위기에 맞추어 어머니가 남달라 보였기 때문이다.

"특별난 건 내가 아니라 너야. 넌 어려서부터 보통 계집애들허군 달랐으니까. 총명허구두 의젓해서 아들 못 된 게 아깝다고들 했지만 난 그렇게 생각헌 적 없느니라. 그 대신 남자들 못지않게 활개치고 살게 허구 싶단다. 이런 졸장부들헌테 매여 살게 허구 싶진 않아. 넌 이 세상의 보통 여자들이 사는 것과는 다르게 살아야 돼."

이러면서 두루마리 편지와 졸장부들 사진을 쉰 떡처럼 시답잖게 밀어 놓았다. 모녀는 서로를 특별나다고 우겼지만 하나는 바람이었고 하나는 현실이었다. 여란이는 안방이 그리던 안방과 다름에 위화감을 느끼며 살펴보았다. 윗방의 화류로 된 장롱들은 손질이 잘돼 여전히 깊은 자주색으로 반들대고 있었지만 아랫목 머리맡의 수장궤는 보이지 않았다. 놋쇠 장식이 주렁주렁 달려서 여란이가 어려서부터 심심할 때면 곧잘 손장난을 하던 수장궤 대신 서랍이 달린 신식 책상이 들어앉아 있었다. 그 책상 위에 수북이 포개진 검은 표지의 장부책과 튼실하게 생긴 주판은 큰돈은 엄마가 번다고 느물대던 경우의 말을 실감케 했다. 태임이 또한 여란이가 건넌방으로 물러간 후에도 딸과 뭔가 잘 안 됐던 것 같은 섭섭함을 떨치지 못했다. 하긴 열아홉 살이니까. 태임이는 스스로를 위로하기 위해 자신의 열여섯 살 적을 생각했다. 그녀를 끔찍이도 사랑했던 할아버지의 소망은 그녀가 신사임당처럼 되는 거였다. '너를 꼭 그렇게 키우고 싶구나. 할아버지의 소원이다. 느이 에미처럼 팔자소관만 하며 살게 하지도 않을 테고, 느이 할머니처럼 살림 귀신노릇만 하게 하지도 않을 작정이다.' 이런 할아버지의 간절한 소망을 열여섯 살밖에 안 된 계집애가 얼마나 앙칼진 말로 비웃었던가. 할아버지에 대한 더 지독한 배반은 그 후 종상이와 혼인을 한 거였지만 다행히도 할아버지는 그 꼴을보기 전에 돌아가셨다.

태임이는 30년 전의 할아버지의 애원과 별로 다르지않은 소리를 딸한테 한 것처럼 느꼈다. 그 느낌은 여간 고약하지가 않았다. 딸 역시 자기가 그랬던 것처럼 마음속으로엄청난 배반을 간직하고 그 소리를 귓전으로 흘렸을 것 같았다. 그녀는 밀어 놓았던 사진들을 하나하나 뚫어지게 들여다보았다. 배반의 꼬투리를 그 가운데서 찾아내려는 듯이. 하나도 눈에 차지 않았지만 불안하긴 마찬가지였다. 별수 없이 그녀는 장부와 주판을 끌어당겼다.

외숙 손태복 씨를 삼포에서 손을 떼게 한 후, 마침 백삼의 호경기를 타고 태임이네 삼포는 곧 적자는 면할 수가 있었다. 손태복 씨에겐 삼포를 제외한 논밭을 아주 그의 명의로 떼어 줌으로써 외가와 의 상하지 않고 그간의 애매한 관계를 깨끗이 정리할 수가 있었다. 그녀는 삼포는 산식이를시켜서 관리하게 했고 가을봄 모개로 드는 인건비나 삼포에 소요되는 물자를 미리 확보하기 위해 드는 돈에 대범한

편이어서 거의 산식이 재량에 맡기었다. 그런 전적인 신임은 산식이를 일할 맛 나게 했고, 남자도 못 따를 도량이라고 감복하게도 했다. 그러나 때로는 그닥 중요하지 않은 잔다란 일을 일일이 알고 싶어 하고 세밀한 손길이 미쳐야 하는 일을 손수 하려 들기까지 해서 산식이는 주인마님에 대해서 도무지 종잡을 수가 없었다. 이를테면 7월달부터 시작되는 채종기에는 숫제 샛골에 머물면서 손수 종자를 채취해 베자루에 담아서 냇물에 불려 불필요한 과육을 깨끗이 제거하고 음지에서 말려 종자체로 쳐서 상품, 중품, 하품으로 선별하는 일까지를 정성스럽고 찬찬하게 손수 해냈다. 또 파종하기 전 지루한 개갑(開甲) 기간 동안도 마치 갓난아기 살피듯이 수시로 살피고 간섭하고 걱정하곤 했다. 처음 삼농을 시작하는 초보자가 처음부터 차근차근 배워서 익히려는 것과도 같은 이런 태도는 삼포에서 잔뼈가 굵은 산식이로서는 적이 귀찮고 짜증스러운 것이었다. 그러나 워낙 무던한 성품과 상전한테는 복종하는 게 수라는 머슴다운 지혜로 꾹 참고 가르쳐 주는 사이에 자기도 아직 더 배우고 고쳐 나갈 것이 많다는 데 눈뜨기도 했다. 그런 남다른 정성 덕인지 샛골 삼포는 적자를 면하였을 뿐 아니라 해마다 수익성을 높여 갔다. 병충해도 용케 샛골 삼포는 피해 갔고 병삼(病蔘)이나 지시래기삼이 거의 나지 않았다. 여기 힘입어 산식이도 귀찮아하던 태임이의 세심한 정성을 본받아 가게 되었다. 산식이 때문에 삼업조합의 필요성에 눈뜬 태임인지라 이렇게 공들여 가꾼 인삼은 수확하는 대로 전량 조합의 공동 제조장으로 실어다가 제품을 만들도록 했고 조합 여시 제품이 질을 고르게 높여 가면서 새로운 선전 방법 통 신판매 등으로 판로를 개척하고 적정 이윤을 보장했다. 조합은 이렇게 삼농인 개개인의 이윤 추구의 자유와 협동의 이점을 둘 다 최대한으로 살리면서 백삼의 성가를 국내뿐 아니라 중국 동남아 등 해외까지 알리는 데 힘썼으므로 판로는 문제가 없었다. 국망을 전후해서 왜놈들의 도채와 적부병 만연 등으로 폐농이 속출하고 오랫동안 침체를 면치 못했던 삼 농사가 다시 활기를 띠었고, 지방에서 보부상으로 한밑천 잡으면 귀향하여 삼포 장만하던 전통적인 관습이 되살아나 장사해서 목돈만 쥐었다 하면 너도나도 삼포 몇백 간쯤 장만할 욕심을 부렸다.

삼포 최악의 암흑기에 일본 도적 떼들과 간교하게 내통해서 크게 한탕 해 먹고 나서 샛골의 그 광활한 삼포를 처분한 이성이도 지금 와서는 배가 아파 죽을 지경이었으나 후회막급이었다. 비록 삼업의 앞날을 내다보진 못했지만 상술이 뛰어난지라 세상의 격동기도 실수 없이 잘 대처해 가며 불린 현금으로 수천수만 간의 삼포도 마음만 먹으면 못 장만할 것도 없었다. 막내아들 분열이를 맏형의 사후 양자로 들임으로써 동해랑 집을 차지한 그가 사랑에 앉아서 굴리는 자금과 드나드는 환거간들의 수효는 선친 전처만의 전성시대를 방불케 했다. 아직도 전설적인 개성상인 전처만을 잊지 못하는 사람들은 그 대물림의 번영을 집터의 지덕으로 돌리기도 했다. 그만큼 이성이 자신의 덕은 선친에 훨씬 못 미쳤다. 전처만이 기운이 부치게 된 말년에 돈놀이를 한 데 비해 그는 장년기부터 그 맛을 너무 알았고, 전처만이 전통적인 신용거래를 위주로 믿거라 밑천을 대 주다가 실패하는 경우는 무이자로 재기할 때까지 뒤를 대는 의리에 투철했는 데 반해 이성이는 증서를 받고 보증인을 세우고 담보를 잡는 일본식의 인정사정 없는 고리대금업을 했다. 그가 속으로 벼르기만 하고 아직 삼포를 못 장만한 건 고리대금업과 수익성을 비교하는 마음도 있었지만 어떤 때는 무작정 갖고 싶은 욕심이 날 적도 있었다. 그러나 무작정 갖고 싶은 건 아무 삼포나가 아니라 샛골 삼포였다. 그가 팔아먹은 게 돌고 돌아 태임이의 소유가 된 것도 배가 아팠지만 더 화가 나는 건 아무리 삼포 자리를 보러 다녀 봐도 샛골 삼포만치 삼포로서 최적지를 발견할 수 없는 거였다. 선친의 혜안에 새삼스럽게 탄복을 하면서도 그런 좋은 물건을 지니지 못한 자신의 어리석은 욕심을 반성하기보다는 마치 태임이한테 속아서 거저 빼앗긴 것처럼 착각을 하면서 억울해했다.

그런 우매한 착각으로 속을 끓이기는 태임이도 마찬가지였다. 전씨가에서 출가외인이 된 지 20년이 넘건만도 태임이는 분열이가 동해랑 집 당주가 된 걸 억울해하는 심정을 못 삭이고 있었다. 마치 자기가 돼야 할 것을 분열이가 빼앗아 간 것처럼 여기는 앙분이 얼마나 얼토당토않다는 걸 모를 태임이가 아니었다. 민적에서 빠져나갈 수밖에 없는 딸이 가계를 이을 수도 없거니와 봉제사를 할 수도 없다는 관습에 비추어 볼 것도 없이 장자만 절손됐을 뿐 둘째 셋째의 자손이 번성한 처지에 막두 안 되는 수리였다 스스로 생각해도 망령되다 할밖에 없는 무작정의 욕망이었다.

태임이의 숨겨 놓은 욕망에 대해 알 리 없는 산식이가 보기에도 태임이가 돈벌이 될 만한 것이라면 너무 이면 체면 안 가리고 샅샅이 해 먹는 것 같아 민망할 적이 있었다. 홍삼 백삼 수익만 해도 엄청날 텐데 태임이는 삼포에서 나는 거라면 삼 이파리까지도 팔아먹을 궁리를 해냈다. 그런 방면의 책도 구해 읽는 듯했지만 제약업자나 신식 약학이나 가공식품을 공부한 사람들과 제휴해서 수납에서 제외된 퇴각삼이나 미리 가려 놓은 후삼, 미삼 등도 즙이나 정(精), 차로 만들었고, 또 분말을 만들어 무슨 산(澈)이니 정(錠)이니 하는 이름이 붙은 보약의 원료를 삼기도 했다. 하다못해 삼 이파리나, 삼꽃이 개화할 때 충실한 씨를 받으려고 일부러 따 버리는 꽃심 부분까지도 목욕물에 넣으면 살결이 예뻐질 뿐만 아니라 여름에 물것*을 안 탄다고 선전해서 돈 받고 팔 수 있게 상품화시켰다. 산식이는 태임이의 그런 새록새록한 상술도 신기했지만 더욱 신기한 건 그렇게 번 돈을 다 얻다 쓰는지 삼포에 생돈을 들이밀 때보다 살림이 더 넉넉해지지도 궁색해지지도 않고 여일한 거였다. 타고난 노랭이라고 간단히 치부해 버리자니 삼농에 들어가는 물자

---

* 사람이나 동물의 살을 잘 물어 피를 빨아 먹는 모기, 빈대, 벼룩 따위의 벌레를 통틀어 이르는 말.

나 인건비 지출은 또 지나치리만치 푼푼했다. 태임이의 쉽게 종잡을 수 없는 이런저런 점에 이끌려서 산식이는 태임이 그늘을 못 벗어나고 있는지도 몰랐다.

태임이가 번 돈을 얻다 쓰나는 이처럼 심복인 산식이한테도 완벽한 신비였지만 종상이까지 모르고 있는 건 아니었다. 남들이야 뭐라고 수군대든 손가락질을 하든 종상이만은 아내가 개같이 벌어서 정승같이 쓴다는 걸 알기 때문에 음으로 양으로 아내의 돈벌이를 후원했고 어려울 때는 긴요한 자문을 했고 심지어는 자기가 하는 일은 잘 안되는 것처럼 위장을 하기까지 했다. 안팎으로 번 돈 다 얻다 쓸까 하고 남들이 수상쩍어할까 봐였다. 실은 크나큰 살림을 지탱하는 건 전적으로 종상이의 수입이었건만 뭔가 잘 안 되어서 아내가 버는 걸로 먹고사는 무능을 가장하기도 쉽지 않은 일이었다. 그러나 그는 잘해 냈다. 양말 공장은 착실한 직공들 몇 명에게 수편기를 나누어 줌으로써 정리를 끝냈지만 아직도 판로는 그가 쥐고 있었다. 그러나 거기서 떨어지는 수입은 미미했다. 그가 그 공업을 일으킬 때하곤 시대가 달라서 가내공업은 사양길이었다. 신사들은 일본제의 매끈한 양말을 선호했고 수공업으로 짜낸 투박한 양말은 학생이나 노동자가 신는 막양말 구실밖에 못 했다. 그래도 종상이가 그 판로를 끝까지 쥐고 있는 것은, 거기 밥줄을 매단 사람들의 이윤을 최대한으로 보장해 줄 만한 이는 자기밖에 없다는 사명감도 있었지만 남들 보기에 뭔 일이 제대로 안 되는 것처럼 가장하기에 유리하기 때문이기도 했다. 그는 비록 신식 회사나 상회를 만들지는 않았지만 능히 그럴 수도 있는 자본을 가지고 있었고 그걸 저전히 굴리고 있었다. 아직도 개성 지방 독특한 도가 조직을 이용하면 사랑방에 앉아서도 얼마든지 장사가 가능했다. 그의 주된 특기는 매점이어서 도가 창고와 밑천만 있으면 됐다. 물론 앞을 내다보는 눈이랄까 운수도 따라 줘야 하지만 학생 때부터 이성이한테 훈련받은 바도 있었고 타고난 소질도 있었던지 거의 실수라곤 없었다. 다만 많이 번다고 소문 안 나게 솔솔 정도만 벌려고 자제하고 있을 뿐이었다.

아내의 수입과 지출을 보호하기 위해서였다. 태남이는 만삭의 아내를 데리고 다녀간 후 1년에 한두 번씩은 단신으로 잠입해 들어왔다. 진동열 선생이 경영하는 학교의 운영비를 조달할 임무를 띠고 있다는 건 처음과 마찬가지였지만 국내에서 모금을 맡은 이들의 실종, 열성의 냉각 등으로 어느 틈에 태임이 혼자서 돈줄로 남게 되었다. 태남이도 처음과는 달리 떳떳하게 자금을 요구했고 그 액수가 불어남과 동시에 자금의 용처도 학교 운영비에서 독립운동 자금으로, 독립운동 자금에서 군자금으로 바뀌어 갔다. 태임이나 종상이가 보기에 그걸 의심할 여지없이 태남이의 태도는 당당했고 눈빛은 빛났고 이마는 자부심으로 실제의 키보다도 드높아 보였다. 그때부터 태임이는 돈을 밝혔고 보람 있는 일에 쓰고 있다는 신바람이 운수까지 부추긴 듯 사업의 손속이 좋아졌고, 종상이는 자존심 상함이 없이 돈 못 버는 남편 흉내도 낼 수가 있었다. 특히 3·1운동 후 잔뜩 고

조된 민족자본의 기상에다 그 후 속속 만주 땅으로부터 전해 오는 우리 무장 독립군이 일본군을 몇만 명이나 죽였다는 둥, 영사관과 철도를 기습하고 또 어디어디를 점령했다는 등의 대첩의 소식은 모든 조선 사람을 의기충천하게 했고 희망에 부풀게 했지만 종상이 부부의 감격은 남달랐다. 독립군의 무장을 직접 지원했다는 자랑스러운 비밀로 가슴이 터질 것 같았다. 만일 부부가 서로 견제하지 않았다면 누구에게든지 자랑을 시키지 않고는 못 배겼을 것이다.

그러나 한동안 뜸하다가 나타난 태남이는 영광스러운 독립투사와는 도무지 가당치 않은 몰골을 하고 있었다. 하다못해 그 정의로운 싸움의 숨은 공로자다운 풍격이라도 찾아보고 싶었으나 허사였다. 그냥 지치고 초라하고 허탈해 보였다. 패잔병이라도 신념이 있었다면 그렇게까지 불쌍해 보이진 않을 터였다.

"우리가 조그만 부조를 너무 크게 생각했었나 보오."

"부조란 받는 쪽에선 작게 보이고 주는 쪽에선 크게 보이는 것이긴 합니다만 어드렇게 그 큰돈을 조그만 부조라 하시니까."

"생각해 보오. 몇만 명이나 일본군을 무찔렀다니 이건 전투가 아니라 전쟁이오. 구라파 전쟁에서도 그렇게 많은 희생자가 한꺼번에 생겨났단 소리는 못 들었소. 그러니 그 큰 전쟁에서 우리가 낸 돈은 새 발의 피만이나 했겠소."

그들 부부는 독립군의 승리 뒤에서 큰 공을 세운 것 같은 보람을 태남이와 나눌 수 없게 되자 이렇게 그 공을 스스로 격하시킴으로써 서운함을 달랬다.

태남이의 징기적인 내왕은 그 후에도 계속됐고 대임이는 그 뒤를 대기 위해 더욱 부지런히 돈벌이에 골몰했지만 태남이의 한번 무너진 당당한 태도는 회복되지 않았다. 그의 눈과 이마도 다시는 자부심으로 빛나지 않았다. 침울하고 겁에 질려 보였을 뿐 아니라 궁기까지 끼기 시작했다. 그가 당당할 때도 부유해 보인 건 아니었지만 궁상스러워 보이지도 않았었다. 옷차림이나 소지품을 눈여겨보면 되레 뜻밖의 고가품이어서 그가 결코 생활비를 구걸하고 있는 게 아니라는 걸 믿을 수 있게 했더랬다. 그러던 태남이가 내면의 황폐와 물질적인 궁상을 함께 드러내니 이쪽에서도 부쩍 의심이 갈밖에 없었다.

그동안 태남이의 신상에 어떤 변고가 있었는지는 모르지만 입이 무겁고 신중한 것 하나는 여전했다. 그의 장인이자 정신적 지주였던 진동열 선생이 돌아가셨다는 소리를 한 것도 사후 2년이나 지나고 나서였다. 그것도 할래서 한 게 아니라 자기도 모르게 불쑥 나온 말이었다. 작년 겨울에 다니러 나왔을 때였다. 지치고 황폐해 보이긴 여전했지만 서둘기까지 해서 불쑥 아니꼬운 생각이 들었다. 마치 꿔 준 돈 독촉하듯이 어느 달 며칠까지는 돈이 돼야 한다고 상당히 막대한 금액을 날짜를 정해 놓고 독촉하고 어떡하든지 그만한 액수와 날짜를 맞추려고 안달을 하고 무리를 하는 아내를 보다못해 종상이는 넌지시 한마디 했다.

"자네 그러는 게 아닐세. 그 돈 읎어 숨넘어가는 사람이

86

있는 것도 아니고⋯⋯."

"장인어른 제사 때까지는 대가고 싶습니다요, 형님."

태남이의 얼굴이 비참하게 일그러졌다.

"장인어른이라면 진동열 선생 아닌가?"

"예, 기제사도 아니고 대상이라서요."

"그럼 그 어른이 돌아가신 지가 벌써 3년째란 말인가?"

"예."

"에끼 이 사람, 그걸 지금 와서 말하는 법이 어딨나, 참
말로 무도한 사람이로구만."

더 지독한 욕설도 얼마든지 할 수 있었지만 예사 죽음
같지 않은 느낌 때문에 그 정도로 참았다.

"말주변이 없어서⋯⋯. 딴 뜻은 없었으니까 용서하세요."

태남이는 너무도 순순히 자기 잘못을 인정했고 종상이
는 실소를 금할 수 없었다.

"자네 핑계 대는 말주변 하나는 정말로 읐구만. 허지만
부고에 무슨 말주변 따위가 필요하단 말인가?"

"어떻게 그 어른이 당한 그 끔찍한 죽음을 별세니 사망
이니 하는 간단한 말로 적거나 입에 올릴 수가 있겠시니까."

"병환으로 돌아가신 게 아니었구먼."

태남이는 대답하지 않았다. 종상이도 더는 묻지 않았
다. 태남이의 꾸민 무표정이 그의 동정이나 호기심 따위를
사납게 거절하는 것처럼 보였다. 그러나 그것도 잠깐 태남
이가 울기 시작했다. 형편없는 울음이었다. 온몸이 구겨지
고 마침내는 그가 걸친 남루와 구별할 수 없을 만큼 너덜너

덜해 가고 나서야 그의 울음은 그쳤다. 그리고는 진동열 선생의 죽음에 대해 더는 말하지도 않고 묻지도 않다가 태남이는 다시 간도로 떠나갔다. 물론 요구한 목돈은 가져갈 수있도록 이번엔 종상이가 다 열불이 나게 아내를 보챘으니 아마 제삿날에 대서 당도할 수 있었을 것이다. 떠나보내고 나니 시원했고 앞으로 그런 식으로 또 태남이한테 당하는 일은 없었으면 하고 생각했다. 태남이를 움켜쥐고 있던 진동열 선생의 맥과 혼이 끊어진 이상 태남이한테 자금을 댄다는 건 무의미했다. 사기나 속임수 등 불이익에 해당하는 걸 당하는 느낌이었다. 계속해 당할 순 없어. 이렇게 다짐을 하면서도 또 당하고 말 것 같은 무력한 예감에 기겁을 한 적도 있었다.

다행스럽게 참으로 다행스럽게도 가만히 앉아서 당하지 않고 이쪽에서 선수를 쓸 수 있는 기회가 뜻밖에도 빨리 왔다. 아직도 차인을 거느리고 있는 황도중 어른이 유능한 차인을 만주 장사에 내보내는데 따라가 보지 않겠느냐고 했다. 도움이 필요해서가 아니라 견문도 넓히고 그쪽 실정도 알아 두면 나쁠 것도 없지 않겠느냐는 소극적인 권유가 되레 그를 강력하게 움직였고 흥분시켰다. 이왕 먼 길 나서는 길에 물건을 좀 해 가면 노자는 떨어지겠지만 생돈 들여서 가는 게 더 홀가분할 거라고도 했다. 어디까지나 이쪽의 자유였다.

그쪽에선 구정 경기를 겨냥한 듯 곶감을 비롯한 제숫거리, 비단, 비누, 구리무에다 상당량의 백삼을 준비했다고 했다. 그런 고급품들이 먹혀들 만큼 일찍부터 만주에 자리 잡은 조선 사람들이 부유해졌단 소문은 벌써부터 떠돌고 있었다. 그러나 종상이는 이번 길에 태남이를 찾아볼 작정을 하고 있어서 큰 이문을 남길 생각이 없었다. 큰돈은 몸에 지니지 않는 게 수였다. 앉아서 당한 것도 억울한데 몇천 리를 찾아가서 당할 순 없었다. 그래도 장사꾼 근성은 있어서 생돈 안 들일 만큼은 물건을 가져가기로 했다. 투박하게 싼 막양말과 고무신이었다. 그 무렵 새로 나오기 시작한 재래의 코신을 본판 고무신은 도시뿐 아니라 농민들 사이에도 인기가 대단했다. 고무신 공업에 은근히 뜻을 두고 있는 종상이는 만주라는 광활한 지역에서의 고무신의 시장성을 떠보려는 속셈도 겸한 길이었다. 그러나 태남이가 처한 현장을 불의에 습격하리라는 간계나 장삿속만으로 그렇게 흥분할 종상이가 아니었다. 종상이에게 만주 땅은, 만주 땅 중에서도 조선 사람들이 많이 모여 산다는 간도 지방은 꿈의 고장이었다. 힘이 부쳐서 이루 다 개간할 수 없다는 무진장 넓고 기름진 땅, 조선 사람이 모여 사는데도 일본의 경찰력이 미치지 않는 자치지역, 독립투사들의 의기가 충천하고 민족의 기상이 싱싱하게 살아 숨쉬는 곳, 그뿐일까 무력으로 당당하게 일본군과 싸워 대승한 별천지였다. 바로 두만강 너머에 그런 땅이 있다는 건 기적 같은 일이었고 언젠가는 마침내 그 기적적 기운이 햇살처럼 조선 땅에 퍼질 것을 믿고 싶었고 미리 확인해 두고 싶었다. 태남이가 불행을 당하고 곤경에 빠진 것은 어디까지나 개인적인 불운일 뿐이라고 여겼기 때문에 간도를 동경하는 마음이 달라지지 않았다.

종상이가 일행이 된 장사꾼들은 해도도 내던까지 가서 현지의 상회에다 짐을 풀면서 주로 철도로 봉천, 장춘, 길렴, 조양천, 연길, 도문까지 갔다가 다시 조양천으로 해서 용정에 가서 마지막 짐을 풀고 뿔뿔이 헤어졌다. 곧바로 조선으로 돌아갈 사람도 있었으나 용정에 하루 이틀 유하면서 개인적인 회포를 풀고 싶은 연줄을 가진 사람도 있었다. 용정에서 일단 장사는 파장을 본 셈이었다. 농사짓는 조선 사람들은 조선에 앉아서 듣던 것처럼 자유롭지도 부유하지도 않아 사치품은 다 팔지도 못했고 이문도 얼마 못 남긴 데 비해 종상이의 막양말과 고무신은 물건이 달려서 못 팔 지경이었다. 우연히 잡은 행운이었고 또 조금도 바란 바 없는 행운이었건만 동행 중엔 종상이 혼자 미리 알고 그런 것처럼 언짢아하는 사람도 있었다.

그런 건 아무래도 좋았다. 요동반도에서 시작해서 만주를 동진해서 간도 지방에 이르는 동안 보고 듣고 피부로 느낀 바로는 그동안 자신이 얼마나 간도의 역사와 현실 중에서 기억하고 싶은 것만 골라서 기억했나 하는 거였다. 그 고장 한인 사회가 꿈결처럼 잠시 자치를 경험한 지가 10년이 지났건만도 막연히 거기서는 아직도 국내보다 많은 자치권을 소유하고 있으려니 했고, 구라파 전쟁 때 그곳 농민들이 전쟁 경기 좀 본 걸, 전쟁 끝난 지가 언제라고 아직도 유효하려니 했으니 말이다. 그러나 무엇보다도 큰 오해는 청산리대첩 후의 간도 지방의 현실에 대해서였다. 조선인들의 긍지와 기상이 최고로 고조돼 있으려니 했는데 현실은 정반대였다. 겁 없이 대국을 건드리고도 승리만 해서 잔뜩 교만해진 일본국이 비족처럼 얕보던 독립군한테 대패한 치욕을 어찌나 무자비한 학살로 갚았던지, 대첩의 후유증은 대학살이었고 그 후유증은 아직도 도처에서 피 흘리고 있었다.

환상에서 깨어나자 비로소 진동열 선생의 죽음도 개인적인 비운이 아닐 거라는 생각이 들었다. 진동열 선생이야말로 대학살에 희생됐을 거라는 종상이의 예감은 불행히도 적중했다. 진작 알았다고 해서 뭐가 달라질 게 없건만도 여지껏 그런 짐작도 못 하고 태남이한테서 놓여날 궁리만 한 자신이 부끄럽고 부끄러워서 진작 왜 그 생각도 못했던가, 자신의 아둔함에 가슴을 쳤다.

용정서 일행과 갈라진 종상이가 두도구로 해서 해란강 쪽으로 북상하다가 찾아낸 진동열 선생이 생전에 이룩한 고려촌이라는 마을은 이미 피폐할 대로 피폐해 미구에 폐촌의 신세를 면할 것 같지 않았다. 남자들은 거의 다 학살을 당하고 그 틈을 타 비족의 습격까지 잦아지니 남은 부녀자들은 남편을 학살한 원수 놈의 일본 경찰의 그늘을 찾아 인구밀도가 높은 용정이나 국자가 등 도시로 나가야 했으니 얄궂은 운명이었다.

진동열 선생이 미리 피신을 시켜서 그 미처 날뛰는 학살의 시기를 모면케 한 태남이네는 그중 형편이 나은 편이었다. 그러나 선심이란 인간이나 쓰는 것이지 신의 몫은 아니어서 신은 살려 준 대가로 너무 과중한 고통을 마련해 놓고 있었다. 긴동열 선생은 전투에 직접 휩기히긴 않았지민 배후에서 전투력을 양성하고 애국심을 고취시킨 중요 인물이었기 때문에 딴 양민 학살보다 한층 잔혹한 죽임을 당했고 그 목불인견의 죽음은 여봐란듯이 가족한테로 보내졌다. 일단 목숨 끊어진 시신은 아무리 모독해 봤댔자 한 번 죽지 두 번 죽는 건 아니다. 그걸 혈육한테 일부러 보인다는 건 치 떨리는 만행의 극치였다. 또 한 번 말주변이 없다는 평계로 태남이는 그 참상을 입에 담길 피했으나 오죽했으면 달래는 아버지의 시신을 보고 정신을 잃었다고 했다. 한번 망가진 달래의 몸과 마음은 회복되지 않아 병색이 완연했고 정신도 들락날락한다고 했다. 에미만 병들고 실성한 게 아니라 어린것 남매 중 계집애가 또 충실치 못했다. 태중에 있을 때 에미가 그렇게 됐다니까 아이인들 성하게 태어날 리가 없었다. 두 돌이 지났다는데도 따로 서지도 못했고 웃지도 않았다. 그 어린 게 어쩌자고 세상 신산*에 찌든 늙은이처럼 우울한 얼굴을 하고 사지를 흐느적대고 있었다. 사람 될 것 같지가 않았다. 제 신상을 위해서나 어미를 위해서나 어서 죽기나 했으면 싶었다. 종상이는 건강하고 명랑하고 구김살이라곤 없어 보이는 달래가 첫눈에 마음에 들었다. 달래 같은 아내를 맞은 태남이까지 돋보였고 그런 신뢰감 때문에 아까운 줄 모르고 화수분처럼 돈을 댈 수 있

---

*   세상살이가 힘들고 고생스러움을 비유적으로 이르는 말.

었는지도 모른다. 그렇게 좋아하던 달래가 멍청한 얼굴로 앙상한 가슴에다 그 사람 될 것 같지 않은 계집애를 매달고 다니면서 최소한도의 살림을 하고 있는 꼴은 종상이의 가슴에 맺혀서 좀처럼 풀릴 것 같지 않았다. 불쌍한 마음이 절절해서 붙들고 말을 시키면 그저 멍텅구리처럼 웃기만 했다. 태남이 말로는 가끔 제정신이 돌아올 적도 있고 처음보다 점점 자주 돌아온다고 했지만 종상이는 한 번도 달래가 제정신인 걸 보지 못했다. 태남이의 헛된 희망은 그뿐이 아니었다. 고려촌의 피폐와 함께 폐교 직전까지 간 고려학교를 부흥시켜 보려고 병든 아내조차 돌보지 않고 동분서주하는 거였다. 초등부에서 중등부로 올라가면서 민족교육과 함께 군사훈련을 겸하였다는 이 학교는 전성기 때는 학생수가 100명을 넘을 때도 있었다니 고려촌뿐 아니라 성 각지에서 모여들었을 것이다. 그러나 딴 사업과 달라서 학교는 자금만 있다고 되는 것은 아닐 터였다. 인근 부락의 인구의 감소 때문도 있겠으나 정신적으로 우뚝 솟아 있던 설립자인 진동열 선생이 없어진 마당에 학생들이 모이지 않는 건 당연했다. 어차피 사설 학교란 특출한 인격의 영향력에 의존할 수밖에 없는 것을 태남이는 진동열 선생을 대신할 만한 인격을 구할 엄두는 못 내고 덮어 놓고 학교의 부흥만을 서둘고 있었다.

종상이는 그러나 그런 태남이를 말리거나 충고하지 않았다. 그 일에라도 골몰하지 못하면 어쩔 것인가. 식칼이든 도끼든 복수의 흉기를 휘두르며 미쳐 날뛰지 않으려면 뭘 일에든지 정신이 팔려 있지 않으면 안 될 것 같았다. 종상이는 알고 있었다. 태남이의 타고난 그 저돌적 괴력은 결코 저절로 쇠진해 없어질 턱이 없다는걸. 진동열 선생도 어쩌면 사위의 내부에 잠재한 화통 같은 울뚝증을 알아보고 직접 총칼 잡고 힘을 쓰는 일에서 밀어내 자금을 조달하러 다니는 일로 돌린 게 아니었을까. 그런 방법으로 미리미리 사위의 안전을 보호한 거라면 비열하달 수도 있겠으나 외아들은 진작부터 독립군에 가담시켜 현재 행방불명 상태니 그렇게 생각해도 고인의 인격에 누가 되진 않을 것 같았다.

이런 꼴을 보고 돌아온 종상이의 심사가 편할 리 없었다. 특히 달래 생각을 할 때마다 가슴이 저미듯이 생생하게 아파 왔다. 피를 나눈 혈육이라도 이보다 더 마음 아플 것 같진 않았다. 그 황량하고 막막한 고장에서 달래만 쏙 빼다가 따뜻이 보듬어 요양을 시키면 당장 건강해질 것 같은 희망으로 마음을 졸인 적도 있었으나 실행의 의지가 있는 건 아니었다. 아내에게 털어놓고 의논을 하면 한결 마음이 가벼워질 것 같았으나 장인이 죽고 나서 어려운 점이 한두 가지가 아니더라는 정도로밖에 아내의 궁금증을 풀어 주지 못했다. 말하고 싶을 때마다 보고 느낀 대로 말하기보다는 그 참상에다 의미와 희망을 부여하여야 된다는 강박관념 때문에 저절로 말주변이 없어지고 말았다. 태남이가 왜 말주변이 없어졌나도 알 것 같았다.

귀성한 다음 날, 분홍 은조사 치마에 흰 항라 적삼을 받쳐 입고 사랑에 나온 여란이가 제일 먼저 알고 싶어 한 것도 간도 소식이었다.

"아버지 간도 얘기 좀 해 주세요. 선생님은 어떡허구 있어요?"

"선생님이라니?"

종상이는 선녀의 날개옷처럼 화사하고 상긋한 딸의 성장을 눈부신 듯 그러나 수심 가득한 시선으로 바라보면서 반문했다.

"숙모 말예요. 어머니한테는 언니라고 했다가 혼났는데 아버지는 또 선생님 소리가 마음에 안 드시나 보죠. 참 이상들 하세요. 태남이 아재가 외삼촌이라는 건 여지껏 쉬쉬하고 감춰 오시다가 숙모 소리에는 두 분이 똑같이 너무 신경을 쓰시니 말예요. 숙모에 대한 선심인가요?"

"너 그게 무슨 말버릇이냐?"

"죄송합니다. 그렇지만 제가 숙모를 좋아하고 따르는 마음은 호칭 같은 것과 아무 상관도 없다는 걸 알아주셨으면 해요."

"태남이 아재에 대해 어느 만큼 아는?"

"다요."

여란이는 자신 있다는 듯이 선선히 대답했다.

"다라? 언제 누구라 너한테 그걸 가르쳐 주더냐?"

"숙모가 처음 우리 집에 와 있을 때 저하고 한방 썼잖아요."

"태남이는 느이 엄마의 이부제(異父弟)다."

"안다니까요."

"이복형제간은 흔히 있을 수 있어도 이부형제간은 그리 흔한 게 아니다, 물론 수치스러운 일이기도 해서 감추고 싶어 한단다."

"글쎄요. 잘 모르겠어요. 부정으로 아버지가 다른 형제를 낳았다면 그 당사자가 좀 부끄러워할 순 있겠지만, 그 자식들이 부끄러워할 까닭은 없을 것 같은데요."

"숙모가 어떤 투로 그 말을 너한테 해 주던?"

"특별히 기억날 만큼 별다른 태도를 취하진 않았을걸요. 사실을 사실대로 말할 때의 명쾌하고 명명한 투였겠죠. 그 숙모가 워낙 좀 그렇잖아요. 아무튼 그 소리를 듣고 기분이 좋았으니까요. 그 전에 막연히 눈치로 알고 있을 때의 불결감을 깨끗이 씻어 버릴 수가 있었구요."

"그럼 그 전에도 알고 있었단 말이냐?"

"아버지 전 바보가 아녜요. 입분이도 알고 있는 일인걸요. 제가 시방 외할머니가 어떤 분이었나 궁금해하고 있는 게 아니잖아요. 그분에 대해 관심 없어요. 숙모 소식이 알고 싶단 말예요. 보고 싶기도 하구요."

"숙모를 좋아하는구나, 넌."

"그래요."

"나도란다."

"아아, 아버지 왜 자꾸 딴 말씀만 하시니까? 숙모한테 혹시 무슨 일이 있는 거 아니니까?"

참다 못해 여란이가 짜증을 부렸다.

"아니다, 무슨 일은. 다들 생각보다 고생스럽게 살고 있

96

어서 안 보니만 못한 것 같기도 하고 만주 땅이란 데가 아직
은 사람 살 곳이 못 되더라. 독립운동이라는 것도 그래. 빼
앗길 때처럼 지딱지딱 되찾아지는 것도 아니구, 부지하세
월 버틸 수 있는 것도 아니구."

"아버지 그렇게 말씀하지 마세요. 전 그래도 그분들이
자랑스러워요."

"암 자랑스럽고말고. 참 이 애비가 소싯적에 얼마나 용
감했는지 엄마가 말 안 해 주던?"

그러면서 종상이는 느닷없이 삼포의 일꾼 노릇을 하던
소년 시절, 일본 도채꾼들을 잡으려다가 역부족으로 겨우
게다짝을 주워서 증거품으로 관아에 고발하고 당한 곤욕을
중언부언 두서없이 늘어놓았다. 여란이가 이상해하고 지루
해하고 있다는 걸 알면서도 걷잡을 수가 없었다. 마음과 뜻
이 전혀 통하지 않는 대화가 먼저 참을 수 없어진 건 여란이
였다. 여란이는 분홍 은조사 치마처럼 화사하고 상큼하게
미소 지으며 말했다.

"적선정 어른이 아버지께 안부 전하라고 하셨습니다."

"오오 참, 댁내가 다 무고하시더냐?"

"예."

"그런 댁을 만나게 된 것도 네 복이다. 안방마님 눈 밖
에도 나지 않도록 각별히 조심해야 하느니라."

여란이는 복이란 말이 귀에 거슬리다 못해 치욕스러웠
지만 잠자코 있었다. 순종이 아니라 참아 주고 있을 뿐이라
는 앙큼한 생각은 방학이 끝날 때까지 계속됐다.

그녀는 자신의 이런 내밀한 반란에 동생을 한패로 삼고 싶었지만 그것만은 뜻대로 되지 않았다. 동생 경우는 어린 깐으로는 호락호락하지가 않았다.

경우는 여란이처럼 반짝거리는 아이는 아니었지만 진중하고 심지가 굳었다. 반면 어린 나이답지 않게 제가 한번 옳다고 생각하면 고집불통인 데가 있었다. 그가 다니던 북부의 보통학교는 그가 졸업하던 해에 4년제에서 6년제의 심상소학교로 바뀌었는데 그해에 졸업을 하건 이태를 더 다니고 하건 각자의 자유였다. 일단은 다 졸업장을 주었기 때문에 학교 다니는 목적이 오로지 졸업장에 있었던 학생은 2년씩이나 더 다닐 까닭이 없었다. 또 상급학교로 진학할 생각이 있다 해도 간단한 시험만 잘 치르면 됐지 꼭 몇년제 졸업장이어야 한다는 까다로운 자격 제한이 있는 게아니었다. 여란이도 그랬지만 대개는 열 살이 넘어서야 보통학교에 입학을 하고 또 일본말이나 깨우치면 신학문은 다 했다고 여기는 게 일반적인 생각이었다. 이태나 더 배우고 같은 졸업장을 탄다는 건 이태를 손해 보는 것과 마찬가지라고 여길 수밖에 없었다.

자연히 5학년생은 몇 안 남게 되어 인근 면 소재지의 4년제 소학교나 두메의 간이학교를 다니다 만 머리 굵은 총각들을 유치해다 편입을 시켰다. 딸까지 경성 유학시킨 집에서 아들이야 말할 것도 없으려니 하는 게 그 집안을 아는사람들의 생각이었고 실지로도 그랬다. 특히 교육열이 유별나고 또 샘도 많은 태임이는 집안 내에서 제일 먼저 사각모를 쓴 분열이에 대한 선망을 경우를 통해 풀어 보고 싶은 마음이 여간 급하지가 않았다. 그러나 경우는 부모 슬하에서 소학교를 2년 더 다니고 싶다고 했다. 어린 나이에 집 떠나 있기가 두려워 그러나 보다 안쓰럽고 흐뭇한 마음도 있고 해서 전문학교부터나 서울서 다니게 하고 중학교는 송도고보로 진학시키려 했지만 그것도 말을 듣지 않았다. 2년 동안 더 배울 것도 있지만 더 생각할 것도 있다는 것이었다. 제까짓 게 생각하긴 뭘 생각한단 말인가. 종상이도 태임이도 아들이 어쩌다 철없이 굴 적마다 "시방 네 나이가 몇 살인 줄 아는? 예전 같으면 장가가 애아범이 되고도 남을 나이다." 이러면서도 그 나이의 생각할 능력에 대해선 매우 아니꼽고 마뜩잖게 여겼다. 그러나 경우의 남달리 숙성하고 사려 깊은 태도는 설사 부모라고 해도 그의 생각을 함부로 꺾거나 바꾸게 할 수 없다는 것 하나는 명백하게 했다.

외아들인 데다가 성미까지 호락호락하지가 않았기 때문에 그만큼 기대도 컸었나 보다. 경우가 소학교를 남보다 더 다니면서 생각했다는 게 고작 서울까지 유학 갈 생각은 없고, 개성에서 진학하되 그 무렵 새로 생긴 상업학교로 가려 한다는 걸 알았을 때 태임이의 실망은 이만저만이 아니었다. 여북해야 방학 동안 내려와 있는 여란이에게 동생 마음을 움직여 보라고 부탁을 다 하고 나서 혹시나 하고 마지막 기대를 걸어 보았지만 허사였다. 어머니의 부탁이 아니더라도 그걸 알고 가만히 있을 여란이도 아니었다.

"말도 안 돼, 넌 뭘 몰라도 너무 몰라. 소년들이여, 큰 뜻을 품으라는 말도 못 들어 봤는? 포부를 크게 가져도 절 반도 못 이루기 십상인데 왜 처음부터 좀스럽게 주판 부기 냐? 어린 마음에 그런 거 배워 놓으면 아버지한테 도움이 될 것 같고 아버지한테 필요한 사람만 되면 생전 부모님 슬 하를 안 떠나도 될 줄 알고 그러지 너. 그런 게 아냐. 그런 건 효도도 아니고. 키가 멀쑥해 가지고 생각하는 게 어쩜 그렇게 어리냐. 어머니, 쟤 여태 어머니 젖 만지고 자는 거 아뉴?"

"아니다. 걔 독방 쓰는 지가 벌써 언제라구."

동생을 몰아세우는 여란이의 말투가 어째 처음부터 탐 탁지 않은 태임이는 눈살을 찌푸리며 말했다. 여란이도 헛 짚고 있었다. 경우는 어리기는커녕 노숙하기조차 한 태도 로 말했다.

"누나 말이 맞는지도 몰라. 난 장차 엄마 아버지의 좋 은 동업자가 되고 싶어, 그게 왜 나빠?"

태임이는 딸에게 은근히 도움을 청했다는 걸 잊어버릴 만큼, 쉽사리 굴할 것 같지 않은 경우가 기특하고 보기 좋 았다. 경우는 어린 게, 어쩌면 어리기 때문에 꾸미거나 허 세 부리지 않고 절로 늠름하게 굴었다. 또 그 무렵 동해랑 집 당주인 분열이에 관해 떠도는 갖가지 불미스러운 소문 도 사각모에 대한 태임이의 맹목적인 집착을 어느 만큼은 식게 했다. 중학교부터 서울 가서 공부를 한 분열이가 마침 내 사각모를 쓰게 되고부터 태임이의 우상이 되었을 뿐 아 니라 기미년 만세 통에 주동자 노릇을 하다가 옥살이를 하고 내려와서 요양을 하게 되자 종상이까지 그를 자랑스럽게 여기게 되었다. 그러나 아들이 졸업만 하면 총독부 같은 관청의 요직에 취직이 되어 금의환향할 줄 알았던 이성이의 실망은 컸다. 이 기회에 혼인을 시켜 손자라도 봐야 실망을 다소 보충할 수 있을 것 같았다. 아버지의 실망에 기가 죽은 분열이는 보통 때는 말도 못 붙여 보게 하던 혼담을 못 이기는 척 받아들였다. 그렇게 얼떨결에 맞아들인 색시라곤 하지만 입덧을 시작하는 것을 보고 일본으로 건너간 사람이 첫딸을 낳았다는 기별을 받을 때까지 제 댁한테 안부 편지 한 장이 없다는 건 심상치 않은 일이었다. 돈이 필요해서이겠지만 아버지하곤 자주 연락이 있는지라 며느리의 딱한 사정을 보다 못해 아기 백날에도 안 다녀가면 송금을 끊겠다고 으름장을 놓아 백날 하루 잠깐 얼굴을 비치고 가긴 했지만 하룻밤도 자고 가진 않아 새댁의 가슴에 못을 박고 일가친척들의 구구한 억측을 자아냈다. 그 후 일본의 무슨 대학의 전문부를 수료하고 귀국했다지만 서울에 머물러 있었다. 같은 일본 유학생인 조선 처녀와 열렬하게 연애를 하다가 같이 귀국해서 서울에서 살림을 차렸다고 했다. 그 여자 친정이 부자라고도 했고, 그 여자가 여고 선생 노릇을 한다고도 했지만 둘 다 확실하진 않았다. 아무튼 분열이가 부모네들이 기대한 것만 한 관직이나 그 밖의 자리에라도 취직을 한 것 같지는 않은데도 송금을 중단한 후에도 잘 견디고 있었다. 언제고 마음 돌릴 날이 있을 테니 조강지처의 체통을 잃지 말아야 한다고 며느리를 단속하는 한편 이런 소문이 밖으로 새어 나가지 않도록 쉬쉬했지만 며느리 마음이니 그런 유의 소문이나 둘 다 단속이 가능한 것들이 아니었다. 특히 어린 딸 하나를 데리고 그 큰 집을 지키고 사는 새댁의 가긍한 형상은 남의 말 하기 좋아하는 사람들의 상상력을 유발하고 그럴듯한 말을 만들어 내기에 매우 적절했다. 그 큰 집은 바로 태임이 어머니인 머릿방 아씨가 우물에 빠져 죽은 집이었으니까 아무리 말주변 없는 사람도 한마디 안 하면 몸살이 날 만했다. 있지도 않은 우물에서 산발한 물귀신이 매일 밤 나타나 새댁을 손짓한다는 둥, 새댁도 죽기 전에 한번 외간 남자를 보고야 말 것이라는 둥 마치 새댁의 사나운 팔자가 서방님 탓도 새댁 탓도 아닌, 드센 집터 탓으로, 좀 더 엽기적으로 말하고 싶으면 머릿방 아씨의 원혼의 요사스러운 장난 탓인 양 유포되고 있었다.

그런 소문이 듣기 괴로운 건 이성이네 당사자들보다는 태임이였다. 어머니 머릿방 아씨가 빠져 죽은 우물은 폐정이 되었을 뿐 아니라 전처만 영감 감독하에 자취도 없이 묻어 버렸다. 전처만 영감은 행여나 며느리의 원혼이 비집고 나올세라 지경을 다지듯이 철저하게 그 자리를 메우도록 손수 지시 감독을 했었다. 그가 영원히 파묻고자 한 건 원귀보다도 실절*이 아니었을까. 30년 가까이나 조용히 묻혀 있던 머릿방 아씨의 부정은 그동안 조금도 녹슬지 않았을 뿐 아니라 당시보다 더 요요한 단장을 하고 정숙하고도 깊

*　절개를 지키지 못함.

숙한 송도 바닥의 규방을 수시로 넘나들고 있었다.

　태임이는 가엾은 분열이댁을 위해서도 그러했지만 동해랑 집에 대한 자신의 병적인 애착 때문에도 그 집에서 대물림으로 같은 일이 되풀이되길 기대하는 세상인심에 몸서리를 쳤다. 그리고 동해랑 집이 다시 세상 사람들의 입초시에 오르내리게 한 분열이가 괘씸하기 짝이 없었다. 그러나 분열이 쪽에서 보면 억울한 건 오히려 자신인지도 몰랐다. 돈푼이나 있는 집에선 자제를 경성이나 일본의 전문대학에 보내 방학 때마다 사각모 쓰고 귀향하는 걸 마치 왕조시대의 어사화라도 되는 것처럼 자랑스럽게 여겼으나 사각모의 조강지처치고 가슴에 멍 안 든 여편네가 없었다. 화류계 여자와 자유연애 흉내를 내느라 아내를 소박하는 건 그래도 참을 만했다. 시부모의 철석같은 보호가 있고 또 대개는 아주 가정을 버리진 않았다. 그러나 양갓집 신여성과 연애를 하게 되면 조강지처하고는 민적부터 가르려 했고 그게 여의치 않으면 부모하고 의절을 하는 최악의 사태까지도 심심찮게 생겨났다.

　이렇게 급하게 달라지는 세상 돌아가는 형편에 비추어 볼 때, 분열이가 특별히 못할 짓 한 건 하나도 없었다. 그럼에도 불구하고 유독 분열이를 보는 세상인심은 한결같이 끔찍한 비극을 봐야만 직성이 풀릴 것처럼 가차가 없었으니 동해랑 집의 유별나게 드센 집터 탓이 아니고 무엇이랴.

　한참 앞날의 일이긴 하지만 태임이는 그래서 경우가 최고 학부를 졸업하기 전에는 결코 장가를 들이지 않을 각오까지 하고 있었지만 제가 싫다는 서울 유학에 목을 잡아 끌 만한 집차온 한품 기신 듯했다. 태임이 스스로 생가해도 신기할 만큼 경우의 단호한 거절이 그닥 심한 타격이 되지 않았다. 간도를 다녀온 후 우울해졌을 뿐 아니라 심약해지기도 한 종상이는 경우의 이런 결정을 드러내 놓고 기뻐했다. 그는 별안간 경우를 나이보다 훨씬 어른 취급을 했고 혼자만 생각하고 있던 걸 경우가 알아듣건 말건 의논을 할 때도 있었다.

경우에 대한 양친의 이런 만족감은 여란이가 소외감을 느낄 정도였으나 그래도 그 덕으로 힘 안 들이고 일본 유학의 동의를 얻을 수가 있었다. 종상이는 느이 엄마가 좋다면야 나도 반대할 생각은 없다는 좀 무책임한 동의를 했고, 태임이는 그래, 경우 대신 너라도 내 소원을 풀어 주렴 하고 선선히 승낙을 했다. 그야말로 꿩 대신 닭이 된 셈이었다. 여란이는 양친이 경우한테 거는 기대에 비해 자기한테는 너무 아무것도 안 바라고 있다는 게 문득 서운해질 때도 있었다. 어머니의 소원이라는 것이 실상은 얼마나 실속 없는 환상이라는 것도 알고 있었다. 여란이 역시 자신의 장래에 대해 일본 유학이나 가 볼까 하는 정도의 허영 외에 아무런 구체적인 계획도 없었다. 의사가 되고 말 테다라는 굳은 결의가 흔들린 적이 없는 기선이한테 품었던 경애하는 마음도 평범한 질투로 바뀌고 있었다. 질투란 못 되기를 바라는 마음과도 같아서 겨우겨우 사는 농사꾼의 딸이 꿈도 암팡지지 의사는 무슨 놈의 의사람 하고 깔아뭉개고 나면 쓸

쓸쓸해질 수밖에 없었다. 서울 유학 가서 배운 건 쥐꼬리만 하고, 뜻이 맞아 서로 잘되기를 빌어 줄 만한 동무 하나 변변히 못 사귀었다는 자기 처지에 대한 깨달음 때문이었다.

어차피 여고보 시절의 마지막 여름방학이었다. 그 정도의 내적 혼란은 피할 길이 없었고 여란이가 생각하기에도 호강에 겨운 고민이지 절박할 건 하나도 없었다. 그래 그런지 제 딴엔 고민을 한답시고 두문불출 일기장과 시름을 나누기도 하고 끼니를 거르면서 신경질을 부리기도 해서 계집애가 심사가 저렇게 변덕스러워 어쩌누 하는 어른들의 걱정을 사면서도 자태는 꽃처럼 피어났다. 딸의 자태가 뭇사람의 눈길을 끌 만큼 빼어나다는 게 불안해진 건 태임보다 종상이가 먼저였다. 아버지이면서 이성이기 때문인지 딸의 미모가 대견하고도 조마조마했다. 혼자서 조마조마하고 있을 게 아니라 아내와 의논을 해야지 벼르기만 하다가 막상 결단을 내린 건 개학 날이 불과 닷새밖에 안 남았을 무렵이었다.

종상이가 안방에 들었을 때 태임이는 마침 바느질을 끝낸 여란이의 가을 겨울옷을 튼실한 가죽 트렁크에 차곡차곡 쟁이는 중이었다. 종상이는 물색 고운 비단옷을 쓰다듬는 태임이의 손길에서 딸에 대한 애정과 함께 아내의 가버린 청춘에 대한 쓸쓸한 그리움을 본 것처럼 느꼈다. 태임이 나이 쉰이 내일모레였다. 남들은 불로초를 숨겨 놓고 장복하나 보다고 말하지만 나이는 못 속였다. 어려서부터 그렇게 길들여져서 그런지 딴 씀씀이에 비해 옷 사치가 심한

편이었지만 요새는 어쩔 수 없이 옥색이나 양회색, 미색이
이 올랐다.

"웬 입성을 그리 많이 꾸몄소. 꼭 혼수 바느질 같구려."

"많긴요. 여란이가 거처하는 방이 그게 어디 방이니까?
종로 네거리죠. 사방이 문이니 겨울에 웃풍인들 오죽하랴
싶어 넉넉히 둔 햇솜이 아직 숨이 안 죽어 부피만 큽지요."

"뜨끈뜨끈한 구들방의 웃풍 걱정하는 사람이 어드렇게
다다미방으로 딸을 내돌릴 생각은 했누?"

"이제 와서 제 탓을 하시기니까?"

태임이가 펄쩍 뛸 줄 알고 한번 건드려 본 소리에 생각
보다 수굿했다.

"그래서 말이오, 경성 가기 전에 여란이한테 슬쩍 선을
한번 보게 할까 싶은데 임자 생각은 어드렇소?"

"선이라면 신식 미아이 말씀이니까?"

"그렇소."

"적선정 마님이 숱하게 모아들인 서울서도 헌다헌 댁
자제들을 거들떠도 안 본 여란일시다. 어드런 혼처인지 모
르지만 건넨 쪽을 무안하게 만들 게 뻔한 거라면 시방이라
도 거절하시는 게 좋을 것 같시다."

"뭐 거절허고 말고까지 말이 오간 건 아니오. 김경호 사
장 둘째 아들이 출중허단 소문은 임자도 아마 들었을 거요."

"하이카라 멋쟁이라고들 수군대는 소리를 들은 것 같
시다만……."

태임이는 탐탁지 않게 말했다. 그러나 종상이는 그러

려니 했기 때문에 개의치 않고,

"일본에 유학 보낸 자제들치고 난봉이 나서 부모 속 안 썩이기 쉽지 않은데 그 댁에선 그런 걱정을 못 해서 서운헐 지경이라니 착실헌 청년 아니겠소."

김경호는 종상이하고 한증을 같이 다니는 정도의 친구였다가 태임이가 대대적으로 백삼과 인삼 제품에 손을 대면서 장삿속으로 더 가까워진 해외무역업자였다. 재력도 남부럽지 않았지만 아들 삼 형제가 다 미끈하여 자식 농사로서도 남의 부러움을 샀다. 그런 김경호가 요새 자주 종상이한테 자식 자랑인지 걱정인지 분간 못 할 소리를 하는 게 이쪽에 딸자식이 있어서 그런지 암만해도 예사롭게 들리지 않았다.

"멍석 깔아 놓으면 허던 장난도 안 헌다더니 내 자식 놈들이 그 짝이라네. 둘째 놈도 연애 걸고 싶으면 실컷 걸라고 숫제 장가를 안 들여서 유학을 보냈는데도 연애를 못 걸지 뭔가. 형처럼 어른들이 짝지어 주는 대로 순종할 낌새라네. 아버지 마음에 드는 규수면 선도 안 보겠다면서 이왕이면 신여성이면 좋겠다니 이 아니 까다로운가. 나도 맏며느리허군 달라서 신여성 며느리 보고 싶은 욕심도 있지만 양친이 구존하고 가정교육 제대로 받은 신여성이라야 이 좁은 바닥에서 뻔하잖은가. 인물이 박색 아니면 소문이 수상쩍구……."

이런 걱정 끝에는 으레 여란이 칭찬을 하곤 했다. 그러더니 엊그제는 순전히 사무적인 일로 만났다 헤어지면서 갑자기 생각난 것처럼 흰 사각봉투를 양복 안주머니에서 꺼내면서 말했다.

"자네도 알지? 북부교회 윤 목사."

"직접은 몰라."

"윤 목사 따님이 일본 가서 음악 공부를 마치고 와서 경성 부민관에서 독창회를 했는데 장안이 떠들썩했다더군."

"그래서?"

"개성이 낳은 성악가를 경성 사람헌테만 독차지시킬 수는 없다 싶었는지 여기 유지들이 초청을 해서 곧 고려청년회관에서 독창회를 갖기로 했다네."

"부민관보담 고려청년회관이 훨씬 낫지. 이왕이면 제 고향에서 먼첨 독창흰지 음악흰지 헐 것이지. 윤 목사 그 양반이 틀렸구먼."

종상이는 아직도 목사는 겉 다르고 속 다른 사람이라는 뿌리 깊은 편견을 가지고 있었다. 또 고려청년회관은 삼업조합원이 수삼 일차(200돈쭝)에 3전 5리씩 거두어서 남대문 동쪽 구한국 포도청 자리에 건립한 화강암 3층 건물이어서 삼업인으로서의 주인의식과 애착이 남다른 장소였다. 삼업인 아닌 사람이나 타관 사람들이 보기에도 그 건물은 삼업의 융성함과 삼업인의 단결심을 과시하기에 충분한 으리으리하고도 기능적인 건물이었다. 지하실에는 인쇄 시설이 구비되어 있었고, 1층은 유치원, 상공인 번영회, 청년회 도서관, 숙직실 등으로 되어 있었다. 그중에도 가장 자랑스러운 건 3층의 강당이어서 1800석의 의자를 갖추고 있었다. 새로 태어난 예술가뿐 아니라 이미 이름난 극단이나 악단도 부민관 못지않게 한번 서 보기를 동경하는 무대라고 여기고 싶었다.

"그거야 아무러면 어떤가. 윤 목사가 워낙 발이 넓고 또 기왕 경성에서 거둔 성공도 있고 해서 벌써부터 대성황일 거라구 소문이 자자하다네. 우리헌테만도 입장권을 열 장이나 보내 주었길래 자네 주려고 서너 장 가져왔네."

종상이는 얼떨결에 그 사각봉투를 받긴 받았지만 썩 반기지 않는 얼굴로 말했다.

"글쎄, 좋은 강연이라면 모를까 독창은 취미 없는데."

"앗따, 이 사람 비싸게 굴긴. 사람 구경하러 가지 누구라 독창 듣겠남. 나도 둘째 놈허구 같이 갈 거니까 자네도 동부인해서 여란이 데리고 오라구. 예쁜 딸 구경 좀 시킨다고 어디메 닳지 않을 테니."

이렇게까지 말하는데도 그의 속셈을 모르는 척한다는 것은 친구의 의리에도 딸 가진 부모의 도리에도 어긋나는 옹졸한 짓이었다.

그간의 이런 사정을 종상이로부터 듣고 난 태임이도 저으기 마음이 솔깃했다. 매파를 놓아 널리 구한다 해도 그만큼 흡족한 혼처는 쉽지 않을 성싶었다.

"일본 유학은 어드럭허구요?"

"여란이 성미에 미아이 한 번으로 뭐가 될 것 같진 않소만, 그야말로 첫눈에 반하는 일이 생긴들 나쁠 것도 없지 않소. 불감청이언정 고소원이지."

"어쩐지 일본 유학 승낙허실 적에 너무 쉽게 허신다 했더니만."

"아, 아니요. 그때부텀 이럴 속셈이 있었던 건 결단코 아니오. 허나 경성 유학도 평탄치 못했던 아이요. 예사 부모 같으면 그때 다리몽둥이를 분질러서라도 들여앉혔다가 시집을 보냈을 게요. 돈 처들여 일본 유학꺼정 보내 봤댔자 우셋거리나 안 되면 고마워해야 허는 게 딸년 공부시키는 일 아니. 마음으로부텀 내켰다고는 헐 수 없지."

솔직하게 말해 놓고 나서 종상이의 안색이 어둡고 멍해졌다. 간도에 다녀오고 나서 곧잘 짓는 표정이었다. 그 명랑하고 건강한 새댁이 어쩌면 그렇게 변할 수가 있단 말인가. 종상이는 그가 첫눈에 마음에 들었던 태남이댁의 비참한 실성과 태남이의 고생과 좌절을 생각할 때마다 모든 것이 시들했고 대견하고 신명 나는 일이라곤 없었다. 먹을 것이 없어서가 아니라 뜻이 남달라서 만주 땅으로 간 사람들이 호강을 하고 있으리라고 여긴 건 아니었지만 도처에 씩씩한 기상과 서슬 푸른 정신이 살아 있을 줄 알았는데 그게 아니었다. 종상이는 자신의 안이한 착각이 부끄러웠고 독립 자금을 대고 있다는 은근한 자부심까지도 부끄럽고 부끄러워 어쩔 줄을 모를 적이 있었다. 지금도 과년한 딸자식을 둔 부모가 유학을 보낼까 시집을 보낼까 상의하는 일이 너무 호강에 겨운 일 같아서 문득 시무룩해졌다. 도대체 태남이가 겪고 있는 수난에 비추어 보아 부끄럽지 않은 일이 있을 것 같지가 않았다.

"아무튼 약조를 허고 말았으니 우리두 신식으로 동부인해서 음악회 한번 가 봅시다그려, 여란이 앞세우고."

종상이가 어둡고 멍한 표정 그대로 무성의하게 말했다. 태임이도 종상이헌테 들어서 대강 태남이네 사정을 알고 있고 또 늘 안타깝고 걱정되는 것도 종상이 못지않았지만 직접 본 게 아니어서 그런지 사람이 다 달라진 것처럼 상심하는 건 이해할 수가 없었고 그 지나침이 못마땅했다.

"나 보기엔 그 혼사 될성부르지 않시다. 당신 생각 딴데 가 있겠다, 계집애 맘은 진작부터 현해탄 건너가 있겠다. 허나마나일 게 뻔한 미아이 자리에 내가 뭣 하러 끼니까. 극단이나 왔다면 구경 삼아라도 가련만 독창은 들을 줄도 모르고……."

태임이는 못마땅한 심정을 그렇게 간접적으로 풀고는 돌아앉아 하던 일을 계속했다. 내심 은근히 솔깃하던 혼사를 그렇게라도 묵살하고 나니 괜히 속이 후련했다. 적선정 마님이 보낸 신랑감 사진을 일일이 타박할 때와 비슷한 쾌감이었다.

"아, 귀 있으믄 듣는 게지 누구라 독창 듣는 귀는 따로 달고 다닌답디까?"

종상이가 버럭 역정을 냈다. 태임이도 지지 않고 말대답을 했다.

"글쎄 싫다니까요. 입장권이 아까우면 경우도 데려가시구랴."

그렇게 해서 다음 날 남매를 앞세우고 간 소프라노 윤

혜경의 독창회는 대성황이었다. 예로부터 교육열이 대단한 고깅이리 경성 일븐 동스로 유학 보낸 자제들의 수효가 저지 않았는데 마침 귀성해 있을 때라 시기적으로도 적절했다. 또 송도고보, 호수돈여고보 등의 재학생, 윤 목사 교회의 찬양대 등 개성 부내의 웬만한 집 아들딸이 총동원된 것 같았다. 그 대신 쪽 찐 여편네는 한 사람도 눈에 띄지 않았다. 김경호 사장도 동부인하지 않고 아들과 함께 경성서 이화전문 다닌다는 조카딸을 데리고 와서 종상이가 구태여 미안해할 필요가 없었다.

"부득부득 들을 줄 모른다고 안 나서지 뭔가."

"우리 집사람도라네."

두 사람은 파안대소로써 동부인 못 한 변명을 대신할 수가 있었다. 음악회가 끝나고 양가 식구들이 2층 휴게실에서 다시 만났을 때는 그 안이 몹시 혼잡스러웠다. 같이 온 동무나 와 있음 직한 아는 얼굴을 찾아 음악회에 대한 평을 나누고 싶은 청년 학도들이 빠져나가지 않고 맴돌고 밀치고 웅성거리고 있었다. 신식 교육을 받은 학생들이라지만 아직도 음악회는 귀로 듣기보다는 눈으로 보는 신기한 구경거리였다. 분위기, 의상, 조명, 화장, 몸짓 등의 새로움에 대한 경탄은 혼자 삭이기엔 벅찬 것이었으리라.

그 북새통에서 가까스로 젊은이들을 인사시키고 난 종상이와 김경호는 눈짓으로 그곳이 미아이 장소로 적합지 않다는 데 합의를 보았지만 말로 하진 않았다. 얼핏 다른 대안이 떠오르지 않았고, 오늘은 오다가다 만나서 나눈 인사정도로 끝내는 게 자연스러울 것도 같아서였다.

"마누라가 옳았어. 들을 줄 모른다기에 누군 독창 듣는 귀 따로 갖고 다니는 줄 아느냐고 핀잔을 주었더니만."

종상이가 이마에 땀을 닦으며 말했다.

"소린 우리 가락이 진짜지 그게 어디 소린가? 백줴 꼬집어 뜯는 소리지."

김경호가 맞장구를 치니까 이화전문 다닌다는 조카딸이 작은아버지도 차암, 하면서 얼굴을 붉혔다.

"왜? 몰상식한 소릴 해서 창피헌 게로구나."

"창피할 거 읎시다. 내 귀나 김 사장 귀나 피장파장이니까. 말이야 바른대로 말이지 내 귀엔 소프라논가 뭔가보담은 한증막에서 듣는 김 사장 관암 소리가 백배는 듣기 좋드구만."

"자네 그 소리 한번 잘했네. 몸이 끈적끈적하고 후텁지근해서 미치겠는데 개운해지려면 한증밖에 더 있겠나. 상철아, 우린 우리끼리 한증으로 직행할 테니 느이덜은 느이덜끼리 산보를 허든지 어디메 딴 데로 가서 시원헌 사이다라도 마시며 놀다가 헤어지렴. 저 여란이 학생도 머지않아 동경 유학을 간다니 궁금한 것도 많을 텐데 이런 기회에 친해 놓으면 서로 나쁠 것도 읎잖냐?"

이러면서 김경호가 황급히 종상이 소매를 잡아끌었다. 즉흥적인 발상이었기 때문에 자연스러웠다.

"작은아버지가 언제 적부터 저렇게 신식이 되셨지."

조카딸이 잠시 고개를 갸우뚱했지만 어른들의 음흉

한 속셈을 눈치챈 건 아니었다. 김경호의 아들 상철은 첫눈에 호감이 가는 청년이었다. 키가 후리후리하고 코가 우뚝하고 눈썹이 짙은데도 거만해 보이지 않고 부드러운 인상이었다. 잘생겼지만 조금도 빤질빤질하지 않고 소탈했다. 그 역시 어른들이 계획적으로 꾸민 맞선에 말려들고 있다는 걸 모르고 있어서 꾸밈없이 굴었다. 여란이를 보는 눈이나 사촌 동생을 보는 눈이나 똑같이 친절하고 거침이 없었다. 되레 여란이가 그와 눈이 마주칠 때마다 부끄러워서 어쩔 줄을 몰랐고 가슴속에선 두방망이질을 해 대는 것 같았다. 얼굴이 빨개질까 봐 지레 신경을 쓸수록 뺨은 엷게 달아올랐다.

"우린 먼저 가자."

여란이는 경우의 옆구리를 푹푹 찌르며 마음에도 없는 소리를 했다.

"가고 싶으면 누나나 먼저 가. 난 저 형 얘기도 듣고 사이다도 얻어 마시고 싶으니까."

경우가 이렇게 상철에 대한 호감과 동경을 드러내는 바람에 여란이는 눈을 흘기면서도 뒤따랐다. 성큼성큼 앞장선 상철은 남대문통에 새로 생긴 양과자점으로 일행을 안내했다.

"말이 좋아 부(府)지 변변한 깃사덴(喫茶店) 하나 없으니 정말 따분한 고장이죠. 경성만 해도 좀 살 만한데 여기서 꼬박 방학을 보내려면 숨이 막혀요."

상철이가 이렇게 여란이에게 말을 걸었다.

114

"증말 그래요."

여란이는 덮어 놓고 동의를 하고 나서 얼굴을 붉혔다. 내가 왜 이러지, 뭐가 정말 그렇단 말인가. 여란이는 평소에 꼬치꼬치 따지기 좋아하고 조금이라도 이치에 안 맞는 소리를 그냥 들어 넘기질 못했다. 그래서 죽이 맞는 동무는 기선이밖에 없었다. 웬만한 또래들은 대개 여란이와 사귀는 걸 피곤해했다. 그녀도 그 정도는 자기의 모난 성격에 대해 알고 있었기 때문에 느닷없이 숙녹피*처럼 구는 스스로가 이상하기도 하고 기분 나쁘기도 했다.

경우가 사이다를 한 모금 마시더니 코끝을 쥐고 쩔쩔 매는 시늉을 해서 좌중을 웃기고 나서 동경 얘기 좀 해 달라고 졸랐다. 상철은 기다렸다는 듯이 긴자의 야경의 황홀함, 그 거리에 즐비한 찻집의 멋드러짐과 넘치는 낭만, 우에노 공원을 산책하며 자유연애를 구가하는 청춘 남녀, 그가 사귄 상류계급 일본인 친구의 대저택이 있는 고지마치라는 동네의 고상함, 그 부류들이 즐겨 찾는 가루이자와 닛코 등 이름난 피서지의 풍광명미함을 재미있고 재치 있게 이야기했다. 그의 말하는 방법은 특이했다. 너무 유창하지도 너무 진지하지도 않으면서도 듣는 사람의 마음을 사로잡을 줄 알았다. 별 내용이 없는 우스갯소리도 목소리나 몸짓만으로 능히 남을 즐겁게 했다.

"오빠, 초면에 너무 장시간 실례하는 거 아냐?"

* 성질이 유순한 사람을 이르는 말.

상철의 사촌 누이는 여란이처럼 즐겁지만은 않은 모양이었다. 지루한 듯 선하품을 하며 이렇게 상철이를 채근하자 상철이도 미련 없이 자리를 뜨며 동경에서 다시 만날 수 있기를 바란다는 의례적인 인사를 했다. 여란이는 자기만 혼자서 헤어지는 걸 아쉬워하고 있다는 게 부끄러워서 인사도 하는 둥 마는 둥 무뚝뚝하게 굴었다.

그날 밤 저녁을 먹고 나서 마당에 모깃불을 놓고 평상을 내다 놓고 온 집안 식구가 모인 자리에서였다.

"당신 음악회에 안 가길 잘했소. 들을 줄 모르긴 내나 당신이나 매일반이지만 난 그래도 양복쟁이니까 괜찮았지만 쪽 찐 여편넨 암만해도 꼴불견일 것 같더라구, 분위기가."

"그렇게 신식 하이카라들만 왔습디까?"

"하이카라라기보다는 맨 애송이들 천지지 뭐."

"아버진 괜히 그러셔. 윤 목사님 댁에선 노할머니까지 오셨던데."

"식구들허구 구경꾼허구 같냐. 그건 그렇구 느들은 그런 노래가 좋던? 창가도 아니고 소리도 아니고 난 귀청 떨어질까 겁나더라."

"어머니, 아버지가 배재학당 나오셨다는 거 정말이니까? 안 믿어져요."

"믿기 싫으면 그만두렴. 느이 아버지라고 좋아하는 소리 없는 줄 아는? 우리한테 입장권 준 김경호 어른 관암 소리처럼 듣기 좋은 명창이 읎으시단다. 오늘도 느이들을 떼어 놓고 두 분이서 곧장 한증막으로 가셨다지 뭐냐. 꼬집어

116

뜯는 것 같은 여자 목소리로 찢어진 귀청이 그 어른의 우렁찬 미성을 듣고 감쪽같이 아물었다시는구나."

태임이는 식구들이 한자리에 모인 걸 흡족해하며 안 하던 우스갯소리를 다 했다. 복순이가 뒤란 우물에서 건진 수박을 달덩이 같은 놋쟁반에다 모양내서 잘라 내왔다. 종상이가 수박씨를 필요 이상 입속에서 오래 우물거리면서 어눌한 발음으로 물었다.

"느들, 그 사람 어드래 봐든? 훤하게 생긴 동경 유학생 말이다."

태임이가 대답하기 전에 경우가 냉큼 나섰다.

"그런 사람을 빛 좋은 개살구라고 허는 거 아니니까?"

"우리 경우가 사람 볼 줄 아네. 내 그럴 줄 알았다니까."

태임이가 기다렸다는 듯이 동의하며 경우의 등을 토닥거렸다.

"아니 당신은 그 사람을 본 적도 없잖소?"

종상이가 이의를 제기했지만 강경하지는 않았다.

"보잖아도 본 듯허네요. 경우 말을 들으니."

그들 부부는 여란이 심중을 떠볼 속셈이었으나 여란이 말은 들어 보지도 않고 그 문제를 성급하게 일단락지었다. 여란이가 시무룩한 것에 대해서도 전혀 신경을 쓰지 않았다. 그녀가 살그머니 제 방으로 돌아올 적에도 아무도 붙들지 않았다. 여란이는 섭섭하고 억울해서 울고 싶었다. 뭐가 그렇게 섭섭하고 억울한지는 남의 일처럼 분명치가 않았다. 정말 그는 빛 좋은 개살구일까. 그의 모습을 떠올리려고

117

했지만 생각나지 않았다. 상철이보다는 오히려 '긴자' '우에노 궁원' '고지마치' '기루이지외' '니고' 등 미기의 기명에 대한 애틋하고도 감미로운 그리움으로 가슴이 터질 것 같았다. 비록 가 보진 못했지만 그녀가 즐겨 읽은 일본 연애소설에 자주 나오는 친숙한 이름들이었다. 꿈처럼 막연하던 동경이 그 고장에서 놀았고 그 고장에 깊이 심취한 사람을 직접 만남으로써 걷잡을 수 없이 박진해지고 있었다. 기왕에도 공부 때문에 가기로 한 땅이었다. 그때는 적진처럼 비장한 각오를 강요하던 현해탄 너머 땅이 매혹적인 퇴폐미 같은 걸로 아주 지척에서 그녀를 사로잡고 있었다. 여란이는 전전반측 밤이 깊도록 잠을 이루지 못했다. 그런 느낌은 처음이었다. 그리운 게 상철인지 일본의 청춘남녀와 상류사회와 자유연애를 구가하는 환락가와 피서지인지도 분명하지가 않았다. 내가 왜 이러지? 그녀는 자기 자신에 대해서 겁이 나기도 했고 이 집안에 자기편은 하나도 없다는 생각으로 막막하고 외롭기도 했다.

내일이면 경성으로 돌아가야 하는 날 종상이는 여란이하고 경우한테 같이 산보나 나가자고 말했다.

"당신 이제 동부인하잔 소리는 쑥 들어가고 아이들 앞세우고 다니시는 데 재미 들이셨구려?"

태임이는 그렇게 말했지만 속으로는 종상이가 아들딸을 층하하지 않고 다정하게 구는 게 흡족했다. 그러나 밖에 나간 여란이는 자연히 부자로부터 몇 발자국 처져서 걷게 됐다. 부자가 무슨 얘긴지 하도 열심히 하는 바람에 소외감을 느낀 탓도 있었지만 부자의 모습이 보기 좋기 때문이기도 했다. 몇 달 동안에 폭삭 늙은 아버지에 비해 몇 달 동안에 부쩍 자란 경우는 청대 같았다. 여란이는 동생이 부러웠다. 그러나 샘이 나진 않았다. 청대처럼 곧고 청청한 아들과 어깨를 나란히 하니까 아버지의 늙음이 한결 점잖고 품위 있어 뵈는 것도 신기했다. 여란이는 아들자식의 그런 미덕이야말로 자기는 죽었다 깨어나도 흉내 낼 수 없을 것이라는 데 엷은 설움을 느꼈다. 음악회 갔다 온 날부터 여란이는 슬퍼지기를 잘했다.

부자는 여란이한테는 거의 신경을 안 쓰고 앞장서서 남대문을 중심으로 열십자로 갈라진 신작로 중에서 남쪽으로 뻗은 길로 들어섰다. 그냥 산보가 아닌 듯했다. 경치 좋은 자남산도 지척에 있고, 좀 더 오래 슬슬 걷고 싶으면 나깟줄을 끼고 만월대까지 갈 수도 있는데 하필 그늘도 없이 먼지하고 열기만 끼치는 신작로를 택하고 있었다. 철길을 건너자 저만치 용수산이 우뚝 가로막고 있는 사이로 펼쳐진 평지는 시골이었다. 푸른 채마밭에선 거름 냄새가 지독하게 나고 드문드문 산재한 초가집은 한가로워 보였다.

채마밭 사이로 난 길에서 멈춰 선 종상이는 경우에게 이 근처에 가지고 있는 그의 땅이 어디서부터 어디까지라는 걸 손가락질로 자세하게 설명을 했다. 3000평 정도 되는 그의 땅은 마을로부터 떨어져 있었고 네모반듯했다. 태임이가 삼포 붙일 터에 눈이 밝은 것과는 달리 종상이는 장차 공장이나 가게 터로 번화하게 될 것을 내다보고 장만한 땅이었다. 워낙은 더 넓었었는데 철도국에다 내주지 않으면 인 되이서 그민금밖에 안 남았다고 했디. 따라서 북쪽 겅게는 철길이었다.

"아유, 거름 냄새."

여란이는 그녀가 이해할 수 없는 담화로 죽이 잘 맞아 팩 흡족해 보이는 부자에게 조금은 심술이 나서 코를 싸쥐며 얼굴을 찡그렸다.

"여기만 해도 부내나 마찬가지니까 인분 얻기가 참 쉬울 게다. 흠빽 주었나 부다. 증말 지독허구나."

종상이는 여란이 말에 동의했지만 화평하고 느긋한 얼굴이었다.

경우도 코를 싸쥐거나 하지 않았다.

"농사꾼헌테 똥오줌까지 팔아먹는 건 아마 개성 사람밖에 읎을걸."

"농사짓는 데 꼭 필요헌 거름을 거저 내주는 서울 사람덜이 난 더 이상허더라."

경우가 코를 싸쥔 누나를 못마땅한 듯이 바라보며 말했다.

"녀석 저럴 땐 꼭 제 에미라니까. 그렇지만 인석아, 거름 팔아먹을 때 느이 엄마 허는 짓꺼정 본뜨진 말거라. 인색해 보이는 짓만은 안 허는게 좋단다."

"엄마가 뭘 어드렇게 잘못하셨다고 이러시니까."

"접때 못 봤냐. 똥 푸러 온 시골 사람허구 싸우는 거. 그 사람이 똥을 푸다 말고 암만해도 물을 탄 것 같다고 하니까

120

느이 엄마 파르르해 가지고 맛을 봐서 진국인가 아닌가 가려내자고 손가락에다 똥물을 찍어 가지고 날뛰지 않던."

"저도 봤지만 그때는 그 사람이 먼첨 고약하게 굴었어요. 엄마가 오죽해야 그랬겠시니까."

경우가 이렇게 즈이 엄마 역성을 든 반면 여란이는 욕지기하는 시늉까지 하면서 팔짝팔짝 뛰었다.

"그래도 그러는 게 아니지. 한 지게쯤은 덤으로 얻을까 해서 그래 본 걸 가지고 그렇게 사생결단을 허다니, 그럴 땐 알고도 져 주는 게 있는 사람의 도리란다."

여란이는 아버지가 즈이들 앞에서 어머니를 못마땅해하는 소리를 하는 걸 생전 처음 들어 보았는데도 싫지가 않았다. 아버지의 진중한 태도를 본받아서 욕지기를 멈추고 얌전해졌다. 그리고 아버지가 경우한테 장차의 사업계획을 차근차근 설명하는 소리에 귀를 기울였다. 철길 근처 채마밭에다 고무 공장을 차릴 계획이 거의 실천 단계에 와 있는 것 같았다. 고무공업 중에도 고무신을 생산해 내는 게 생활개량에 얼마나 유익하고 유망한 일이라는 걸 알아듣기 쉽게 설명하는 사이에 종상이의 어조는 차츰 흥분하기 시작했다. 여란이는 잘 알아듣진 못하면서도 아버지가 의지할 만한 의논 상대에 목말라 있다는 것만은 알 것 같았다. 아버지의 갈망을 충족시키기엔 경우가 너무 어리다는 게 민망하기도 했다. 그러나 경우가 키뿐 아니라 심지도 나이보다 숙성하다는 건 어쩌다 던지는 능하고 조심스러운 질문에도 잘 나타났다.

"공장터 지경 다지는 것보담은 누구라 기술을 배워 오게 하는 게 디 급하지 않겠니까?"

"기술자야 경성 가서 빼내 올 수도 있지 않겠늬? 어느 하세월에 맹문이가 기술을 익혀 오겠늬?"

"빼내 온 기술자를 어떻게 내 사람이라고 믿을 수 있겠시니까."

여란이는 이런 부자간의 대화를 들으면서 경우가 훨씬 노숙해 보여서 괜히 웃음이 났다. 종상이도 흐뭇한 기색을 감추지 못했다. 어쩌면 숙성한 아들을 떠보려고 일부러 그러는 것도 같았다. 동력 문제도 경우는 꿀리지 않고 종상이의 의논 상대가 되었다. 개성의 전기는 순전히 민간자본으로 전기회사를 설립해서 공급하는 거기 때문에 자긍심들이 대단했지만 정미소가 야근만 해도 불빛이 흐릿해지는 약점을 지니고 있었다. 또 값도 비쌌다. 그런 전기를 쓰고도 과연 경성에서 이미 명성을 얻은 고무 공장과 경쟁을 할 수 있을는지를 경우는 낙관하지 않고 요리조리 따지고 들었다. 날도 어둡고 해서 나온 김에 그들은 용수산 계곡에서 미역을 감고 가기로 했다. 용수산엔 도처에서 약숫물이 솟을 뿐 아니라 계곡물이 차갑고 풍부해서 여름이면 많은 사람들이 더위를 식히러 왔다. 종상이하고 경우는 남자들이 미역도 감고 호탕하게 고함도 지르는 큰 계곡 쪽으로 가고 여란이만 따로 부녀자들이 발을 담그거나 물맞이를 가는 약수터 쪽으로 갔다. 그녀는 혼자서 흐르는 물에 발을 담그고 앉아 생각에 잠겼다. 음악회 이후 그녀의 생각은 줄창 헝클어져서 갈피를 잡지 못하고 있었다. 공부할 마음은 뜨악하고 공부해서 뭘 해 보겠다는 계획 같은 것도 결정되지 않은 채 일본 땅에 대한 동경만이 센불의 뚝배기 장처럼 자글댔다. 스스로 생각해도 바람이 들었다고밖에 할 말이 없는 헛된 갈망을 경우의 의젓한 실속과 비교하게 되면 더더욱 부끄러워졌다. 이래서 딸자식은 소용이 없다는 건가 보다고 자신의 열등감을 일반화시켜도 보았지만 마음이 편해지지 않았다. 어머니로부터 물려받은 남다른 기대와 자존심이 그걸 용납하지 않았다.

여란이의 경성 가는 보따리는 거창했다. 아이들 키만한 가죽 트렁크 말고도 그만 못지않게 무거운 고리짝과 책가방이 딸려 있었다. 고리짝 속엔 적선정 댁에 보낼 백삼, 홍삼, 인삼차 등 귀물과 함께 큼지막한 놋양푼이 들어앉아 있었다. 여름에도 쉬지 않도록 조청에다 버무린 찰경단 양푼이었다. 딸이 몸담고 있는 집에 대해 너무 신경을 쓰는 어머니가 귀찮았지만 말릴 재간이 없었고 말린다고 들을 어머니도 아니었다

"이 많은 짐을 제가 무슨 수로 간수하니까?"

"왜 못 해. 개성역에선 우리가 기차간까지 득달같이 얹어 줄 테고 경성역에선 아카보* 부르면 될 테고. 마님한테 편지했으니까 역까지 누구든지 마중 내보내겠지 뭐. 넌 걱정헐 거 하나도 읎으니까 그런 줄 알아."

* 赤帽: 짐꾼.

"아이 몰라요. 전 행랑어멈이 배웅 나오고 마중 나오는 게 퀼 싫은데."

"미안해헐 거 읎다니까 그러네. 그런 대접 받고도 남을 만큼 싸 보내니까."

경성역엔 뜻밖에도 규서가 마중을 나와 있었다. 아카보가 짐을 부리자 지게꾼들이 벌떼처럼 몰려들었다. 규서가 삯을 터무니없이 후려치자 지게꾼들은 저희들끼리 흘금흘금 눈을 맞추다가 하나둘 자리를 뜨고 말았다.

"어쩔려고 그러세요?"

"조금만 기다려 봅시다. 기차 시간만 지나 봐요. 그보다 더 싸게라도 가겠다고 아가사리 끓듯 덤빌 테니."

규서가 씩 웃으면서 손수건으로 이마에 맺힌 땀을 닦았다. 살집이 좋아서 그런지 땀을 많이 흘리는 것 같았다.

"오빠가 나오실 줄은 몰랐어요."

규서를 맞대 놓고 오빠라고 부르긴 처음이었다. 싫든 좋든 그와 단둘이 적선정까지 가야 한다는 거북살스러움과 막연한 불길함에 대한 처방처럼 그렇게 불러 주고 나니 한결 마음이 놓였다.

"집이 비었어요. 가회동 남작댁 환갑이 내일모레라나요. 얼마나 장하게 차리는지 어머니는 벌써 며칠 전부터 거기 가 계신걸요."

"언니는요?"

"그 사람은 오늘부터 불려갔구요."

"그럼 어멈을 내보내실 일이지. 혼자서도 갈 수 있었

124

는데."

"어머니가 나더러 마중 나가라고 전갈을 보내셨어요. 왜 내가 마중 나온 게 여란 양 마음에 안 드나요?"

"들고 안 들고가 어딨어요. 나 때문에 법석 떨게 하는 게 싫고 미안하고 그래요. 남들처럼 책가방 하나 들고 자유스럽게 왕래하고 싶기도 하고요."

여란이가 솔직하게 말했다.

"그럼 됐어요. 나 때문에 화내지만 않는다면."

아닌 게 아니라 기차에서 내린 손님이 비니까 지게꾼들이 하나둘 다시 그들 주위로 몰려들었다. 규서는 아까보다 더 가혹하게 삯을 후려쳐서 흥정을 했다. 지게꾼을 앞세우고 너른 마당으로 나오다 인력거꾼들이 그들 앞을 가로막았다.

"짐은 내가 따라갈 테니 여란 씨는 인력거를 타고 가는 게 어때요?"

염치가 있지 그럴 수가 있느냐고 여란이가 사양하자 규서는 입이 함박꽃처럼 벌어졌다. 전차도 있건만 짐 때문에 그것도 이용을 못 하고 두 사람은 지게꾼의 빠른 걸음을 종종걸음으로 뒤따를 수밖에 없었다. 규서는 뭐가 즐거운지 비죽비죽 헤프게 웃음을 흘렸다. 여란이는 무심결에 규서를 상철이와 비교하고 있었다. 비슷한 나이에 비슷하게 허여멀쑥하게 생겼음에도 불구하고 둘의 차이는 현격했다. 그건 세련되고 세련되지 못하고의 차이였다. 그녀가 매혹당한 건 세련 그 자체였다. 어쩌면 일본화된 서양 문화에 대한 상철이의 깊은 심취가 그대로 옮아 붙었는지도 모를 일이었다. 여란이는 규서의 세련되지 못한 언행이 혐오스럽기도 하고 경멸스럽기도 했다.

지게꾼은 빠르게 걷고 여란이는 일부러 느릿느릿 걸었다. 규서는 지게꾼을 따라갔으면 좋으련만 여란이하고 어깨를 나란히 하고 싶어서 애꿎은 지게꾼만 나무랐다.

"저 저 사람 짐이 가볍다고 혼자서 휠휠 날으는 것 좀 보게나. 도둑놈의 심보가 동한 게 아니라면 게 섰지 못하겠는가."

이런 식으로 호통을 쳐서 불러세우곤 했다.

아닌 게 아니라 넓으나 넓은 집이 휘하니 비어 있었다. 그래도 어멈이 수다를 떨며 마중을 해 줘서 규서와 단둘이 들어선 어색함을 다소 면할 수가 있었다.

어멈은 규서 저녁상은 대청마루에다 봐 놓고, 여란이 밥상은 찬간에 차려 주고 나서 부뚜막에 퍼더버리고 앉아 찬밥을 깍두기 국물에다 쓱쓱 비볐다. 듬뿍 친 참기름으로 반들반들해진 입으로 들입다 수다를 떨기 시작했다. 가회동 남작댁 환갑잔치가 얼마나 장할 거라는 얘기였다. 떡쌀이 몇 섬, 술쌀이 몇 섬, 팥이 몇 말, 잣이 몇 말, 깨가 몇 말, 흑임자가 몇 말, 꿀이 몇 초롱, 꿈질에 동원된 이름난 숙수가 열몇 명 하는 식으로 들은 풍월에다 살을 붙여서 한바탕 주워섬기고 나서 한다는 소리가 맹랑했다.

"지도 이 댁 나으리 심부름으로 그 댁에 갔다가 흘긋 한번 그 환갑쟁이 영감을 본 적이 있는데 시상에 어쩌면 복

붙은 데라곤 눈 씻고 찾아도 읎습디다. 키만 똥 친 막대처럼 껑청해 가지고 턱은 뾰족하고 입은 초라니 같고 눈은 간사한 게 영락읎이 생쥐상이더라구요. 이년 눈깔엔 그런 영감태기 열 줘도 이년의 서방허구 안 바꾸겠더구만. 이년의 서방은 뼛골이 빠지게 일을 해도 자식새끼 배 곯리기가 십상인데 그 영감은 고약한 짓만 골라서 하고도 그런 영화를 누리는 걸 보면 하늘이 무심한 건지 이눔의 세상이 말세가 다 된 건지……."

입이 헤퍼서 그저 주책바가지인 줄만 알았는데 친일해서 누리는 부귀를 제법 신랄하게 업신여기고 있었다. 여란이는 그게 신기하기도 하고 한편 뜨끔하기도 했다. 여란이도 제 딴엔 박승재가 사는 방법을 한껏 업신여기고 있다고 했지만 어멈의 거침없음 앞에서는 가재는 게 편이라는 편가름이랄까 자격지심에 사로잡힐밖에 없었다. 그녀는 괜히 당황해하며 화제를 돌리려고 했다.

"그 댁엔 드난꾼도 많을 테고 숙수도 그렇게 여럿 불렀다면서 이 댁 마님은 무엇 하러 그 댁에서 여러 날을 유하시기까지 하신대요?"

"아이고 말도 말아요. 남작인지 여작인지가 얼마나 대단한 건지 우리 같은 무지렁이가 알 바는 아니지만 그 댁하고 사돈의 팔촌만 돼도 이 짬에 잘 보이려고 바깥양반들은 재물로 부주, 안식구는 솜씨로 부주한답시고 사람이 들끓는다우. 나는 술을 잘 담금네, 나는 식혜를 잘 담금네, 나는 열구자탕을 잘 꾸밈네 하구요. 우라질 제 집구석에선 손톱에 물 튀기는 것들이, 덕분에 아랫것들만 죽어난대지 뭐유."

"왜요. 일꾼이 많으니끼 좋을 텐데."

"아, 그런 양반님네들 안방마님 버릇이 어디 가요. 치맛
자락에 흙 안 묻히고 낯나는 일만 하려니 예서 제서 이것 가
져와라 저것 가져와라, 이래라저래라 부려 먹는 통에 가랑
이에서 불이 난답디다. 그뿐이면 또 좋게, 입맛이 다락같이
까다로운 마님들을 삼시 멕여야 하는 수고는 또 오죽하겠
수?"

어멈이 제 일처럼 분개하면서 한껏 버릇이 없어졌다.
'가재는 게 편'은 드난꾼들 사이에서 더 꾸밈없이 드러났다.

"그래, 이 댁 마님은 어드런 음식 솜씨로 그 큰 잔치 부
조를 하신대요?"

"이 댁 마님은 음식 솜씨가 아니라 바느질 솜씨로 불려
가셨다우."

"바느질 솜씨요?"

"아가씬 모르고 있었수? 이 댁 마님이 소싯적에 바느질
품 팔아서 나으리 공부시킨 거. 시방은 그 공으로 떵떵거리
고 사니까 그런 체도 안 하지만 한때는 솜씨가 소문나 삯이
후한 다방골 기생 바느질만 도맡아 했답디다. 그래도 그 재
주라도 있어서 알랑 떠는 데 한몫 낄 수 있으니 어디유. 딴
재주야 뭐 있나, 온종일 사람 들볶는 재주밖엔……."

"환갑 잔치에 바느질이 무슨 소용이래요?"

"어매, 이 아가씨 본데없는 것 좀 보게. 어디 가서 그런
소리 말아요. 괜히 시집도 못 갈라구. 없는 사람도 먹는 것

보담 입성을 먼첨 치는데 있는 사람이야 오죽하겠수. 우선 환갑쟁이 내외 입성 일습하고 아들, 며느리, 딸, 사위, 손주들꺼정 본견으로만 색 맞춰 짓는다니까. 잔 드릴 때는 정말 장할 거야."

어멈이 잠시 수다를 멈추고 군침을 삼켰다. 여란이는 좀 더 물어보고 싶은 게 있지만 참았다. 행랑어멈이란 나잇살 더 먹은 어른이기 전에 아랫것들이었으므로 본데없다는 소리를 들은 건 자존심도 상하거니와 부모를 욕보인 것처럼 창피하고 분했다. 여란이가 냉랭하게 굴건 말건 어멈은 자기 할 도리만은 척척 알아서 했다.

"오늘 밤엔 지가 마당에다 평상을 놓고 자야겠구먼요. 사랑의 나으리는 마님이 남작댁에 가 계시고부텀 옳다구나 야주개 아씨 댁에서 내리 주무시고, 건넌방 아씨도 안 계시니 이 넓은 집에 젊은 서방님과 꽃 같은 애기씨만 남겨 두긴 좀 뭣해서⋯⋯. 이 댁 서방님이야 부처님 가운데 토막 같은 양반이긴 하지만 남덜이 들으면 숭없거던. 남의 말 하기 좋아하는 사람덜 입방아에 오르내려 봤댔자 손해 보는 건 아기씨지 뭐. 그래서 내가 망을 봐주겠다는 거니까 그런 줄 아우."

여란이는 거기 대해서도 쓰다 달다 대척을 안 했다. 어멈의 구실이 말도 안 되는 구실이긴 했지만 자기 방에서 같이 자겠다는 것도 아닌데 싫다고 할 필요도 없었다. 늦더위는 시골보다 서울이 더 심해서 행랑 식구들은 아직도 굴속 같은 행랑방을 피해 골목에서 거적 잠을 자고 있었다. 안마

당의 평상은 고대광실이었다. 묵인하는 것도 크게 은혜를
배푸는 셈이었더.

다음 날은 박승재가 저녁 늦게이긴 했지만 적선정 본
가로 돌아왔다. 어멈이 쩔쩔매더니, 여란이에게 사랑에 나
가 인사를 드리라면서 복숭아 화채를 만들어 주었다. 안 해
본 짓이라 약간 긴장해서 화채 쟁반을 받쳐 들고 나간 여란
이에게 박승재는 매우 친절했다.

"더 예뻐졌구나. 역시 객지보다 부모님 슬하가 좋긴 좋
은가 보구나. 그래 부모님들은 평안하시구?"

"예, 어른들께 안부 전하라 하셨습니다. 아버님께서는
곧 인사차 상경하시겠다고 하셨구요."

"일부러 상경하실 거야 뭐 있나. 느이 부모님이나 너나
제집처럼 편하게 굴었으면 좋으련만."

"그렇게 하고 있습니다."

"넌 어쩌면 느이 어머님 젊었을 때 모습을 그렇게 빼닮
았느냐?"

승재가 탄식하듯이 말했다. 다소곳하게 고개를 못 들
고 꿇어앉아 있던 여란이가 놀라서 승재를 쳐다보았다.

"예?"

목소리보다 승재의 눈빛은 더 이상했다. 젊은이처럼
불량스럽게 번들대면서 끈적한 진을 내뿜는 것 같았다. 여
란이는 가슴을 후들대며 그럼 안녕히 주무시라는 인사를
하는 둥 마는 둥 사랑을 물러났다. 어멈은 복숭아, 개구리참
외 등 과일을 한 목판 여란이 방에 떠밀고는 중문 밖 행랑채

로 물러났다. 사랑채나 행랑채나 안채에서 멀기는 비슷했지만 사랑방을 나으리가 지키고 있는 이상 안마당에서 잘 필요가 없다는 게 어멈 나름의 도리였다. 정말 지킬 필요가 있어서가 아니라 어디까지나 상징적 행위였기 때문이다.

여란은 박승재의 그 이상한 눈빛 때문에 별의별 생각이 다 들어 늦도록 잠을 이루지 못했다. 그 이상한 눈빛과 이상한 목소리로 어머니를 입에 올렸다는 게 암만해도 마음에 걸렸다. 아무리 먼 지난날의 일이라 해도 한때 그런 눈으로 어머니를 노린 적이 있으리라고 상상만 해도 진저리가 쳐졌다. 왜 그런 상상이라도 하게 되었는지 자신의 추한 상상력도 싫었다.

그러다가 어렴풋이 잠이 들었기 때문에 미세한 인기척이었건만 곧 화들짝 깨어날 수가 있었다. 뒤 골마루 쪽으로 난 문이 열리는 소린 줄 알았는데 방 안엔 검은 그림자가 이미 스며들어 와 있었다. 밤새 여란이 방 안을 어렴풋하게 비춰 주던 마당의 장명등 불빛은 웬일인지 꺼져 있었다. 뭔가 계획적으로 나쁜 일이 일어나고 있다는 엄청난 무서움증 때문에 혀가 얼어붙은 여란은 덜덜 떨면서 홑이불을 끌어당겨 앞가슴과 함께 잔뜩 움켜쥐었다. 잠들기 전까지 그녀를 괴롭힌 고약한 상상 때문인지 그 검은 그림자가 승재려니 미리 단정하고 극심한 공포와 혐오감을 느꼈다. 그러나 그닥 절망스럽지는 않았다. 침입자의 의도가 확실해지기 전에 악을 쓸 여유는 있을 것 같았다. 규서가 거처하는 건넌방이 가깝다는 게 그 경황 중에도 힘이 되었다.

"여란아, 나야 나, 겁내지 마, 아 여란이, 여란이."

그림자기 슘을 헐떡이며 말하고는 여란이이 입 먼저 틀어막았다. 그림자는 승재가 아니라 규서였다. 예상이 어긋난 여란이는 눈을 부릅뜨고 그 사실을 확인하고는 그만 몸에서 힘이 쭉 빠졌다. 입을 틀어막은 규서는 나머지 한 손으로 이불을 벗기고 조급하게 몸을 실리려고 했다. 뜻밖의 사태에 허를 찔린 여란이였지만 곧 이 고약한 집구석에 대한 끓어오르는 분노로 격렬하게 반항하기 시작했다. 규서가 얼떨결에 놓친 여란이의 손이 허위적대다가 잡힌 게 하필 과일 쟁반 속의 과도였다. 여란은 흐느끼며 진저리를 치며 규서의 옆구리를 마구 찔러 댔다. 규서가 긴 신음을 토해 내며 나자빠졌다. 그때 다시 골마루 쪽 문이 열리고 누군가 방 안으로 들어서면서 전깃불 먼저 켰다. 규서댁이었다. 여란이는 새댁과 이부자리를 낭자하게 물들인 핏빛과 자기 손에 아직도 쥐어져 있는 피 묻은 과도와 죽어 자빠진 규서를 동시에 확인하고는 악 소리 한마디를 지르고 그 자리에서 까무러치고 말았다.

환갑 잔칫날이 내일모레로 다가와 일손은 물론 기물까지도 달리게 된 가회동에서 다식판을 가지러 잠시 집에 들렀다가 그 광경을 목격한 새댁은 잠시 망연자실해 있다가 무슨 생각에선지 외마디소리를 지르며 사랑채로 내달았다. 그리고 미친년처럼 기괴한 소리로 울부짖었다.

"아 아버님, 제가 사람을 죽였어요. 좀 나와 보세요. 그 놈을 제 손으로 칵 죽여 버렸어요."

놀라 자리옷 바람으로 뛰어나온 시아버지를 보자 새댁은 더욱 넋 나간 소리로 알아들을 수 없는 기성을 지르며 앞장서 안채로 내달았다. 맨발로 뛰어 들어와 그 광경을 목격한 승재는 실색을 했지만 짚이는 바가 없지 않았다. 오랫동안 여란이에게 야심을 품어 온 규서가 식구들이 없는 틈을 타 겁탈을 하려는 찰나 재수 나쁘게도 마침 집에 들른 아내에게 발각되었고, 질투로 눈이 뒤집힌 아내의 칼부림에 그 지경이 되었다는 걸 쉽게 알아차렸을 뿐 아니라 그 사실이 그대로 세상에 알려질 경우 당할 집안 망신에까지 생각이 미쳤다. 그 경황 중에도 그렇게 민첩하게 머리가 돌 수 있었던 건 규서가 양자이기 때문인지도 몰랐다.

"이년 입 닥치지 못할까."

옆구리로 창자가 꿰져 나오는 남편을 붙들고 미친년처럼 두서없이 원망과 욕설과 비탄의 말을 퍼붓는 며느리에게 이렇게 일갈을 하고 난 승재는 재차 명령을 했다.

"그 피 묻은 것들을 다 네 방으로 옮겨라. 나는 이 녀석을 옮길 테니. 그리고 입 닥쳐. 아랫것들이나 순사한테는 도적의 소행으로 해 놓을 테니. 네 목숨도, 우리 집안 체면도 구하려면 그 수밖에 없느니라. 이건 도적놈의 짓이다. 알았지?"

새댁은 실성한 것처럼 굴면서도 시아버지 명령대로 잘 움직였다. 나으리의 급한 고함 소리에 행랑아범 어멈이 뛰어 들어왔을 때는 규서는 제 방에서 그 일을 당한 걸로 돼 있었다. 그때 아직 숨이 덜 끊어진 규서의 낮은 신음 소리가

133

들렸고 앞으로 할 바에 대해 새로운 정신이 난 나으리의 불길은 호령으로 이범은 규서를 업고 병원으로 줄달음쳤다. 어떻게들 머리들이 빨리 돌았던지 여란이가 규서를 찌르고 나서 범인이 두 번씩이나 바뀌고 병원으로 업혀 가기까지는 순식간이었다. 시아버지와 행랑어멈까지 규서를 따라간 후 새댁은 미친 척을 멈추고 여란이 방을 좀 더 정돈하고 나서 여란이에게 찬물을 끼얹었다. 비록 미친 척은 안 했지만 얼굴은 창백하게 질리고 손을 부들부들 떨고 있었다.

의식이 돌아온 여란은 새댁의 목을 끌어안고 울기 시작했다.

"언니, 무서워. 난 어드렇게 되는 거지? 내가 사람을 죽이다니. 나 붙잡혀 가기 전에 우리 엄마 아버지 한 번만 만나게 해 줘요. 내가 사람을 죽였을 리가 없어. 아니야. 꿈을 꿨을 거야. 그치 언니? 아아 무서운 꿈이었어."

"그래요. 맞아요. 그 사람을 죽인 건 사실이지만 그건 여란이 학생이 죽인 게 아니라 내가 죽인 거예요. 내가 죽였어요. 그러니까 여란이 학생은 누가 뭐래도 모른다고만 하면 되는 거예요. 알았죠?"

여란이는 미친년처럼 흐트러지고 핏기 없는 새댁을 악몽의 연속인 양 몽롱한 의식으로 바라보기만 했다.

다식판을 가지러 온 새댁에게 대문을 열어 준 건 행랑어멈이었고 새댁은 다식판을 가지고 빨리 가 봐야 할 거니까 식구들 단잠까지 깨울 거 없다는 생각으로 불도 안 켜고 가만가만 찬방을 더듬었다. 그러다가 남편이 여란이 방에

침입하는 걸 목격했고 뒤따라가 방 안에서 일어나는 자초지종을 엿들었다. 질투를 못 견디었다면 그때 소동을 부릴 수도 있었다. 그러나 새댁은 순전한 미움으로 사태를 지켜보았고 미움이 고조가 돼 마침내 맹렬한 살의가 되었을 때 여란이가 그 짓을 저지르고 만 것이었다.

새댁은 조금도 여란이 죄를 뒤집어쓴다고 생각하지 않았다. 그녀 나름으로 정말을 말하고 있을 뿐이었다. 그녀는 자신의 살의와 여란이의 행동을 혼동하고 마침내 동일시했고, 살의가 이루어졌을 때 자신이 느낀 섬찟한 쾌감을 생각하면 여란이의 충격이 오히려 불쌍해져서 보호해 줘야 할 것처럼 느꼈다.

해가 설핏해지면서 꼼짝 않던 나뭇잎들이 살랑대기 시작했다. 복더위보다 짜증스럽던 노염이 맥없이 수그러들면서 수풀을 흔들고 와닿는 바람이 샘물처럼 처량해졌다.

"벌써 이렇게 됐나."

맥을 놓고 생각에 잠겼던 박승재는 회중시계를 꺼내 보고 나서 이렇게 중얼대더니 느슨하게 풀고 있던 넥타이를 반듯하게 조였다.

회색빛 시체실이 바라보이는 대학병원 뒤쪽 수풀 속이었다. 서늘한 그늘과 벤치가 구비된 앞뜰을 피해 시체실 때문에 공기까지 음습한 것 같은 인적 드문 수풀 속에 웅크리고 앉아 있은 지가 몇 시간째인지 몰랐다. 여자들의 곡성이 한꺼번에 악머구리 끓듯 하다간 끊기곤 했다. 누군가 딸을 많이 두고 죽었나 보다고 생각했다. 주황빛 해가 창경원 숲 속으로 힐끗힐끗 힐끗하고 있었다. 얼마나 오개 같은 자리에 앉아 있었던지 엉덩이가 녹녹했다.

"자아, 고것들을 어떻게 요절을 낸다?"

처음부터 그 생각이었지만 요절 그 자체를 즐기고 있을 뿐 방법을 궁리하고 있진 않았다. 방법은 고사하고 어떻게 일이 그렇게 뒤집혀졌는지 그 진상이 아직도 그에겐 수수께끼였다.

승재가 끔찍한 일을 당한 양아들 규서를 대학병원으로 옮길 때만 해도 최선을 다했다는 걸 보여 주기 위한 체면 때문이었지 살릴 수 있으리라는 희망이 조금이라도 있었던 건 아니다. 그의 며느리나 여란이가 똑같이 규서가 죽었다고 생각한 것처럼 승재 또한 목숨이 붙어 있다는 걸 믿을 수 없을 만큼 규서의 출혈은 심했다. 그러나 한창 나이이기 때문인지, 명을 잘 타고나서인지, 그렇게 많이 피를 흘렸고 또 동네 병원에서 큰 병원으로 옮겨 다니느라 시간도 많이 지체했건만도 규서는 죽지 않고 살아났다. 살아나서 자기를 그토록 잔혹하게 상해한 게 아내가 아니라 여란이라는 걸 밝혔다. 다량의 출혈로 인한 혼수상태가 수혈과 수술로 정신이 오락가락하는 상태까지 회복됐을 때부터 규서는 헛소리로 여란이를 저주했었다. 뜻을 못 이룬 원한에서 그러려니 했지 설마 여란이가 가해자라는 생각은 꿈에도 안 해 본 승재였다.

승재는 그때까지도 집안과 그 자신의 체통을 생각해서

136

규서가 당한 끔찍한 봉변을 경찰에는 단순한 강도의 소행으로 신고해 놓고 있었다. 더군다나 규서가 목숨을 건지는 게 확실해진 후부터는 남의 집 초사에 오르내리기 싫다는 이유로 그 일을 없었던 걸로 해 주길 경찰에다 간곡하게 부탁까지 해 놓고 있었다. 없는 범인을 만들어 내기도 할 만한 그의 권한으로는 그 정도는 쉬운 일이었다. 그러니까 범인이 달라졌다고 해서 외부적으로 달라질 건 아무것도 없었다. 그러나 가해자에 대해선 가장으로서뿐 아니라 경찰력을 대신한 응징의 권한까지 쥐고 있다고 믿고 있던 승재의 내적 혼란은 컸다.

규서가 아내가 집을 비운 틈을 타 평소 흑심을 품고 있던 여란이를 겁탈하려 했다. 그때 마침 집으로 돌아온 아내가 그 현장을 목격하고 질투에 눈이 뒤집혀 칼부림까지 일어났다. 그게 여지껏 승재가 알고 있던 사건의 전말이었고, 신파극으로 꾸며도 무리가 없을 만큼 있을 수 있는 얘기였고 말이 되는 얘기였다. 제가 감히 여란이를, 하면서 규서를 되레 괘씸하게 여긴 적은 있어도 사건의 경위는 의심을 품을 여지가 없었다. 그러나 진상은 그게 아니라 규서를 그 지경으로 만든 건 틀림없이 여란이인데, 범인을 자처하고 나선 건 며느리라는 사실이 승재의 상식으로는 도무지 말이 안 됐다. 잘못을 뒤집어써도 보통 잘못이 아니라 살인죄를 뒤집어쓰려 한다는 건 보통 우정이 아니었다. 둘이서 그 정도로 친했다는 것이 믿기지 않았기 때문에 더욱 승재는 기분이 나빴다. 그 앙큼하고 괘씸한 계집들한테 농락을 당한 기분이었다. 한 걸음 더 나아가 그의 권세와 허위가 그 계집 년들한데 도전을 당했다고끼지 여겼다.

"자아, 고 앙큼한 년들을 어떻게 요절을 낸다?"

그는 또 한 번 뇌까리며 엉덩이를 들었다. 제정신이 돌아온 걸 의심할 여지가 없을 만큼 회복이 된 규서의 입을 통해 사건의 전말을 자세히 확인한 게 오늘 낮이었다. 그 후여지껏 그러고 있었지만 집에 가서 여란이와 며느리를 어떻게 대하는 게 지금까지 속아 온 위신을 만회하고 그들을 사시나무 떨듯 떨게 할 수 있을까 하는 묘안은 좀처럼 떠오르지 않았다.

어둑어둑해질 무렵이 되어서야 승재는 집이 보이는 골목 어귀에 당도했다. 그는 버릇처럼 어깨를 펴고 황혼이 서린 고래 등 같은 기와집을 바라보았다. 그러나 조선 사람 중에 맨주먹으로 나만큼 성공한 사람도 쉽지 않을걸 하는 평소의 자만심은 되살아나지 않았다. 되레 그런 자만심이 용렬하기 짝이 없는 짓처럼 여겨졌다. 소슬한 허망감이 첫추위처럼 품으로 파고들었다. 그는 순전히 자기 실력 하나로 가문을 남작이니 백작이니 하는 일본이 만들어 준 귀족들과도 무관하게 상종할 수 있을 정도로 일켰다고 믿었고 후사가 없는 아쉬움도 돈과 권력만 있으면 얼마든지 벌충할 수 있는 구색 정도로 생각했기 때문에 그닥 심각하지가 않았다. 규서가 죽어 버렸다면 그 생각에 변함이 없었을 테고 후사도 얼마든지 갈아 끼울 수 있는 구색에 지나지 않았으련만 규서는 위기를 넘겼다. 의사도 이제 아무 걱정 말라고 규서의 생명의 이상 없음을 장담해 주었다. 그때 그는 의사에게 정중하게 사의를 표했지만 속으로는 섬찟할 정도로 확실한 낭패감을 느꼈다. 그의 권위를 견고하게 위장한 허위의 한 자락이 마침내 제멋대로 놀아나기 시작한 틈서리로 자신의 정체를 엿보았다고나 할까.

여란이와 며느리를 어떻게 요절낼 것인가는 차차 생각하기로 했다. 지금까지는 모르고 속았지만 이제부턴 알고 속아 주마. 그래, 알고 속는 건 속는 게 아니라 속이는 게다. 이제부턴 내가 너희들을 속일 차례다. 그렇게 생각하니까 조금 기운이 났다. 승재는 음흉한 웃음을 어금니 사이에서 누르며 집으로 들어갔다.

그러나 집에선 낮부터 여란이가 진실을 말할 결심을 하고 승재를 기다리고 있었다. 충격의 후유증에서 벗어나자 그때 일이 또렷이 생각났고 생각난 대로 말하고 벌을 받고 싶은 걸 말린 건 물론 규서댁이었다. 규서댁은 한사코 자기가 죽였다고 우겨서 여란이를 헷갈리게 했지만 이젠 자기가 저지른 일과 남의 말을 헷갈리지 않을 만큼 정신상태도 온전해졌다. 규서가 그 자리에서 죽지 않은 건 알고 있었지만 아직 빈사 상태인 줄 아는 그녀는 까딱하면 살인범이 될 각오도 하고 있었다. 죄가 무거울수록 남에게 뒤집어씌운다는 건 말도 안 되는 얘기였고, 그 말도 안 되는 규서댁의 비호로부터 벗어나고 싶었다. 여란이는 그 이상한 집구석 식구들이 모조리 두렵고 싫었다.

"여란이가 나으리를 뵙겠다는군요."

승재가 막 고의적삼으로 갈아입고 몸을 풀려는데 문밖에서 마님이 은밀히 이뢰는 소리가 들렸다. 좀처럼 사랑에 몸소 나오는 일이 없는 마님이 여란이를 안동하고 나온 것이다. 이 집 식구 중에서 오직 마님 혼자만 이번 일로 인해 마음이 상하거나 혼란을 겪지 않았다. 마님이 집을 비운 사이 일어난 일이므로 자신이 이 집에서 얼마나 중요한지 존재가치에 대한 확신이 생겨서 그 어느 때보다도 당당했다. 마님의 당당한 일가견에 의하면 규서는 그런 일을 당해 쌌다. 어떻게 제 놈이 감히 여란이를 넘볼 수가 있단 말인가. 괘씸하기 짝이 없었다. 만일 그놈이 뜻을 이루어 여란이가 더럽혀졌다고 상상만 해도 치가 떨렸다. 여란이가 무사한 것만 고마웠기 때문에 누가 규서를 찔렀건 찌른 사람 편이었다. 가해자가 며느리에서 여란으로 바뀌어도 마님은 조금도 헷갈리거나 얼떨떨해하지 않고 여란이 역성을 들었고 규서는 더 못된 놈이 됐다. 여자가, 여자 중에도 처녀가 목숨 걸고 정조를 지켰다는 건 아무리 칭송해도 성이 차지 않을 지경이었다. 마님은 일생을 통해 사랑받아 본 적이 없는지라 남자가 정욕을 품음 직한 여자를 덮어 놓고 질투하고 미워하는 버릇이 있었다. 그러나 딸처럼 편애하는 여란이가 그런 일을 당할 뻔한 데 대해서는 야릇한 자부심마저 느꼈다. 이 집에서 규서 편은 아무도 없었다. 비록 양자일망정 대갓댁의 후사라는 막중한 자격도 거의 잊혀지고 있었다.

마님이 전에 없이 당당하게 여란이를 안동하고 사랑까지 나온 것은 얼마나 거침없이 여란이 역성을 들고 있다는 과시였다.

"게 앉거라."

승재는 마나님을 의식적으로 무시하고 여란이한테만 말했다. 참으로 당돌한 계집애로다. 속으로 혀를 찰 만큼 여란이에게 잘못을 뉘우치거나 어른을 두려워하는 기색을 찾아볼 수 없었다. 다만 그동안 핏기가 가시고, 볼의 살이 좀 내린 듯할 뿐이었다. 그러니까 더욱 에미를 닮아 보였다. 그 옛날 그 에미로 인하여 만신창이가 된 자존심이 다시 욱신거리기 시작했다. 그리고 통정에 실패한 게 규서가 아니라 자신이었던 것처럼 복수심인지 정염인지 분간 못 할 열정에 사로잡혔다.

"얘가 뵙자고 한 건요……."

후텁지근한 침묵을 깬 것은 마님이었다.

"제가 말씀드릴게요."

여란이는 마님의 참견이 달갑지 않은 듯 냉큼 앞으로 나섰다. 망설이거나 잘못했다는 기색이 조금도 없었다.

"잘 말씀드려라. 처녀가 입에 담기 부끄럽겠지만 여차여차하여 그리된 경위를 자세히 말씀드려야지 까딱 잘못하단 덤테기 쓰게 된다."

마님이 못 미더워서 이렇게 뒤에서 거들었지만 승재 보기에 여란이는 부끄럼 같은 건 타고 있지 않았다.

"오빠를 찌른 건 언니가 아니라 제가 그랬습니다. 죽일 생각은 아니었는데."

그 대목에서 여란이가 갑자기 신경질적으로 울기 시작

했다. 뉘우쳐서가 아니라 끔찍한 기억을 감당치 못해 우는 울음은 날카롭고 시끄러웠다. 마님이 가엾어라, 분쌍해라 하면서 어깨를 껴안고 다독거렸다. 승재는 맥이 빠져서 가만히 있었다. 속아 줄 수도 없게 되다니. 잔뜩 벼르던 먹이를 놓친 것처럼 허전했다.

"왜 놀라지도 않으시우?"

마나님도 이상한지 여란이의 울음이 그치자 물었다. 여란이 발작적으로 울더니 씻은 듯 부신 듯 멀쩡한 얼굴을 하고 있었다.

"이미 알고 있었소."

"그럼 아시고도 모르는 척 능청을 떠셨더란 말유? 세상에 무서운 양반 같으니라구."

"말 삼가요. 방금 규서한테 자세한 자초지종을 듣고 오는 길이오."

"그럼 그 애가 살아났군요. 하늘에 닿은 명이네요."

"그것도 말이라고 하는 거요? 남이 죽을 고비를 넘겼대도 그렇게는 말 못 하리다."

"저만 나무라지 마십시오. 맨날 오늘 해 넘기기 어려울 거라고 엄포를 놓은 게 누구신데 그러십니까."

"당신이 그만큼 무심했기 때문이오. 며늘애도 안 내보내, 당신도 안 나가 봐. 도대체 그 애가 뉘 집 지식인데 몰라라 하고 생가 식구들한테만 맡겨 놓는다는 말이오."

승재는 마음에도 없는 훈계로 겨우 체면을 유지하려고 했다.

"시방이니까 그런 말씀 하실 수 있는 게지, 생각해 보세요. 제 서방을 찔렀다고 나서는 며늘년을 어떻게 그 서방 병구완을 내보냅니까? 저만 해도 그렇죠. 내 속으로 난 자식이라면 모를까 똥오줌 받아 내는 중병 구완을 어떻게 합니까. 그런 건 의당 생가붙이들이 해야죠. 말이야 바른대로 말이지 누구 때문에 집안이 이 난간데요."

"영락없이 파양을 하잔 소리 같구려."

"난 그런 건 몰라요. 괜히 덤태기 씌울 생각일랑 마시우. 양자 들일 때도 미리 귀띔 한마디 안 하신 양반이."

화제가 엉뚱한 데로 흐르자 여란이가 궁금한 걸 참지 못하고 끼어들었다.

"오빠가 아주 살아난 건지 일시적으로 깨어난 건지 그것부터 알고 싶습니다."

"목숨을 건진 게 확실해졌다. 앞으로 2주일만 더 요양하면 퇴원해도 된다고 하더라."

여란이는 악몽에서 깨어난 것처럼 뭐라고 말할 수 없이 개운하면서도 당장은 현실감이 나지 않았다.

"그러면 그렇지, 네 기운으로 장정을 어떻게 죽이냐, 죽이길. 괜한 겁을 먹고 애절을 했구나. 이젠 아무 걱정 말고 밥도 잘 먹고 학교 갈 채비도 하고 그러거라. 아유 무엇보다도 내 집에서 살인이 안 났으니 얼마나 다행이냐."

마나님이 여란이를 다독거리면서 기뻐하는 걸 승재는 물끄러미 바라보았다. 규서가 살아난 건 안중에도 없고 여란이가 죄를 벗게 된 것만 좋아하고 있는 마나님이 한심했지만 나무랄 엄두는 나지 않았다. 여란이하고 단둘이 있고 싶었다. 그새기 못 이룬 통정을 지기기 흰빈 이루이 보고 싶은 짐승 같은 기갈이 꿈틀대는 걸 느꼈다. 여란이가 보일 듯 말 듯 웃으며 말했다.

"그렇게는 못 합니다, 아주머니. 제가 무슨 낯으로 이 댁에 기거하며 다시 학교에 다닐 수 있겠습니까. 저는 응분의 벌을 받고 싶습니다. 고발을 해서 순사가 붙들러 와도 조금도 이 댁을 원망하지 않을 겁니다. 오히려 그렇게 되는 게 제일 마음이 편할 듯합니다."

"조, 조런 발칙한 년 봤나. 네가 아주 앙큼하구나. 우리가 가문의 명예를 생각해서 너를 고발 못 하고 있다는 걸 뻔히 알면서 일부러 해 보는 흰소리렷다. 적반하장도 분수가 있지."

승재는 뭔가 던지고 싶어 주먹을 떨며 고함을 쳤다. 돌연한 호통에 놀란 마나님은 빌어 이것아, 빌어, 이럴 땐 덮어 놓고 비는 거야, 하면서 쩔쩔맸지만 여란이는 싸늘하고 침착했다.

"당장 무사하게 넘어가자고 일생 동안 이 댁 어른들한테 은혜를 입고 약점을 잡힌 기분으로 살긴 싫습니다. 차라리 감옥살이를 하겠습니다. 죄를 졌다면 마땅히 벌을 받아야죠."

여란이가 점점 겁 없이 승재를 똑바로 바라보면서 벌받기를 거듭 자청했다. 쏘는 듯한 시선이었고 입가엔 보일 듯 말 듯한 웃음이 뱅글대고 있었다. 어찌 저리도 에미를 빼닮았단 말인가. 세벌대 댓돌 위에 높이 솟은 대청마루에서 그를 내려다보던 태임이의 미모와 오만은 그가 아무리 출세를 하고 권세를 잡아도 극복할 수 없는 그 무엇이었다. 지금 젖비린내 나는 계집애가 그때의 즈이 에미보다 한술 더 떠서 그가 싸고 싼 그의 집안의 썩어 빠진 내막을 샅샅이 투시한 얼굴을 하고 그를 비웃고 있었다. 왜 그들 모녀는 대를 물려 가며 그를 능멸하는가. 승재는 태임이 앞에서나 여란이 앞에서나 똑같이 자신의 그 잘난 모든 게 불쌍하고 보잘것없어지는 요술을 이해할 수가 없었고 무작정 화딱지가 났다. 차라리 규서가 죽었더라면 저년의 기가 저렇게 살아날 순 없었으련만, 승재는 자신의 숙명적인 열등감과 규서의 목숨을 상쇄할 수 없게 된 걸 못내 분하게 여겼다.

"저 애를 데리고 나가시오. 그리고 그 애 어머니한테 편지를 하시오, 상경하라고."

승재가 앙분한 목소리로 말했다. 자신 속의 무자비한 갈망과 눈앞의 당돌한 계집애가 동시에 그를 앙분케 했다.

"여란이를 내치시게요?"

"안 내치면, 그 천하에 발칙한 걸 끼고 있을 작정이었소?"

"여란이가 뭘 잘못했다고……. 딸 가진 입장을 한번 바꾸어 생각해 보시구려. 잘했다고 칭찬해 주고 싶을 테니."

"듣기 싫소. 우린 아들 가진 입장이라는 걸 잊지 말아요. 뭘 알고 역성을 들어도 들어야지."

여란이가 먼저 일어나 나가는 바람에 마나님도 더 따

지고 싶은 걸 참고 뒤따랐다. 혼자 남은 승재는 텅 비고 암담한 심정이 되었다. 집 안에서 그런 불상사가 있고부터 지금까지 그는 충격보다도 어딘가 속고 있다는 느낌을 못 벗어났었다. 결국 협잡은 밝혀졌지만 협잡꾼은 여전히 그를 비웃고 있었다.

나중에 며느리를 불러 친정으로 가 있으라고 명할 때도 그런 느낌은 마찬가지였다. 죽을죄를 지었으니 죽어도 시댁 울타리 안에서 죽게만 해 달라고 싹싹 빌 줄 알았는데 눈물 한 방울 안 흘리고 순종할 뜻을 나타냈다. 사돈과의 관계를 생각해서 되레 승재 쪽에서 변명 비슷한 말을 해야만 했다.

"아무리 사람이 지각이 없어도 그렇지, 어떻게 그 경황 중에 그 끔찍한 죄를 뒤집어쓸 생각을 했더란 말이냐. 여자의 투기하는 마음이 무섭다는 건 알고 있다만 그동안도 서방 걱정은 손톱만큼도 안 하고 생판 남인 여란이만 끼고 돈 녀를 어떻게 내 집 식구라고 여길 수가 있으며 장차 네 남편이 돌아왔을 때 계집 노릇을 시킬 수가 있겠느냐. 느이 친가 부모님한테도 우리 입장이 아주 떳떳하달 순 없지만 내 처사를 그르다고는 못 하실라. 그러니 너도 나를 과히 원망 말거라."

"제가 감히 아버님을 원망하다니요."

"넌 그 애의 조강지처다. 조강지처는 하늘도 알아준다고 했느니. 개도 당장은 정이 떨어져 널 안 보려 하겠지만 세월이 가면 미운 정 고운 정 든 조강지처를 찾게 돼 있으니. 나도 애비로서 그런 날이 빨리 오도록 타이르면서 절대로 딴마음 먹는 일이 없도록 할 테니 그런 줄 알고 처신을 조신하게 하고 기다리도록 해라."

처음부터 그렇게까지 너그럽게 굴 생각은 아니었다. 더군다나 다시 부르겠다는 생각이나 그런 희망이라도 줘야지 싶은 의리를 며느리한테 느낀 바도 없었다. 그저 여란이에 비해 그동안 많이 축가고 자포자기해 보이는 며느리를 마주 대하자 불쑥 그런 소리가 나왔을 뿐이었다. 자애가 우러났다기보다는 훌쩍이면서 애걸하는 꼴만은 피하고 싶다는 일종의 무력감이었다.

"안 그러셔도 됩니다, 아버님."

"네가 나를 못 믿겠나 본데 무자한 건 칠거지악인데도 난 느이 시어머니를 내치지 않았다. 그래도 나를 못 믿겠느냐?"

승재는 무책임할 정도로 너그럽게 굴었다.

"아버님을 못 믿어서가 아닙니다. 그렇게 되길 제가 바라지 않기 때문이죠. 절 내치시는 김에 아주 민적도 갈라 주십시오."

며느리는 고개를 똑바로 세우고 눈길도 흔들림이 없이 말했다. 전혀 뜻밖의 사태였다.

"너 민적을 가른다는 게 무슨 뜻인지 알고나 하는 소리냐? 여자로선 마지막이야. 칼을 물고 죽는 한이 있어도 그노릇만은 안 당해야 하거늘."

"알고 있습니다."

며느리의 입가가 보일 듯 말 듯 실룩거렸다.

"알고두 그런 말을 입에 담어? 시애비 앞에서, 너를 짝지어 준 부모도 시퍼렇게 살아 있는 마당에 그게 할 소리냐. 참으로 고얀 일이로다. 아무리 중인의 딸이기로서니, 느이 친정에서 배운 게 고작 그거냐?"

"순전히 제 뜻입니다. 친정에서 그렇게 배운 바도, 미리 의논한 적도 없습니다. 짝지어 주실 때는 부모님 뜻대로였지만 헤어지는 것도 그분들 허락 맡아야 된다고 생각하진 않습니다."

"얘가 점점 더 해괴한 소리를 하지 않나. 민적은커녕 친정에 잠시 보내는 것도 생각해 볼 일이로다. 까딱하단 실성한 며느리 친정으로 쫓아 보냈단 소리 들을까 겁난다."

"아버님, 제 소원입니다. 저를 내쫓고 민적도 갈라 주세요. 제가 정떨어지지도 않으세요? 제가 그이를 죽였다고 나선 걸 투기로 환장했다거나 여란이 학생을 감싸려고 그런 줄 아시면 큰 잘못이에요. 제가 죽인 거나 마찬가지라고 생각했기 때문에 그런 거였어요. 뻔히 그 현장을 지켜보면서도 안 말렸을 뿐 아니라 속으로 열심히 힘을 보탰다면 어쩌실래요. 그뿐인 줄 아세요. 병원에서도 살아나지 못하길 바랐어요. 전 그렇게 독한 년이고 우리는 그렇게 서로 미워하는 내외간이었어요. 그런 줄 아시고도 저를 안 내치신다면 그건 그이가 이 댁 친아들이 아니기 때문이 아닌가요?"

"저런 방자한 것이 있나. 감히 뉘 앞에서 그 요망한 주둥아릴……."

승재는 말을 맺기도 전에 스르르 역정이 가라앉아 버렸다. 꾸중을 하고 단죄를 하고 어쩌구 하기보다는 외면하고 싶었다. 이쪽은 아들 가진 쪽이라는 천부의 우월감만 뺀다면 실상 며느리를 단죄할 만큼 떳떳한 입장도 아니었다. 그러나 그런 자각보다도 더 고약한 건 동류의식이었다. 그가 규서의 실패한 통정을 마치 자기 것처럼 아쉬워하며 온갖 상상력을 다 동원해서 미진한 쾌락을 얻어 내려는 것처럼 며느리 또한 여란이의 실패한 살의를 제 것처럼 착각함으로써 이 집안에 복수를 꾀하고 있었다.

마치 막다른 골목에 몰린 것처럼 어쩔 수 없이 확인하게 된 그 확실한 동류의식을 통해 승재는 그의 집안의 껄렁한 부도덕 또한 막다른 골목에 몰린 것처럼 느꼈다. 그는 단죄는커녕 죄목을 부는 죄인처럼 면목 없는 기색으로 우선 친정에 가서 기다리고 있으면 세간도 실어 보내 주고 민적도 갈라 주마고 했다. 그 전에 사돈을 만나야 하나 그 후에 만나야 하나 그 절차와 예절에 대해 묻기도 했다. 며느리는 그건 천천히 생각하셔도 돼요, 라고만 말했다. 그러나 승재는 며느리가 절차와 예절이라는 것에 대한 구역질을 힘겹게 참아 내고 있다는 걸 똑똑히 알 수가 있었다.

며느리를 우선 몸만 친정으로 보내고 나니 개성서 태임이가 상경했다. 마나님은 승재가 미리 단단히 일러 준 대로 편지에다는 여란이가 아프다고만 썼기 때문에 편지 받자마자 달려온 모양이었다. 온갖 방정맞은 생각을 다 한 듯 아직도 누워 있긴 하지만 멀쩡한 여란이를 보고 여간 기뻐하지 않았다. 그러나 여란이는 곧 울음을 터뜨려 어디가 그렇게 아팠느냐는 어머니의 물음에 대한 대답을 대신했다. 마나님이 옆에서 여란이 대신 자초지종을 얘기했다. 워낙이 좀 주책인 데다가 여란이가 내 딸이었으면 할 정도로 정을 흠빡 쏟았던 마나님인지라 규서만 천하의 몹쓸 놈을 만들고 여란이가 한 짓을 모조리 다 칭찬을 했다. 태임이는 믿거라 맡긴 양반댁에서 어찌 그런 일이 있을 수 있나 놀랐고, 한편 죽기를 무릅쓰고 순결을 지킨 딸이 대견하기도 했다. 그러나 까딱 잘못했으면 어쩔 뻔했나 상상만 해도 소름이 끼쳐 적선정 집에서 하룻밤도 묵기가 싫은 모양이었다. 그날로 여관을 잡아 여란이하고 같이 하룻밤을 드새고 다음날 데리고 내려가겠다는 걸 마나님은 싹싹 빌다시피 해서 말렸다. 아직도 여란이는 자다가 식은땀을 흘리며 가위에 눌렸고, 낮에도 거의 자리보전하고 누워 있었다. 그렇다고 두 시간 남짓밖에 안 걸리는 기차도 못 탈 정도는 아니었지만 기가 허해진 것만은 사실이었다. 그래서 마나님은 보약에다 놀란 데 쓰는 처방을 보태서 지어다가 정성껏 달여 먹이는 중이었다.

"여란이를 딸처럼 귀애하던 제 정성을 봐서 제발 이 보약이나 다 달여 먹인 연에 데려가세요. 그때 가선 지금보다기운도 차릴 테고 그럼 우리도 좀 덜 미안코 덜 섭섭하잖겠어요."

마나님은 자신은 지체 높은 양반댁 안방마님이고 상대방은 기껏 돈푼이나 있는 중인 여편네라는 신분의 차이도 잊어버리고 이렇게 저자세로 애걸을 했다. 내외의 법도가 지엄한 고로 승재는 처음에 정중히 인사만 한 번 했을 뿐 두 여자 사이에 직접 끼어들진 못했지만 그렇게 돼 가고 있다는 건 대강 짐작이 갔다. 잘잘못이나 지체를 떠나서 몸에 밴 기품의 차이는 누가 보기에도 현격했다. 종상이하고 의논할 수도 있는 문제를 태임이를 부른 건 망신을 자초한 꼴이 되고 말았다. 그렇다고 괜히 불러 올렸다는 생각은 없었다. 태임이를 올라오도록 하라고 마나님에게 이를 때만 해도 문득 내킨 발상 같았지만 태임이를 종상이로부터 떼어 내어 따로 바라보고 싶다는 건 승재의 오랜 갈망이었다. 따로 떼어 내어 어떻게 해 보겠다는 엉큼한 속셈이 있는 것도 아니면서 그랬다. 태임이는 상상 속에서도 그의 범접을 거부했다. 꿈에서도 능욕할 수 없는 그 여자는 그동안 얼마나 그를 약오르게 했던가. 약이 상투 끝까지 차올라 참을 수 없게 되면 그는 야주개집을 찾곤 했었다. 그러면 야주개집은 농익은 종기를 짜듯이 그의 팽배한 욕망의 돌파구가 돼 주었다.

태임이가 상경해 가까이 있고부터 승재는 그 어느 때보다도 약이 올랐지만 야주개집을 찾아가진 않았다. 여란이를 더 붙잡아 두기 위한 구실이 된 보약도 태임이가 상경한 지 사흘 만에 마지막 한 첩을 달이게 됐고 무엇보다도 여란이는 태임이가 온 날부터 자리를 털고 일어나 밥 잘 먹고 명랑해졌다. 승재네가 안으로 은근히 크게 부대끼고 한바탕의 변화를 치러야 했던 데 비해 태임이는 처음에 한 번

기겁을 하게 놀랐을 뿐 곧 평온을 되찾았다. 사나흘씩이나 더 머문 것도 만 대 희숙을 갑이서라도 몇 달 안 남은 학교를 졸업시키고 싶다는 욕심 때문이었다. 그러나 여란이 본인은 그럴 생각이 전혀 없어 보였다. 여고는 개성에도 얼마든지 좋은 학교가 있건만 꼭 서울 유학을 고집하더니, 다시 일본 가서 대학을 다니고 싶다고 떼를 쓰던 여란이었다. 딸의 보통 이상의 향학열과 허영에 대해 잘 아는 태임인지라 이런 변화가 혹시 그 사건의 정신적 후유증이 아닌가 걱정스러웠다. 일단은 집으로 데려다가 고약한 기억을 잊게 하면서 타일러 볼 작정이었지만 서울 있는 동안도 잠만 여관에서 자고 온종일 옆에 붙어서 말벗도 하고 속마음도 떠보느라 애썼다. 또 숙명학교에도 들러 한 달쯤 쉬게 될 거라는 양해도 구했다. 이래저래 태임이도 지루해할 겨를 없이 마나님이 보약을 마저 달여 먹이는 동안을 보낼 수가 있었다.

이제 더 붙들어 둘 구실도 염치도 없어져 내일이면 모녀가 개성으로 내려가기로 한 날 밤이었다. 마나님은 여지껏 못 느끼고 있던 며느리 떠난 자리까지 한꺼번에 입을 벌릴 것 같은 막막한 예감으로 잠을 못 이루었다. 남의 자식 귀애한 허망감과 같은 남의 자식이면서도 귀애할 수 없었던 규서에 대한 부담감도 착잡했다. 나름대로 열심히 살아오면서 남을 의심한 적은 수없이 많았지만 자신의 늦복에 대해 의심을 품어 보기는 처음이었다.

사랑에서도 잠을 못 이루고 끙끙대던 승재가 무슨 생각에선지 양복으로 갈아입었다. 내일 모녀를 놓치면 다시는 기회가 없다는 생각이 그를 안절부절못하게 했다. 뭘 어쩌자는 기회인지는 그에게도 불확실했다. 규서가 죽었든지, 최소한도 병신만 됐더라도 그는 여란이의 앞길을 손에 쥐고 태임이가 그의 발밑에 자존심을 내던지고 애걸복걸하게 만들 자신이 있었다. 그러나 그럴 수 있는 기회는 이미가 버렸건만도 그는 기회에 대한 미련을 못 버렸고 비굴해진 태임이를 망상하기를 즐겼다.

그가 현실과 망상을 구별 못 하고 단숨에 달려간 새문안의 신문여관에는 그러나 태임이 혼자가 아니었다. 내친지 닷새 만에 며느리를 거기서 만날 줄이야. 그동안에 쪽을 잘라 버리고 까미머리에다 검정 통치마에 흰 겹저고리를 입은 며느리는 언제 그 어려운 시집살이를 했던가 싶게 젊고 자유스러워 보였다. 며느리의 이런 변모도 변모지만 두 사람이 같이 있다는 건 승재의 상식으로는 이해가 안 될 뿐아니라 옳지 못해 보였다. 이해가 안 되기는 태임이도 마찬가지였다. 야밤에 친구의 부인의 숙소를 찾아온 승재를 어떻게 대해야 할지 잠시 망설이는 듯싶더니 멀찌가니 방석을 권했다. 꽤 비싼 여관인 듯 정결하고 넓었다. 방석을 권한 태임이는 승재를 마주 보지 않고 저만치 비껴 앉으면서 며느리에게 먼저 말을 시켰다.

"혜정 씨 참 잘 왔어."

"왜요, 아주머니."

"생각해 봐, 나 혼자 있는데 어른께서 오셨더라면 내가 얼마나 당황했겠어. 망측스럽기도 하고."

"하긴 그렇군요. 그렇지만 전 안 뵈니만 못 하네요."

승재는 어기들이 말투기 끽 친둥에 끼이든 게 쉬급인지라 연방 밭은기침을 해 쌓지만 체면을 돌이킬 묘방은 떠오르지 않았다. 비스듬히 앉아 내외를 하던 태임이가 싸늘하게 정색을 하더니 따지듯이 물었다.

"어인 일로 이 늦은 시간에 이런 델 다 납셨는지요?"

"믿거라 맡겨 주신 따님을 제대로 보살피지 못한 사과를 어떻게 드려야 할지, 제 집안 망신도 말이 아니고요."

승재는 이게 아닌데 조바심할수록 딴소리만 하면서 진땀을 흘렸다.

"겨우 그 말씀을 하시려고 예까지 납시었단 말씀이오? 부인께서 염려해 주신 것만도 과람했거늘, 과공은 비례라더니만 안 오시었으면 좋을 뻔했습니다."

태임이는 비웃음을 감추지 않고 도도하게 말했다.

"제 방문보다는 저 아이의 방문이 저 보기엔 더 해괴해 보입니다만."

승재는 아까부터 눈엣가시 같던 며느리를 흘겨보며 딴소리를 했다.

"왜요? 혜정 씨는 이제 댁하고는 남남이 된 걸로 알고 있는데요. 댁의 허락 없이도 가고 싶은 데 갈 수 있는 거 아닙니까. 내 입장이야 혜정 씨가 이쁠 수밖에 없지요. 그동안 제 딸자식을 지성껏 거둬 준 것도 고마운데 이번 일을 당해서는 살인죄까지 대신 뒤집어쓰려고 했으니 그 은혜도 백골난망이지요. 여란이 말이 그때 혜정 씨가 저를 그렇게 안

심시켜 주지 않았으면 아마 미쳐 버렸을 거라더군요. 댁처럼 점잖은 댁에서 어쩌면 그런 망측한 일이 일어났는지. 남이 알까 두려워 쉬쉬하고 있습니다만 우리 애가 마음에 입은 상처를 생각하면 치가 떨립니다. 일단 데리고 내려가긴 합니다만 예전 같아지길 바랄 순 없는 거 아니겠어요?"

승재는 밑천도 못 건지게 태임이의 말은 유창하고 이치에 맞았다. 그래도 뭔가 트집을 잡고 싶은 미련을 못 버리는 승재에게 혜정이가 쐐기를 박듯이 또박또박 말했다.

"아버님, 아버님이 여기 오신 건 순서가 좀 틀렸어요. 저희 친정에서도 아버님이 한 번은 뵙자고 하실 줄 알고 기다리시던데요. 친정 부모님도 아버님을 믿거라 하고 저를 맡기셨으니까요. 시댁에서 내친 게 아니라 제가 걸어 나왔다고 말씀드렸는데도 아직도 일언반구 양해의 말씀이 없으신 게 섭섭하신가 봐요."

"내가 느이 친정에다 양해를 구해야 한다고?"

승재는 기가 차서 외마디 소리를 질렀다.

"네에, 저희 친정의 법도로는 그래야 옳은가 봐요. 그렇지만 집집마다 법도가 다르니 어쩌겠어요."

"혜정 씨, 아무리 집집마다 법도가 다르다지만 이 경우는 남대문을 막고 물어봐. 내쫓기만 하고 끝내려는 건 말도 안 돼."

늘 부엌이나 댓돌 아래서 행주치마 밑에다 손을 가리고 종종걸음을 치던 며느리가 대등하게 마주 앉아 퐁당퐁당 하고 싶은 말을 다 하는 것도 못 참아 주겠는데 태임이까지 역성을 들자 승재는 분연히 일어섰다.

"요망한 것 같으니라구. 네가 내 집 일을 어떻게 고가질했길래 중인 나부랭이가 딸년 못되게 가르친 허물은 접어 두고 감히 법도를 들먹이다니."

점잖게 호통을 치고 나오면서도 뒤통수가 부끄러웠다. 여관까지 온 까닭에 대해선 과히 서툴지 않게 둘러댄 것 같았지만 극복되지 못한 숨겨지지 않은 추악한 속셈은 여봐란듯이 뒤통수쯤에 눌어붙어 있는 것 같았다.

승재는 밤길을 걸으며 혼자 생각했다. 두 여자는 십년지기처럼 잘도 죽이 맞아 그를 조롱했지만 그렇게 친할 수 있는 사이가 아니다. 친할 새도 없었고 이 시간에 여관방에 같이 있다는 건 암만해도 부자연스럽다. 이치로 따지면 당연히 부자연스러워야 하는데 자연스러웠다. 거기엔 뭔가 수상쩍은 게 개입돼 있다는 생각이 얼핏 그의 내부에서 번갯불처럼 스치고 지나갔다. 그건 바로 밀정의 감각 같은 거고 그는 그만의 독특한 감각에 짜릿한 기쁨을 느꼈다. 그는 오랫동안 일본 관청에서 그 나름의 출세의 기반을 닦아 온 고급 관리답게 당연히 뛰어난 밀정의 감각을 지니고 있었다. 그는 확실하게 뭔가 걸려든 것처럼 느꼈고, 언젠가 한번은 태임이 모녀의 자존심과 교만을 손바닥 위에 올려놓고 조롱하고 싶다는 갈망이 헛되지 않으리라는 희망이 생겼다. 그는 어둠 속에서 코를 벌름댔다. 그리고 마침내 맡아낸 불온한 모의의 냄새를 폐부 깊숙이 들이마셨다.

두고 보라지. 오늘의 내 행차와 너희들의 비웃음이 무

엇이 되어 너희들에게 돌아가는가를. 그는 어렴풋한 냄새
만 맡고 포식을 꿈꾸는 기갈 들린 맹수처럼 밀정의 감각 하
나만 믿고 벌써 그가 내릴 수 있는 앙화를 꿈꾸고 있었다.

승재가 가자 태임이는 혜정이하고 하던 얘기를 계속
했다.

"우리 애는 변덕이 심하다우. 고생이 뭔지도 모르고……
걔 얘긴 믿을 게 못 되는데."

태임이의 얼굴에 수심이 어렸다. 혜정이한테도 건성으
로 대꾸하고 있었다. 승재가 다녀간 게 암만해도 마음에 걸
렸다. 친구 부인이 유하고 있는 여관방에 야밤에 찾아온 것
도 무례하고 망측하지만 혜정이하고 같이 있는 걸 들킨 게
더 신경이 쓰였다. 별로 나쁜 짓을 모의한 것도 아닌데 약점
을 잡힌 것처럼 꺼림칙했다. 약점을 잡힌 것 같은 기분 때문
에 그를 일방적으로 몰아붙인 것도 결코 잘한 일은 아니다
싶었다.

"두고 보면 아시겠지만 제가 보기엔 결코 일시적인 변
덕이 아니었어요. 고생 모르고 자라긴 저도 마찬가지구요.
꼭 허락해 주세요."

태임이도 여란이가 변덕스럽다고 여기고 있는 건 아니
었다. 다만 이번 결심만은 일시적인 변덕이길 바라고 있을
뿐이었다. 혜정이가 지금 태임이한테 허락해 달라고 조르
고 있는 건 여란이하고 만주로 가겠다는 거였다. 혜정이가
친정으로 내쫓기기 전에 여란이가 그랬다는 거였다. 고향
집에 가서 원기도 회복하고 마음 준비도 해 가지고 만주에

서 독립운동하는 외삼촌한테로 갈 예정인데 혜정이도 같이 갔으면 좋으련만 부모님이 허락하실까 했다는 얘기를 듣고도 태임이는 그닥 놀라지 않았다. 얼마 안 남은 졸업에 무관심한 거하며 그렇게 조르던 일본 유학에 대해 일언반구 말이 없는 거하며 애가 필시 부모가 전혀 이해할 수 없는 일을 꾸미고 있지 싶었더랬다. 그녀는 지금의 딸보다 훨씬 어린 나이에 어른들이 알면 억장이 무너질 생각을 품었고, 결국은 그 생각대로 살아왔기 때문에 딸이 그 고비를 순탄하게 넘긴다 해도 되레 섭섭했을지도 모른다.

"내가 허락한다고 해도 즈이 아버지가 허락하실지 또 내 자식에게도 내키지 않는 일을 남의 자식한테 선뜻 허락한다는 것도 사람 도리가 아니구. 첫째로 나한테 그런 권한이 없잖아."

"아주머니, 저한테 이래라저래라 할 권한을 가진 사람은 지금 아무도 없지요. 전 지금 뉘 집 딸도 뉘 집 며느리도 아니니까요. 제가 허락해 달라는 건 여란이 문제지, 저는 그냥 묵인만 해 주시면 됩니다."

세상이 변해도 참 많이 변했구나. 소박맞고 쫓겨난 여편네가 주눅이 들기는커녕 기가 펄펄 살아서 자유와 독립을 외치고 있지 않은가. 태임이는 그런 혜정이 때문에도 여란이를 못 말리게 되리라고 체념하고 있었다. 좋은 혼처, 일본 유학 등에 대한 미련을 아주 버린 건 아니지만 그런 평탄한 팔자는 이미 부정을 타 버리지 않았나. 태임이는 딸이 욕을 당하지 않은 걸 알고도 어딘지 달라진 딸을 대하자 가슴이 덜컥 내려앉으면서 깨진 그릇이란 생각이 들었었다. 그 때 태임이가 깨졌다고 감지한 건 순결이 아니라 평탄한 팔 자였나 보다. 역시 어머니의 느낌은 옳았다.

적선정에서 그 일을 당할 무렵 여란이의 정서는 몹시 달떠 있었다. 동경 유학 채비만 해도 확실한 목표를 정해 놓고 공부하는 기선이에 대한 열등감 때문에 고등사범에서 일반 대학으로 갈팡질팡하고 있었고, 그나마 음악회에서 만난 멋쟁이 상철이가 불어넣어 준 바람을 맞아 일본 문화와 자유연애에 대한 동경으로 기울고 있었다. 그까짓 거 아무 대학이나 이름이나 걸어 놓고 외래문화와 사교와 연애를 즐기면서 고리타분한 조선 때를 벗고 상철이처럼 세련되고 싶었다. 그러다 돌아와서 상철이네와 비슷하게 개화하고 돈 많은 집으로 시집이나 가 버릴까 보다. 이렇게 여란이는 스스로도 의식 못 하는 사이에 상철이를 우상으로 삼고 있었다. 그 일을 당하고 나서 제정신이 들고 제일 먼저 떠오른 건 그 일을 스스로 자초했다는 생각이었다. 부질없이 달떠 있었기 때문에 규서 따위가 넘볼 수 있었다는 게 우선 부끄러웠고, 외도에서 돌아온 것처럼 질정이 되었다. 여란이가 질정한 것 중 가장 중요한 건 외삼촌이 있는 만주로 가서 몸 바칠 일을 찾는 거였다. 한시가 급했다. 승재네 집의 더러운 내막에 대한 구역질 때문이기도 했지만 특히 외삼촌 댁 달래가 그리웠다. 소학교 때 달래로부터 받은 영향은 아직도 유효했고 싱싱했다. 여란이에게 있어서 태남이와 달래가 사는 땅은 망해 가는 이 땅이 홀딱 망하지 않게,

썩어 가는 이 백성이 속속들이 썩지 않게 버텨 주고 있는 의인의 땅이었다. 여기껏은 썩어 가는 편에 서 있었지만 앞으로는 썩지 못하게 하는 편에 서고 싶었다. 친정으로 쫓겨 가는 새댁에게 그런 계획을 비치긴 했지만 꾀지는 않았다. 그러나 새댁이 같이 가고 싶다고 했을 때 안 된다고도 못 했다. 살인죄를 대신 뒤집어쓰려고 한 여자에 대한 의리 때문에도 그럴 수는 없었다.

그쪽 사정을 직접 눈으로 보고 온 종상이는 여란이를 극구 만류했다. 제아무리 가난과 고생을 각오한다고 해서 제 집구석에 앉아서 생각하는 독립운동이라는 게 그쪽 실정에 비하면 얼마나 낭만적이라는 걸 깨닫게 하려고 여지껏 감추고 있던 달래의 실상까지 털어놓았다. 그러나 결과적으로는 여란이의 열정에 불을 당긴 데 지나지 않았다. 지신을 필요로 하는 자리가 가서 찾고 말고 할 것 없이 이미 마련되어 기다리고 있는 것도 모르고 있었다니, 안타까워하면서 열불이 나게 서둘러 댔다. 아무도 못 말릴 일이었다. 종상이보다는 오히려 태임이가 딸을 윽박지르지도 부추기지도 않고 냉정히 지켜보는 편이었다. 의붓에미도 그럴 수는 없을 거라고 종상이가 화를 내도 조금 웃기만 했다. 그러나 혜정이하고 동행하는 것만은 못 하도록 엄하게 경계했다. 제 딸 발목도 못 붙들어 매는 주제에 남의 딸 발목을 잡아 둘 수 있다고 생각하진 않았다. 결국은 눈 가리고 아웅한 꼴이 되겠지만 책임 문제가 될 일만은 피하고 싶었다. 여란이와 혜정이는 따로따로 떠났지만 결국은 만주 땅 두도구

160

근처에서 합류했다는 건 종상이네보다 오히려 박승재가 먼저 알아냈다. 거리로 봐서 한껏 그로부터 멀어졌음에도 불구하고 승재는 마침내 고것들이 그가 쳐 놓은 그물 안으로 걸려든 것처럼 느꼈다.

경우가 집에 돌아오지 않은 지가 달포가 넘었다. 처음엔 발칵 뒤집혔던 서해랑 집도 이젠 깊은 시름에 잠겨 안방과 사랑에서 내쉬는 한숨 소리가 맥박처럼 겨우 인기척을 유지하고 있었다.

하루에 몇 번을 나갔다 들어오건 간에 고하기를 걸러 본 적이 없는 아들이었다. 들어온다는 시간을 조금만 어겨도 묻기 전에 늦은 연유를 아뢰고 나서야 제 방으로 가던 경우였다. 부모 말을 어긴 적이 없건만 상급학교를 경성 가서 다녔으면 하는 부모의 소원을 완곡하게 어기면서까지 부모 슬하를 안 떠나던 이들이었다. 대학 공부까지 시키고 싶은 부모의 소망을 알면서도 상업학교로 진학해서 부모를 실망시켰지만 졸업할 때까지 4년 동안 아버지의 사업에 깊이 개입해 오른팔이 돼 주었다. 종상이를 아는 사람이면 누구나 그가 아들 하나는 잘 둔 걸 부러워했다. 그렇다고 그가 새로 일으킨 사업이 순조롭게 잘되기만 했던 건 아니다. 아직도 고전 중이고 그래서 더욱 경우가 아쉬웠다.

종상이가 남부 철길 너머에다 고무 공장을 세운 건 여란이가 북간도로 가고 난 이듬해, 경우가 상업학교에 진학하고 나서였다. 공장 터를 같이 돌아보면서 경우가 걱정하던 건 신기할 정도로 잘 맞아떨어졌다.

터는 넓었지만 우선 가내공업 규모로 차렸는데도 양말 공장과 달라서 자본이 막대하게 들었다. 기술자 구하는 것도 경우가 예견한 대로 남의 공장에 있는 기술자를 몇 푼 더 얹어 주기로 하고 빼 온다는 건 할 짓이 아니었다. 언제 어디로 몇 푼 더 받고 나갈지 몰라 전전긍긍 상전처럼 모셔야 되니까 일이 제대로 될 리가 없었다. 부엌 드난꾼을 부릴려도 주인이 살림을 알고 부리는 것과 생판 모르고 부리는 것과 그 성과가 판이한데 명색이 화학 기술을 맹문이로 부리기가 쉬울 리 없었다. 우리도 배워요, 아버지, 남을 부릴 수 있을 만큼은 주인도 배워야 돼요 하면서 경우는 열심히 기술자 꽁무니를 따라다녔고 필요한 책을 알아내서 가르쳐 주기도 했다. 그러나 한 가지 기술만 익힌다고 공장을 움직일 수 있는 게 아니었다. 원동기 기술자와 고압전기 기술자가 따로 필요했고 유기화학 기술자와 무기화학 기술자, 위험한 화학약품 취급 기술자가 각각 따로 필요했다. 내로라하는 기술자일수록 자기 전문 분야 외의 것은 아무리 인접 분야의 것이라도 무지한 걸 자랑으로 여겼다. 부자가 열심히 어깨너머로 또는 책으로 배워 그들을 통틀어서 통솔할 만한 문리가 틔었다고 해도 공장이 제대로 돌아가는 건 아니었다. 경미소기 밤일만 해도 전등불이 등잔불처럼 어두워지는 개성의 전력 사정은 여전했다. 전력을 필요로 하는 소규모 공장은 날로 늘어 가는 추세니 여전하다기보다 조금씩 나빠지고 있었다. 그것도 경우가 예견한 대로였고 큰 공장들이 하는 대로 자가발전을 할 수밖에 없었다. 그랬더니 굴뚝에서 나오는 연기에 철매가 섞여서 동네에서 온통 들고일어나 난리가 났다. 워낙 땅이 희고 물이 좋아서 빨래 빛깔이 옥시설 같은 고장이었기 때문에 죽을죄를 진 것처럼 항의가 빗발쳤다. 굴뚝을 높이고 양질의 땔감으로 대체를 하고 보니 그만큼 원가가 높아지는 건 당연했다. 도저히 경성에 있는 고무 공장과 경쟁이 안 됐다.

공장 문을 닫을 것인가 더 버텨 볼 것인가 기로에 섰을 때 경우가 집을 나가 버린 것이었다. 그동안 보고 배운 것도 많겠다, 졸업을 했겠다, 이제부터 명실공히 오른팔 노릇을 해 준다면 공장을 유지할 수도 있을 것 같아 잔뜩 기대에 부풀어 있을 때였다.

종상이는 뼈아픈 배신감과 절망감으로 몸져눕고 말았다. 눈앞이 깜깜해서 한 치 앞도 분별할 수가 없었다. 그 어린 걸 그렇게까지 깊이 의지하고 있는 줄은 미처 몰랐었다. 마치 장님이 여기는 문지방, 여기는 층층다리, 여기는 개천, 하면서 친절하게 길을 인도하던 아이를 놓친 것처럼 혼자서는 한 발자국도 못 걸을 것 같았다. 그는 아이를 잃자마자 그 자리에 주저앉아 꼼짝달싹 못 하는 꼴이 되어 아들을 그리워하고 원망하고 기다렸다.

기다리다 지친 종상이는 드디어 공장을 정리하기로 마음을 굳혔다. 태임이가 공장도 공장이지만 그의 의욕 상실이 걱정되어 손해를 보면서도 한두 해 더 버틸 만큼 도울 수 있다고 해도 역정만 북돋고 말았다. 아들딸이 다 버리고 나갔으면 그 집구석은 이미 망한 집구석인데 무슨 희망이 있다고 고생을 하겠느냐는 거였다. 새로운 사업을 구상할 때마다 식구들을 잘 먹이고 잘 살리자는 생각은 눈곱만큼도 없던 종상이였다. 물론 이재에 밝은 태임이 덕에 처음부터 그런 걸 염두에 둘 필요가 없기도 했지만 단지 돈을 벌겠다는 것보다는 순전한 조선 사람 자본으로 기술을 개발하고 고용을 확대하고 생활을 문명화시키려는 그의 집념은 태임이 보기에도 좋았고 자식들도 자랑스러워할 만했다. 그런데 이게 무슨 꼴이란 말인가. 이 양반도 별수 없이 늘어 가는구나. 태임이는 울적하고 하염없는 기분으로 치유될 것 같지 않은 그의 의욕 상실을 지켜보았다.

집 나간 지 달포가 지나서 경우로부터 집으로 한 장의 편지가 날아왔다. 일본 고베로부터였다. 돌연한 가출을 용서하시라는 의례적인 서두 다음에 고베에 유수한 고무 화학 공장에 견습공으로 취직해서 잘 있으니 염려 말라는 사연이었다. 겉봉에는 주소가 없었고, 편지 안엔 공장의 주소가 적혀 있었지만 답장은 하지 말라는 부탁이었다.

저는 큰 공장에서 쓰는 비법을 스파이 짓 하러 들어왔

165

으니까 고아처럼 행세하고 있습니다. 비결을 알아내고 모
든 기술을 익히는 대로 돌아가겠습니다. 제 불효를 용서하
시고 두 분 내내 건강하시기를 빕니다.

이렇게 끝맺은 경우의 편지는 당장 집안에 생기를 불
어넣었다. 종상이는 아들의 편지를 읽고 또 읽었다. 과연 내
아들이라는 보람과 감동으로 가슴이 뿌듯하게 벌어지는 것
같았다. 괜히 남대문통을 오락가락하고 싶었다. 가슴속에
가득한 아들 자랑이 훈장처럼 모든 행인의 눈을 부시게 할
것 같은 착각에 빠지기도 했다. 여란이 때문에 뭇사람이 뒤
에서 수군대고 손가락질하는 것 같은 치욕감에 시달려 온
터라 아들이 안겨 준 보람이 더 유별났는지도 모른다.

종상이는 여란이가 만주로 떠날 때 말리지 못했지만
그곳에 여란이가 오래 매여 있으리라고 보진 않았다. 그러
나 달래를 생각할 때마다 저려 오는 마음 때문에 여란이가
고생이 되더라도 그 집에 도움과 생기를 불어넣을 수 있기
를 은근히 바라지 않았다고는 못 했다.

진동열 선생이 그렇게 무참하게 죽임을 당하고 나자
그분과 연결됐던 독립군 조직들도 약화되거나 와해되고 더
러는 노서아 영토로 월경도 하게 되니 태남이는 흐지부지
자금 조달의 중책을 면하게 되었다. 그건 태남이가 무능해
서가 아니라 경신년 이후 간도 지방의 독립운동 세력이 전
반적으로 침체해져서 그렇게 된 것인데도 우직한 태남이

는 진동열 선생이 안 계시니까 나는 아무짝에도 쓸모가 없어졌다는 자책과 소외감에 빠졌다. 태남이에게 있어서 진동열 선생은 아직도 장인이기 전에 하늘의 별처럼 아득히 우러러뵈는 독립투사였고 빛나는 지사였다. 달래를 실성케 한 선생의 차마 눈뜨고는 바로 보지 못할 마지막 모습조차 그의 뇌리에는 망국의 백성이라면 마땅히 그렇게 죽어야 할 본처럼 거룩하게 아로새겨져 있었다.

소외감, 상실감에다 그토록 씩씩하고 명랑하던 아내의 실성, 배냇병신으로 태어난 딸 등 겹치는 재난은 당연히 그에게 가장으로서의 책임을 요구했지만 그는 여전히 진동열 선생에게만 사로잡혀 있었다. 오로지 그분이 이룩한 고려학교를 부흥시켜 그분의 맥을 이어야겠다는 일념으로 살림은 정신이 들락날락하는 달래에게 맡겨 놓고 있으니 그 꼴이 말이 아닌 건 몇 해 전 종상이가 만주에 나간 길에 직접 눈으로 본 그대로였다.

얼마나 사정이 어렵다는 걸 번연히 알면서도 여란이가 청운의 뜻을 품고 그쪽으로 가려는 걸 막지 못한 대신 그 후 종상이도 하느라고 했다. 마침 태임이의 손발처럼 움직이는 산식이가 만주까지 인삼 장삿길을 튼 걸 기화로 그를 통해 우선 태남이가 고려촌을 뜨도록 설득했다. 날로 피폐하고 외로워지는 농촌 살림에 여란이와 혜정이 두 고생 모르는 신여성을 맞아 난감해 있던 차였으니 솔깃할 수밖에 없었다. 또한 땅까지 잡혀 도모한 고려학교의 부흥이 도무지 싹수가 안 보여 깊은 좌절감에 빠져 있을 무렵이기도 했다.

종상이 내외는 개성에 가만히 앉아서 그쪽 장사에 이 들이 빈 신식이를 시켜 대남이가 솔가해서 국자가에 가게 터가 딸린 집을 얻어 이사하도록 만들 수가 있었다. 목이 좋은 가게터뿐 아니라 앞으로 거기서 장사를 하게 하려면 상당한 목돈을 내놓을 각오를 해야 했으나 이왕 맡긴 김에 산식이의 의견에 전적으로 맡기기로 했다.

개성 토박이인 산식이는 독립운동 자금이건 군자금이건 간에 스스로 벌어서 쓰게 할 것이지 밑 빠진 가마솥에 물 붓기로 마냥 대 주는 방법을 매우 못마땅해했다. 그런 눈치는 아무리 미련한 태남이도 곧바로 알아차릴 만했으니 여러 가지로 연대가 잘 맞아 태남이가 독립운동에서 장사꾼으로 변신하는 계기가 되었다.

산식의 뒷받침도 있었지만 돈을 벌더라도 결코 일신의 안락을 위해서만 쓰진 않으리라는 독립운동에 대한 태남이의 일편단심도 있고 해서 장사는 곧 자리를 잡았다. 살림을 어느 틈에 혜정이가 맡게 된 것도 큰 도움이 되었다. 처음에 여란이가 혜정이를 달고 왔을 때, 한 사람의 군식구도 어려운데 군더더기까지 딸린 게 달가울 리가 없었다. 처녀처럼 꾸몄지만 서울 대갓집에서 소박맞은 여자라는 것도 그 군더더기를 함부로 대할 수도, 어렵게 대할 수도 없도록 했다. 저절로 떨어져 나갈 때나 기다릴 수밖에 없는 그야말로 군더더기였다. 그러나 그 처치 곤란의 군더더기는 어느 틈에 아이들을 깨끗이 건사하면서 병든 달래를 극진히 공경하는 없어서는 안 될 식구로 자리를 잡은 데 비해, 여란이는 그렇지가 못했다. 1년이 넘도록 겉돌기만 했다. 여란이는 태남이네가 살고 있는 모습에 배신감마저 느꼈다. 질병과 귀살스러움도 체질적으로 싫었지만 그녀가 꿈꾸던 간도 땅이란 도처에 독립의 기상과 민족의 정기가 살아 꿈틀대는 땅이었다. 호강을 하리라고 생각한 건 아니었지만 적어도 젊음을 바칠 수 있는 큰 뜻이 있는 고생을 할 줄 알았다. 그녀의 간도 땅에 대한 환상은 어린 날 달래로부터 받은 신선한 충격에 근거하고 있었다. 그때 달래는 첫 임신으로 배가 볼썽사납게 불러 있었지만 보통 여편네들과는 다른 빛나는 눈빛과 다부진 변론으로 여란이를 사로잡았었다. 세상 보는 눈을 뜨게 했고 왜 공부를 해야 하나 목적을 설정해 주었다. 그때 받은 영향이 여란이로 하여금 숙명학교에서 일본인 사감 선생 배척 운동을 주동하게 했고 박승재네가 사는 방법을 사사건건 비판적인 눈으로 보게 했다. 그리고 그런 자신에게 강한 자부심을 느끼고 있었다. 그러니까 간도 땅에서 달래가 택한 삶은 여란이의 자부심의 근원일 터였다. 그러나 공교롭게도 달래는 실성하고 태남이 역시 여지껏 추구하던 정신적인 가치가 무너져 깊은 좌절에 빠져 있는 최악의 시기에 당도한 여란이는 배신감과 함께 분노마저 느끼고 있었다. 그녀는 거의 1년 동안이나 앙앙불락하면서 태남이가 투사의 찌그러기에서 장사꾼으로 변신해 가는 걸 지켜보았다. 국자가로 옮기자 생활도 나아지고 조선 사람이 많은 번화한 데라 학교도 여럿이 있어 사립학교에 취직을 할 수가 있었다. 그러나 대처도 고려촌과 마찬가지로 사립학교가 쇠퇴해 갈 무렵이었다. 고려촌은 인구 자체가 한 꺼번에 줄어드는 추세 때문에 그랬지만 대처에선 공립학교에 학생을 빼앗겨서 그렇게 돼 가고 있었다. 여란이가 가르치던 사립학교도 경영난에 빠져 존폐의 기로에 서 있을 때 마침 일본에서 의전에 다니고 있는 기선이와 연락이 닿게 되었다. 여고 시절의 맞수에 대한 불같은 질투는 그동안 주리 참듯 참고 있던 실망을 폭발시키고 말았다. 여란이가 태남이네로 온 지 이태 만이었다.

여란이가 간도 생활을 훌훌 털고 공부를 계속하겠다고 일본으로 떠나면서 개성에 들르지 않은 건 섭섭했지만 태임이도 그러했고 종상이까지도 그동안의 딸의 마음의 이런 우여곡절을 넉넉히 이해하고 있었다. 스무 살이 넘은 딸의 혼기가 걱정되지 않는 것은 아니었지만 그들이 워낙 늦게 혼인한 처지라 그런지 그 점도 여느 부모들보다는 무신경한 편이었다. 적선정 집에서 당한 일에서 딸이 완전히 헤어나기 위해선 아직 더 많은 세월이 필요하리라고 그들은 비록 말은 안 했지만 곰삭은 부부답게 은연중 뜻을 같이하고 있었다.

여란이가 적선정 집에서 당한 일은 물론 안 당하니만 못 한 께적지근한 사건이었지만 내 딸은 어디 내놓아도 믿을 만하다는 신뢰감을 종상이 내외에게 불어넣어 준 것도 사실이었다. 이렇게 한없이 믿거라 했기에 한없이 너그러울 수 있었던 딸이 동경서 어엿하게 본처가 있는 남자와 살림을 차리고 있다는 소문은 청천벽력이었다. 워낙 교육열이 유별난 고장이라 경성이나 일본으로 자제를 유학 보낸 집이 많았다. 따라서 뉘 집 아들이 난봉났다는 소문도 빠르게 전해졌지만 대개는 소문으로 그치고 학교를 마치거나 방학해서 돌아오면 언제 그랬더냐 싶게 멀쩡한 얼굴로 부모가 정해 주는 대로 장가들어 잘들 사는 게 보통이었다. 딸의 경우는 아들과 달라 그런 소문을 그렇게 감쪽같이 털 수야 없겠지만 하여튼 헛소문이길 바랐다. 그러나 그건 곧 사실임이 확인되었다. 딴사람도 아닌 상철이와 살림을 차렸다는 걸 그의 아버지인 김경호로부터 직접 들었으니 어쩔 것인가.

"그럼 내 딸이 김 사장 아들의 소실이, 아니지 첩이 되었단 말이오?"

종상이는 정신이 다 아뜩해지면서 이렇게 물었다.

"나도 믿고 싶지 않지만 아들놈이 편지로 분명히 적어 보낸 일이니 어쩌겠나? 우리끼리 이렇게 어색허구 우스꽝스러운 사돈간이 될 줄 누구라 알았겠는가······."

"제발 김 사장, 날 더 이상 모욕허진 말게. 사돈이라니 누구 맘대로······."

종상이는 어디엔가 체면의 부스러기라도 떨어져 있으면 줍고 싶은 심정으로 가까스로 이렇게 오기를 부렸다.

"나 역시 하 기가 맥혀서 해 본 소리지 아무리 자네 딸이라지만 내 집 문지방을 넘게 헐 생각은 추호도 읎네. 자고로 조강지처 내치고 잘된 집구석 하나도 읎다는 건 누구보담 자네가 더 알 거 아닌가."

종상이 또한 그걸 꿈에라도 바란 게 아니었건만도 그 대답을 듣기 얼굴에 모닥불을 담아 붓는 것처럼 붉히고도 우세스러웠다.

상철이는 장가든 지 이태도 안 되는 처를 부모 곁에 두고 있었다. 유학이나 마치고 돌아오면 세간을 낼 양으로 둘째지만 데리고 있는 며느리는 신여성이지만 구식의 부덕도 겸비하고 있어 김경호가 매우 아끼고 툭하면 자랑하고 싶어 하는 며느리였다. 혼인 잔치도 부잣집답게 호사스럽게 했지만 신랑 신부의 인물이 서로 비춰 주듯이 돋보이고 걸맞아 참으로 보기 좋은 한 쌍이었다. 종상이도 그 잔치를 구경하면서 딸하고 한 번 선을 뵌 일이 있는 신랑이라 그런지 남들의 자자한 칭송에 동감하면서도 한편 마음 한구석이 아렸었다. 퇴한 자리건만 뒤늦게 아깝다는 생각이 들었다. 그러나 나중에 그렇게 치욕적으로 맺어질 줄을 누가 감히 상상이나 했으랴. 그때만 해도 여란이가 아직 간도 땅에 머물러 있을 때였다.

내 딸이 남의 첩이 되다니. 종상이는 그때부터 김경호하고만 서로 피하는 사이가 되었을 뿐 아니라 사람들이 모이는 장소에서 괜히 남의 눈치를 보면서 떳떳지 못해 하는 버릇이 생겼다. 남들이 저희들끼리 웃는 소리를 들어도 자기를 빗대 놓고 비웃는 것 같아 안절부절을 못했다. 고무 공장의 부진도 기술 부족보다는 이런 소심증에 더 문제가 있었는지도 모른다.

경우의 편지가 실로 오래간만에 종상에게 만인 앞에서

활개를 치고 싶은 용기를 불어넣긴 했지만 그가 제일 먼저 실지로 활개를 친 건 아내 앞에서였다.

"이것 보오. 내 아들이 얼마나 장하고 기특허우?"

태임이 또한 아들의 편지를 읽고 또 읽었다. 종상이보다 몇 배나 더 반갑고 가슴이 터질 듯한 태임이었다. 어떤 아들인가? 만일 그 아들을 영영 잃는다고 방정맞은 상상을 했을 때 즉각 따라 죽을 수밖에 없다고 생각할 정도로 자신의 목숨 그 자체인 아들이었다. 그러나 아들이 무사할 뿐 아니라 참으로 믿음직한 아들 노릇을 하려 하고 있다는 걸 알았을 때 가슴 한구석에 단단히 뭉쳐 있던 또 다른 아픔이 욱신거리기 시작했다. 태임이는 남편한테도 보이지 않고 숨겨 둔 또 하나의 편지를 가지고 있었다. 그건 일본으로 건너간 후 자신의 신상에 일어난 변화를 솔직하고 간결하게 알려 온 여란이의 편지였다. 일을 저지르기 전에 미리 의논해 왔으면 얼마나 좋았을까. 그까짓 현해탄쯤 가뭄의 나깟줄처럼 맨발로 건너가서라도 머리채를 휘어잡아 끌고 왔으련만 턱하니 제 팔자를 제가 조져 놓고 나서 이만저만하게 되었으니 여식 하나 안 둔 셈만 치라는 통고 같은 매몰찬 편지였다. 우편을 통하지 않고 방학에 귀성하는 유학생을 통해 전달된 편지였건만도 말미에 또박또박 주소가 적혀 있었다. 억장이 무너지는 심정은 여지껏 답장을 안 하는 것으로 대신했거니와 남편에게도 마냥 감추고 있는 것은 우편을 통하지 않고 보낸 딸의 마음 역시 그러려니 헤아려서였다. 서로의 일에 대범하긴 했어도 의도적으로 뭘 감춘 일이 없는 부부가 처음으로 비밀을 가지게 되었다고나 할까. 그렇다고 각각 다른 경로로 입수한 딸의 신상 변화를 서로 모르고 있으려니 바란 건 아니었다. 이미 송도 바닥에 자자하게 퍼진 소문이었다. 그걸 나만의 비밀처럼 입도 뻥긋 안 하는 건 그들 부부만이 할 수 있는 연민의 방법이기도 했다.

"얘가 답장은 말라면서 주소를 쓴 까닭은 무엇일까요?"

태임이는 이런저런 착잡한 심정으로 눈물 콧물이 뒤범벅이 된 얼굴을 대강 수습하고 물었다. 동백기름의 윤기에 묻혀 한 번도 제 모습을 드러낸 적이 없던 흰 머리칼 한 올이 살쩍 근처에 곤두선 게 유난히 신산스러워 보였다. 그러고 보니 눈가의 주름도 깊지는 않았지만 난도질해 놓은 것처럼 무수하지 않은가. 종상이는 가슴이 짠하면서 아내의 나이가 어언 쉰 줄에 접어들었단 생각보다는 딸자식이 애물이란 생각부터 들었다. 그것도 어쩌면 금실 좋은 부부 사이의 이심전심이었다. 태임이의 속마음에서 회오리처럼 격렬하고 돌연하게 답장을 쓰고 싶다는 충동이 인 것은 실상 경우에 대해서가 아니라 여란이에 대해서였기 때문이다.

"그걸 몰라서 묻소? 우리도 이제 청춘이 아니잖소. 더군다나 제 딴엔 책임져야 할 늙은 부모를 내팽개쳐 놓고 만리타향에 가 있으니 병들거나 유고헐 적에 기별헐 수 있는 주소는 어드런 경우에도 알려 놓는 게 자식 된 도리인 게지."

종상이는 처음으로 느낀 아내의 늙음에 대한 비감 때문에 짐짓 퉁명스럽게 대꾸했다. 태임이는 태임이 나름으로 아들뿐 아니라 딸이 주소를 알려 준 까닭까지를 알아들은 양 힘없이 고개를 떨구었다. 그리고 불쑥 친정 얘기를 꺼냈다.

"분열이 작은댁 있잖아요. 또 아들을 낳았다지 뭐예요. 한삼줄에 아들 형제를 뽑아내니까 숙모도 별수 읎습디다. 첫아들 낳았을 때만 해도 며느리 눈치 보느라 쉬쉬허더니만 이번엔 여봐란듯이 옷이랑 미역이랑 한 보따리 장만해 가지고 손수 서울 나들이를 다녀오셨대요. 다녀오셨으면 오셨지 며느리 들으라는 듯이 손자 잘난 자랑을 어찌나 허시는지 내가 민망해 혼이 났다니까."

"그 댁엔 뭣 하러 갔소?"

종상이가 눈살을 찌푸렸다.

"왜 그러시우. 시방 이 나이꺼정두 당신 허락받고 친정 나들일 해야 속이 시원허시겠수?"

그녀는 종상이가 동해랑 집을 처가로서가 아니라 이성이를 마땅찮아하는 감정으로 싫어한다는 걸 알면서도 갉죽거렸다. 이성이는 개성상인들 간의 묵계를 어기고 각골에 가지고 있던 금싸라기 땅을 일본인한테 팔아넘겨서 종상이한테뿐 아니라 개성 바닥에서 널리 욕을 먹고 있었다. 시세에 없는 비싼값으로 땅을 사서 중심 상권에 파고들긴 했지만 상권이란 땅만을 의미하는 건 아닐 터였다. 개성상인의 똘똘 뭉친 배타성까지는 비집고 들어올 능력은 없었던지 곧 두 손을 들고 말았으니 결국은 일인에게 손해를 입힌 셈인데도 이성이가 믿을 수 없는 사람이라는 평판은 고쳐지지 않았다. 더군다나 종상이는 일본의 인삼 도채꾼들하고까지 작당을 해서 돈을 번 적이 있는 이성이의 합방 전 이력을 수상히 알고 있는지라 그 처수을 시란같이 여기고 있지도 않았다. 그래도 분열이가 기미년에 즈이 학교에서 독립만세를 주동하고 옥살이하고 내려와 있을 때까지만 해도 종상이는 개천에서 용 났다고 여길 정도로는 처가의 다음 세대를 인정했었다. 그러나 분열이가 부모가 맺어 준 조강지처를 박대하고 신여성과 경성에서 살림을 차렸다더니 거기서 첫아들이 생기자 먼저 이성이가 뻔질나게 경성 출입을 하기 시작했다. 소문에 의하면 첩며느리 효도 재미에 흠빡 빠진 김에 경성에다 전당포를 차렸다고 했다. 종상이는 전당포라는 장사 자체가 구역질이 났지만 이성이한테 잘 어울린다 싶어 끼리끼리 잘도 만났다고 치지도외하고 있었다. 그랬더니만 이번엔 처숙모까지 그쪽하고 왕래를 튼 모양이었다. 아직까지는 그래도 집안내와 남의 이목도 있고 해서 딸 하나 낳고 독수공방하는 며느리를 극진히 끼고 돌던 처숙모였다.

"오죽헌 것들이 첩며느리한테 엎어질까."

종상이는 불현듯 여란이가 패씸하고 미운 마음이 쓰디쓰게 치미는 걸 어금니 사이에 물면서 말했다.

"오죽헌 것들이라뇨? 당신 평소 우리 집안을 어떻게 여겼길래 그래도 처가 어른들인데 그렇게 함부로 능멸하니까."

태임이도 아닌 게 아니라 분열이네 돼 가는 꼴에다 여란이 팔자를 견주어 가며 한가닥 희망을 품으며 꺼낸 화제였기 때문에 무안을 당한 화풀이로 이렇게 발끈했다.

"어드렇게 생각하긴 뭘 어드렇게 생각허구 말구나 있남. 상사람보담 조금 나은 중이지 뭐."

"그래요. 당신네 근본은 양반이라 좋겠구랴. 누구라 모를 줄 알구요. 당신 증조할아버지가 얼마나 고약하게 양반 자세를 허구 상사람을 못살게 굴어서 그 사람덜 악담으로 당신네 집안이 쫄닥 망헌 내력을."

"말 삼가요. 말이면 다 허는 줄 알아. 그 말의 켯속이 어디메로 돌아가는 줄 알기나 허구 허는 소리요?"

종상이가 정색을 하고 버럭 역정을 냈다. 태임이도 아차 싶으면서 방정맞은 말을 당장 주워담고 싶었다. 두 사람은 아들딸의 이름은 한 번도 입에 올리지 않고 결국은 서로 아들딸을 끼고 돌면서 티격태격하고 있었다. 태임이는 가슴이 울렁거릴 정도로 경우한테 미안한 마음을 남편에게 대신했다.

"잘못했시다. 그렇지만 예로부터 첩며느리는 꽃방석에 앉힌다는 말도 있잖시니까? 너무 우리 친정만 몰아붙이지 마십시다요."

태임이는 그래도 여란이가 못 잊혀져서 끼고 도는 말을 덧붙였다.

"자고로 조강지처 박대허고 잘되는 집안 읎다는 소리는 못 들은 게로구려."

종상이는 한숨 섞인 소리로 말했다. 그건 김경호한테 들은 말이었고 여지껏 가슴에 못이 되어 박혀 있는 말이기도 했다.

싸움 같지도 않은 싸움이었지만 안 하니만 못 한 말다
툼 끝에 종상이가 사랑으로 나가자 태임이는 다시 경우의
편지를 읽어 보면서 속으로 답장은 여란이한테 쓰고 있었
다. 비록 말다툼할 때 입에 올리진 않았지만 종상이가 여란
이한테는 너무 박절한 것 같아 야속한 생각도 북받쳤다. 열
손가락 깨물어 안 아픈 손가락 없다는 것도 에미한테만 해
당되는 듯싶어 더욱 여란이 처지가 불쌍했다. 스스로 생각
해도 치사한 심보이긴 하지만 개성에 남아 있는 상철이댁
이 분열이댁하곤 달리 딸이고 아들이고 일점혈육이 없다는
데다 요즘 들어 자주 희망을 걸게 되는 태임이었다. 낯 뜨거
운 일이나 어쩔 수가 없었다.

그러나 몇 달을 벼른 끝에 마침내 참지 못하고 쓴 편지
는 그와는 정반대의 꾸짖음으로 일관했다.

전략, 느이 아버지께서는 네 말짝으로 너 같은 자식 없
는 것으로 친 지 오래이다만 이 에미의 정은 차마 측은하고
불쌍한 마음을 이기지 못하여 처음이자 마지막으로 훈계하
고저 하니 듣거라. 어찌 너만큼 배운 여성이 남의 눈에 눈물
나게 하면 기어코 제 눈에선 피눈물이 나게 된다는 이치를
몰랐더냐. 행여 애라도 생겨 그 욕된 인연에 일생을 걸게 되
기 전에 독한 마음 먹고 헤어지도록 해라. 네 한 몸 희생으
로 한 죄 없는 여성을 눈물과 한숨의 세월에서 구하고 육례
를 갖춘 가정을 보존하게 할 수 있을 뿐 아니라 차차 네 살

길도 열리지 않겠느냐. 한번 그르친 여자 팔자를 어찌 예전으로 돌이킬 수야 있겠느냐만 이왕 문명 세상으로 나간 김에 학문이나 예술이나 네가 독립하여 떳떳이 살 수 있는 새로운 길을 찾는다면 이 에미인들 어찌 너를 모른다고 하랴. 너만 그 생활을 청산하고 새로 나려 한다면 시집보내는 셈치고 아낌없이 보조를 할 테니 지체하지 말거라. 엎드려 빌라면 빌마. 매를 들고 싶은 심정 굴뚝같다만 그건 네가 정신차린 후에 해도 늦지 않으리라.

이렇게 곧잘 끝마쳐 놓고 나서 추신에다 경우가 같은 일본 땅에서 고생하고 있다는 얘기를 덧붙였다. 정작 하고 싶은 게 그 얘기였는지 말 나온 김에 한번 해 본 소린지는 태임이 스스로도 분명치가 않았다. 그 아이들이 학교 다닐 때 배우던 지리부도를 꺼내 확인해 본 바로는 동경과 고베는 상당히 떨어져 있었다. 그러나 남매를 장중보옥처럼 아껴 가며 기를 때 소원하던, 서로 아끼고 사랑하고 어려울 때 의지하길 바란 소망 때문에 안방 건넌방처럼 지척으로 보였다. 남매가 지척에 살면서 서로 모르고 지내게 내버려 둔다는 건 에미로서 할 짓이 아니었다. 날이 갈수록 더 절실해지는 아들을 시중들고 거두고 싶은 욕망을 딸이 대신 풀어 주길 바라는 마음도 그녀 나름의 아들딸에 대한 각기 다른 사랑의 방법이었다.

상철이하고 여란이가 살림을 차린 아카사카의 다다

미 여섯 장짜리 2층 방은 원래는 상철이가 하숙을 하고 있던 방이었다. 친구하고 둘이 하숙을 하고 있다가 친구는 따로 하숙을 얻어 나가고 대신 여란이가 들어왔다. 물론 두 사람 사이가 맺어지고 나서였다. 여란이 쪽에서 돌이켜 생각하면 복장을 찢을 노릇이었지만 상철이가 결혼한 몸이라는 걸 안 건 둘이서 몇 번이나 몸을 섞고 나서였다. 여란이가 묻지 않은 게 그런 건 아무래도 그만일 만큼 도덕적으로 문란해서가 아니라 독신이라고 철석같이 믿고 있기 때문인 게 분명한 이상 언제까지나 감추고 있을 수는 없었다. 상철이는 비록 머리에 든 것보다는 겉멋 쪽이 승한 편이긴 해도 그렇게 양심 없지도 않았고 난봉꾼 체질도 아니었다. 또 여란이를 몸으로뿐 아니라 마음으로도 좋아했다. 제 눈에도 부모 눈에도 들어서 혼인을 치른 아내에게선 한 번도 못 느껴 본 느낌이었다. 그러니까 그의 고백은 헤어지기 위해서가 아니라 마음으로부터 속죄하고 용서를 받기 위한 거였기 때문에 여란이가 날벼락 같은 충동을 안 받도록 최선을 다했다. 그런 경우 최선을 다한다는 게 감언이설밖에 더 되랴마는 여란이는 조금밖에 안 놀란 반면 쉽사리 상철이 말을 믿고 편안해졌다. 여란이의 그런 태도마저도 상철이에겐 신여성답지 않은 미덕으로 비쳤고 조강지처보다 몇 배나 더 책임감을 느끼게 했다. 피차 눈이 어두운 시기가 상투적인 감언이설까지도 성실성을 부여했다.

그러나 상철이 눈에 한껏 예쁘게 보인 여란이의 이런 천진무구함도 실은 그 나이에 어울리지 않는 산전수전을 다 겪은 결과이지 천성적인 것은 아니었다. 질병과 가난, 불안 등 간도에서의 구질구질한 환경도 여란이를 힘들게 했지만 무엇보다도 힘들었던 건 너도나도 민족정신에 투철한 정신 풍토였다. 그 땅에라고 다 독립운동가만 살고 있는 건 아니건만도 그랬다. 독립운동을 하든, 장사나 농사를 짓든, 심지어는 영사관 경찰의 밀정 노릇을 하든 간에 그 땅의 조선 사람들은 공통적으로 민족정신이 투철해야 한다는 강박관념을 가지고 있었다. 그래 그런지 그 고장에선 친일조차도 그 반동으로 더 고약스럽게 해 먹는 것 같았고 가혹한 탄압으로 숨을 죽인 독립운동도 개개인의 심중에선 억지로 끈 관솔불처럼 마냥 내를 풍기며 때를 기다리고 있었다. 간도를 벗어나기 위한 여란이의 자기변명은 이런 침체되고 우울한 시대에 대한 실망이었지만 그건 그닥 정직한 게 아니었다. 그녀가 정말 벗어나고 싶은 건 민족정신에 투철해야 된다는 그 고장 특유의 집단적 강박관념이었다. 여란이도 하노라고 했지만 그 시늉밖엔 못 냈다. 마음에 없는 시늉이 얼마나 부질없고 힘들다는 걸 깨달은 건 일본에 오고 나서였다. 처음엔 학교 문제 거처 문제 등 구체적인 도움을 받기 위해 동향의 선배를 찾는다는 게 상철이와 만날 수 있는 구실이 되었지만 곧 달콤한 느낌에 빠져든 건 몇 년 전 음악회 때의 야릇한 호감과도 무관하지 않았다. 상철이를 통해 알게 된 재일 조선 유학생들의 분위기는 만주 동포와는 딴판의 연애지상주의였던 것도 여란이의 시늉만의 민족정신을 쉽사리 말랑말랑하게 했다. 여란이 눈엔 그 시대의 조선 청년들은 민족주의와 연애지상주의로 선명하게 양분돼 있는 것처럼 보였고, 저 자신도 시늉을 그만두고 정말 하고 싶은 걸 할 수 있을 것처럼 느꼈다. 시늉을 낼 필요가 없어지자 도처에 자유가 넘치고 있었다. 동경 바닥에도 상철이 품에도. 하필이면 조선의 자유를 빼앗은 원수로 여기고 이를 갈아붙였던 일본 땅에서 자유의 냄새를 맡다니. 약간의 갈등이 없을 수 없었으나 민족정신의 찌꺼기 같은 이런 갈등조차도 여란이에겐 달착지근했다.

상철이보다 먼저 학교에서 돌아와 다다미방에 엎드려 스케치북에다 인체 데생을 끄적거리고 있던 여란이는 뜻대로 안 되자, 직직 연필 끝은 어느 틈에 난초를 치고 있었다. 상철이하고 살림을 합치기 전부터 다니던 복장 학원이 요즈음 들어 괜히 시들해지고 있었다. 한두 번 만나다가 너무 공부가 힘들어 뵈는 데 질리기도 하고 아니꼽기도 해서 이쪽에서 자진해서 연락을 끊은 기선이의 의학 공부하고 은연중 비교하는 마음 때문에 그런 것도 같았다. 그러나 그런 열등감은 처음부터 있었을 테니 적성에 안 맞는다고나 할까. 아무튼 2년이면 졸업할 수 있는 과정을 끝까지 견디어 낼 수 있을 것 같지 않았다. 복장 학원을 택한 건 여고 졸업장이 없어서이기도 했지만 장래성이 있다는 상철이의 적극적인 권고 때문이기도 했는데 먼 장래는커녕 2년도 짜증스럽게 느껴졌다. 그녀는 연필 끝이 점점 격렬해져서 난초가 회오리바람이 돼 버리자 마침내 연필을 던졌다.

서창 밖은 옆집 마당이었다. 단층의 목조건물은 넓은

마당이 딸렸다는 것 말고는 여염의 일본 집과 별로 달라 뵈지 않건만도 절이었다. 운치 있게 꾸며진 정원은 위안이 되었을 뿐 아니라 바로 담 밑에 우뚝 솟은 노송나무는 여름엔 오후의 땡볕을 가려 주어 여간 고맙지가 않았다. 그러나 지금은 깊은 가을이었다. 노송나무에 늘 푸름이 충충하여 여란이의 마음에까지 그늘을 던지는 것 같았다. 노송나무 빼고 딴 정원수들은 벌써 잎을 떨구거나 곱게 물들어 있었고, 일부러 시골 오솔길처럼 꼬불꼬불하게 꾸민 자갈길가 풀섶에서 마타리, 싸리, 도라지, 억새 등 들꽃들이 쇠잔해 가는 모습도 하염없었다.

조선과는 달리 절이 동네 집 사이에 추녀를 나란히 섞여 있는데도 역시 절간 같은 정적을 간직하고 있었다. 커다란 가죽 가방을 멘 우체부가 절의 안채까지 우편물을 전달했는지 자갈을 밟고 돌아 나가는 게 보였다. 여란이는 하염없는 기분 때문인지 가깝고도 먼 거리 때문인지 우체부가 자박자박 자갈 밟는 소리를 귀가 아니라 눈으로 들으면서 지켜보았다. 바로 눈 아래로 가까워 오자 약간 비스듬히 쓴 감색 제모가 유난히 크고 동그렇게 보였다. 꼭 집어 말할 수 없는 곳이 따끔하면서 어릴 적 같이 자란 입분이 생각이 났다. 순사가 처음으로 그렇게 생긴 모자를 쓰고 나타났을 때 입분이는 그걸 쇠똥 모자라고 별명 지었었다. 일본말께나 할 줄 아는 유식한 사람들은 리우치 모자라고도 하는 듯했지만 그 모양을 보고 길바닥에 둥그렇고 넉넉하게 누어 놓은 쇠똥을 연상했다는 건 괜히 으스대는 순사에 대한 능멸

183

도 겸해서 허리를 잡고 깔깔댈 만했다.

이런 날에 대한 회상 때문에 경쾌한 가갈긴도 우세부도 여란이 시야에서 까마득히 사라졌다. "랑꼬〔蘭子〕 짱 랑꼬 짱." 하고 아래층에서 주인집 아주머니가 부르는 소리가 났다. 상철이도 여란이를 그렇게 불렀다. "오데가미요.*" 하는 소리를 듣자 가슴이 울렁거렸다. 기대감 때문에도 그랬지만 달마다 상철이한테 송금돼 오는 등기우편을 받을 때도 마찬가지였다. 안부나 꾸중 한마디 없이 단지 궁색하지 않게 살 만한 돈만 부쳐 온 편지를 받기 위해 허둥지둥 도장을 찾으면서 그녀는 굴욕감에 손끝이 떨리는 걸 느꼈다. 그러나 나이에 비해 몸이 잰 주인 아주머니는 도장을 재촉하지 않고 벌써 미닫이문 밖에 와 있었다. 등기가 아니었다. 고맙다는 인사도 하기 전에 겉봉의 낯익은 구식 달필이 먼저 눈에 들어왔다. 여란이는 빼앗다시피 편지를 낚아채고 나서 문을 닫았다. 상철이로부터 누누이 교육받은 일본식 인사치레를 전혀 잊고 있었다. 무슨 일이냐고 밖에서 묻는 소리가 들리는 것 같았으나 대답하지 않았다. 딸자식 하나 죽은 셈만 치라고 야멸차게 말해 놓고 나서도 얼마나 기다리던 답장이던가. 그녀는 어찌나 서둘렀던지 겉봉의 그 그리운 달필을 쭉 찢고 말았다.

읽고 또 읽으면서 얼마나 울었던지 상철이가 돌아왔을 때 편지는 감출 수 있었지만 퉁퉁 부은 눈은 어쩌지 못했다.

*　편지야.

184

여란이가 왜 울었는지 캐묻다 지친 상철이는 아래층에 내려가서 낮에 무슨 일이 있었나 묻는 눈치였다. 랑꼬 랑꼬 하는 소리가 귀에 거슬린다뿐 자세한 내용은 잘 들리지 않았다. 뭘 알아내고 올라왔는지 더는 캐묻지 않았다. 여란이도 말없이 저녁 준비를 했다. 잠자리에 들어서야 상철이는 여란이를 부드럽게 다독거리면서 말했다.

"오가미상한테 다 들었어. 조선에서 편지가 왔다며? 아버님? 어머님? 많이 노여워하시지? 어차피 한번은 당할 일이야. 죽일 놈은 난데 랑꼬 혼자 뒤집어쓰게 해서 미안해. 내 약속할게. 언제고 우리 랑꼬가 떳떳하게 부모님 뵐 수 있는 날이 꼭 오도록 해 줄 테니 두고 보라구."

"말만?"

여란이는 단 두 마디에 벌써 울음이 북받쳐서 몸을 뒤틀면서 상철이의 품을 벗어나 돌아누웠다. 실상 상철이가 말만 앞세운 적은 없었다. 다만 일본말투의 사근사근한 목소리로 사랑을 맹세하는 소리나 예쁘다고 칭송하는 소리는 너무 자주 너무 술술술 했기 때문에 은연중 그런 느낌을 갖게 됐는지도 모른다. 그렇지만 상철이의 그런 개방된 사랑의 표현 방법이 싫은 건 아니었다. 싫은 건 아니지만 거기 홀딱 반한 자신이 경솔했던 게 아닌가 싶은 반성이 요즈음 자주 그녀를 괴롭히고 있었다.

"내가 언제 말만 앞세운 적이 있더란 말요?"

웬만한 건 탓하지 않던 상철이도 그 말만은 뼈 있게 하면서 다시 여란이를 보듬어 안으려고 했다. 조금 무안해진 걸 기화로 여란이는 격렬하게 흐느껴 울기 시작했다. 집에 무슨 일이 생겼나? 부모님 중 어느 한 분이 몹시 편찮으신 가? 그다지도 상심하는 까닭을 여러모로 묻는 상철이에게 여란이는 마침내 어머니의 편지를 보여 주고 말았다.

"안 보여 줄려고 했어요, 영원히."

"왜?"

"나 하나로 족해요. 우리 어머니한테 야단맞고 울고불고하는 건. 더군다나 우리 사이는 누구의 영향도 받고 싶지 않았어요."

"편지 보여 줘서 고마워. 아마 영원히 안 보여 줬다면 난 영원히 지옥이었을 거야."

"편지 본 소감이 겨우 그것뿐이에요?"

여란이는 뭔가를 더 떠보고 싶은 속셈이 있었기 때문에 상철이의 과장된 표현도 성에 차지 않았다.

"랑꼬 생각으론 내가 더 랑꼬를 사랑한다고 생각해, 아니면 어머니가 더 사랑한다고 생각해?"

상철이는 전에 없이 심각한 말투로 딴청을 부렸다.

"그걸 말이라고 해요. 내가 뭐 상철 씨가 우리 엄마보다 더 나를 사랑하는 줄 알아서 이렇게 된 줄 알아요?"

여란이 말끝에 어리광과 울음이 섞였다.

"난 그렇게 생각 안 해. 어머니 편지 보고 이 세상에서 아무도 나보다 랑꼬를 더 아끼고 사랑할 수 없다는 걸 새삼스럽게 확인한 느낌이야."

너무 매끄럽게 말해 온 버릇 때문인지 망설이는 듯 진

중하게 말하니까 훨씬 더 진국스럽게 들렸다.

"그게 무슨 뜻이에요. 아무리 상철 씨한테 기분 좋은 편지는 아니지만서두요."

"아이 얘기만 해두 그래. 나는 랑꼬한테서 하루빨리 아이가 생겼으면 하고 고대하고 있어. 진정으로 사랑하기 때문에도 그렇고 우리 부모님이 랑꼬를 받아들이게 하는 가장 빠른 길도 좀 구식 방법이긴 하지만 우리 사이에서 첫아들이 생기는 거라고 생각해 왔거든. 나는 우리 사이가 아이를 통해 명실공히 든든해지고 떳떳해지길 바라는데 어머니는 정반대잖아. 랑꼬의 행복을 조금이라도 생각해 보셨다면 아이가 생기기 전에 헤어지라는 야박한 소리는 차마 못 하셨을 거야."

"우리 사이가 마치 아이에게 달렸다는 식의 상철 씨 말투는 더 싫어, 난."

여란이가 별안간 신경질적으로 진저리를 치며 쇳소리로 대들었다.

"난 그렇게 말하지 않았어. 또 설사 그런 뜻이 조금 비쳤기로서니 그게 그렇게 발악을 할 일이야?"

"내 팔자가 아이에게 달렸다면 그 여자 팔자도 그럴 수 있잖아?"

"그 여자라니?"

상철이는 한 번도 여란이가 개성의 본처를 지목해서 화제 삼은 일이 없기 때문에 얼핏 못 알아들었다.

"상철 씨한텐 여자가 도대체 몇이나 되길래 헷갈려?"

"미안해, 정말 미안해."

"알아들었으면 됐어. 그 여자한테서 먼저 아이가 생길 수도 있단 얘기야."

"다행히 아직은 안 생겼고 앞으로도 안 생길 거야."

"그걸 어떻게 믿어."

"랑꼬를 알고 나선 방학하고도 한 번도 귀성하지 않은 건 랑꼬도 알잖아. 무슨 일이 생겨서 귀성한다고 해도 절대로 그런 원인을 만들지는 않을 거야. 제발 나를 믿어 주라."

"그렇지만 상철 씨한테 그렇게 아이가 중요하다면 내가 아이를 못 낳으면 그 여자한테로 돌아갈 수도 있는 문제 아냐?"

"나는 랑꼬가 우리 문중에서 떳떳해지려면 아이가 있으면 참 좋겠다고 말한 것뿐이야. 랑꼬를 위해서 아이가 중요하다고 여긴 게지 랑꼬보다 아이가 중요하다고 여긴 적 없어."

"정말?"

"정말이라니까. 난 장남도 아니겠다 아이 같은 거 조금도 심각할 거 없어. 랑꼬만 내 곁에 있으면 그만이야. 그 대신 집안에선 영원히 버린 자식 취급받겠지만 말야."

처음엔 울고불고 시작한 심각한 화제가 차차 말장난으로 흐르면서 여란이의 얼굴에 회심의 미소가 떠올랐다. 그녀는 자신이 혹시 천성적으로 첩 근성을 가지고 태어난 게 아닌가 싶을 만큼 남자의 애정을 시험해 보는 야릇잖은 말장난을 한껏 즐긴 연후에야 비로소 정색을 하고 임신을 한 것 같다는 사실을 고백했다.

　　그건 여란이의 자격지심처럼 첩 근성이라기보다는 그
만큼 그동안 혼자서 무섭고 불안해한 증거였다. 가뜩이나
정서적으로 혼란스러운 판에 어머니로부터 그런 편지까지
받고 보니 온 세상이 자신을 비웃고 경멸하고 있는 것처럼
외롭고 비참해졌다. 온 세상이 다 적 같을수록 상철이만은
확실한 내 편으로 삼고 의지하고 싶은 욕심도 절박해졌기
때문에 안 부리던 간사한 술수까지 부려 본 건데 결과적으
로 산뜻한 적중이었다. 약간 진중하지 못한 게 흠일 뿐 감추
는 게 없이 양증인 상철이는 뛸 듯이 기뻐했다. 여란이 어머
니로부터의 편지는 상철이에게 썩 유쾌하지 못한 거였지만
언젠가는 한번 진지하게 의논하고 싶은 얘기를 꺼낼 수 있
는 계기가 되었고, 예상한 대로 막막하고 우울하게 해결책
없이 끝나는가 했더니 이 어인 눈부신 반전인가.

　　그날 밤 여란이는 그가 하도 조심스럽고 소중하게 애
무하는 바람에 자신이 무슨 보물단지가 된 것처럼 느꼈고
상철이 또한 여란이가 예쁘고 그녀의 숨결, 잠들어 꿀 꿈까
지도 예뻐서 두 사람은 참으로 행복했다. 그날이 지나고도
며칠 동안은 그들만의 행복에 도취해서 경우 일은 편지 속
에서도 추신이었던 것처럼 느즈막히 생각이 났다. 생각이
나자 하나뿐인 동기간이 같은 일본 땅에 있다는 게 반갑고
보고 싶은 생각보다는 자식을 둘 다 그 모양으로 떠나보낸
부모가 얼마나 고적하고 허망하고 애간장이 탈까 싶어 괘
씸하기부터 했다.

"상철 씨, 우리 같이 경우 면회 갑시다. 타일러서 안 되면 강제로라도 끌어내서 부모님 곁으로 돌려보내야 돼요. 네, 도와줘요. 상철 씨."

이렇게 조르기 시작했다.

"처남을 어린앤 줄 알지 말아요. 다 자란 사내가 소신을 가지고 하는 일을 도와주진 못하나마 우리가 무슨 권리로 훼방을 놓는단 말요."

"상철 씬 입으로만 처남 처남 그러면서 어쩌면 그렇게 무심할 수가 있어요."

"제발 또 괜한 트집 잡아 싸우려 들지 말아요. 억지를 부려도 될성부른 일을 가지고 부려야지 처남이 순순히 우리 말을 들을 것 같소?"

"안 들으면 사장을 만나 보면 될 거 아녜요. 걔가 누군 줄 알구 감히 견습공으로 부려 먹냐고 큰소리치고 빼내 오면 되잖아요. 걔가 뉘 집 아들이란 걸 알면 아마 사장도 놀라 자빠질걸요."

"저런 철부지가 애 엄마가 될 테니 난 앞으로 두 아길 길러야 할까 보오."

"놀리지 말아요. 피가 안 섞였다고 그래도 되는 거예요?"

"피가 안 섞여서가 아니라 처남을 믿기 때문이야. 첫인상도 만만치 않더니 사람이 됐어. 장차 열 아들 부럽지 않게 장인어른을 보필할 거요."

여란이가 임신한 걸 알고부터 상철이는 곧 처가 식구들의 호칭부터 바꿔 불렀다. 여란이는 그런 변화에도 감지덕지하는 자신이 때때로 불쌍할 적이 있었다. 그건 여란이를 샅샅이 다 알고 있는 줄 아는 상철이도 미처 눈치 못 챈 마음의 그늘이었다.

"경우 너무 추켜세우지 말아요. 듣기 싫어요."

"건 또 왜?"

"경우가 상철 씨 처음 보고 나서 뭐랜 줄 알아요?"

"글쎄, 그날 내가 얼마나 재미있게 해 줄려고 애썼다구. 나쁜 평가는 안 받았을 거야."

"저렇게 자신 있긴. 빛 좋은 개살구라고 했어요."

"뭐? 빛 좋은 개살구? 허허 그 사람 역시 사람 보는 눈이 있어."

"상철 씨는 화도 안 나요? 그런 소리를 듣고도."

"정곡을 찌른 소릴 듣고 왜 화를 내나. 나도 늘 남들이 나에게 호감을 가져 주는 것만큼 속에 들은 건 없다는 건 느껴 왔으니까."

이렇게 좋은 말로 여란이 마음을 풀어 주고 나서도 상철이는 경우가 취직해서 다닌다는 공장에 대해 관심을 가지고 기회 있을 때마다 알아보기 시작했다. 이왕 큰마음 먹고 고생길로 들어선 김에 소기의 목적을 달성하도록 도와주고 싶었고, 만일 자기가 적절한 뒷받침만 할 수 있다면 훗날 처가로부터 신임을 얻는 데 유리할 것 같았다. 그로서는 일석이조를 노린 셈이었지만 순리로 일이 그렇게 풀렸으면 하는 정도지 억지로까지 꾸미려 들지 않았다. 그의 이런 약간 느린 듯하면서도 낙천적인 게 가끔 여란이를 불만스럽게 했지만 편안하게도 했다.

경우를 당장 끝이내기 위힌 면회를 여린이기 시니브로 단념하자 이번엔 상철이가 그냥 서로 회포를 풀기 위해 만나러 가야지 않겠느냐고 귀띔을 하기 시작했다. 하긴 그게 마땅히 우러나야 할 동기간의 정리요 의리였고, 여란이라고 그런 자연스러운 핏줄의 끌어당김에 무감각할 리가 없었다. 누구보다도 동생을 귀애하고 자랑스러워하고 믿거라 하던 여란이었다. 같은 일본 땅에 있다고 생각하면 불현듯 달려가고 싶고 자다가도 보고 싶고 빨래할 때는 동생이행여 때 묻은 옷을 입고 있을까 마음이 저리고, 맛있는 음식을 장만할 때는 먹이고 싶어 또 한 번 마음이 저렸다. 그러나 가 볼 용기는 나지 않았다. 배는 조금씩 봉긋해 오고 있었다. 자기 처지가 떳떳지 못할 때 부모에게 야단맞을 각오로 털어놓는 게 쉽지 아랫사람에게 실망을 안겨 주고 경멸을 받기를 무릅쓴다는 건 차마 못할 노릇이었다. 그래서 틈만 나면 먼 산을 바라보고 청승을 떠는 걸로 동생 그리움과 암만해도 떳떳지 못한 처지를 달래는 게 고작이었다.

여란이의 이런 심중을 못 알아차릴 상철이가 아니었다. 더는 고베 나들이를 권하지 않았다. 그러나 워낙 발이넓어 조선인 유학생뿐 아니라 일본인들 사이에도 터놓고지내는 친구를 여럿 가지고 있는 덕분에 과히 애쓰지 않고도 경우가 다니고 있는 고베의 고무 화학 공장의 내력, 규모, 기술의 질 등 많은 정보를 입수할 수가 있었다. 그중 상철이가 쓸 만하다고 여긴 정보는 현재 고베 공업전문학교 교장하고 그 고무 화학 공장 사장하고는 학벌의 차이에도 불구하고 절친한 친구여서 순전히 다다키아가리*인 사장이 적지 않은 기술적인 자문을 받고 있다는 사실이었다. 그런 관계로 공장의 기술과 경영이 다 착실하다는 것도 고무적이었지만 공업전문학교 교장은 상철이하고 허물없이 지내는 일본인 친구의 아버지라고 했다. 그가 맺어 온 인간관계 중 쓸모 있는 한 건이다 싶은 예감이 들었다.

어언 해가 바뀌었고 여란이 배는 누가 보기에도 임신한 걸 감출 수 없을 만큼 불러 왔다. 설날 일본식 찹쌀떡국을 먹고 난 상철이는 사진을 박으러 가자고 졸랐다. 상철은 깃을 세운 감색 양복을 입고 사각모를 썼다. 어떤 장소에 가도 예절에 어긋나지 않는 교복 차림이었다. 그러나 여란이한테는 가장 고운 옷으로 입고 가라고 트렁크 안을 뒤지면서 참견을 했다. 이것저것 입어 보았지만 두 사람이 다 흡족할 만한 옷을 가지고 있지 않았다. 여란이의 옷 보따리는 3년 전 간도로 떠날 때 챙겨 간 것보다 조금 줄었을지는 몰라도 한 가지도 새로 장만한 게 없어서 다 투박하고 검소한 것들이었다. 검정 통치마에다 미색 바탕에 자주 끝동과 고름을 단 모본단 저고리를 받쳐 입었다. 가진 것 중에 제일 화려한 옷이었다. 바깥 날씨가 음산하고 해서 그 위에다 검정 세루 두루마기를 껴입었다. 부른 배가 많이 감춰지고 전

---

* 갖은 고초를 겪어 성공한 사람. 일본어 '다다키아게루(たたきあげる)'에
    서 변형된 속어.

193

체적으로 밋밋해졌다. 간도에 있을 때도 그랬지만 일본으로 건너온 후엔 다고다니 치마저고리를 입은 일이 없이 이색했지만 허리와 배는 여간 편하지 않았다. 아기가 속에서 기를 펴는 게 생생하게 느껴졌다.

사진 찍을 때는 두루마기는 벗었다. 긴 우단 의자에 둘이 나란히 앉아서 한 장 찍고 화분을 얹어 놓은 둥근 테이블 가에 상철이는 서고 여란이는 앉아서 또 한 장 찍었다. 두 번을 찍고 나서 상철이는 사진사를 암실 옆방으로 끌고 들어가 한참 수군대다가 나왔다. 여란이는 조금 슬프고 쓸쓸한 기분으로 밖에서 기다렸다. 집에 가면서도 무슨 얘기 했느냐고 묻지 않았다.

일주일쯤 지나서 찾아온 사진에는 각각 약혼 기념, 결혼 기념이라고 멋 부려서 흘려 쓴 한자가 들어 있었다. 그 날짜도 각각으로 돼 있었다.

"뭣 하러 이런 장난을 쳐요?"

"양가 부모님께 보내려고 해, 장난이 아냐."

"그만둬요. 우리 부모님은 더욱 창피해서 얼굴을 못 드실 테고, 상철 씨한테 성대한 혼인 잔치를 해 주신 상철 씨 부모님은 그야말로 장난 정도로밖에 안 여기실 텐데 그런 짓을 뭣 하러 해요."

"집사람한테도 이 사진이 장난으로 보일 것 같소?"

"왜 갑자기 그 여자 얘긴?"

"그 사람 문제를 마냥 피하고 있을 순 없잖겠소, 아이를 위해서도."

"그래도 이런 방법은 너무 야비하고 잔인해요."

"거기까지 신경 쓸 거 없어요. 그 사람도 처음엔 충격을 받겠지만 곧 날 자유롭게 해 주리라 믿어."

"그 여자를 존경하는 투로 말하는군요."

여란이는 조금 슬프고 신경질도 났다. 절대로 질투를 하고 있는 건 아니라고 생각했지만 사진관에 갈 때부터 유쾌하지 못한 배역이 주어졌다는 정도는 눈치채고 있었다. 그 역을 끝까지 해낼 것 같지가 않았다.

"그 사람한테도 더 늦기 전에 잘못된 팔자를 바로잡을 수 있는 기회를 주고 싶소. 공부를 더 하고 싶었는데 부모들 성화에 못 이겨 혼인을 하게 됐다고 후회 비슷한 소릴 하는 걸 몇 번 들은 적이 있소. 당신을 만나기 전엔 그런 소리에 자존심이 상해 안 들으니만 못하더니만 지금은 거기에다 희망을 걸게 되지 뭐요. 공부하겠다면 도와주고 싶소."

상철이는 거짓말을 잘 못 했다. 음흉한 데라곤 없었다. 이중 생활엔 도무지 맞지 않는 성격이었다. 여란이는 그가 아내를 버리기 전에 아내한테 버림을 받게 될지도 모른다고 생각했다. 아내한테 처음부터 사랑이 없었고 의무감도 식었음을 그는 도저히 숨기지 못할 테고, 어떤 여자고 그런 대접을 참을 순 없을 테니까.

여란이는 그 억지스러운 약혼, 결혼사진을 상철이가 그의 집에 부치는 걸 말리지 않았고 또 어떤 사연을 써서 동봉했는지는, 구태여 알려고 하지 않았다. 그러나 같은 사진을 그녀의 집에 부치는 것만은 한사코 싫다고 했다. 그러나 그녀는 어느 날 갑자기 고베로 경우를 보러 가겠다고 했다. 네달이 뭄뭄 달이어서 치맛기라온 앞이 한 뼘이나 들리고 발목이 부어서 뒤뚱뒤뚱 오리걸음을 걸었다. 임신 기간 중에서도 가장 미운 시기였다. 하필 그럴 때 동생을 보러 가겠다는 걸 상철이는 이해할 수 없었지만 안 된다고 말릴 엄두도 못 내고 따라나섰다. 동경에서 동해도선을 타면 고베가 종점이었다. 반나절이나 걸리는 여행이었다. 기차가 나고야, 교토, 오사카 등 일본을 떠나기 전에 한번 구경 가 보고 싶었던 대도시를 거치는 동안도 여란이는 통 말이 없었다.

"뭣 하러 이런 짓을 해?"

"나도 모르겠어."

"왜 그래?"

"왜 이러는지 나도 모르겠다니까."

상철이가 어렵게 말을 붙여 봐도 겨우 고 정도밖에 대꾸하지 않았다.

여란이는 자신을 기르고 사랑하고 촉망해 준 친정 식구에게 만삭이 된 꼴을 보여 주는 건 생각만 해도 두려웠지만 피해서는 안 될 것 같았다. 시집보내 준 바 없는 친정 식구에게 그런 꼴을 보인다는 건 인두겁을 쓰고는 차마 못 할 뻔뻔스러운 짓이었지만 아이를 낳고 나서 감쪽같아진 폼으로 나타난다는 건 더 참을 수가 없었다. 그럴 때 여란이는 이상하게도 부모의 입장이 되곤 했다. 감쪽같아지기 전에 이 꼴로 야단을 맞아야 한다고 생각했다. 감쪽같아질 날이 가까워 올수록 그런 생각은 일종의 강박관념이 되어서 여란이를 옥죘다. 친정 식구 중에선 경우가 가장 만만했다. 손아래 식구이고 같이 젊다는 걸로 야단은 최소한으로 맞고 그보다 많은 이해와 긍정을 얻어 내고 싶었다. 그러나 그런 생각들은 속에서 뒤엉켜 말로는 설명이 될 것 같지가 않았다. 특히 상철이에게 그런 복잡한 마음의 켯속을 이해받기를 여란이는 왠지 원치 않았다. 그게 여란이의 상철에 대한 사랑의 한계였다.

바다가 바라다보이는 스키야키집 2층 방을 잡아 여란이는 쉬면서 기다리게 하고 상철이 혼자서 경우가 다니는 공장을 찾아 나섰다.

"그 애가 우리가 행복하다는 걸 믿어 줬으면 좋겠어요."

여란이는 상철이의 뒤통수에다 대고 불안한 목소리로 말했다. 상철이는 아내의 불안 초조에 덜미를 잡힌 것처럼 잠깐 멈춰 섰다가 떨치고 나갔다.

그렇지만 아무도 그걸 믿지 않을 거야. 혼자가 되자 여란이는 그렇게 생각했고 두려움과 막막함으로 거의 울 것 같았다. 기다리는 동안은 실제의 시간과 상관없이 마냥 길고 지루했다. 고베시는 일찍이 개항하여 오사카만의 푸른 바다엔 많은 외국 상선이 정박해 있거나 드나들었다. 어느 나라 국기인지 식별할 수 없는 깃발이 해풍에 찢어질 듯 휘날리는 걸 보며 여란이의 마음도 찢기듯이 아팠다. 바닷빛이 침침해지기 시작했다. 동경도 바다를 낀 도시건만 한 번도 바다를 제대로 본 적이 없다는 게 새삼스럽게 여란이를 서글프게 했다. 유난히 큰 기적 소리를 내며 입항하는 배가 있는가 하면 정박해 있는 배도 하나둘 불을 켜기 시작했다. 깁체만 한 배도 불을 켜기 않아 머물처럼 주위에 어둠을 푸는가 하면 여객선인지 동그란 창마다 불을 밝힌 배도 있었다. 여란이는 관부 연락선의 그 지옥 같은 뱃멀미도 잊어먹고 아릿한 마음으로 우아하고 이국적인 무도회를 연상했다. 상철이가 무어라고 일러 놓고 갔는지 따뜻한 반차를 한잔 갖다주고 간 후 어두워질 때까지 아무도 여란이가 혼자있는 걸 방해하지 않았다. 상철이도 경우도 영영 안 나타날지도 모른다는 생각이 갑자기 났다. 그건 너무하다고 생각했고 배 속의 것을 추처럼 매달고 바다에 빠지는 수밖에 없다고 생각했다. 다행히 그런 끔찍한 생각에 오래 시달리지않아도 되었다. 음식을 주문하는 상철이의 명랑한 목소리가 아래층에서 들렸고 곧 두 사람이 나타났다.

상철이 뒤에 숨듯이 수줍어하며 나타난 경우는 여란이하고 마주 앉아서도 여란이를 마주 보지 않았다. 동경의 유학생 사회밖에 본 적이 없는 여란이에게 경우의 모습은 여간 낯설지가 않았다. 푸르딩딩한 작업복은 소맷부리에 실밥이 너덜너덜했고 앞단추도 일정치가 않았다. 그러나 험한 손도 누덕누덕 기운 양말도 더럽지는 않았고 얼핏 스친눈빛도 예전 그대로였다. 아아, 우린 얼마나 친한 오누이간이었던가 하는 생각이 격정적으로 치미는 바람에 여란이는눈시울을 붉히며 목구멍을 그르렁거렸다. 그리고 경우가자기를 바로 보지 못하는 건 수줍어서가 아니라, 자기가 창피해할까 봐서라고 생각했다.

상철이와 경우는 여란이를 제쳐 놓고 저희들끼리만 얘기를 했다. 여기까지 오면서 하던 얘기의 계속인 듯 여란이가 알아들을 수 없는 공장 시설과 최신 기술에 관한 얘기에 그들은 여봐란듯이 열중하고 있었다. 그들은 여란이가 믿을 수 없을 만큼 죽이 잘 맞고 친해 보였다. 경우는 타향에서 사서 고생하는 목적을 거의 달성한 양 여유 있고도 의기양양해 보였고 상철이는 그런 경우가 거짓 없이 대견하고 자랑스러운 모양이었다.

　　"아버님 공장에선 생고무를 쪄서 노글노글하고 탄성이 좋은 고무를 만들려면 적어도 한 시간 반은 가열을 해야 하거든요. 근데 여기 일본 공장에선 15분밖에 안 걸리더라구요. 6분의 1의 전력 소모로 같은 제품을 만들 수 있단 얘긴데 그 비결을 알아낸 게 뭐니 뭐니 해도 가장 큰 수확이었다고 자부합니다."

　　경우는 이렇게 자랑스럽게 말하며 가황 촉진제에 대해 자세하게 상철에게 설명을 했다.

　　새빨갛게 핀 참숯 풍로와 고기, 야채 등을 색 맞춰 담은 쟁반이 들어오고 기모노 위에 흰 에이프런을 두른 여자가 꿇어앉아 고기와 야채에 소스를 치고 익히기 시작했다. 달착지근한 냄새가 빈 배 속의 창자를 자극해서 꼬르륵 소리가 났다. 상철은 경우에게 물어보지 않고 정종도 한 도꾸리씩 시켰다. 경우는 사양하지 않고 술잔을 받았고 그런 태도가 여란이 보기에 서툴지 않고 좋았다. 여란이도 밥맛이 났지만 경우의 식욕은 어쩌나 왕성한지 연거푸 내미는 빈 공기를 정신없이 채워 주던 조츄*가 아라, 아라, 비명을 지르며 빈 밥통을 안고 이래홀으로 내려갔다.

"너 배곯았냐? 그동안."

"아니. 조선 사람끼리 자취하니까 밥은 실컷 먹어."

"근데 왜 그렇게 걸신들린 것처럼 먹어. 일본 사람이 흉보라구."

"제 놈들은 남의 나라도 통째로 삼킨 것들인데 양 좀 크다고 흉볼라구? 또 흉 좀 잡히면 어드러우. 뼛골 빠지게 노동품 파는 사람들이 팔자 좋은 유학생처럼 일본 놈들 하는 대로 살살 피어 담은 공기밥을 아침엔 한 공기 저녁엔 두 공기만 먹다간 허기져 죽게."

"맞어, 맞어. 그건 처남 말이 맞어."

상철이는 경우의 뼈 있는 말에도 무조건 장단을 맞췄다. 여란이는 처남이란 호칭이 뜨끔했지만 그 정도는 서로 이미 양해가 된 듯 "매형 기분 좋은데, 내 잔 한잔 받으시우." 하면서 장단을 맞추었다. 경우는 스파이 짓에 성공한 게 여간 자랑스럽지가 않은 모양이었다. 그 비결을 알아내기 위해 노련한 기술자에게 어떻게 충직하게 굴었으며 드디어 신임을 얻기까지 얼마나 배알도 없는 것처럼 굴어야 했나를 털어놓았다. 여란이에게 그런 경우는 너무 낯설었다. 진짜 경우의 얼굴이 아니었다. 그녀는 경우의 얘기를 건성으로 듣고 있었다. 그러나 상철은 아니었다. 정말 큰일을

* (여관, 음식점 등의) 여자 종업원.

200

해냈다고 칭찬도 하고, 앞으로 할 일을 의논도 했다. 상철이
는 경우가 일본을 떠나기 전에 근사한 요릿집에서 연회를
베풀어 주겠다는 약속도 했다.

　"매형도 참, 스끼야끼나 한 번 더 사 주세요. 연회는
무슨."

　"자네를 위한 연회가 아닐세. 자네 회사 사장이 존경해
마지않는 공업전문학교 교장이 나하고 절친한 친구 아버지
거든. 물론 일본 사람이지. 자네 회사 사장은 순전한 다다
키아가리더군. 다다키아가리 곤조도 알아줘야 하지만 좋은
집안이나 좋은 학벌에 대해서 의외로 약한 데가 있는 게 특
징이거든. 교장하고의 관계도 둘도 없는 친구라지만 아마
그런 관곌 거야. 내가 게이샤가 나오는 근사한 요릿집에다
사장하고 교장을 초대할 작정인데, 자네는 조금 있다가 나
타나는 거야. 전혀 딴사람이 되어서 말일세. 어떻게 딴사람
이 되느냐고? 옷이 날개란 소리도 못 들었나. 그동안에 머
리도 좀 길러 놓았다가 이발하고 찌꾸* 바르고 20전만 주
면 하오리**와 하카마***를 빌릴 수 있을 걸세. 왜놈 옷은
싫다구? 그럼 연미복을 빌리게. 그리고 우리 앞에 나타나는
걸세. 물론 그 전에 그 사람들한테 긴히 소개할 조선의 젊은
이가 있어서 그런 자리 마련했노라고 내가 어련히 귀뜸을
해 놓을라구. 자넨 워낙 귀골로 생겼으니 그렇게만 하면 얼

＊　　'포마드'의 방언.
＊＊　　일본 옷 위에 입는 짧은 겉옷.
＊＊＊　일본 옷의 겉에 입는 주름 잡힌 하의.

마나 잘나 보이겠나. 웬 헌헌장부인가 침을 삼키고 바라보다가 바로 자기 공장에서 젤 하치 견습공인 줄 알면 얼마나 놀라겠나. 그때 내가 자네 정체를 밝히는 거야. 조금 부풀리지 뭐. 개성 부자에다 조선에서 몇째 안에 드는 명문 가문의 자제가 이만저만해서 사장님 공장에 스파이로 잠입했었노라고."

"매형은 참 농담도 잘하셔."

"천만에, 이건 자네를 만나러 오기 전부터 내가 치밀하게 짜 놓은 구체적인 계획이라네. 생각해 보게나 일이 얼마나 재미있게 돌아가겠나."

"매형 재미있으라고 저더러 그런 광대 같은 짓을 하라구요?"

고지식한 경우는 상철이가 술김에 허튼소리를 한다고 생각하는 듯했다. 옆에서 여란이도 상철이가 실없는 소리를 마냥 할까 봐 조마조마했다.

"자넨 내가 그렇게 할 일 없는 사람으로 보이나?"

"그럼 뭣 하러 저더러 그런 우스꽝스러운 역할을 하라십니까?"

"그들은 자네 정체를 알면 틀림없이 감격을 할 걸세. 자넬 얼싸안고 장하다고 눈물을 흘릴지도 모르지."

"매형 차라리 신파극 대본을 쓰시지 그러세요?"

경우가 비꼬는 투로 말했다. 여란이도 마침 비슷한 생각을 하고 있던 중이었다. 그들의 신접살림 집까지 흉허물 없이 드나드는 상철이 친구 중에 연극에 미친 친구가 있었다. 조선서 유학 올 때는 법학 공부를 한다고 했지만 문과에 적을 두고 있었다. 열심히 학비를 송금해 주는 그의 아버지는 아들이 법과를 졸업하고 고등문관시험에 합격할 날만 기다린다고 했다. 그러나 그는 조선에서 연극 운동을 할 꿈에 부풀어 있었고 일본에서 구경한 연극이나 읽은 희곡 중 감동한 건 쉬 잊지 못하고, 조선 사람의 생활 감정에 맞게 번안을 하겠다고 설치면서 상철에게 계획한 바를 떠벌리길 잘했다. 상철이는 지금 꼭 그럴 때의 그 친구처럼 굴고 있었다.

"맞았어. 바로 그거야. 신파극이란 무엇이뇨? 일본인의 통속적인 정서의 낌새를 가장 잘 건드릴 수 있게 꾸민 연극이라고 난 생각하는데……. 대본을 쓴 김에 연출도 내가 하지. 자넨 주연이야. 사장도 교장도 내 각본대로 움직일 테니 두고 보게나."

상철은 매우 즐거워 보였으나 취한 것 같지도 농담을 하는 것 같지도 않았다. 경우는 억지로 참아 주고 있을 뿐이라는 듯 아슬아슬한 표정을 지었다. 여란이는 상철이가 더 경우 마음에 안 드는 일이 없도록 무슨 말이든 하고 싶었다. 경우가 먼저 말했다.

"감격하는 것 말고 그들이 할 일이 또 남아 있습니까?"

"그럼, 그다음부터가 정작이지. 자네의 목적이 고무신 만드는 데 필요한 비법을 알아내는 거였고 마침내 소기의 목적을 달성한 건 축하할 만한 일이나 가외의 소득인 덤이라는 것도 있잖나. 누가 아나, 덤이 더 대어가 될는지. 자네가 다니는 공장 실속이 단단한 데더군. 내가 알아본 바로는 동남아 쪽으로 수출하는 장화, 운동화, 샌들, 장난감, 의료기기 등 고무 제품이 연간 100만 인데기 넘는디네. 지네 아버님의 재력과 신용만 업으면 조선에서의 총판권을 얻을 수도 있어. 자네의 정체를 극적으로 드러내 보이라는 뜻을 이제 알겠나? 내가 재미있으려고도, 사장을 약 올리려고도 아니야. 자네가 사장하고 동등한 입장이 되어 상거래를 트도록 주선하려고 그래. 나 혼자도 아니고 사장이 무시 못 하게 돼 있는 교장선생님이 적극적으로 자네 신분을 보장하마고 했으니까 성사는 떼어 놓은 당상일 테니 두고 보라구."

상철이는 말을 마치고 화장실 가고 싶은 시늉을 하면서 아래층으로 내려갔다. 시중들던 여자도 벌써 자리를 뜨고 없었다. 상철이는 피크닉 가서 할 여흥 계획 발표하듯이 명랑하고 경쾌하게 말했지만 아무한테도 발설 안 하고 혼자서 면밀하게 짠 획이라고 생각하니 여란이는 가슴이 뭉클했다.

"김경호 사장님 아들다운 발상이잖수? 누님."

농담으로 듣다가 갑자기 실현성 있는 문제로 다가온 중대사에 흥분한 듯 경우의 목소리도 들떠 있었다.

"우리 집한테 잘 보이고 싶은 거야, 그 사람."

여란이는 조심스럽게 상철이 변명을 했다. 경우가 슬픈 것도 같고 뜨악한 것도 같은 얼굴로 여란이를 마주 보았다. 그의 시선이 배에 머물렀다. 여란이도 무슨 말이든지 해야 할 것 같았다.

"너하고 얘기하고 싶었어."

"변명 안 해도 돼."

경우가 얼른 눈길을 딴 데로 돌리며 말했다.

"변명이 아니라 그냥 얘기 말야."

여란이가 신경질을 부리자 경우도 입을 다물었다. 이윽고 가라앉은 소리로 중얼댔다.

"내가 문제유, 어머니 아버지한테 못할 노릇 한 게 문제지. 누나도 곧 애 엄마가 될 테니까 아마 부모님 심정이 어떻다는 거, 나보다 더 잘 알걸 뭐."

경우는 천천히 부드럽게 말했다. 그러나 여란이에겐 한 마디 한 마디가 오금을 박는 것처럼 사무쳤다.

"넌 쬐그만 게 어쩌면 그렇게 영감님 같은 소리만 하는?"

"누나 보기에 내가 그렇게 쬐그마누."

경우가 어깨와 허리를 펴 보이며 씩 웃었다. 다리만 긴 줄 알았더니 허리도 길어서 앉은키가 훤칠해 보였다.

"재미있게 살우?"

"그럼."

"어드런 집에서?"

"셋집이야. 이층집. 옆집은 절이고."

"그럼 산속에 살게?"

"아냐. 보통 동넨데도 그래. 절집도 여염집처럼 생겼으니까. 일본은 그런가 봐."

막 오누이가 정이 통하려고 하는데 상철이가 돌아왔다. 그들을 위해 일부러 자리를 비켜 주었으려니 했는데 그게 아닌 듯했다. 소피보는 동안도 아까웠다는 듯이 하던 애기를 곧 계속했다. 탐탁지 않아 하던 경우가 바짝 관심 있어 하자 화제는 활기 있어졌다. 둘 중이 아무도 만문이 마치지 않았다. 계획이 구체적으로 진행되는 것 같았다. 목적은 돈벌이였다. 여란이는 한마디도 참견하지 않았다. 모욕이나 기만을 당한 기분으로 두 남자를 다시 보았다. 경우도 상철이도 돈 버는 일을 그렇게 열렬하게 좋아하리라고는 미처 몰랐었다. 날 때부터 장사꾼이었던 것처럼 날 때부터 동업자였던 것처럼 두 사람은 척척 손발이 잘 맞는 것 같았다. 그러나 그건 여란이의 느낌일 뿐 말귀는 한마디도 못 알아들었다. 어려운 말이어서가 아니라 아무 의미가 없어서고 그들이 공감의 표시로 같이 웃을 때마다 여란이는 마음속으로 슬펐다. 그리고 그녀가 지루해하고 있다는 걸 두 남자 중 아무라도 눈치채 주길 고대했다. 상철이가 먼저 말을 걸었다.

"당신 졸립군, 누워, 괜찮아."

경우는 말없이 방석을 반절로 접어서 여란이한테로 밀어 주었다.

여란이는 순순히 그걸 베고 무릎을 꼬부리고 누웠다. 상철이가 흔들어 깨울 때까지 그녀는 곤히 갔다. 그들은 여관을 잡고 경우는 자취방으로 돌아갔다. 상철이는 여란이의 어깨에 손을 얹으며 모든 것이 잘될 것 같다고 말했다.

"밤기찬 없어요?"

그녀는 여관방에 눕자마자 잠이 쏟아져 무안한 김에 겨우 한마디 했다.

"그 몸을 해 가지고 밤차로."

그들은 다음 날 첫차로 집으로 돌아왔다. 절집 정원이 내려다보이는 보금자리로. 절집 정원에선 조용히 봄이 움트고 있었고, 규슈 남단에서 비롯한 벚꽃 소식이 주고쿠까지 북상했을 즈음 여란이는 몸을 풀었다. 상철이를 빼닮은 사내아이였다. 여란이는 죽는 줄 알았지만 노련한 산파는 그만하면 순산이라고 했다. 상철이는 좋아서 어쩔 줄을 몰랐다. 엉터리 약혼, 결혼사진을 가지고 조심스럽게 어른들과 아내의 마음을 떠볼 때와는 달리 당장 전보를 쳤고, 상철네서는 곧 넉넉한 돈과 미역, 배내옷 등 산모와 아기에게 필요한 걸 보내왔다. 여란이가 원했건 원하지 않았건 간에 그녀는 아들을 업고 수월하게 조강지처를 밀어내려 하고 있었다.

비록 기별은 안 했지만 여란이 친정 쪽에서도 모르진 않으련만 냉담했다. 경우도 조선으로 귀국하기 전에 한 번 들를 줄 알았는데 상철이 편에 아기 턱받이를 하나 선물로 보냈을 뿐 전갈 한마디를 안 남기고 떠나 버렸다.

그러나 상철이 말에 의하면 모든 일이 상철이가 예상한 대로 들어맞아 경우는 회사로부터 원하는 기술상의 비밀을 빼냈을 뿐 아니라 사장과 조선 내에서의 일수판매의 계약까지 맺게 됐다고 했다. 그렇게 되기까지는 일을 꾸미고 진행시킨 상철의 역할이 컸다. 각본도 잘 썼거니와 여지껏 맺어 온 일본인 친구들과의 좋은 교우관계도 이용 가치가 충분히 있었다. 그런 독창적인 발상을 한 것도 상철이였지만 그런 큰 계약을 맺게 된 건 순전히 상철이 공인 듯싶은데 그는 여란이한테도 자기 공치사를 하지 않았다. 경우가 알아주는 것만으로 족한 듯했고, 훗날 경우의 발언권이 처가로부터 한번은 마땅히 받아야 할 수모와 꾸중을 완화시켜 주길 바라는 듯했다.

여란이가 아들 때문에 시집에 문안 한번 안 들이고서도 무시할 수 없는 지위를 확보한 것처럼 상철이는 사업상의 공으로 처가의 인정을 받을 셈이었다. 그러나 사업상의 공이란 아들의 존재처럼 확실한 건 아니었다. 경우가 따낸 기술상의 비결이나 계약이 종상이의 고무 공장을 존폐의 위기에서 구한 건 사실이나 그럴수록 종상이도 태임이도 그걸 아들 혼자만의 공으로 돌리고 기특해하고 싶어 했다. 경우가 마음이 나빠서가 아니라, 그동안 자식의 효도에 굶주렸던 부모가 실컷 아들을 자랑하며 행복해하길 바라는 마음 때문에 누나나 상철이 소식을 될 수 있는 대로 입에 안 담으려고 했다. 여란이가 남의 첩이 됐다는 건 종상이한테나 태임이한테나 죽기 전엔 못 잊을 한이요 상처였다.

또 경우가 그 어린 나이에 횡재에 가까운 계약을 따낸 진상도 보는 각도에 따라 얼마든지 다를 수도 있었다. 그런 발상이 상철이한테서 나온 건 사실이지만 사장이 그렇게까지 경우를 신임하고 대등하게 대한 건 상철이 간파한 대로 사장의 신파극적인 기질과 상관이 있었다. 다다키아가리인 사장은 부잣집 아들이 사서 한 고생에 기대 이상의 감격을 했고 경우는 그게 다 자기가 밑바닥 고생을 티 내지 않고,

꾀부리지 않고 해낸 응분의 결과라고 자부하고 있었다.

상철은 그런 줄도 모르고, 경우를 통해 처가의 신임을 얻어 놓은 걸로 낙관을 하고 있었다. 그리고 그런 좋은 일들이 다 아들이 태어나기 전후에서 일어났기 때문에 아들을 이름 대신 복뎅이라고 불렀다. 전보받자마자 할아버지가 동엽이란 이름을 지어 보내왔건만도 복뎅이라고 부르면서 더 좋은 일이 있길 은근히 바라는 마음이었다. 거처도 2층 방을 떠나 단층의 독채로 옮겼다. 다다미 여섯 장짜리와 네 장짜리 방이 장지문을 사이로 붙어 있고 조금만 손보면 부엌으로 쓸 수 있는 헛간과 화장실이 딸려 있는 별채였다. 으리으리하게 큰 안채는 정원수에 가려 잘 보이지도 않았다. 집사나 서생을 위해 따로 지은 집이었으나 세상이 달라지면서 필요 없게 된 집인 듯했다. 아이가 기어다니기 전에 2층을 면하게 돼서 다행이었다. 여란이는 다니던 복장 학원을 흐지부지 그만두고 아이 기르고 상철이 시중드는 일에만 전념하게 되었다. 그 공부에 그닥 미련은 없었다. 상철이가 졸업하기까지는 1년이 더 남아 있었다.

동엽이 백일사진을 부치고 나서 달포가량 돼서였다. 찌는 듯이 무더운 여름날이었다. 그러나 개학이 며칠 안 남아 귀국했던 유학생들이 속속 몰려들 시기였다. 상철이는 여란이를 만나 살림을 차린 후 한 번도 고향에 돌아간 적이 없는 대신 고향 갔다 온 친구 만나는 걸 큰 낙으로 삼았다. 그래서 요샌 눈코 뜰 새 없이 바빴고 개성 소식뿐 아니라 조선 팔도 소식에 정통했다.

여란이는 겉으로는 아무렇지도 않은 척했지만 그런 그를 보는 게 고통스러웠다. 그에게 말해 봤댔자 믿기 않겠지만 그런 그를 보느니 고향에 돌려보내 주고 싶었다. 아니다. 실은 그건 거짓말이었다. 여란이는 두려워하고 있었다. 언제고 그가 고향에 다녀오겠다고 그럴까 봐, 그러다가 영영 사라질까 봐 겁이 났고, 그 문제와 정면으로 대결해야 할 졸업 후 생각을 하면 자다가도 소스라쳤다.

오늘은 개성 친구를 만나러 나갔으니 아내의 소식을 듣게 되지 않을까. 상철이 쪽에서 물어볼 수도 친구가 먼저 말을 꺼낼 수도 있으리라. 그 어느 쪽이든 간에 여란이가 상철이로부터 그걸 전해 듣진 못할 터였다. 한 번도 두 사람 사이에 엄연히 존재하는 그 여자에 대해 서로 의견을 나눈 적이 없었다. 그것이 잘하는 짓인지 잘못하는 짓인지 여란이는 분간이 안 섰다. 누가 그걸 가르쳐 줬으면 좋겠다고 생각했다. 친정어머니가 목이 메게 그리운 것도 그럴 때였다. 한 번도 보지 못했고 어떤 사람인지 감도 잡을 수 없는 여자에게 짓눌리다 못해 상철이한테 슬쩍 운을 떼 보지 않은 것도 아니었다. 그럴 때마다 상철이는 자아, 우리 그런 얘기는 그만둡시다 하면서 여란이 입술을 살짝 틀어막곤 했다.

여란이는 상철이가 그 여자를 조금이라도 사랑한다고 생각진 않았다. 그러나 아무도 그 여자 흉을 보는 걸 원치 않는다는 것 또한 확실했다. 그는 좋은 사람이니까, 그치, 아빠는 좋은 사람이지. 여란이는 아이를 안고 정원의 연못 속의 잉어를 구경하다가 이렇게 중얼거렸다. 연못은 안채에서 가까워서 조심스러웠지만, 물가라 시원하고 아이는 한창 움직이는 걸 보고 좋아할 때라 그녀는 여름 동안 자주 연못가에서 소일했다.

생각에 잠겼다가 고개를 들고 집 쪽을 바라보았다. 막연하게 집 쪽에서 인기척을 느꼈기 때문이다. 정원수 사이로 희끗희끗한 게 움직이는 것 같았다. 그만큼 멀고 녹음 또한 울창했다. 아빠 오셨나 보다. 여란이는 아이를 추슬러 안고 이렇게 혼잣말을 하며 별채로 난 오솔길을 종종걸음쳤다. 상철이가 아니라 처음 보는 여자였다. 흰 항라 적삼을 통해 부드럽게 살찐 팔과 치마의 어깨허리가 어슴푸레 비쳐 보였다. 치마는 검정 지리면 통치마였고 살색 비단 양말에 뾰족구두를 신고 있었다. 조선에선 흔한 신여성의 전형적인 차림이었지만 일본에서 보는 건 얼마 만인지 몰랐다. 겉으로 둥글게 말아 올린 트레머리 밑으로 드러난 목이 가냘프다고 생각하는데 여자가 이쪽으로 돌아섰다. 여란이는 까닭 없이 가슴이 두방망이질을 해서 걸음을 멈추었고 여자는 똑바로 아이를 보면서 걸어왔다. 여란이는 아이를 감추고 싶었지만 생각뿐 그냥 서 있었다. 아이의 손목을 잡을 수 있는 거리까지 다가온 여자는 말없이 아이를 뚫어지게 바라보았다. 아이는 아직 낯을 가릴 줄 몰랐다.

"얘가 동엽이군요?"

여자가 차분한 소리로 말했다.

"우리 애 이름을 어떻게 아시죠?"

여란이 목소리는 형편없이 떨리고 있었다.

"시아버님께서 애 이름 짓느라고 얼마나 고심하셨다구요. 결국은 풍덕 종조부님께서 지어 주셨지만서두요."

"그럼 댁은?"

이번엔 더 떨려서 말을 잇지 못했다.

"네에, 상철 씨 안사람입니다. 미안합니다. 졸지에 놀라게 해 드려서."

큰마누라, 소위 조강지처는 저렇게 당당할 수 있는 건가. 여란이는 그 여자의 침착하고 점잖은 태도에 비해 속속들이 떨고 있는 자신이 비참하고 억울해서 미칠 것 같았다. 이럴 때 상철이는 어디 있단 말인가.

"동엽이를 안아 봐도 되겠시니까?"

개성 말 특유의 말꼬리가 여란이를 마침내 울먹이게 했다. 여란이의 울상을 어떻게 생각했는지 그 여자는 타이르듯이 말했다.

"괜찮아요. 해치진 않을 테니까."

조금은 자조적으로 들리는 말투였다. 그리고 팔을 벌려 아기를 안았다. 서툴고 조심스럽게 잠깐 안고 있다가 다시 돌려주었다. 항라 적삼이 구길까 봐 염려하고 있다고밖에 생각할 수 없는 애정도 미움도 질투도 섞이지 않은 지극히 간결한 동작이었다.

"상철 씨를 빼닮았군요."

"뜻밖이에요. 여기서 이렇게 뵙게 될 줄은 몰랐어요."

"놀라게 해서 미안해요."

"그런 뜻은 아니고……."

212

"어차피 한 번은 만나야 되는 사이 아닌가요."

"모르겠어요. 우리 같은 사이가 흔한 건 아니잖아요."

"흔해요. 유학생치고 조강지처 박대 안 하는 경우가 거의 없으니까요. 고약한 돌림병처럼 돼 버렸어요."

그 여자의 목소리가 가늘게 떨렸다. 수수하고도 단정한 얼굴이었다. 서글서글하지만 단호한 눈빛에 여란이는 위축되어 어쩔 줄을 몰랐다.

"미안합니다."

불쑥 그렇게 말해 놓고도 바보 같은 소리를 한 것 같아 속이 상했다.

"동엽이 엄마가 미안해할 게 뭐 있어요. 그렇지만 혼자만 당하는 일이 아니라는 게 위안이 될 적이 많았어요. 오죽해야 버림받은 조강지처끼리 회를 만들어 보면 어떨까 하는 생각까지 해 봤답니다."

그 여자가 쓸쓸하게 웃었다. 깨끗한 잇속이었다. 동갑쯤 되었을까. 여란이는 그 여자가 생각했던 것보다 어려 보이는 걸 그렇게 생각했다.

"여기서 이러실 게 아니라 들어가시죠. 사는 건 보잘것없습니다만……."

여란이가 앞서면서 말했다. 그 여자는 두리두리 살피면서 따라 들어왔다.

"그이는 늦게 들어오나요? 아직 방학일 텐데……."

"고향 친구를 만나러 나갔으니까 일찍 들어올 것 같진 않아요. 평소에도 늦게 들어오는 이는 아니니까 아주 늦진 않겠죠, 뭐."

"동엽이 엄마는 내가 두렵지 않아요?"

"왜 그런 걸 물으시죠? 두려워하길 바라세요?"

여란이는 당신이 두렵지 않다면 거짓말이다, 아니 두려운 건 당신이 아니라 당신과의 만남이다, 당신과의 만남에서 내가 어떻게 처신해야 되는지, 어느 정도까지 모욕을 참아 내야 되는지 모르는 일이다, 라고 두서없이 생각했다.

"아뇨, 그런 건 아니고 더러 들은 얘기가 있어서……. 왜 있잖아요. 큰마누라가 작은집 살림을 깨부수고 머리채 잡고 악다구니 친 얘기 말예요. 으레들 그렇게 한다고들 하대요. 동엽이 엄마도 내가 그럴 줄 알고 미리 겁을 내는 것 같아서……."

"어떤 분일까 혼자 있을 때나 같이 있을 때나 늘 생각해 왔죠. 통 감이 안 잡혔어요. 누구한테 물어볼 수도 없고……."

"그이가 내 말을 한마디도 안 했군요? 그쵸?"

그 여자가 격앙된 목소리로 따지듯이 물었다.

"네에, 나도 그이한테 묻지 않았구요. 그게 나쁜가요. 입에만 안 올렸지 한시도 댁을 의식 안 한 적이 없었는데……."

"됐어요. 둘이서 매일 나를 칭송했다손 치더라도 내가 좋아했을 리 없죠. 그렇지만 이건 옳지 않아요."

그 여자가 단호하게 말했다. 그리고 물건을 보듯이 냉정한 시선으로 동엽이와 여란이를 훑어보고 방 안의 아기자기한 살림들을 점검해 나갔다. 여란이는 지금 저 여자는 손끝 하나 까딱 안 하고 그 모든 걸 깨부수고 있다고 생각했다. 여란이는 옴짝달싹도 할 수가 없었다.

"나도 알아요. 이게 옳지 않다는걸. 그렇지만 이렇게 되고 나서야 댁이 계시다는 걸 안 걸 어떡해요. 정말이에요. 옳지 않다고 해서 다 끝마칠 수 있는 건 아니잖아요."

"이렇게 된 것에 대해서 말하려는 게 아녜요. 나한테 어쩌면 그럴 수가 있느냐는 거죠. 시앗*을 본 사람은 많지만 나처럼 무시당한 사람이 또 있는 줄 알아요? 엄연히 살아 숨 쉬는데 마치 없는 것처럼 취급을 당하는 게 어떤 건 줄 알아요?"

그 여자가 핸드백에서 흰 손수건을 꺼냈다. 울먹이고 있었다. 뜻밖이었다.

"그이는 이중 생활은 못 할 사람이에요."

여란이는 조그맣게 그러나 약간은 의기양양한 기분으로 말했다.

"오해하지 말아요. 가끔이라도 좋으니 나를 돌봐 달라고 이러는 줄 아는군요. 내가 고작 그 정도로밖에 안 보여요? 나도 살아 숨 쉬는 인간이에요. 아무리 잘못 맺어졌어도 육례를 갖추고 맺어졌는데 헤어질 때도 최소한의 예절이라는 게 있어야잖아요. 안 그래요? 왜 나하곤 말 한마디 안 하고 피하는 것만 수로 알죠? 자기 인생만 인생이고 내 인생은 인생도 아닌가요? 자기가 새롭게 시작했으면 나에

---

*   남편의 첩.

게도 새롭게 시작할 기회를 줘야 하는 거 아녜요? 아아 화내서 미안해요. 나는 보통 큰미누과하고 조금 다르게 굴고 싶었는데, 글쎄 그게 잘 안 되네요."

그 여자는 제풀에 흥분을 자제하고 차분한 목소리로 말했다. 여란이는 속으로 대단한 여자라고 생각했다.

"아녜요 괜찮아요. 이왕 어려운 걸음 하셨는데 하고 싶은 말씀 다 하셔야죠."

"꼭 이웃집에 온 것처럼 말하는군요. 나는 적어도 현해탄을 건너왔어요. 겨우 이따위 분풀이나 하러 왔겠어요. 안심해요. 살림을 깨부수는 짓도 안 하겠지만 그이에게 울고불고 빌붙지도 않을 테니까요. 내 쪽에서 일방적으로 이미 정리를 끝낸걸요. 물론 시부모님이 옳다꾸나 동의해 주시고 내가 원하는 건 다 들어주신 결과이기도 하지만서두요. 동엽이의 존재가 그렇게 대단하더군요. 민적이랑 곧 깨끗이 정리가 될 겁니다. 그이하고 결혼할 때도 남들은 다 천생연분이라고 떠드는데도 난 과연 이게 내가 정말 원하던 걸까? 의심이 생기곤 했었죠. 이렇게 되려고 그랬나 봐요. 이젠 내가 원하건 안 원하건 앞으로 살길은 공부를 더 하는 길밖에 없을 것 같아서 일단 현해탄부터 건너오고 말았는데…… 그이를 만날 계획은 전혀 없었는데, 그동안 내가 받은 모욕에 대해 한마디도 안 갚아 주곤 아무것도 새로 시작할 수가 없을 것 같은 생각이 문득 들지 뭐예요. 미련이 있다곤 생각하지 말아요. 얼굴도 잘 생각이 안 나는 사람에게 무슨 미련이 있겠어요?"

그 여자의 말이 조금씩 두서없어졌다. 그때 상철이가 들어섰다. 그 여자를 보자 잠깐 표정이 굳어졌지만 두 여자가 아연 긴장한 데 비해 그의 태도는 너무도 심상했다.

"조금도 안 놀라는군요."

그 여자가 길게 탄식하는 투로 말했다.

"와세다 다니는 각골 풍덕상회집 둘째 아들을 만나고 오는 길이오. 당신 소문도 들었소. 한 번쯤 만나게 될 거라고 예상했었소. 이렇게 빨리 만나게 될 줄은 몰랐지만."

그렇게 말하고 나서 평상시와 다름없이 여란이에게 온종일 뭐 하고 지냈느냐고 묻고, 동엽이 재롱 는 건 없냐고 묻고, 저녁 반찬은 뭐냐고 묻고, 집이 이만하면 시원한 편이라고, 시내는 훨씬 더 덥다고 말했다. 그리고 동엽이를 안아 올렸다.

마치 멀리서 온 또 한 여자는 옆에 없는 것처럼 굴었다. 여란이도 그의 모든 물음에 평상시와 다름없는 대꾸를 하다 말고 바로 이거였구나, 저 여자가 그동안 당한 무시가 바로 이런 거였구나 하는 생각이 들었다.

여란이는 상철이 품에서 동엽이를 거칠게 빼앗았다. 그가 평상시와 다름없이 동엽이를 안고 오랫동안 마당을 산책하도록 내버려 두면 안 될 것 같았다.

"어데 가는 거야? 랑꼬."

집 안에서 상철이가 부르는 소리가 비명처럼 들렸다. 여란이는 대답도 안 하고 뒤돌아보지도 않고 쫓기듯이 연못이 있는 쪽으로 종종걸음을 쳤다. 여란이의 끝자를 따서 일본식으로 랑꼬라고 부르는 것은 꽤 오래된 상철이의 말버릇이었다. 이미 둘 사이에 미묘한 감정이 싹틀 무렵부터였을 것이다. 그래서 여란이는 그렇게 불릴 때마다 가벼운 애무를 당할 때처럼 달착지근해지곤 했었다. 그러나 지금은 아니었다. 얼굴에 모닥불을 담아 붓는 것처럼 참을 수 없이 창피했다. 그 당당하고 줏대가 세어 보이는 여자 앞에 치부를 드러내 보인 기분이었다. 그 정도도 뭘 분간할 줄 모르는 상철이에게 화도 났다.

어린애는 생각보다 예민한 데가 있었다. 보따리처럼 무성의하게 안고만 있자 곧 보채기 시작했다. 여란이는 연못가 바위에 앉아서 가슴을 헤치곤 젖을 물렸다. 안 하던 짓이었다. 일본 부인 잡지에서 조선의 미개한 풍속을 특집으로 다룬 걸 본 적이 있는데 부녀자가 젖 내놓는 걸 부끄러워할 줄 모른다는 것도 그중의 하나였다. 더군다나 주인집 안채에서 곧바로 바라볼 수 있는 연못가였다. 상철이는 하숙을 많이 치는 서민적인 동네를 떠나 품위 있는 주택가 한가운데까지 파고들 수 있었던 건 일본 상류층 자제들과의 폭넓은 교우 관계 덕이라고 으스대길 잘했다. 상철이가 그런 말을 하는 것은 유치한 자부심 때문이기도 했지만, 여란이가 일본인한테 무시당하지 않도록 깔끔하게 살림하고 품위 있게 행동하길 바라서였을 것이다. 실제로 여란이는 교류가 거의 없는 안채 사람들을 층층시하 시집살이보다 더 어려워하며 지내 왔다. 그러나 지금은 아니었다. 상철이의 자부심이 구역질 났다. 그의 자부심을 떠받쳐 주고 있는 일본식 생활 방식에 구정물이라도 끼얹어 주고 싶었다. 크지는 않지만 기교를 다해 그윽하고 운치 있게 꾸며 놓은 연못가에 젖가슴을 풀어 헤친 채 퍼더버리고 앉아 있는 것만으로는 도무지 성이 차지 않았다. 그녀는 이제나저제나 가슴을 조이며 상철이와 그 여자가 서로 고래고래 욕하고 싸우는 소리가 이 이끼 낀 적요를 갈가리 찢어 놓기를 기다렸다. 품 안의 아이는 어느 틈에 잠이 들어 스르르 젖꼭지를 놓았다. 한 줄기의 땀이 스멀스멀 풍요한 젖가슴 사이 골짜기를 흘러내렸다. 청각을 별채 쪽으로만 모으고 있었지만 아무 소리도 들리지 않았다. 수목도 살랑대지 않고 정지돼 있는 무더운 오후였다. 더위와 고요로 여란이는 숨이 막힐 것 같았다. 그녀는 헛되이 목 언저리를 더듬으며 긴장을 풀려고 했다.

얼마나 지났을까. 여란이는 시계를 갖고 있지 않았고 집 쪽에선 여전히 아무 소리도 들리지 않았다. 그들은 왜 큰 소리로 말하지 않는 걸까? 단둘이만 있을 수 있도록 자리를 비켜 준 데 대한 최소한의 예의로라도 큰 소리로 말해야 하는 거 아닐까. 갈라섰다고 공언한 부부의 부자연스러운 침묵이 점점 여란이를 참을 수 없게 했다. 마침내 여란이는 분연히 일어나 집 쪽으로 향했다. 그녀는 천천히 걸었지만 흥분 때문에 숨이 턱에 닿은 느낌으로 집 앞에 당도했다. 그때 안에서 장지문 열리는 소리가 나고 상철이가 숨죽여 말하는 소리가 들렸다.

"당신 참 잘났군, 잘났어."

그 여자가 떠나려는지 말소리는 바로 현관문 안에서 들렸다. 거기가 미기마스로 대꾸하는 소리도 차 가라앉아 속삭이는 듯했지만 분노에 떨고 있다는 게 역력히 느껴졌다. 여란이는 허둥지둥 집 모퉁이로 몸을 숨기면서도 청각은 곤두세웠다.

"잘나고말고요. 적어도 당신보다는. 아무리 부잣집 아들은 철들기가 어렵다지만 대지진을 직접 겪고 나서도 전혀 뭘 느낄 줄 모르고 마냥 태평하기만 한 당신 같은 사람은 처음 봤어요. 그런 사람을 좀 한심하게 여겼기로서니 그게 그렇게 아니꼬운가요?"

말뜻은 당찼지만 목소리는 마치 고른 숨결처럼 음색을 느낄 수 없을 정도로 나직했다.

"나는 대지진 때 여기 없었소."

"역시 말귀를 못 알아듣는군요. 혼인 전 일이지만 나도 그 정도는 들어서 알고 있어요. 여름방학에 귀향했던 김에 얼마 안 남은 조모님 대상 참례를 하려고 개학 후까지 남아 있는 동안 그 일이 났다면서요? 당신이 그 끔찍한 현장을 면할 수 있었던 걸 지금도 시어른들은 조상의 음덕처럼 되뇌이곤 하시죠. 내가 말하고 싶은 건 그 후 조선 사람만이 겪은 그 끔찍한 여진이란 말예요. 그 현장에도 없었다곤 말 못 하겠죠? 동족이 억울한 누명을 쓰고 짐승처럼 도살을 당하는 걸 분명히 본 사람이 의분도 양심도 품을 줄 모르고 고작 하오리 입고 찍은 사진을 자랑스럽게 보낼 때 내가 속으로 얼마나 창피했는지 알아요? 계집에 홀려 방학이 돼도 귀향을 안 하게 됐을 때도 그때보다 더 속상하진 않았어요. 예상했던 일이었으니까요. 뻔하잖아요. 개 눈엔 똥만 보인다고, 정신이 올바로 박히지 못한 식민지 백성이 이 욱일승천하는 제국주의의 본바닥에서 보고 배울 게 못된 짓밖에 더 있겠어요. 당신 같은 사람한테 손톱만큼도 미련은 없지만 시어른들이 안됐단 생각으로 한마디 하겠는데, 계집질인지 연애지상주의인지 배우고 익히는 데 너무 많은 세월과 돈이 들었단 생각도 좀 해 봐요. 아들도 낳았겠다 본마누라는 이렇게 뛰쳐나왔겠다 더 미적거릴 거 뭐 있어요. 나 마음적으로뿐 아니라 눈에 보이는 것도 내 흔적은 당신 집에 머리카락 한 오라기도 안 남기고 정리 끝났어요. 그 말 하려고 왔어요."

그 음색 없는 속삭임이 왜 그렇게 똑똑히 들리는지 한마디 한 마디가 가시가 되어 여란이의 청각과 자존심을 찔렀다. 뭐라고 상철이가 대꾸하는 것 같았지만 미세한 소리에 집중돼 있던 청각으로는 엄청나게 큰 고함 소리라는 것밖에는 뜻을 알아듣지 못했다. 여란이는 집 뒤에 혹처럼 튀어나온 광으로 숨었다. 현관문 열리는 소리가 난 것과 동시였다. 집에 가려서 보이지 않던 오솔길이 안채로 통하는 자갈을 깐 길과 만나는 지점으로부터는 광에서도 잘 내다보였다. 그 여자가 앞서가고 상철이는 한참 뒤떨어져서 따라가고 있었다. 여자는 한 번도 뒤를 돌아다보지 않았다. 높은 나막신을 발가락에 꿴 상철이는 자갈길이 거북한 듯 발밑에만 신경을 쓰면서 점점 더 뒤처지고 있었다. 밤에도 닫히는 일이 없는 녹슨 철문이 달린 기둥 밖으로 여자의 모습이 사라졌다. 상철이는 거기까지만 배웅은 하고는 뒤돌아서더니 자갈길을 벗어나 정원으로 들어섰다. 상철이의 얼굴도 쓸쓸해 보였다. 좀 우스운 배웅이었다. 그 여자는 그 여자대로 상철이의 배웅을 전혀 의식하지도 않는 것처럼 굴었고, 상철이는 상철이대로 그 여자에게 질질 끌려가면서도 그게 아니라고 발뺌을 하려는 것처럼 보였다. 집으로 들어간 상철이는 얼마 안 돼 다시 밖으로 나와 연못가까지 갔다가 돌아왔다. 여란이를 기다리다가 찾아나선 모양이었다. 여란이는 어둑시근한 광 속에 웅숭그리고 앉아서 아득한 기분으로 상철이가 헤매고 있는 걸 지켜보았다.

땀이 끈끈히 절은 아이가 용틀임을 하면서 깨어났다. 선잠에서 깨어난 아이는 황급히 틀어막는 엄마의 젖꼭지를 거부하고 악을 쓰며 울기 시작했다. 여란이는 남의 아이를 보듯이 어쩔 줄을 모르며 집으로 돌아왔다.

큰대자로 누워 있던 상철이가 몸을 반쯤 일으키며 맞이했다. 여란이는 상철이를 마주 보지 않고 말없이 아기 기저귀를 갈아 주고 나서 창가로 안고 가서 가만가만 흔들어 주기 시작했다. 울음이 차차 편안한 웅얼거림으로 변했다. 상철이가 일어나 아기를 받아 안았다. 상철이도 여란이를 마주 보기를 피하고 있었다. 그들이 피하고 있는 건 얼굴이 아니라 서로의 표정이었다. 표정이란 무엇인가? 마음의 드러남, 남으로부터 당한 흔적, 그따위가 아니던가. 그들은 서로 그걸 면구스러워하면서도 달리 꾸밀 여유가 없었다. 피하는 게 수였다.

오시이레* 속에 있는 쌀자루에서 저녁쌀을 내는 여란이 등 뒤에서 상철이가 볼멘소리로 말했다.

"어데 가서 뭘 하다 이제 오는 거유? 남 속타는 것도 모르고……."

몰라서 물어요? 여란이는 이렇게 쏘아 주고 싶었지만 상철이를 똑바로 쳐다보지 않고 그런 말을 한다는 건 아무런 의미가 없을 것 같아 참았다.

"어차피 한번은 당할 일인데 그만하기가 다행이라고 생각하구려. 다시는 서로 맞닥뜨리는 일도 없을 테니 잊어버립시다."

그만하기가 다행이라고? 잊어버리자고? 쌀을 씻는 여란이의 손끝이 파르르 떨렸다. 어떻게 그 악랄한 조소, 빠져나갈 길 없는 능멸을 불행 중 다행으로 돌릴 수 있으며 잊어버릴 수가 있단 말인가. 그녀라고 뜻하지 않게 첩의 신세가 되었다는 걸 깨달은 후 본처로부터 당할 봉변에 대해 상상을 전혀 안 해 본 건 아니었다. 동네가 떠나가도록 악다구니를 치며 첩의 머리채를 휘어잡고 사매질을 하고 살림을 결딴내는 것쯤은 조강지처의 천부의 권리였다. 그러나 제풀에 지치면 호적상의 지위를 사수하면서 시부모 봉양을 지성껏 해서 효부의 이름을 문중에 남기고 시집 선산에 뼈를 묻는 것으로 본처의 복수는 품위 있는 완결을 보게 돼 있었

* 일본식 벽장.

223

다. 여란이는 나만은 그런 세속적인 도식에서 벗어나겠거니 하고 비린 적이 없었다. 그녀도 어느 첩처럼 그런 상상을 수없이 거듭하며 몰래 치를 떨었고 상철이의 본처라고 그러지 말란 법이 없었다. 그러나 그 여자는 그러지 않았다. 믿을 수 없을 만큼 산뜻하고 품위 있게 물러갔다.

그럼에도 불구하고 여란이는 조금도 개운하거나 다행스럽지가 않았다. 상상을 초월한 최악의 봉변을 당한 것처럼 느끼고 있었다. 차라리 중류 이상의 점잖은 사람들이 주로 산다는 이 한적한 주택가의 고상한 왜놈들이 조선 여편네들의 걸쩍하고 상스러운 사랑싸움에 기절초풍을 할 만큼 망신을 당했어도 이보다 더 창피할 것 같지가 않았다. 남한테 당하는 망신보다 자기 눈에 자기가 망신스러워 보이는 건 더욱 못할 노릇이었다. 상철이의 조강지처는 스스로 의식했든 안 했든 간에 그 일을 해냈다. 남한테 당하는 망신은 일시적이지 자신의 처신이나 자신이 소유한 걸 망신스럽게 여기기 시작하면 한이 없는 법이다.

상철이와 여란이는 평상시와 다름없이 저녁상을 마주했고, 식후에 차를 마셨고, 넉꾹, 넉꾹, 아기를 얼렀고, 라디오로 유행가를 듣다가 잠자리에 들었다. 그러나 그동안 한 번도 서로의 표정을 직시하지 못했다. 잠자리의 어둠 속에서 상철이가 여란이를 겨드랑 사이로 끌어당기면서 말했다.

"이제 아무 걱정도 안 해도 돼. 우리는 떳떳해."

여란이는 상철이의 후텁지근한 포옹을 거부하지 않았지만 대답도 하지 않았다. 다만 속으로 중얼댔다. 그래요,

그렇지만 우린 행복하지도 않아요. 그 여자가 그 모든 것을 주었다 해도 행복까지 주었을 리는 없잖아요.

"랑꼬, 왜 묻지 않는 거야? 그 사람하고 나하고 무슨 얘기 했나 궁금하지도 않아?"

궁금하지 않을 수밖에요. 다 엿들었으니까요. 그렇게 생각하면서도 상철이가 뭐라고 둘러대나 가슴을 울렁이며 기다렸다.

"아무리 기가 세고 똑똑한 여자라지만 동경 바닥에 혼자 떨어지니까 막막하고 불안한가 봐. 장래 일을 의논하더군. 자립할 각오로 다시 시작해 보고 싶은데 무슨 공부를 하면 좋겠느냐고."

그만해 둬요. 난 다 엿들었단 말예요. 당신의 거짓말 더 들으면 영영 정떨어지고 말 것 같단 말예요. 여란이는 그의 입을 틀어막고 싶었지만 손이 자유롭지 않았다. 실은 끝까지 듣고 싶은 마음도 없지 않았다.

"복장 학원이 좋을 거라고 말해 줬지. 솔깃해하는 것 같았어."

당신은 나한테도 그렇게 말했어요. 나는 솔깃해했을 뿐 아니라 그대로 했구요. 그렇지만 그 여자는 아닐걸요. 비록 상상으로라도 그 여자가 그런 꼬임에 솔깃해하리라고 여겼다면 당신은 그 여자에 대해 너무 뭘 모르고 있어요.

여란이는 어둠 속에서 입술을 깨물었다. 그리고 무슨 말이든지 거짓말이 아닌 소리를 하고 싶어서 목줄기가 뻣뻣하게 긴장하는 걸 느꼈다.

"조선으로 돌아갈 수 있게 돼서 기뻐요."

여란이는 상철이에게 몸을 밀착시키며 말했다.

"언제 내가 여기 눌러살자고 했남?"

"그냥 혼자서 생각했었죠. 여기 눌러살게 될지도 모른다고."

"말도 안 되는 소리."

상철이는 필요 이상 강하게 부인을 했다. 어깨까지 으쓱대는 걸 몸으로 느낄 수가 있었다. 그리고 가장 그럴듯한 짓을 한 것처럼 한결 자신 있고 쾌활한 소리로 말했다.

"우린 고향 땅에서 여봐란듯이 떳떳하고 행복하게 살 수 있을 거요. 아무도 두려워할 거 없어요. 그렇지만 졸업할 때까지도 못 참겠다면 곤란해."

여란이의 말문이 열리자 상철이는 농담을 할 여유까지 생긴 모양이다. 나중 말을 느물대며 했다. 그러나 여란이는 여봐란듯이 떳떳하게라는 말이 신경에 거슬려 다시 대꾸를 안 했다. 여봐란듯이 떳떳하게보다 더 시급한 건 서로 거짓말을 안 해도 되는 부부간이었다. 그들은 지금 열심히 거짓말을 시키고 있었다. 그 여자가 조용히 할퀴고 간 자존심에 대해 서로 모르는 척 눈감고 아무리 좋은 소리를 해 봤댔자 모조리 거짓말임을 면할 수 없을 것 같았다.

여란이의 자존심이 입은 상처는 그 후에도 혼자서 수없이 덧나고 부르텄다. 상철이를 그 여자로부터 빼앗아 갖지 못할진대 차라리 첩이 되어 나누어 갖는 게 낫지, 누더기처럼 벗어던진 걸 독차지한 자기 꼴을 여란이는 견딜 수가 없었다.

　이듬해 명치대학 영문과를 졸업한 상철이와 함께 몇 년 만에 개성으로 돌아온 여란이의 처지는 상철이가 장담한 대로 그렇게 떳떳한 것만은 아니었다. 본처가 비워 놓은 자리는 그야말로 머리카락 한 오라기의 흔적도 찾아볼 수 없을 만큼 깨끗했고 떡두꺼비 같은 아들까지 안고 돌아온 새며느리에 대한 시집의 대접 또한 융숭했지만 남의 이목은 그렇지가 않았다. 더군다나 김경호와 이종상은 서로 간의 오랜 친교에 있어서나 개성 토박이 상공인으로서 쌓아 올린 업적과 재력에 있어서나 쌍벽으로 일컬어질 만했다. 양가가 정식으로 맺어졌더라면 누구나 부러워할 만한 가연이 됐으련만 조강지처를 밀어내고 만났으니 별수 없이 난봉꾼과 첩의 관계를 못 면했다. 조강지처가 자진해서 민적까지 파 가지고 나갔노라고 나발을 불고 다닐 수도 없거니와 그런 속내를 알고 있는 사람들 사이의 평판도 나을 것이 없었다. 계집이 오죽 요망했으면 서방만 빼앗은 게 아니라 시집살이의 권리까지 빼앗았을까. 계집이 얼마나 잘나고 악독했으면 조강지처의 목숨 같은 민적까지 파 가게 했을까? 이렇게들 쑥덕공론을 했다. 그들에게 이렇게 밉게 보인 건 특별히 뭘 잘못했거나 남보다 미운털이 박혀서가 아니라 그 시절의 풍조와 통념과도 관계가 있었다. 조혼의 풍습은 그대로 남아 있는 데다가 자고로 향학열이 유별난 지방이라 장가들인 자식을 서울이나 일본으로 유학 보내는 집이 많았다. 그중 열이면 아홉이라 해도 좋을 만큼 거의 대부분의 유학생들이 신여성과 연애를 하거나 살림을 차리고 조깅지저를 빅대했다. 경제적으로 긴취저이었던 데 반해 도덕적으로는 매우 보수적이고 또 배타적인 이 좁은 고장에 불어닥친 이 새로운 풍조는 서로 공동으로 대처하고 함께 미워해야 할 못된 바람이었다. 있음 직한 각자의 특별한 사정은 조금도 고려의 여지가 없었다. 상철이의 본처가 법적으로나 실질적으로 순순히 물러난 건 그에게나 여란이에겐 특별한 행운이었지만 남 보기엔 전혀 그렇지가 않았다. 종전과 다른 새로운 못된 바람을 몰고 왔다고 여기는 것 같았다. 끝끝내 조강지처의 역성을 들어야 할 보수적인 도덕의 입장에서 볼 때 실상 그건 얼마나 위협적인 고약한 바람인지 몰랐다.

남들의 이런 백안시*나 쑥덕공론 때문에 괴로워하고 기를 못 펴는 건 누구보다도 종상이 내외였다. 딸자식은 애물이란 탄식이 절로 나왔다. 어린 나이로 가업을 이어받아 번창시키고 있는 경우가 의지가 되고 체면을 유지시켜 주지 않았으면 얼굴을 들고 바깥출입도 못 할 지경이었다. 경우에 의해 하나씩 밝혀진 상철의 사람됨과 그로부터 진 적지않은 신세 등도 종상이에게 큰 위로가 됐다. 남이 뭐라든 여란이한테 일어난 일을 인정하고 앞으로의 순탄한 팔자를 보장해 주고 싶었다. 그는 김경호와 의논 끝에 혼인식을 올리기로 했다. 개혼이 아닌가. 그냥 살도록 내버려 둘 수 없

*   남을 업신여기거나 무시하는 태도로 흘겨봄.

는 일이었다. 남들의 쑥덕공론에 대해서도 그보다 더 마땅한 대처는 없을 것 같았다. 또 김경호하고도 첩사돈이라는 굴욕적인 관계를 변하고 대등해지기 위해 그러고 싶었다.

면사포 쓰고 들러리 세우는 신식 결혼이 처음은 아니었지만 흔한 건 아니어서 식만으로도 구경이나 화젯거리가 될 만한데 돌 지난 아들까지 둔 결혼식이라 식장인 고려청년회관 앞은 구경꾼이 백절치듯 했다. 여란이는 고향으로 돌아온 후 그녀에게 일어난 그 모든 일을 감격도 안 하고 다소곳이 받아들였다. 여란이에게 그런 짓들은 다 양가가 힘을 합쳐 그녀를 위해 보이지 않는 조강지처의 흔적을 내몰아 주는 의식처럼 보였다. 고맙지만 부질없는 짓이었다. 여란이는 남들이 그들의 부부 됨을 어떤 눈으로 볼까 하는 건 하나도 중요하지 않았다. 그런 건 얼마든지 무시해 줄 수도 있었다. 그러나 동경에서 처음 만난 본처 눈에 비친 상철이의 보잘것없음만은 도저히 무시할 수가 없었다. 무시할 수 없는 정도가 아니었다. 이건 내가 본 그가 아니라 그 여자 눈에 비친 그일 뿐이라고 상철이가 보잘것없어 보일 적마다 자신을 타일러도 소용이 없었다. 그 여자의 냉혹한 평가는 마치 벗을 수 없는 안경처럼 상철을 보는 여란이의 시선을 따라다녔다.

여란이가 떳떳할 수 있도록 모든 것을 다해 주었건만 도무지 즐거워하지 않고 마지못해 살아가고 있다는 것만 확실해지자 상철이는 멀찌거니 살림을 나자고 제의했다. 둘째라 그 점은 편리했지만 멀찌거니가 좀 문제였다. 아버

지의 그늘을 벗어날 겸 해서 연줄이 닿는 경성과 평양의 몇
군데 사립학교 영어 선생 자리를 부탁해 놓았다고 했다. 여
란이는 구태여 반대하지 않았다. 변화가 있어야 할 것 같은
생각은 벌써부터 하고 있었다. 시집살이가 고된 건 아니었
지만 조강지처 자리가 굉장한 자리인 양, 그리고 그녀가 그
걸 부당하게 빼앗아 차지한 양 비난하고 싶어 하는 이웃으
로부터 놓여나고 싶었다. 그들을 무시하는 일도 실은 힘이
빠지는 일이었다. 그런 소모에 이미 적지 아니 지쳐 있는 판
이기도 했다. 친정 부모도 그녀 못지않게 힘들다는 것도 헤
아려야 했다. 서글픈 일이었지만 조석 문안처럼 빠르게 소
문이 넘나드는 좁은 고장을 벗어나는 것도 효도다 싶었다.
이왕이면 평양쯤으로 떠날 수 있길 바랐지만 경성에서 먼
저 연락이 왔다. 그 무렵 동엽이 아우를 보느라 여란이는 입
덧이 심해서 시부모가 먼저 상경해서 학교 가까운 데 아담
한 집과 살림을 장만해 놓고 내려왔다. 호강에 겨워서인지
동엽이 때보다 아이가 험하게 섰고 그 덕분에 몸만 거동하
는 편한 이사를 할 수가 있었다.

　하던 놀이도 멍석 깔아 놓으면 안 한다던가. 그러나 그
건 철없는 어린애들한테나 해당되는 얘기고 그녀의 나이
도 어언 서른을 바라보고 있었다. 경성은 그녀의 풍파가 비
롯된 곳이기도 하지만 허위단심 다다른 목적지이기도 했던
양 아늑하고 오밀조밀한 보금자리가 기다리고 있었다. 억
지로라도 행복해야 할 것 같은 의무감을 느꼈다.

　태남이의 처 달래가 죽었단 소식을 들은 것도 같은 무

렵이었다. 그 소식은 간도로부터 개성까지 갔다가 다시 여란이 귀에 들어오기까지 석 달이나 걸렸다. 이상하게도 실성을 해서 반은 죽은 거나 마찬가지이던 달래는 생각나지 않고 그녀의 어린 날 순정을 바쳐 동경하던 달래만 생각이 났다.

여란이는 자신을 스쳐 간 세상과 인간에 대한 무상함, 아니 무엇보다도 삶에 거는 자신의 꿈의 속절없음에 목 놓아 울고 싶었다. 그러나 생각뿐이었다. 울기엔 그녀의 평안이 너무도 단단했다.

비슷한 무렵에 박승재도 달래가 죽었단 소식을 들었다. 처음에 승재에겐 그 소식이 아무런 뜻도 없었다. 그는 달래가 누군지 모른다. 본 적이 없을 뿐 아니라 알려고도 하지 않았다. 그가 치밀하게 그물을 쳐 놓고 걸려들기를 바라는 사건이나 인물에서 달래는 처음부터 제외돼 있었다. 실성한 폐인이라지 않나.

승재는 여란이하고 내쫓은 며느리 혜정이하고 간도에서 합류했다는 걸 알고부터 틀림없이 뭐가 걸려들 것 같은 예감이 전류처럼 흐르는 걸 느꼈다. 그건 스스로도 어쩔 수 없는 밀정의 감각이었다. 그는 자신의 이런 감각을 신뢰했다. 잘하면 종상이도 함께 낚을 수 있을 것 같았다. 그의 출세를 조금도 존경하지 않고 상업에만 전념하건만 아직 큰 부자도 못된 주제에 문득문득 눈에 거슬리게 의연하게 구는 종상이만 낚을 수 있다면, 벌써부터 그의 발밑에 몸을 던지고 남편의 목숨을 탄원하는 태임이의 오만한 모습이 떠올랐다. 여란이와 혜정이가 간도에서 이타한 집이 태남이네라는 사실이 그의 예감을 이렇게 마냥 북돋웠다. 태남이가 그 유명한 독립운동가 진동열 선생의 사위라는 것과, 그 밑에서 쌓은 업적과, 장인이 학살당한 후 당한 고난에 대해선 실제보다 더 과장된 보고를 받고 있었다. 태남이와 태임이가 어떤 사이라는 자세한 내막까지는 모른다 해도 밀접하고 음험한 속내를 상상할 근거는 얼마든지 있었다. 그런 관계야말로 가장 밀정의 구미를 자극하는 관계였다. 이왕이면 개성의 종상이와 간도의 태남이, 여란이, 혜정이를 한 그물에 낚고 싶었다.

그러나 승재가 영사관 경찰부 고등계 고지마 형사의 정보원으로 취직까지 시켜 주면서 사사롭게 망을 보게 한 밀정 마도섭으로부터의 보고는 매번 신통치가 않았다. 승재가 따로 귀띔을 할 것도 없이 태남이네는 이미 요시찰 인물 속에 들어 있었지만 차츰 그 범위에서 밀려나고 있었다. 달래의 오랜 실성과 배냇병신으로 태어난 딸 등 나을 가망 없는 질병의 재난에다 생활고까지 겹쳐 태남이는 먹고사는데 여념이 없는 비천한 생활인으로 전락해 갔다. 지사다운 면모는커녕 천성의 울뚝중도 온데간데없는 딴사람이 되어 있었다. 여북해야 타고난 개라고까지 점찍은 마도섭이가 그 사람이 독립운동하기를 기다리느니 차라리 고자가 아들 낳기를 기다리겠다고까지 가망 없는 소리를 했겠는가. 그러나 승재는 실망하지 않았다. 마도섭의 감각이 실제로 존재하는 것의 냄새를 맡는 고작 개의 감각이라면, 나의 감각은 먼 미래에 존재할 수 있는 걸 감지하는, 적어도 영감이라고 그는 자부했다.

첫 번째의 비관적인 보고가 있은 지 얼마 안 되어 마도섭은 태남이네가 국자가로 이사를 했다고 알려 왔다. 번화가에다 가게터를 얻고 인삼을 주종으로 한 약재상을 차렸다고 했다. 개성의 종상이네와 줄이 닿는 증거였다. 그렇다고 승재의 의도에 맞게 걸려들었다고 보긴 아직 일렀다. 여란이가 간도로 가는 걸 말리진 못했지만 고생을 하는 걸 내버려 둘 만큼 종상이 내외는 모질지 못했고 도와줄 능력도 넉넉했으니 태남이네가 그 덕을 보는 건 어쩌면 당연했다.

마도섭의 전갈은 계속됐다. 고려상회는 번창한다고 했다. 고무신 가게를 새로 달아냈는데 고무신의 인기와 함께 약재상 못지않은 돈벌이를 하는 것 같다고 했다. 일손이 달려 아녀석을 하나 부리는데도 혜정이가 바지런히 안팎일을 거들지 않으면 꾸려 나가기 어려울 거라고 했다. 좋다는 약은 다 써 볼 만큼 가세가 피었건만 달래의 병세는 여전하고 딸도 사람 되긴 글러 보이건만 혜정이의 간호는 극진하다고 했다.

"쓸개 빠진 년, 어디 가서 밥벌이 못 해 하필 만주 땅 그놈의 집에 가서 드난을 사누?"

박승재는 아침마다 그의 구두를 반짝반짝하게 닦아 놓은 손을 행주치마 밑에 감추고 읍하고 서서 그를 배웅하던 며느리를 회상하며 이렇게 속으로 심통이 났다.

거기서도 궂은일은 하나도 안 하고 월급도 못 받는 사립학교 선생 노릇을 하던 여란이가 훌쩍 일본으로 간 걸 알려 온 것도 마도섭이었다. 그때까지도 마도섭의 보고는 별로 쓸 만한 게 없었지만 그중에서도 그 소식은 가장 안 좋았다. 단지 한 그물에 낚고 싶은 주요 인물 중의 하나를 놓치게 돼서가 아니었다. 어쩌면 헛짚었을지도 모른다고, 그의 밀정의 영감이 송두리째 휘청거릴 지경이었다.

승재가 태남이가 언제고 꼭 독립운동에 연루되리라고 믿은 건 그가 진동열 선생의 사위였기 때문만은 아니었다. 여란이가 하필 태남이를 찾아갔다는 게 결정적으로 수상했다. 여란이가 숙명학교에서 저지른 불온한 경력으로 보나, 승재네를 사사건건 깔보는 태도로 보나, 반드시 목적이 있는 방문일 터였다. 그런 여란이가 태남이네를 미련 없이 떠났다는 건 태남이가 다시 독립운동을 할 가망이 없어 보여서가 아니었을까. 마도섭이 태남이가 가망 없다고 장담을 할 때도 믿지 않던 승재가 간접적으로 헤아린 여란이의 안목은 전적으로 신뢰하고 있었다. 그때부터 승재는 마도섭을 시큰둥하게 대했다. 그러나 마도섭은 충직했고 또 유능하기도 한 모양이었다. 고지마 형사로부터 그가 결정적인 제보를 한 시국 사건 이야기와 함께 그를 소개해 준 걸 고마워하는 인사를 들은 적이 있었다.

최근에 들른 마도섭은 조부상을 당해 고향에 갔다가 만주로 돌아가는 길이라고 했다.

"호상이었습죠. 여든을 사시고도 사흘밖에 안 앓다 돌

234

아가신 걸입쇼."

승재의 의례적인 조문의 말에 그는 이렇게 대답하고
나서 그가 국자가에서 거든 또 하나의 장례 얘기를 했다. 그
게 바로 달래의 장례였다. 그렇게 오래 사람 노릇 못 해 안
할 소리지만 시원섭섭해할 줄 알았는데 태남이의 애통이
극진하더라고 했다.

"멀쩡한 여편네가 죽어도 사내들이란 뒷간에 가서 웃
는다고들 허지 않남요. 그런데 그 손 서방은 살았을 적에도
처 시중이 극진하더니만 죽어서도 어찌나 절통을 하게 서
러워하는지 사람 하나는 정말 진국이던뎁쇼."

손 서방이란 마도섭이가 태남이를 일컫는 말이었다.
태남이는 자신의 정체를 안 후에도 외가 호적에 오른 대로
손태남으로 행세하고 있었다.

그때 승재는 속으로 아주 쓰거운 마음으로 저런 개만
도 못한 놈 같으니라구, 하면서 마도섭의 밀정의 자질 자체
를 의심했을지언정 달래의 죽음을 별로 대수롭게 여기지
않았다. 있으나 마나 한 인간은 죽어도 죽으나 마나였다. 그
보다는 염탐해야 할 대상에 대한 마도섭의 꾸밈없는 호감
이 여간 한심하지가 않았다.

그가 달래의 죽음이 태남이네 가정에 어떤 상황 변화
를 가져올 것인가에 생각이 미치게 된 것은 마도섭이 다녀
가고 나서도 한참 후부터였다. 잡스러운 생각을 궁글리다
가 문득 그런 생각이 들었다. 아마 총독부를 떠나 고양군의
군수가 되고부터 생각을 궁글릴 만한 시간과 마음의 여유

가 생긴 것과도 무관하지 않을 터였다.

승재에게 마음이 여유란 그다 달가운 게 아니었다. 총독부 경무 산하의 요직을 거쳤다고는 하나 군수는 영전이었다. 그러나 남 보기에 그렇단 소리지 승재의 마음은 그렇지 않았다. 그는 총독부가 좋았다. 더군다나 경복궁을 가로막고 들어선 어마어마한 새집으로 이사를 오고부터 그 위용이 얼마나 자랑스러웠던가. 그는 자기 신분까지 덩달아 존대해진 것 같아 가뜩이나 교만한 태도에 뿔이라도 달고 다니고 싶은 심경이었다. 그 안에서도 경무국이란 어떤 덴가. 촌뜨기들은 서울 구경 와서도 가까이 오기에는 다리가 떨리고 간이 오그라들어서 먼발치에서 구경이나 하고 가는 이 나라에서 제일 크고 제일 세도 당당한 관청의 후광을 죽는 날까지 등에 업고 잘난 체를 하고 싶었다. 총독부를 보고 있으면 망한 왕조의 왕들이 얼마나 초라하게 살았나 불쌍한 생각이 들곤 했다. 그건 마치 조선 사람과 일본 사람의 간덩이의 차이 같아서 아무리 제 나라지만 망하게 돼 있었다고 절로 수긍이 갔다. 그래서 승재는 건물의 웅대한 규모뿐 아니라 경복궁의 숨통을 막고 죽지를 딛고 일어선 형국으로 골라잡은 위치에 대해서도 감탄을 금치 못했다. 그는 자기가 그 관청에 다닌다는 걸 한시도 의식 안 한 적이 없었다. 그는 누구 앞에서나 난 척이 몸에 배 있었다. 그는 스스로 움직이는 총독부였다. 죽는 날까지 누리기를 소망해 마지않던 관청이었다.

거기 비하면 군청은 오막살이였고 관사 생활은 불편했

고 실권은 미미했다. 그는 체질적으로 소꼬리보다는 닭 대가리가 아니었나 보다. 영전이 서글퍼서 총독부 시절에 연연했다. 그렇게 앙앙불락하고 지낼 무렵 개성 부윤*을 지내는 일본 유학 시절의 후배로부터 장마도 개고 날씨도 무더운데 이 산자수명한 고장에서 며칠 더위를 잊어 보지 않겠느냐는 정중하고도 유혹적인 전갈이 왔다. 물론 개성이 처음은 아니었다. 종상이하고의 교분 때문에 한미했을 적부터 비교적 자주 드나들던 고장이었다. 그러나 후배의 유혹처럼 산자수명한 인상은 남아 있지 않았다. 종상이의 후행으로 따라갔을 때 비롯된 굴욕감 열등감은 그가 아무리 출세한 후에도 그 고장에선 영락없이 그를 따라붙었기 때문에 그 고장의 인상은 한마디로 불쾌한 것이었다. 더군다나 맡아서 돌보던 여란이에게 그런 험한 일을 당하게 한 후 종상이와의 관계도 뜨악하고 면목 없어지고 말았기 때문에 개성 땅도 덩달아서 기피하게 되었다. 그 고장과는 연대가 안 맞는다고나 할까, 은연중 쌓인 유쾌하지 못한 인연 때문에 마치 그 고장의 흉흉한 지세가 특별히 그를 위협하는 것처럼 느껴 왔다고 해도 과언이 아니었다. 부윤의 초청을 정중하게 거절을 할까도 싶었지만 한편 부윤을 시험해 보고 싶기도 했다. 그의 후배인 부윤 윤성규는 통이 크고 성격이 호탕해서 선배를 대접하는 데 있어서도 과하다 싶을 만

---

*   일제 강점기의 행정 단위인 부(府)의 우두머리. 지금의 시장(市長)에 해당한다.

큼 질탕하게 굴었다. 부윤이 되기 전에도 두어 번인가 그의 그런 음숭하고도 초사스러운 초대에 응한 적이 있었다. 그 때마다 승재는 자신이 의당 그런 대접을 받을 만하다고 여겼었다. 윤성규가 청탁을 위해 베푼 것도 아니었건만 총독부에 다니고 있다는 게 그를 터무니없이 당당하게 했던 것이다. 승재는 알고 싶었다. 총독부의 권세를 등에 업고 있지 않은 지금도 과연 윤성규가 예전과 다름없이 대우할 것인가 시험해 보고 싶었다. 그러니까 승재가 시험해 보고 싶은 건 후배나 세상인심이 아니라 바로 자신의 열등감이었던 것이다.

윤성규는 몸소 개성역까지 마중을 나왔고 자동차를 대기시켜 놓고 있었다. 개성 땅에 개성 부윤의 마중을 받고 들어선다는 건 최고의 영광이었다. 호탕한 만큼 꾸밈없는 성격이라 관직의 체면보다는 선후배의 정을 더 존중해서 그럴 법도 한데 승재는 기분이 좋기도 하고 과람한 것 같아 불안하기도 했다. 나에게 무슨 이용 가치가 있다고 저럴까 싶은 건 역시 열등감이었다. 그러나 곧 그의 극진한 대접과 그 고장의 아름다운 풍광은 잠시나마 승재를 그런 치사한 저울질로부터 놓여나게 했다.

"형님, 설마 송도가 초행은 아니시죠?"

"친한 친구가 살고 있어서 몇 번 다녀간 적이 있네."

"그러세요. 어떤 분인데요?"

"누구라면 자네가 알겠나. 평범한 장사꾼인걸."

"송도야 자고로 장사꾼의 고장 아닙니까. 손바닥처럼

뻔한 데기도 하고요. 그 사람들 동태 모르고 부윤 해 먹을 수 있나요."

"그래도 부윤이 알 만한 사람이 아닐세. 이종상이라 고……."

"고무 공장 하는 이종상 씨 말씀이십니까? 재력도 그렇고 인덕도 그렇고 여간 만만치 않은 사람입니다."

승재가 잘못 봤는지는 몰라도 종상이 얘기를 할 때 부윤의 표정에 얼핏 외경의 기색이 스친 것 같았다. 말도 안 되는 소리였다. 상인은 관청을 두려워하고 관청은 상인 따위는 업수이 여기는 게 마땅한 도리지, 관청의 우두머리가 상인을 우러러보는 투로 말하다니 해괴한 노릇이었다. 역시 개성은 재수 나쁜 고장이라고 온 게 슬그머니 후회도 되었다. 질투가 별것도 아닌 걸 넘겨짚어 생각하게 했는지 모르지만 하여튼 눈치 빠른 부윤은 더는 이종상이에 대해 말하지 않았다. 종상이가 여전히 착실하게 그 고장에 뿌리내리고 있다는 걸 확인한 것 말고는 더할 나위 없이 만족스럽고 즐거운 여행이었다.

고려의 왕궁터인 만월대로 해서 부산동, 자하동, 채하동, 백수동, 천동에 이르는 유람 도로는 소문대로 절경이었고 그 중간에 들른 개성 갑부의 산장이라는 최신식의 2층 석조 건물에서 먹은 점심은 입에는 진미였고 눈에는 사치였다. 특별한 손님한테만 내놓는다는 홍삼 엑기스 차와 인삼정과는 식후의 나른한 식곤증을 산뜻하게 풀어 줬을 뿐 아니라 과연 개성 땅에 왔다는 감동마저 자아낼 만한 별미였다. 뒤란 암반에서 용솟음치는 얼음 같은 샘물에 발을 담그고 디니무 힘데에서 낮잠을 가고 기니 그야말로 신선놀음이 부럽지 않았다. 갑부의 사사로운 별장이라고 하면서도 윤성규는 제 집처럼 모든 시설을 스스럼없이 이용했고 시중드는 사람도 제 하인 부리듯 했다. 부윤도 하기 따라서는 꽤 할 만한 노릇이라고 부러운 생각이 들었다. 저녁엔 소리 잘하는 기생까지 불러다가 질탕하게 놀고 다음 날엔 이름난 고적을 몇 군데 더 들러 보고 나서 배천온천으로 갔다. 개성에선 부윤이 주인이고 승재는 손님격이라 주인이 이것저것 신경 쓸 게 많아서 차분하게 회포를 풀 시간이 없었다. 그러나 배천에선 똑같이 나그네 격이라 호텔 시설의 미흡한 점을 같이 불평도 하면서 마음놓고 잡담을 즐길 수가 있었다. 승재는 특히 목에 힘 빼고 타인을 대하기가 실로 얼마만인지 몰랐다.

다분히 성격 탓도 있겠지만 힘 안 들이고 구수하게 잡담과 정담을 이어 가면서 윤성규는 자연스럽게 종상이네 얘기를 했다. 종상이는 사업의 뒷전으로 물러난 듯 주로 아들 잘 됐다는 칭송과 선망이었다. 그것도 부윤이 종상이하고 직접 아는 게 아니니까 소문으로 들은 대로였다. 그만큼 경우가 일본 고베의 미나토 화학 공장에 견습공으로 들어가서 나중엔 사장과 일대일의 흥정을 해서 그 회사에서 나는 고무공업 제품의 일수판매권을 따 온 얘기는 그 폐쇄적인 고장 사람들이 신바람이 나서 즐기고 또 즐기는 성공 사례였다. 첫해에 낸 순이익만 15만 원이 넘을 거라고 했다.

사람들은 또 경우가 그 큰일을 해내기 위해 들인 밑천이라 야 겨우 하오리 빌리는 값 15전뿐이었다고 믿기를 좋아했 다. 독하지만 소위 앗싸리*한 데다가 이악 인색하면서 감 격의 감수성이 조선 사람에 비해 민감한 일본인 사이에나 있음 직한 미담이었다. 박승재는 속으로 왜색이 도는 이야 기라고 콧방귀를 뀌었다. 그러나 잘 둔 남의 아들 부러움이 심장을 저미는 듯 아리고 쓰린 걸 어쩔 수가 없었다.

이게 바로 늙은 징조인가 남의 자식이 그렇게 샘이 나 긴 처음이었다. 비록 그는 조강지처를 문지방 밖으로 내치 지만 않았다뿐 평생 소박을 해 왔기 때문에 자식 욕심은 애 당초 품어 보지도 않았다. 서자도 안 생겨났지만 생겨나도 애물이었다. 어차피 양자를 들여야 할 것이기 때문이기도 했지만 그의 집안은 대대로 서자는 해를 끼치게 돼 있다는 징크스 같은 걸 믿고 있었다. 문중에서 천거해 준 규서를 양 자로 맞아들이기까지 별로 큰 고민도 갈등도 없었건만 규 서가 여란이로 하여 그 망신을 당하고부터는 있는 정, 없는 정이 다 떨어져 한때는 파양까지도 생각했더랬다. 그러자 면 문중 늙은이들한테 그만한 구실을 둘러대야 되는데 그 짓은 곧 내 밑 들어 남 보이는 꼴이라 참고 있을 뿐이었다. 하다못해 기생 첩년한테서라도 내 핏줄을 두었으면 규서만 이야 못하랴 싶었지만 양기가 왕성할 때도 이루지 못할 걸 이제 와서 바라 봤댔자였다. 생각할수록 고약하고 서글픈

---

*   산뜻한 모양, 담백한 모양.

패배감이었다. 부윤은 종상이네 잘된 얘기만 한 건 아니었나. 밀이단 님의 칭송보다는 흉이 한결 재미있게 돼 있는지라, 재색을 겸비했기로 소문난 그 집 딸이 동경서 하필 동향의 결혼한 남자와 눈이 맞아 살림을 차리고 애까지 낳아 집안 망신을 톡톡히 시킨 사건을 빼놓을 리가 없었다. 결국 큰마누라를 내쫓고 혼인식까지 했지만 그 식이 어찌나 가관이던지 한동안 그 소문이 자자했다고도 했다.

흥, 칼부림까지 하면서 정조를 지키기에 제법 난 계집인 줄 알았더니 겨우 그 꼴이 되고 말았구나. 사람 팔자 알 수 없다더니. 승재는 그런 소문이 조금도 재미있지 않았고, 더군다나 경우가 부러워서 아린 가슴이 위로받을 만하지도 않았다. 그보다는 태임이나 여란이 모녀를 생각할 때마다 아직도 그의 몸속에서 강렬한 정욕의 불씨가 지글대는 걸 의식하게 되는 게 문제였다. 기생첩한테서도 아들은커녕 딸년 하나도 못 만들어 낸 주제에 이 무슨 헛된 정욕인가. 그는 자신의 노추를 들여다보는 것 같아 한심했다. 그리고 남자 여자 사이에서 일어나는 일의 종잡을 수 없음과 부질없음에 대해 생각을 궁글리고 또 궁글렸다. 그거야말로 몸이 한가할 때도 생각을 어지럽힐 수 있는 영원불변의 소재였다.

문득 여란이는 그렇게 되고 달래는 죽었다면 간도엔 태남이와 혜정이만 달랑 남게 된다는 데 생각이 미쳤다. 아들딸이 있다지만 아직 어리고, 혜정이는 누군가. 비록 내쳤지만 한때는 며느리였다. 이런 죽일 놈이 있나. 그는 마치 태남이가 당장 혜정이를 겁탈이라도 할 것처럼 이를 갈았다. 그러나 그렇게 되기를 기대하는 마음도 없지 않았다. 독립운동의 꼬리를 못 잡는다고 해도 마도섭 역시 쓸모 있을 거라고 생각했다.

문자 그대로의 청유(淸遊)였다. 윤성규의 대접은 극진했지만 선배에 대한 예절 바른 우애와 크도 작도 않은 한 도시의 부윤으로서의 그의 신분에 비추어 넘치지도 모자라지도 않는 것이었다. 특히 그의 말솜씨는 청산유수 같아서 사흘 밤 사흘 낮을 꼬박 같이 지내면서도 조금도 지루한 줄 몰랐다. 조선 팔도에 고루 퍼진 선후배 소식이나 그 지방 소문을 재미있게 윤색을 했는지는 모르지만 음험한 악의를 갖고 남을 짓씹지 않았기 때문에 듣기에 그저 편안하고 즐거웠다.

승재는 총독부 고위직에 있는 동안 향응을 받기도 베풀기도 많이 했지만 청탁을 의중에 두거나 남의 청탁을 탐색할 필요가 없는 향응은 한 번도 없었다고 해도 과언이 아니었다. 그래서 그러지 않아도 되는 담소 자체가 목적인 담소가 신선했고, 생전 처음 심신의 온전한 휴식을 취한 것처럼 느꼈다. 배천온천에서의 마지막 밤 윤성규는 넌지시 그 바닥의 미색으로 하여금 객고를 풀게 해 드리마고 졸랐다. 그건 공적이건 사적이건 간에 융숭한 대접에선 빠뜨릴 수 없는 공식적인 스케줄이었음에도 불구하고 승재는 가볍게 사양했다. 마음으로부터 생각이 없었기 때문에 사양도 간단했다.

"형님, 벌써 그렇게 자신이 없수?"

윤성규가 깁깃 눈을 휘둥그렇게 뜨고 승재의 자존심을 건드리려 했지만 소용이 없었다. 청유를 청유로 끝내고 싶었다. 그러나 타고난 성미와 직업적 근성은 어쩔 수가 없었나 보다. 돌아오는 기차 속에서 윤성규와의 담소는 송악산의 솔바람 소리나 온천장의 유성기 소리와는 달리 개운치 못한 찌꺼기가 되어 남아 있다는 걸 느꼈다. 부자가 함께 흑심을 품었던 여란이와 민적까지 갈라서 내친 며느리 혜정이가 간도에 같이 있을 땐 승재도 그들을 한 묶음으로 생각할 수가 있었다. 아무리 멀리 있다지만 한 묶음으로 생각함으로써 독 안에 든 쥐처럼 그들의 운명을 관장하고 있다고 여길 수가 있었다. 그런데 여란이가 시집을 갔다. 그녀의 혼인 잔치가 아무리 개성 바닥의 웃음거리가 됐다지만 승재의 안목으론 잘 간 시집이었고 그만큼 가슴이 아프고 허전했다. 고 당돌한 계집애가 깔깔대며 그가 가둔 보이지 않는 독을 깨뜨리고 도망을 친 것처럼 느꼈고 덩달아서 혜정이마저 자유스러워졌다고 생각했다. 두 여자를 한 묶음으로 생각할 수 없다는 게 그를 산란하고 헷갈리게 했다.

승재는 관사로 가기 전에 적선정 큰집에 먼저 들렀다. 길을 떠날 때나 돌아왔을 때 반드시 큰마누라가 행장을 꾸리고 풀게 하는 건 그가 두 집 살림 하면서도 한결같이 지켜온 법도였다. 또한 긴하게 대접해야 할 귀한 손님이건 선물을 들고 찾아오는 청탁꾼이건 간에 소실의 집엔 얼씬도 못하게 하는 것도 한결같았다. 큰집엔 철저하게 공과 형식을 주고 소실에겐 철저하게 사를 주었다고나 할까.

　소실이 유일하게 차지한 공적인 게 있다면 관사였다. 소실은 여전히 야주개집으로 통했지만 승재가 군수가 된 후 야주개를 떠나 관사의 안주인 노릇을 하고 있었다. 그러나 승재의 야심은 군수의 관사는 작은집에 불과했고 총독부의 위용을 지척에서 바라볼 수 있는 적선정 집이 더 마음에 들었고 더 어울린다고 생각했다. 나이 탓도 있었지만 이래저래 오래 견딘 안방마님의 위신이 요즈음처럼 안정된 적도 없었다.

　그 망신을 당하고 제 처를 내보내고 나서 다니던 금융조합까지 그만두고 집에서 빈둥대던 규서는 그 후 재취 장가를 잘 들어 마음을 잡아 가는 중이었다. 그것도 알고 보면 안방마님이 수단 덕이었다. 혜정이하고 여란이한테 덴 마님은 부잣집 딸이나 신여성은 아예 넘볼 엄두도 안 내고 과히 상스럽지만 않으면 가난해도 상관 안 한단 조건으로 며느릿감을 구했다. 아무리 소문이 수상한 신랑의 재취 자리라지만 명문 대갓댁치곤 너무 겸손한 조건이었다. 결국 그게 들어맞아 가세만 좀 곤궁할 뿐 언문도 깨치고 인물과 살림 솜씨 둘 다 출중한 며느리를 맞아들일 수가 있었다. 금슬도 괜찮아 첫아들까지 낳았으니 더 바랄 게 없었다. 아무리 오래간만에 본댁에 들러도 안채의 댓돌을 밟아 본 일이 없는 승재도 손자가 생기고부터는 곧잘 안방 출입을 했다.

　인력거꾼이 안마당까지 들고 들어온 행장은 행랑어멈이 받고 승재는 망설이지 않고 대청마루로 올라 좌정했다.

이어서 마님은 부채질을 하고 며느리는 발 씻을 물을 대령했다. 발을 씻고 나자 마님은 잠자리 날개 같은 모시 고의적삼을 내왔고 며느리는 화채를 타 왔다. 입에 혀처럼 움직이는 두 여자를 바라보면서 만족감을 느끼긴 했지만 행복하다는 것하고는 달랐다. 아무도 사랑해 보지 못한 사람 특유의 허망한 짜증이 치밀었다.

"찬일이는 어데 갔길래……."

네까짓 것들만 내 곁에서 얼씬대느냐는 역정을 어금니 사이에서 짓누르며 승재는 곱지 않은 눈으로 마님과 며느리를 째려보았다.

"가긴 젖먹이가 어델 갑니까? 재웠습지요."

마님이 온화하게 말했다. 승재는 문득 아내의 그런 화평한 노경이 부럽다고 생각했다. 아내는 늘 도끼눈을 떴었고 그는 죄책감을 느껴야만 했었다. 다 지난 일이었다. 지금은 그럴 필요가 없었다. 며느리가 자는 아이를 안고 나왔다. 며느리는 그 근엄한 시아버지가 그 어린것을 각별히 사랑한다는 게 자랑스러웠다. 사랑받을 기회를 놓치고 싶지 않았던 것이다. 승재는 손자를 받아 안았다. 백일을 지난 지 얼마 안 되는 아이는 요 손 조 손 옮겨지는 동안도 깨어나지 않았다. 승재는 탐스럽게 자란 아이를 곰곰이 들여다보았다.

"친탁만 했습지요?"

마님은 손자가 외탁을 안 한 게 그렇게 신통한 모양이었다. 벌써 몇 번째 듣는 소린지 몰랐다. 그건 누구 눈에나 명백했고 승재도 방금 그런 생각을 하고 있던 중이었다. 그러나 그게 나하고 무슨 상관이란 말인가. 그는 비수처럼 차 갑게 아이에게 우러나는 자애를 거부했다. 양자인 규서하고 한 번도 서로 이해한 적도 없거니와 앞으로도 이해에 도달할 리 없다는 단절감은 그 순간 아이에게도 유용했다. 승재가 손자한테 늘 그렇게 냉담한 건 아니었다. 대개는 보통할아버지들이 하는 것과 마찬가지로 손자를 귀애했다. 더군다나 종손이 아닌가. 규서가 핏줄을 이은 친자식이 아니라 양자일 뿐이라는 걸 한시도 의식 안 한 적이 없었기 때문에 그 속에서 낳은 종손에 대한 무조건적인 애착은 승재 스스로도 좀 의외였다. 승재뿐 아니라 아이가 충실하게 자랄수록 고부 또한 이 집안에 뿌리를 내린 것처럼 요지부동해지고 있었다. 승재는 느닷없이 그런 늙은 여자와 젊은 여자에게 참을 수 없는 혐오감을 느꼈다. 전혀 상반되는 운명체처럼 그들이 의젓하게 안정될수록 그는 조바심하고 불안해할 것 같았다. 왜 그런 생각이 들었는지 모를 일이었다. 그는 가까스로 그런 감정을 드러내지 않고 아이를 며느리에게 넘겼다. 그리고 며느리가 건넌방으로 아이를 눕히러 간사이에 빠르게 속삭였다.

"애비라는 화상은 요새도 밥이나 축내는 게 일이랍디까?"

"무슨 말씀을 그리 심하게……. 에미가 들어 보십시오. 제 남편을 하늘같이 아는 아이올시다. 그러니 저절로 복이 따르구요. 며늘아기가 우리 집안엔 큰 복뎅이올시다."

마님이 말하는 복뎅이란 말 속엔 여러 가지 사연과 뜻

이 함축돼 있었다. 후회까지도. 승재도 그걸 모르지 않았고
또 오래전부터 동의하고 있었건만 지금은 아니었다. 그래,
며느리는 네 복뎅이인지는 모르지만 내 복뎅이는 아니다.
나에게도 복뎅이가 필요하단 말이다. 이런 억지스러운 짜
증과 변덕이 치밀었다. 아들에 의해 가업과 핏줄이 질긴 동
아줄처럼 이어지는 걸 확인하면서 늙어 갈 수 있다면 그 노
후는 얼마나 황홀할 것인가.

　　승재의 짜증과 변덕은 결국은 종상이를 시기하는 마음
에 근거하고 있었다. 규서를 경우하고 비교해서 경쟁하는
마음은 처음부터 없었다. 경우에 대해 알지 못했기 때문에
경쟁을 시킬 자격조차 인정하지 않았는지도 모른다. 우월
감을 지키려면 열등감이 될 만한 건 미리 제거시켜 놓고 생
각하는 게 수였다. 그러나 이번 여행에서 들은 경우 소식은
드디어 그걸 회피할 수 없도록 했다. 우린 우리고 자식들은
자식들이라는 생각마저도 여의치 않았다. 무엇보다도 참을
수 없는 건 그가 한 번도 의심해 본 적이 없는 상업에 대한
관직의 우월성이 흔들리기 시작한 거였다. 네까짓 게 아무
리 돈을 많이 벌고 요조숙녀를 아내로 두었기로서니 장사꾼
에 지나지 않는다고 능멸하던 상업이건만 그 아들이 가업으
로 이어 간다고 생각할 때 얼마나 그럴듯하고 당당한 직업
인가. 양반의 후예답게 대대로 핏속에 누적된 관(官) 지향의
자부심이 쓰디쓴 허망감으로 변했다. 그러나 그의 허망감엔
총독부 고위 관리로서 그가 누린 영달이 동포에게 끼친 해
악에 대한 반성은 조금도 섞여 있지 않았다. 그래서 그의 참

을 수 없는 느낌은 마치 누굴 해쳐야 할 정당한 이유가 되고
있었다. 내 이것들을 그냥……. 그는 무턱대고 별렀다.

"대접은 잘 받으셨습니까?"

마님이 행장을 끄르면서 물었다.

"칙사 대접이었소."

승재는 혼자서라도 기분을 돌이키고 싶던 차라 유치할
정도로 뽐냈다.

"그럼 부윤보다 군수가 더 높습니까?"

마님이 흘긋 곁눈질을 하며 물었다. 승재는 대답 대신
이마를 찡그렸다. 그들 부부는 늘 그랬다. 마님은 수다스러
운 편이었다. 승재는 마님이 아랫것들 중에도 바닥 상것인
행랑어멈을 붙들고도 끝없이 수다를 떤다는 걸 알고 있었
다. 그러나 영감하고는 불과 세 마디를 못 하고 말문이 막히
게 했다. 그것도 재주였다. 그들은 한동안 멍하니 침묵했다.

"참, 마 서방이 다녀갔어요."

승재는 그 말에 정신이 번쩍 났다.

"그래서?"

"또 온댔어요."

"언제?"

"안 물어봤어요. 언제 올지 알면 영감님께서 그깐 놈을
기다리실 겁니까?"

마님이 마도섭을 얕잡아 말했다. 교만하기로는 자기보
다 한술 더 뜨는 마님인지라 마도섭 같은 자를 대수롭게 여
기길 바란 건 아니었지만 승재는 속으로 화가 지글지글 났

249

다. 그러나 홀쩍 야주개댁한테로 가지도 못하고 그날 밤을
사랑에서 유했다. 마도섭은 기다리는 마음 때문이었다. 그
는 대접해야 할 손님은 물론이고 마도섭 같은 허드레 손님
도 결코 소실의 집에서 맞지 않았다. 아무리 관사라 해도 소
실을 들어앉힌 한 대외관계의 사각지대였다. 그건 당시의
법도라기보다는 승재가 스스로를 속박하는 몇 안 되는 법
도였고 결벽증이었다.

　　마도섭은 다음 날 퇴청 후 야심할 때 들렀다. 사랑 문지
방 밖에서 넙죽 절을 하고 꿇어앉은 마도섭을 승재는 유심
히 바라보았다. 뭔가 넘겨짚어 헤아리고 싶었지만 그는 다
만 순박하고 비굴해 보였다.

　　"이 시간에 웬일인가?"

　　"내일 일찍 떠나려굽쇼."

　　"그럼 경성엔 날 보러 온 건가?"

　　"아니올시다. 겸사겸사해서……."

　　마도섭은 무표정하게 우물댔다. 그가 우물대는 모습은
특이했다. 끌러 보고 싶은 보따리처럼 궁금증을 건드렸다.
그러나 승재는 단도직입적으로 묻기를 삼갔다

　　"아무리 교통이 편해졌다고는 하지만 자네 따위가 별
볼 일 없이 1년에 두 번씩이나 국경을 넘나드는 건 좀 과람
하지 않은가?"

　　"그러문입쇼, 조선이 황국신민이 되기 전엔 꿈도 못 꿔
본 호강입지요."

　　마도섭이 몸둘 바를 몰라 하면서 말했다. 정말 몸둘 바

를 모르는 건지 그런 시늉을 하는 건지 분간을 할 수가 없었다. 마도섭에 대해 새롭게 기대하게 되어서인지 그의 도무지 종잡을 수 없음에 승재는 압도당하고 있었다.

"어떤가 그쪽의 시국 형편은?"

"저 같은 게 어떻게 시국에 대해 아는 척을 할 수가 있남요."

너는 밀정이야. 시국에 대한 감각이 없으면 냄새 못 맡는 개 신세만도 못해져. 승재는 속으로 이런 생각을 하면서 마도섭을 노려보았다.

"거기도 이젠 잠잠한가 보군."

"대명천지 밝은 날이 되었습죠. 다들 마음 놓고 살고 천황 폐하께서 바다 건너 조선 땅을 보살피고 사랑해 주시듯이 그 넓은 만주 땅까지 은혜를 베푸시는 걸 감읍하고 살고 있습죠."

마도섭의 광대뼈가 솟은 거무튀튀한 얼굴에 표정이 있다면 그건 과묵해 보인다는 거 하나였기 때문에 입술에 붙은 나불대는 소리가 그의 목소리 같지 않았다. 승재도 결코 그런 인간을 상대로 농을 할 사람이 아니건만 피식 실소하면서 한마디 했다.

"어데나 일본이라는 건 알 만하네. 자네가 유식해진 걸 보면 말일세."

"황송하옵니다요."

마도섭이 정말 무식해서 한 소리는 아니었다. 밀정으로 발탁될 만한 학력은 충분히 가지고 있었다. 또 그가 그

방면에 숨은 재주꾼이고 탁월한 공을 세운 경력이 있다는
거두 알고 있었다 다만 아직 승재를 위해서 그 실력 발휘를
못 하고 있지만 때가 되면 하려니 조급해하지 않기로 하고
있었다. 그러나 감히 그의 앞에서까지 그 알량한 황국신민
티를 내고 싶어 하는 건 구역질이 났다. 마도섭의 얼굴에 보
일 듯 말 듯한 미소가 번졌다. 똥색에 가까운 얼굴에 화색이
돌았다. 흥, 똥 묻은 개가 겨 묻은 개를 구리다구? 속으로 그
렇게 말하고 있는 것 같았다. 승재는 괜히 찔끔하면서 문갑
서랍에서 반절로 접은 두툼한 봉투를 꺼내 마도섭의 면상
을 향해 던졌다. 마나님으로부터 그가 다녀갔단 소리를 듣
고 준비해 놓은 돈봉투였다. 마도섭의 솥뚜껑 같은 손이 나
비처럼 날아올라 그걸 받았다. 부조화스럽고도 유려한 동
작이었다.

"뻗질나게 국경을 넘나들려면 노자도 수월찮이 들 테
니 보태 쓰게."

"고맙습니다, 나으리."

마도섭은 머리를 한 번 깊게 조아리는 동안 돈봉투를
품 안에 밀어넣었다. 조끼 주머니도 있건만 그렇게 했다. 그
짧은 동안에 노자 정도가 아닌 돈의 액수까지 그 막돼먹었
지만 민감한 손바닥으로 헤아렸으리라. 마도섭이 무릎걸음
으로 기듯이 문지방을 넘었다. 발 고린내가 물씬 풍겼지만
승재는 그게 과히 싫지 않았다. 마도섭의 충직하고 은밀한
표정이 바로 그의 코앞으로 다가왔다. 승재는 왜 그러느냐
고 묻지 않고 기다렸다.

마도섭의 복장은 특이했다. 늘 검정 물을 들인 무명 두루마기를 입고 다니더니 한여름이라 그런지 이번엔 옥양목 고의적삼에 조끼를 입고 있었다. 검정 두루마기도 바느질이나 물감 들인 솜씨가 변변치 않은 데다 험하게 입어 수발 들 식구가 없는 떠돌이 티가 역력하더니 고의적삼은 더했다. 대강 빨아 널은 걸 그냥 걷어서 입고 나온 것처럼 그닥 더럽진 않았지만 잔주름은 물론, 쥐어짠 자국에다 빨랫줄 자국까지 그대로 남아 있었다. 회색 물감을 들인 조끼는 그나마 빨래를 안 했는지 꾀죄죄했다. 그러나 얼마나 마음 놓이는 복장인가.

승재는 마도섭이 한 번도 양복을 입은 걸 본 적이 없었다. 하다못해 경찰이나 헌병대의 밀정들이 즐겨 입는 당꼬바지 입은 꼴도 본 것 같지 않았다. 승재를 보러 올 땐 예절을 갖춘답시고 그러려니와 만주 벌판에서 뛸 땐 설마 양복을 입겠거니 싶었는데 안 그럴 수도 있단 생각이 들었다. 개성 부윤 윤성규한테서 들은 얘기가 생각났기 때문이다. 개성경찰서 고등계 형사 중 사상범 잡는 데 귀신인 조선인 형사가 있는데 사시장철 단정하고 정결한 바지저고리에다 두루마기를 입고 출근하는데 그게 어찌나 잘 어울리는지 그야말로 옥골선풍이라고 했다. 금상첨화로 그 옥골선풍은 일본말을 거의 못 한다고 했다. 그 소리를 처음 들었을 때는 그저 그런 기인도 있나 보다 싶으면서도 좀 섬찟했었다.

"나으리께 의논드릴 말씀이 있습니다요."

마도섭의 체취와 표정이 무엄하도록 가까이 와 있었다.

"날 끌어들일 생각 말게. 공을 세워도 자네 몫이고 설사 허탄은 친다 해도 일체 탓하지 않기로 한 약조른 있었는가?"

승재는 한껏 위엄을 부리며 말했다. 그건 간도의 태남이와 그 주변 인물에다 마도섭을 밀정으로 붙일 때 한 약조였다.

"제가 여적지 나으리의 태산 같은 은혜를 입고도 공을 세우지 못한 건 늘 면목 없이 여기고 있습니다만……."

"글쎄 공을 세워도 자네한테 이득 되라고 세우는 거지 나를 위해 세운다는 생각은 말라니까."

승재는 역정스럽게 말했다. 아무리 굴뚝같이 바라는 일이라 해도 털끝만큼도 거들거나 연루되고 싶진 않았다.

"나으리 댁 가문의 체통과 상관되는 일이라서……."

마도섭은 난처한 듯 망설였지만 입가에 살짝 회심의 미소가 번지는 걸 승재는 놓치지 않았다. 승재는 그의 말뜻을 조금도 알아듣지 못한 채 괘씸해서 손끝이 다 떨렸다. 언감생심 저런 바닥 쌍것이 양반의 체통을 그 더러운 주둥아리에 담다니. 떨리는 손으로 목침을 잡았으나 던지진 않았다.

"저런 고얀 놈 봤나. 네 따위가 감히 우리 가문을 능멸하려 들다니."

"나으리 고정하시고 제 말씀 다 들으시고 나서 죽이든지 살리든지 하셔도 늦지 않습니다요."

마도섭이 여유 있게 능글댔다. 기분 나쁜 녀석이었다. 그러나 고작 개가 아닌가. 승재는 자신의 일관된 친일 행각은 자긍하면서도 마도섭의 일경의 앞잡이 노릇은 개만도 못하게 여겼다.

"뜸 들이지 말고 지딱지딱 이실직고하지 못할까."

승재는 자기가 듣기에도 허세 부리고 있다는 게 명백한 목소리로 호통을 쳤다.

"이 댁 아씨 말씀인데요."

마도섭은 쥐구멍이 있으면 들어가고 싶은 시늉을 하면서 운을 뗐다.

"허어, 참으로 해괴한지고. 그동안 자네가 아무리 내 집 출입을 무관하게 해 왔기로서니 감히 우리 식구를 음해 붙이려 들다니."

"그럴 리가 있겠습니까요. 저도 분수를 아는 놈인데요. 그게 아니라 연전에 내치신 아씨 말씀입니다요."

승재는 그러려니 알고 짐짓 한번 쳐 본 호통이었건만 속으로는 뜨끔했다.

"그 애는 벌써 우리 식구가 아닌 걸 자네도 알 터인데 왜 생판 남 된 사람을 들먹여 가며 이렇게 긴한 척하는 겐가?"

"그 아씨가 나으리 댁하곤 생판 남이란 말씀 믿어도 되겠습지요?"

마도섭이 그 말을 기다렸다는 듯이 반색을 하며 다짐을 두었다.

"여부가 있나. 새사람 들어와서 모처럼 구순해진 집안에 평지풍파 일으키지 말게."

"그럼 소인은 이만 물러가겠습니다."

마도섭이 짐을 벗은 듯 홀가분한 표정을 과장하면서 일어나려고 했다. 승재는 채신머리없이 마도섭의 바짓가랑이를 잡고 비명처럼 다급하게 말했다.

"아니 꺼낸 말을 마저 마치지 않고 그냥 가면 어떡하나?"

마도섭이 시치미를 뗐다.

"자네가 알고 싶은 건 알아냈을지 모르건만 내가 알고 싶은 건 남아 있어. 그 애에게 무슨 일이 생겼나?"

"예, 아씨가 생판 남 됐다고 하셨으니까 겁 없이 말씀 드립니다만 손 서방이 아씨한테 마음이 있는 것 같아서요. 아닙지요, 있는 것 같은 게 아니라요, 좋아서 못 살겠다고 저한테 실토를 했습지요. 제가 중신을 서 주길 바라는 눈치였어요. 아씨 눈치로 봐서도 중신이고 뭐고 할 것도 없이 툭 건드리기만 해도 쏠리게 돼 있건만 손 서방이 워낙 진국이라서요."

"듣기 싫네. 자네 사람 보는 눈을 어떻게 믿겠나. 손 서방인가 태남인가 하는 그 사람 상처하고 극진하게 애통해하더란 소리 들은 지가 반년밖에 안 되는데 벌써 재취 장가 들 생각을 하다니, 끔찍이도 진국이구만."

승재는 혜정이 때문에 구정물을 뒤집어쓴 것처럼 께적지근하고 불쾌한 걸 태남이를 통해 발산하려 들었다.

"상처한 지는 반년밖에 안 됐지만 여편네의 따뜻한 밥 못 얻어먹어 본 지는 예닐곱 해도 넘을걸입쇼. 제가 그 집안하고 친해지기 훨씬 전부터였으니까요."

"자넨 그 집안하고 그 정도로 친한가? 툭 건드리면 떨어지게 익은 과일도 따다 바치길 바랄 만큼 말일세."

승재는 뒤틀리는 심사를 이번엔 마도섭에게 분풀이했다.

"예, 꼭 친척처럼 대해 주니까요. 나으리 앞이니까 아씨라고 부르지 저는 아이들 따라서 아지매라고 부르고 아씨는 절 아재 아재 하면서 친아저씨처럼 극진히 대해 줍지요. 손 서방은 손 서방대로 저를 깍듯이 형님 대접해 주구요. 참 좋은 사람들입지요."

마도섭의 얼굴이 더할 나위 없이 진국스럽고 편안해졌다. 마치 그게 꾸밀 필요 없는 그의 본색인 것처럼. 승재는 어처구니가 없었다. 마도섭이 태남이네 식구들을 죽은 달래까지를 포함해서 좋아하고 친척처럼 믿거라 하는 건 사실이었다.

"자네 정신이 있나 없나. 본분을 까먹어도 분수가 있지. 언제 자네더러 그 집안과 한통속이 되라고 취직시켜 주고 또 사사로운 투자까지 적지 않게 한 줄 아는가."

"제가 어떻게 나으리 은혜를 잊을 수가 있겠습니까. 저 그렇게 의리부동한 놈 아닙니다요."

그 말도 또한 거짓 없는 사실이었다. 마도섭은 승재와 인연이 닿게 된 걸 사람마다 일생에 한 번 만날까말까 한 귀인을 만난 것처럼 여기고 있었다. 절치부심 가난을 면할 욕심 하나로 험난하고 치욕스러운 걸 무릅쓰고 들어선 일본 경찰의 앞잡이 노릇이었지만 정작 여러 식구가 양식 걱정

안 하고 살 만한 땅뙈기라도 마련하여 한숨 놓게 된 건 승
재히고 연줄이 닿고 나서였다. 푼돈도 좋이 얻어 썼지만 무
엇보다도 만주란 땅이 마음에 들었다. 실상 국내에서 그 짓
하기란 빌어먹는 것보다 못할 수도 있었다. 특히 자기모멸
에 있어서 그러했다. 만주 땅이란 끝 간 데 없이 넓은 땅이
었고 사람들도 핏줄이나 인정 같은 것에 끌려 옹기종기 모
여 살지 않았다. 낯선 사람끼리도 뜻이 맞거나 이해관계가
맞물림으로써 친척보다 가까운 동지가 되기도 했지만 척을
지고 등을 돌리기도 남의 눈치 볼 거 없이 편리한 땅이었다.
최소한의 호구지책으로부터 웅대한 기상까지 후뚜루 수용
하고도 대륙엔 아직도 광활한 여백이 남아 있다고 마도섭
은 생각했고 그게 그가 대륙을 좋아하는 까닭이기도 했다.
좁은 조선 땅엔 그런 여백이 없었다. 일단 밀정이라는 게 탄
로가 나면 죽는 날까지 경멸과 손가락질을 못 면하는 좁은
땅으로부터 벗어났다는 해방감은 마도섭의 마음까지 넉넉
하게 했고 마음이 넉넉해지자 하는 일에도 손속이 났다. 밀
정질도 놀음과 비슷해서 일단 손속이 나기 시작하면 연달
아 불이 붙는 법이다. 고지마 형사로부터 박승재한테까지
그가 쓸 만하다는 게 알려질 만도 했다. 그러고도 그는 그가
무관하게 드나드는 조선 사람들 사이에서 아무런 의심도
받지 않고 인심을 얻고 있었다. 약방의 감초처럼 좋은 일에
도 궂은일에도 그를 스스럼없이 끼워 주었다. 하는 일에 자
신이 생기자 통도 커져서 이왕이면 큰 공을 세우고 싶었다.
특히 야박하고 교만해 보이는 승재한테 그러했다. 기대한

것 이상의 큰 공을 세워 깜짝 놀라게 해 주고 싶었다. 승재가 개성의 종상이와 간도의 태남이를 한 끈으로 묶어 파멸로 이끌어 가고 싶어 하는 집념의 켯속을 마도섭 따위가 정확하게 이해하고 있을 리 없었다. 또 그런 걸 섣불리 드러낼 승재도 아니었다. 다만 마도섭 특유의 감각으로 그 끈끈한 집념을 눈치챘을 뿐 아니라 옮아 붙은 것처럼 느끼고 있었다.

그가 태남이네를 좋아하고 그 집 식구하고 섞이면서 든 정이 혈육의 정처럼 편안하고 거짓 없는 것은 사실이나 언젠가는 그 집안을 해코지해야만 승재한테 진 빚을 갚을 수 있다는 그 나름의 의리에도 충실했기 때문에 가끔 헷갈릴 적도 있었다. 그럴 때마다 그는 공은 공이고 사는 사니까 하는 그 나름의 단순한 분류법으로 헷갈림을 바로잡곤 했다. 그의 분류법인 공사는 큰 이익 작은 이익일 수도 있었다. 단순한 헷갈림일 뿐 윤리적인 갈등은 전혀 아니었기 때문에 그게 가능했다.

마도섭은 또 근래에 승재가 조급한 나머지 자기를 그전만큼 기대하지 않고 있다는 것도 눈치채고 있었다. 계속해서 촉망받기 위한 미끼가 없는 것은 아니었다. 달래가 죽기 전부터 혜정이는 독립운동 자금을 조달하는 단체와 관계를 맺고 쏠쏠히 뒷돈을 대고 있었다. 태남이 모르게 그런 짓 할 여자가 아니었다. 그런 혜정이는 마도섭을 믿거라 하고 심부름을 시킨 적도 있었다. 수상한 사람을 만나 이불 보따리만 한 솜바지저고리와 솜버선을 전달한 적도 있었다. 그건 혜정이가 몇 날 몇 밤을 새워 손수 꿰맨 거였다. 태남이 모르게 할 수 있는 일이 아니었다. 남녀 간에 정분이 나기 전부터 태남이의 헤정이는 이기 상통하는 데가 있었다. 마도섭은 그런 심부름을 잘해 냈다. 그 정도도 고지마 형사나 승재에게 고자질할 만한 거리는 충분히 되었다. 그러나 마도섭은 그렇게 하지 않았다. 그럴 때는 보다 결정적인 걸 잡아 큰 공을 세워 보겠다는 욕심보다는 태남이네를 관재구설로부터 보호해 주고 싶은 인간적인 정리가 앞섰다. 그러나 큰 공을 세울 만한 단서를 잡으면 사정은 회까딱 달라질 수도 있었다. 큰 공엔 큰 이해관계가 따르니까. 마도섭은 인정과 이해관계를 얼마든지 한 저울에 놓고 달 수 있는 위인이었다. 윤리적인 갈등 없이 그럴 수 있다는 게 그의 밀정으로서의 무한한 가능성이자 인간으로서의 한계였다.

"나으리, 제가 아씨 중신을 서도 괜찮을는지요?"

마도섭이 단도직입적으로 물었다.

"입 닥치게. 도대체 누가 아씨란 말인가."

"그렇담 중신 서도 되겠습지요?"

"내 집 식구 아닌 지 오랜 사람을 왜 나한테 묻나? 저렇게 답답한 사람을 믿고 뭔 일을 도모하려니 내 기통이 터질밖에."

"알아듣겠습니다요. 나으리, 그만하면. 아무리 남 됐다고는 하나 며느리가 개가를 한다는 건 지체 높으신 양반님네들한테는 누가 될지도 모른다는 좁은 소견으로 그만 나으리를 번거롭게 해 드리고 말았습니다요."

마도섭은 이렇게 내숭을 떨면서 알아내고 싶은 목적은

다 달성했다는 듯 개운한 얼굴로 일어서려고 했다.

"잠깐, 게 앉게나."

승재가 결연한 그러나 어딘지 불안한 표정으로 마도섭을 잡았다.

"개가를 하든 색주가에 나가든 만주 땅에서의 일이네. 자네나 알지 누가 알겠나. 가문에 누가 될 거 하나도 없네. 그렇지만 내 심정은 그렇지가 않아. 매우 못마땅하네. 며느리 한번 잘못 들인 죄로 생전 뒤 보고 밑 안 씻은 기분으로 살아야 될까 보이."

"아아, 예에 워낙 지체 높으시고, 지엄하신 댁이라……"

마도섭은 회까닥 바뀐 승재의 태도에 어리둥절하면서도 뭔가 잡힐 듯 잡힐 듯 안타까워서 뜻 없는 소리를 지껄였다.

"자네 설마 술 석 잔이 아쉬워서 중매 선다고 날치는 건 아니겠지?"

박승재의 쏘는 듯한 눈이 마도섭을 차갑게 노려보았다.

"네? 네에."

마도섭은 순간 간이 오그라붙는 시늉을 하다가 즉시 의기 상통하는 바가 있어 검정 곰팡이가 슨 것 같은 주걱턱을 크게 주걱거렸다.

"네 나으리, 여부가 있습니까요. 나으리 심정을 상하게 해 드린 것 몇 곱절로 갚아 드릴 날도 있겠습지요."

"말이 많군. 알았으면 됐네."

"그럼 이만 물러가겠습니다."

"개성 쪽하고 연관을 조심스럽게 살펴야 하네. 그걸 놓치면 자네가 아무리 큰 건수를 올려두 난 인정 안 해 그지마 형사 좋은 일은 시킬지 몰라도……."

"예에, 유념하고 있습니다요."

"유념만 하고 있으면 뭘 하나."

"물자가 흘러 들어오기만 합니다. 인삼에 고무신에다 요즈음엔 피륙까지. 밑 빠진 가마솥에 물 붓깁지요."

"알겠네. 자네만 믿겠네."

"황송합니다요."

막상막하끼리의 암중모색은 끝나고 마도섭이 소리 없이 떠나자 발 고린내만 남았다. 그는 이마를 찡그리며 툇마루로 나서서 밤바람을 쐰다. 바람은 시원찮았지만 사랑 뜰에 심은 여름 화초 냄새가 풋풋하고 달착지근했다. 분 바른 여인이 풀숲에 숨어 있을 때나 풍김 직한 냄새였다. 안채에서 찬일이가 칭얼대는 소리가 희미하게 들렸다. 사람 사는 집 같군. 그는 그의 생애에서 처음 가져 보는 아기의 기척에 만족감을 느꼈다. 그러나 그의 만족감은 곧 규서에게 이르러 걸림돌이 되고 말았다. 찬일이를 귀애하는 마음도 마찬가지였다. 규서를 뛰어넘지 못했다. 그는 아까보다 훨씬 심각하게 이마를 찡그렸다. 규서를 양자로 들인 지 그만큼 오래됐고 비록 중간에 불미스러운 사건이 있었다고 해도 그 후 복뎅이 며느리가 들어와 집안이 그럭저럭 남과 같은 구색을 갖추고 화기까지 도니 대견해하며 정 붙일 때도 되었다. 아무리 성미가 차가운 승재라지만 정과 체념이 뒤범벅

되어 가고 있던 중이었다. 그러나 경우에 관한 소문을 들은 건 안 들으니만 못했다. 생각할수록 부아가 끓어올랐다. 승재의 종상이에 대한 경쟁 심리는 아무한테도 설명할 수 없는, 아무한테도 이해받을 수 없는 병적인 거였다. 꽃구름 같은 화관을 쓴 태임이에게 넋을 잃은 순간 걸머진 운명인지도 몰랐다. 경쟁에 질까 봐 늘 전전긍긍해 오기는 했지만 한 번도 자신의 출세는 물론 경험이나 삶이 종상이보다 못하다고 여긴 적이 없었다. 그런데 느닷없이 경우라는 아들이 나타나 종상이는 모든 걸 구현하고 있는 것처럼, 승재는 말짱 헛산 것처럼 역전을 시켜 놓고 말았다. 순전히 자신의 마음속에서 일어난 일이건만 누가 그들 사이의 역전을 구경하고 고소해하고 있는 것처럼 승재는 치욕감을 느꼈다. 아들이라는 게, 핏줄이라는 게 뭐관대 사람을 이렇게 참담하게 만드는 걸까. 승재는 억지로라도 종상이에게 경우가 있다면 나에겐 규서가 있지 않나 하고 마음을 눙치려 들었다. 그러나 그가 규서를 아들이라고 여기고 부를 때처럼 스스로를 거짓된 것으로 가득 차게 여길 적도 없었다. 마치 그의 생애처럼.

마도섭은 승재한테 말한 대로 그다음 날 새벽 경성을 떠났지만 간도의 태남이네 점방에 어슬렁어슬렁 나타난 건 찬바람이 날 무렵이었다. 대륙과 내륙의 계절에 차이도 있으련만 홑옷이 을씨년스럽다는 것만으로도 마도섭은 태남이네 식구들을 참으로 오래간만에 만나는 것처럼 느꼈다. 그만큼 궁금하고 보고 싶었다는 얘기도 됐다. 고무신 가게

와 약재상 두 칸으로 칸막이가 돼 있는 점방에 딸린 가겟방
여시 아래위 칸으로 장지문을 겨해 있었다. 꽤 넓은 위 칸에
주판과 장부가 쌓인 조그만 책상과 사람 몇 사람 운신할 만
한 공간을 빼고는 가득히 피륙이 쌓여 있었다. 그러나 아직
점방에 피륙까지 내놓고 소매를 하진 않았다. 주로 도매만
했다. 농촌으로 다니는 등짐장수들을 상대로 태남이가 피
륙을 재고 있었다. 추석 대목을 보려는 듯 장사치들의 표정
이 기대에 부풀어 보였고 피륙의 색깔도 울긋불긋 사뭇 혼
란스러웠다. 그러나 번들대는 인조견들이었다. 마도섭은 뭉
클 반가운 마음과 저렇게 돈을 긁어모아 어디다 쓸까 하는
직업적 호기심이 한 몸에 붙은 두 개의 대가리처럼 동시에
동했다.

아랫방은 약재상 쪽을 면해 있고, 약재상은 점원을 따
로 고용하고 있어선지 혜정이가 한가롭게 태남이 딸 머리
를 빗기고 있었다. 덩치는 여덟 살로는 큰 편이었지만 한쪽
팔다리가 흐느적댔고 지능도 세 살 정도에 머물러 있었다.
지금도 허공을 보고 합죽이처럼 웃고 있었다. 그 애 위의 남
자애는 경국이, 그 애는 경순이였다. 혜정이는 달래가 살아
있을 때도 온 식구에게 정성을 다했지만 죽은 후에는 더욱
남매를 극진히 돌봤다. 특히 경순이를 사랑하는 건 남남끼
리라는 게 믿어지지 않을 정도였다. 아이들도 혜정이를 이
모라고 부르며 의지하고 따랐다. 누가 보기에도 달래가 살
아 있을 때보다 훨씬 집안이 아늑하고 가게는 번성하고 식
구들은 행복해 보였다. 혜정이만이 그래도 힘겹게 달래를

잊지 않으려고 애쓰고 있다는 증거처럼 경순이는 상복을 입고 있었다. 오줌똥도 가렸다 못 가렸다 하는 아이에게 상복을 입히고 깨끗이 거두기란 이만저만 힘들지 않으련만 혜정이는 그렇게 하고 있었다. 종종머리를 땋을 때 같이 집어넣고 땋는 헝겊 오라기까지 깨끗한 순백의 끈이었다.

혜정이는 경순이 머리를 참빗질해 주고 나서 머리칼을 헤쳐 보더니 참빗살을 몇 가닥씩 무명실로 묶기 시작했다. 그렇게 참빗살을 더욱 촘촘하게 만들면 서캐까지 훑어 낼 수가 있었다.

그건 구질스럽지만 마도섭에겐 매우 정다운 광경이었다. 시골집의 올망졸망한 그의 아들딸들도 날 잡아 할머니가 그렇게 참빗질을 해 주곤 했다. 일손은 달리고 어린것들은 여럿인지라 그래서 아이들 머리엔 이가 꾀어 긁적거리다가 머리통이 온통 헐기 일쑤였다. 참빗을 실로 가닥가닥 옭아매어 더욱 촘촘해진 빗살에 묻어 나온 하얀 서캐를 손톱으로 눌러 죽이는 일에 열중하고 있는 혜정이를 마도섭은 물끄러미 바라보고 서 있었다. 경순이는 시원한지 눈을 반쯤 내리깔고 꼬박거리고 있었다. 마도섭은 아무리 생각해도 혜정이가 그 법도가 어마어마하고 사는 것이 으리으리하고 사람을 잘 깔보는 지체 높은 박승재 나으리 댁 맏며느리였다는 게 믿기지가 않았다. 그만한 자격이 없어 보인다기보다는 여기서 태남이네 식구와 더불어 지내는 게 그지없이 편안하고 어울려 보여서였다. 도대체 어떤 모습으로 그 까다로운 대갓집 며느리 노릇을 했을까가 마도섭의 좁은 소견으로는 상상이 안 됐다.

한빛길을 다 한 혜정이는 계집애의 정수리서부터 바둑판처럼 머리칼을 나누어 땋기 시작했다. 너무 꼭꼭 땋았던지 지루했던지, 아이가 징징거렸다. 그때 비로소 마도섭은 인기척을 내었다.

"경순아 잘 있었냐. 하지 왔다. 하지가 사탕 사 가지고 왔다."

마도섭은 조끼 주머니에서 누런 미농지에 싼 눈깔사탕을 꺼내 보이면서 말했다. 경순이가 히죽거리며 손을 내밀었다. 지능이 가뜩이나 어려 보이는 얼굴이 웃으니까 앞니가 몽땅 삭아 갓난아이 같아 보였다.

"에그머니, 마 씨 아재 언제 오셨어요? 고향에 가셨다더니."

"며칠 됐소. 그동안 별고 읎었소? 아지매가 거두고부텀 쟈아가 때도 홀라당 벗고 눈빛도 한결 똘망똘망해졌단 말야."

"아재, 나 듣기 좋으라고 그런 소리 말아요. 아이한테 엄마보담 좋은 게 세상에 어딨다고."

혜정이는 새삼스럽게 측은한 듯 경순이를 끌어안으며 말했다.

"흥, 그걸 아는 사람들이 그렇게 오래 뜸을 들일까?"

마도섭이 짐짓 시큰둥하게 콧방귀를 뀌었다.

"아재, 그게 뭔 말씀이오?"

"정말 몰라서 묻소? 손 서방허구 아지매 사이 말요. 다

된 밥에 뭘 뜸을 그리 오래 들여 싸요. 등신이나마 쟈아 엄마가 살았을 땐 남의 이목도 있구 또 워낙 점잖은 양반들이니까 참고 살았겠지만 시방은 안 합치는 게 되레 이상허단 말야. 나 같은 구경꾼도 깝깝해 죽겠으니 손 서방 속은 오죽허겠소."

"세상에 망측해라. 누가 듣겠소."

혜정이는 붉어진 얼굴을 얼른 외면했다. 그러나 마도섭은 히사시까미로 말아 올린 머리 밑으로 상큼하고 보오얀 그녀의 목고개까지 홍조가 번지는 걸 놓치지 않았다.

"아지매, 망측허게두, 어렵게두 생각헐 거 읎다니까요. 손 서방허구 합치면 갸아 엄마는 저절로 되는 거니까. 그치 경순아."

"아이구, 당신 코가 열석 자는 되는 양반이 웬 남의 걱정이 그리 많소."

혜정이는 부끄러운 걸 핀잔으로 얼버무리려 든다.

"왜 내가 어때서?"

"이번 참엔 재미 좀 봤어요? 아재야말로 어서어서 식구들 데려다 모여 살아야 헐 거 아뉴."

"재민 뭐. 노자나 벌었나 모르겠네."

"아재도 참 딱도 하슈. 아, 그까짓 노자나 벌자고 그 고생을 해요."

혜정이 버럭 화를 냈다.

"아따 아지매가 우리 마누라보담 무섭네."

"아재보담 아재처럼 바람 같은 사내를 믿고 사는 아지

267

머이씨가 딱해서 하는 소리니 제발 그 나까마인지 거간 노릇이니미 흰군데 붙어서 히면서 시술을 거느리고 사시우, 아재가 얻은 인심도 있고 헌데 설마 이 바닥에서 식구들 굶기겠수. 정 그럴 자신이 없으면 맘 잡고 고향으로 내려가든지."

　　화를 내던 혜정이의 말투가 점점 정답게 가라앉았다. 마도섭은 그 바닥에서 나까마 마 서방으로 통했다. 물건 흥정도 붙이고 가게터나 셋방 거간 노릇도 했기 때문이다. 그러나 구전을 챙기는 데는 이악하지가 못해 주는 대로 몇 푼 받아도 그만 술잔이나 얻어먹고 말아도 그만이었다. 일본말도 곧잘 해서 억울하게 주재소로 끌려간 사람이 있으면 누가 부탁하기 전에 내 일처럼 떠맡고 나서서 순사한테 자초지종을 얘기하고 손이 발이 되게 비는 것까지 대신해서 따귀나 몇 대 맞고 풀려나게 해 준 일도 한두 번이 아니었다. 그러나 정말 죄를 짓거나 사상이 불령(不逞)해서 붙들려 간 사람한테는 감히 손을 써 보겠다고 나서지 못했다. 고작 그 정도가 마도섭의 한계였기 때문에 아무도 그를 의심하지 않았고, 잘살거나 못살거나 양반이거나 상사람이거나 후뚜루 그를 만만하게 허물없이 대했다. 혜정이만큼의 진국스러운 관심도 특별하달 수 있었다.

　　"내가 이리 떠돌아다녀도 나 싫다는 사람은 읎더구만 이 집에만 오면 꼭 이렇게 구박을 당한다니까. 그치 경순아. 그래도 우리 경순인 하지 기다렸을걸."

　　그러면서 마도섭은 가뜬하게 종종머리를 땋은 경순이를 끌어안고 사탕을 한 알 입에 넣어 주었다. 경순은 침을 흘리면서 불확실한 소리로 "하지, 하지." 했다. 아이는 마도섭을 그렇게 불렀다.

"아이구, 우리 경순이 이빨은 하지가 다 못쓰게 만들어 났다니까."

혜정이는 마도섭을 흘겨보면서 행주치마 자락으로 아이의 끈끈한 침을 닦아 주었다.

"갈면 될 이빨을 뭘 그렇게 아까워해 쌀까."

"자꾸 단것만 바치니까 밥도 잘 안 먹고 요샌 횟배앓이까지 하니까 걱정이 돼서 안 그러남요."

"횟배앓이엔 석유 한 고뿌만 마시면 직통인데."

"아이고, 그 사람 잠꼬대 소리 좀 작작 해요."

혜정이는 마도섭이 당장 석유를 아이 입에 들이붓기라도 하는 것처럼 질겁을 하며 아이를 보듬었다. 그때 장지문이 열리더니 윗방에서 태남이가 불쑥 상반신을 내밀었다.

"형님 언제 돌아오셨시까? 소리 소문도 없이."

"역마살 붙은 사람이 연통하고 다니는 것 봤남."

"댁내는 다 무고들 하십디까?"

"자네 인사성 한번 빠르네그려."

아까부터 혜정이하고 수작하는 소리를 못 들었을 리 없건만 이제야 내다보는 태남이를 마도섭은 슬쩍 이렇게 비꼬았다.

"어드럭허우. 에미 읎는 어린 자식들허구 먹고살아야지."

"저런 응큼헌 사람 봤나. 넓으나 넓은 만주 바닥의 조선 사람 돈은 다 긁어모은다고 소문이 자자하던데 겨우 입

269

에 풀칠이나 허는 것처럼 내숭 떠는 것 좀 보게나."

"소문만 들어두 배부르니 좋소. 그나저나 형님이 걱정이오. 이제 연세도 생각허세야죠. 이제부텀이라도 그 역마살 좀 가라앉히고 앉은장사 헐 생각은 읎시니까?"

"고맙네. 제 배부르면 남이 굶어 죽어도 배 터져 죽었다고 우길 세상에 자네 심지가 참으로 고맙네그려. 그렇지만 날 너무 딱하게만 볼 건 읎네. 이렇게 사는 것도 내 멋이고 내 팔자라네."

"누구라 형님이 딱해서 이러는 줄 아시니까? 형수님이랑 아이들이 안돼서 그러죠."

"어쩌면 자네덜은 그렇게 부창부수를 잘허는감."

"부창부수라니요?"

"아까 아지매도 나헌테 똑같은 소릴 했거들랑."

"그래도 그렇습죠. 그게 어드렇게 부창부수가 되니까. 원 형님도 실읎으시긴……."

태남이는 허우댓값도 못 하고 얼굴이 벌게졌고, 혜정이는 혜정이대로 아이를 떼어 놓고 부랴부랴 부엌 쪽으로 모습을 감추었다.

"자네, 증말 내 앞에서도 마냥 내숭을 떨긴가."

마도섭은 무릎걸음으로 태남이한테 다가가 눈을 찡긋하면서 귀에다 대고 이렇게 속삭였다. 태남이는 울컥 싫은 생각이 들었다. 마도섭의 입냄새가 싫은지 사람됨이 싫은지는 분명치 않았지만 태남이는 이전에도 밑도 끝도 없이 울컥 그가 싫어진 적이 몇 번인가 있었다. 그럴 때마다 내가 이러면 안 되지, 가진 거 없는 떠돌이라고 죄 없는 동포를 함부로 업수이 여기면 안 되지, 하고 자신을 타일렀다. 그러나 태남이가 그를 싫어하는 느낌은 업수이 여기는 것하고는 달랐다. 본능적인 이질감이랄까 경계심에 가까운 감정이었지만 워낙 우직한 태남이는 자신의 속마음을 헤아리는 데도 복잡한 건 질색이었다. 마침 등짐장수들이 들이닥치는 바람에 그는 장지문을 닫으면서 말했다.

"오늘 저녁에 술 한잔 하십시다요, 형님."

그들이 밤에 만난 선술집은 태남이네 가게에서 멀지 않은 태남이의 단골집이었다. 주모는 황해도 연안에서 태어나 배천으로 시집가서 소생 없이 과부가 된 후 친정 연줄로 여기까지 흘러 들어왔다고 했다. 옥호도 배천옥이라 붙이고 주모는 배천댁으로 통했다. 여편네 됨됨이나 음식 맛이 똑같이 두루뭉실 특색이 없어서 번창하는 편은 아니었지만 태남이는 그 집을 좋아했다. 꼭 집어 말할 수는 없지만 말씨나 음식 맛이 얼추 개성 쪽하고 비슷한 거 같아서였다.

시키지도 않았는데 안주로 제육이 나왔다.

"역시 짱꿰허구 다닐 만허다니까."

그러면서 마도섭은 소증 난 사람처럼 연신 시커먼 김치 이파리에다 돼지비계를 싸서 아귀아귀 처넣었다. 태남이는 그의 사발 가득히 막걸리를 부어 주면서 가끔 느닷없이 그가 싫어지는 자신의 변덕에 대해 수치심과 가책을 느꼈다. 육기를 탐하는 마도섭이 그렇게 순수하고 측은해 보일 수가 없었다.

"조선 안 시국은 어드렇습니까?"

"니 같은 사람이 짜 이니, 괄으고 보기엔 점점 살기 좋아지는 것 같드라만……."

마도섭은 말끝을 흐리고 급히 술과 안주를 탐했다.

"형님, 무슨 말씀을 그렇게 허시니까. 나라를 빼앗긴 백성이 살기 좋아져 봤댔자죠."

"글쎄, 그렇게 외골수로 생각허면 조선 백성 다 목숨을 끊든지 산골로 숨어서 고사리를 뜯다가 죽든지 해야지 살아 있을 건 또 뭔가. 목숨 붙어 있는 한 양반헌테 뜯기고 굽실대나, 왜놈헌테 뜯기고 굽실대나 매일반인 게 백성들 팔자라고 눙쳐 생각허면 그렇게 못 살 세상도 아니더라 이 얘길세. 못 살 세상은커녕 우리 시골만 해도 몇백 년을 내리 짐승만도 못하게 살던 궁벽한 두멘데 요새 얼마나 살기 좋아졌는 줄 아나, 하여튼 해마다 달라진다니까. 15리 밖에까지 철로가 들어와서 조선 팔도 어데든지 돈만 있으면 하룻길이 되질 않았나, 10리 밖 읍내까지 전깃불이 들어와 있질 않나, 계집애가 사내 녀석들허구 어깨를 나란히 핵교를 다니질 않나, 골백번 죽었다 태어나도 벼슬은 꿈도 못 꿀 바닥 쌍것 집안에서 면서기가 나오질 않나, 주재소에서 춘추로 두 번씩 청결 검사를 나오는 바람에 게딱지 겉은 오막살이에서 두엄데미 속의 버러지처럼 살던 사람덜이 경풍 들린 것처럼 위생 관념 땜에 떨게 되질 않나, 개화가 별건가 그게 개화지, 우리 조정에선 사람만 숱해 잡아 죽이고 결국 못 시키던 개화를 왜놈들이 시키니까 찍소리 못 허구 잘만 허데

272

그려. 우린 아무리 저테 이로운 소리도 그저 총칼로 눌러야
말을 들어 먹는 백성인 걸 어쩌겠나."

　마도섭은 매우 괴로운 얼굴로 그런 소리를 지껄이고
나서 벌컥벌컥 막걸리 사발을 비웠다. 다른 사람이 그런 소
리를 했으면 아마 태남이는 가만히 있지 않았을 것이다. 멱
살을 잡든지 자리를 박차든지 했으련만 마도섭의 슬픈 우
거지상 때문에 못 배운 사람의 진솔한 우국충정처럼 들려
서 가슴이 뭉클했다. 비록 빨아 입었다곤 하나 조선 팔도의
흙먼지가 깊은 때가 되어 남아 있는 것처럼 주접이 낀 마도
섭의 무명 바지저고리도 태남이의 마음을 놓이게 했다. 내
가 돈을 벌면 얼마나 벌었다고, 가진 것 없어도 달라는 것도
없는 사람을 공연히 업수이 여긴단 말인가. 태남이는 이렇
게 마도섭을 될 수 있는 대로 멀리하고 싶은 경계심을 단순
히 자신의 교만한 마음으로 돌리고 반성하려 들었다.

　"배천댁 아지머니. 여기 제육 한 접시 더 주고, 부침개
도 몇 조각 부쳐 주구려."

　태남이는 반성 끝에 오는 도덕적 만족감 때문에 기분
좋게 호기를 부렸다.

　"녹두 갈아 놓은 게 다 떨어져 버렸는데 뭘 부친담?"

　"밀가루에다 파허구 돼지가죽이라도 송송 썰어 넣고
부치면 쫄깃쫄깃 먹을 만허지 않겠수?"

　"관두게. 제육 두 접시면 목구멍 먼지는 깨끗이 씻겨
내렸을 테니까. 부침개보담은 국밥이나 한 그릇 잘 말아 주
소, 배천댁."

"알았소, 아재. 남들은 탁배기 몇 사발이면 너끈히 요기가 된다던데, 아갠 한 번도 끼니를 거르는 걸 못 봤다니까."

배천옥은 밥장사가 본업이 아니어서 약간 귀찮은 듯 찬밥에 얹을 국거리가 될 만한 걸 주섬주섬 챙기면서 중얼댔다.

"그건 다 집에 가면 기를 쓰고 끼니 챙겨 줄 마누라 있는 녀석들의 흰소리구, 나 같은 홀아비야 내 끼니 내가 챙겨야지 어쩌겠소."

"탄허지 마시우, 형님. 저 아지머이 황해도 인절미모양 간사위가 읎어서 그렇지, 마암은 진국이니까 국밥도 탐탁허게 말아 드릴 테니 두고 보시우."

"안다, 알아. 자네 주머니 보구 진국도 나오는 게지 내 얼굴 보구 진국 내놓을 집이 어딨겠노."

마도섭이 밉상을 떨건 말건 배천댁은 못 들은 척 양푼처럼 큰 반병두리에다 쇠기름살까지 듬성듬성 섞인 국밥을 푸지게 말아 내왔다. 그러나 밥은 찬밥인 듯, 숟갈로 몇 번 밥뎅이를 끄니까 무럭무럭 나던 김이 단박 사그라졌다. 마도섭은 국물을 마셔 가며 게걸스럽게 숟갈질을 하다 말고 말했다.

"자네도 알지? 엿장수 신 영감……."

"예?"

"왜 있잖아? 문둥이처럼 찌그러진 나까오리*를 잔뜩

---

*　'중절모자'의 방언.

눌러쓰고 엿목판 내려놓고 아이덜허구 같이 창가를 부르는
데만 정신이 팔려 엿 파는 건 뒷전인 괴짜 엿장수 말야."

그러면서 마도섭은 눈을 들어 태남이를 똑바로 보았
다. 두 사람의 눈길이 마주칠 새 없이 태남이는 얼른 딴전을
보았지만 얼핏 마도섭의 눈빛이 심상치 않게 번득이는 걸
본 것처럼 느꼈다.

"예, 요즘은 통 못 봤는뎁쇼."

"그 영감 나보담 더 바람 겉은 영감이니까 언제 봤냐고
묻는 게 아니라 소문허군 달리 멀쩡허드라고……. 자네도
알지, 그 영감에 관해 떠도는 소문."

태남이가 눈에 띄게 당황하는 걸 마도섭은 유심히 관
찰한다.

"글쎄올시다. 어드런 소문인지 들은 것 겉지 않네요."

"아, 자식 기르는 사람이 그 소문도 모르면 어떡해. 그
영감 가위 소리만 나면 아이들은 엉덩춤을 추면서 새 고무
신이라도 들고 나가려고 눈이 벌겋고, 어른들은 문둥이 영감
이 아이를 꼬셔다 간 빼먹으려고 엿도 남보담 후하게 주고
창가도 가르친다고 겁을 주어 아이들을 붙잡아 두잖던가?"

"예, 그랬습죠."

"난 그걸 곧이곧대로 믿었다니까. 그 영감만 보면 기분
이 나빠 피하다가도 혹시라도 아이들을 꼬셔 갈까 봐 멀리
는 못 가고 숨어서 망을 보군 했었는데 글쎄 멀쩡허드라구.
눈썹도 숱이 많구 세수를 허구 구리무까지 발랐는지 신수
도 훤하구. 내 어찌나 놀랐는지."

275

"원 형님두 놀랄 것도 많시다."

태남이는 수요로 바싸 긴장했던 걸 풀면서 열적게 웃었다.

"자네라면 그래 안 놀라겠나? 그 영감이 신사복에 내꼬다이까지 매고 있었다면 말일세."

"예? 어, 어디메서 만나셨길래……."

태남이가 다시 긴장하면서 말까지 더듬었다. 마도섭의 입가에 회심의 미소가 떠올랐다.

"거보게, 자넨 말만 듣고도 놀라는구먼. 내가 기겁을 헌건 당연허지."

"엿장수라구 나들잇벌 한 벌 읎으란 법 있시니까."

태남이는 곧 평정을 회복하고 시큰둥한 표정을 지었다.

"그뿐인 줄 아나. 그렇게 차려입구 설라므네 떡하니 단장까지 짚고 가죽 가방 끼고 일등 기차간에 탔더라니까."

"설마요."

"나도 설마했어."

"잘못 보셨겠죠."

"나도 잘못 본 줄 알구 그냥 지나치려구 했는데 그쪽에서 먼첨 놀라서 싹 안색이 달라지는 바람에 알아봤다니까."

"객지에서 애면글면 모은 돈으로 한번 뻐겨 보고 싶었나 보죠 뭐. 우리 동포들이 자나 깨나 꾸는 꿈이 금의환향 아닌감요. 그 영감도 생전에 한번 그래 보고 싶었겠죠."

태남이는 마도섭의 허풍스러운 의심과 놀라움에 될 수 있는 대로 맞장구를 안 치려 들었다.

"나도 그 영감을 조선에서 만났으면 그렇게 생각했을 거구먼."

"그럼 어디서 만나셨길래요?"

"봉천에서 대련 가는 철도 안에서 만났으니까 이상허지, 안 그런가?"

"형님은 조선 갔다 오셨다더니 그 철도는 또 왜 타셨수?"

태남이가 수상쩍어하자 마도섭은 일순 당황하는 듯하더니만 곧 너털웃음을 웃었다.

"아따 이 사람아, 내가 정처 있어 다니는 사람 아니란 걸 알 텐데 되레 날 의심해 쌓는 것 보게나."

"의심은요?"

태남이는 눈살을 찌푸리고 짜증스럽게 말했다. 네까짓 걸 누가 의심하냐? 하고 얕잡는 마음과 다음 말을 듣고 싶은 조바심 때문에 그는 잠시 참을성을 잃었다.

"더 이상한 건 일등칸이 아니라, 그 영감이 그렇게 잘 차려입은 게 조금도 어색허거나 얻어 입은 것 같지 않은 거였네. 어찌나 점잖고 유식허구 돈푼도 있어 뵈는지……."

마도섭이 말끝을 흐리며 생각에 잠기는 시늉을 했다. 괜히 불안해진 태남이가 한마디 했다.

"그래서 예로부텀 옷이 날개라고 했잖았겠시니까."

"여북해야 내가 다 몰라볼 뻔했을라구."

"그럼 기어코 아는 척을 허셨단 말씀이니까?"

태남이는 속으로 낙심을 하면서 급하게 물어봤다.

"먼첨 아는 척헌 건 내가 아니라 그 영감이었다구. 내가 하두 바라봐 싸니까 그랬겠지만서두 말야. 왜 있잖은감.
도독이 제 발이 지리디는 기."

"알겠어요, 형님. 그만허면 대강의 사정을 짐작허겠어
요. 아주머이 여기 부침개 좀 해 달라니까."

태남이는 생각을 정리하기 위해 말머리를 배천댁한테
로 돌렸다.

"대신 국밥 말었잖남."

배천댁이 달갑잖은 듯 졸린 소리로 대꾸했다.

"아우님."

마도섭의 말투가 늘어붙을 듯 끈끈해졌다. 손 서방 아
니면 경순 아배로 부르던 마도섭이 느닷없이 아우님이라고
하는 것도 수상했다.

"예?"

"아우님 걱정 말어. 부침개질로 내 입 틀어막잖아도 내
암말 안 헐 테니까."

"무슨 말씀을?"

"신 영감이 여늬 엿장수허구 다르다는 거 아우님도 알
고 있었지?"

"신 선생허구 그런 말씀까지 허셨시니까."

"뭐 꼭 집어 아우님 얘길 헌 건 아니지만 두어 시간 서
로 흉금을 털어놓았드랬지."

"알겠어요. 형님 제발 신 영감이 보통 엿장수가 아니더
란 얘기 아무헌테도 허지 마셔요. 부탁이에요."

"내가 미쳤나. 그런 얘길 아무헌테나 허게."

"형님 보기에 믿을 만헌 사람헌테도 허지 마셔요. 절대 루요. 신사복으로 변장했더란 소문이 나 보세요. 이 바닥이 어드런 바닥이니까. 형님이 더 잘 아시잖남요."

"이 사람아, 신사복으로 변장을 헌 게 아니라 엿장수로 변장을 헌 거야. 입은 삐뚜루 백혀도 말은 바로 허렸다네."

마도섭이 여유 있게 느물댔다.

"시방 그게 요점이 아니잖아요."

"아네. 나도 자네가 뭘 말하고 싶어 허고 또 뭘 걱정허는지. 날 믿게. 그 양반도 곧 나한테 마암을 놓더구만. 서로 마암속을 알아보구, 그리구 상통을 헌 거지 뭐."

"또 영수증을 내보이셨시니까?"

태남이 입가에 장난스러운 웃음이 번졌다.

"아아냐. 믿거라 자네한테만 보여 준 걸 가지고 날 그렇게 헤픈 사람으로 알지 말게. 끼리끼리는 다 통허게 돼 있는 거라네. 말이야 바른대루 말이지, 자네허구 나허구도 싸고 싼 속마음이 확 통헌 순간이 있었으니까 이런 말꺼정 헐 수 있는 사이가 된 거지, 아무리 그까짓 영수증 땜에 그렇게 됐겠나."

"형님 말씀이 옳소."

태남이는 마음으로부터 유쾌해져서 그렇게 순순히 대답했다. 마도섭도 덩달아 유쾌하게 웃었다. 영수증은 그들끼리만 통하는 은어였지만 영수증 외에 딴 뜻이 있는 건 아니었다.

경신년 대토벌이 있은 후 여러 독립군들은 서로 합류

하여 월경을 하기도, 지하로 숨기도 해서 만주도 예전 같지
기 않았다. 그 선 인보다 다 민족의 경기에 기상이 살아 있
던 것도 옛말이 되고 일본 군경의 서슬 푸른 총칼 밑에서 숨
도 크게 못 쉬는 철통 같은 치안이 유지됐다. 조선도 일본
같고, 만주도 조선 같았다. 어디서나 살기등등 잘난 체하고
살 수 있는 족속은 왜놈밖에 없었다. 왕년에 독립운동에 가
담하거나 적극 지원하던 동포들도 과거를 숨기거나 과거를
묻지 않는 생업을 찾아내서 왜놈 보기에 흠잡을 데 없는 양
민 노릇을 하여 목숨을 부지하고 있었다. 그러나 겉으로 죽
은 척하고 있을 뿐 아주 죽은 건 아니었다. 지하로 숨은 독
립운동 단체나 산으로 숨어 유격대가 된 독립군들이 철로
를 파괴하거나 경찰서를 습격해서 가끔 일본 군경의 간담
을 서늘하게 하는가 하면 폭동이나 분쟁을 배후에서 조종
한 게 드러나기도 했다. 상대가 안 되게 강대한 국가한테 먼
저 싸움을 걸어 이긴 몇 번의 경력으로 잔뜩 교만하고 의기
충천해진 일본 제국주의에게 타격을 주기에는 너무도 미미
한 도발이었지만, 쓸개도 배알도 빼놓은 것처럼 기가 죽어
겨우 먹고살기에 급급한 동포에겐 우리 민족이 아주 죽은
건 아니라는 자부심과 희망을 불어넣어 줄 만했다. 그러나
그 정도의 자부심도 공짜로 얻을 수 있는 건 아니었다. 지하
로 숨거나 월경을 하고 나서 독립운동 단체들은 스스로 결
집력을 잃었는지, 수효에 비해 탁월한 영도력이 부족했던
지 그 수효가 엄청나게 불어났다. 친일파라고 낙인이 찍히
지만 않았으면 거의가 다 그런 단체로부터 독립 자금이란

명목으로 돈을 뜯겼으니까 당하는 쪽에서 볼 때는 실지보다 더 늘어난 것처럼 느낄 수도 있었다. 자발적으로 기꺼이 내던 사람도 자주 당하니까 혹시 속는 게 아닌가 경계하게 되고 또 유격대인지 비적인지 분간할 수 없는 무장단체도 많았다. 자연히 헌금하는 쪽에서도 자구책으로 항일 단체를 선별하게 되고 제일 처음 기준이 된 건 공산주의자냐 민족주의자냐 하는 거였다. 가끔 일본 경찰이나 헌병대의 간담을 서늘하게 할 만한 살상이나 파괴를 하는 건 공산 유격대들이어서 이왕 군자금을 댈 바엔 그쪽에다 대 주는 게 보람이 있다고 생각하는 축과, 항일은 무력과 외교를 병행해야 된다는 온건한 생각으로 민족진영인 임시정부를 지지하는 축으로 간도의 동포 사회도 내용적으로 은연중 양분이 되어 있었다.

태남이는 진동열 선생 생존 시부터 총칼 들고 항일전에 나서지 못하고 군자금이나 조달해야 되는 걸 내심 여간 불만스럽고 부끄럽게 여기지 않았다. 진동열 선생이 많이 눌러 주었건만도 아직도 무작정 힘을 쓰고 싶은 울뚝증이 남아 있었으니 심정적으로는 공산 유격대 쪽에 더 가까웠다. 그러나 그를 믿고 줄을 대 오는 독립운동 단체들은 다 왕년의 진동열 선생이 길러 낸 투사들을 연줄로 하고 있어서 그는 싫고 좋고를 가릴 새 없이 민족주의 진영에 속할 수밖에 없었다. 감정적인 공감 외의 투철한 이념이 있는 건 아니어서 그런 일이 고민이 되거나 그의 항일 의식을 저하시키거나 하진 않았다. 그의 갈등은 그보다는 생전의 진동열 선생의 인격이나 명성을 믿고 그에게 도움을 청하는 항일 단체기 너무 많은 데 있었다. 기금은 장사라도 잔디니까 존 낫지 장사도 자리가 안 잡히고 아내의 병치레까지 해야 했던 시절, 그건 태남이에게 너무 벅찬 장인의 유산이었다.

그 무렵 알게 된 마도섭이가 어떻게 태남이의 숨은 고민을 알았는지 어느 날 은밀한 장소에서 매우 망설이며 그리고 쑥스럽고 부끄러워하면서 영수증을 한 장 보여 주었다. 그건 그가 꽤 이름이 알려진 독립운동 단체에다 헌금을 하고 받은 영수증이었다.

"나도 처자식 생각하면서 이를 악물고 안 쓰고 맨든 모갯돈 쬐금 있던 걸 큰마암 먹구 독립 자금으루 내놨네. 그럼 자청해서 내놨구말구. 누가 나 겉은 무일푼헌테까지 헌금 허라고 허겠나. 설마 그 돈 읎다고 산 입에 거미줄 치랴, 눈 딱 감고 바치고 나니까 생전 처음 사람 노릇 해 본 것 같애서 이렇게 어깨가 다 펴지는 기분일세. 비로소 내 못난 상판도 인두겁에 해당헌 것 겉기도 허구 말야. 그렇지만 나 겉은 사람이 어디 단골로 헌금을 헐 수야 있나. 그래서 영수증을 한 장 써 달라고 했네. 혹시 또 헌금을 요구허는 사람이 있으면 내보이고 면허려구 말일세. 독립운동허는 데 쓰겠다고 달래는 걸 맨손으로 거절헐 순 없잖은가. 자네도 버는 족족 털리지만 말구 나처럼 영수증을 해 달래서 정 곤란헐 땐 써먹게나. 자네야 마암만 먹으면 여러 장인들 못 맨들겠나? 둘이서 화투 칠 때마냥 열 장을 부챗살처럼 펴 보일 수도 있는 게 자네 재력 아닌감."

"형님은 그 종잇장을 증말 그런 용도로 써 보신 적이 있시니까?"

태남이는 네모난 도장까지 찍힌 영수증을 짠한 심정으로 바라보며 물었다. 얼마 안 되는 액수였지만 마도섭이 얼마나 백수건달인가를 알기 때문에 자청해서 그만한 돈을 내준 마음이나, 그 같은 사람한테서 받아 간 마음이나 다 같이 짠했다.

"당장 못 써먹으면 어떤가. 가끔 이렇게 꺼내 보면 기분이 좋으면 그만이지. 시굴서 4년제 소핵교는 어찌어찌 졸업했지만 상장 한번 못 타 봤거들랑. 누가 아나, 먼 훗날 이게 나헌테 큰 상장이 될는지."

"그게 상장이 되다니요."

"조선이 독립허는 세상이 오면 말일세. 그때 가선 나도 조선 독립을 위해 내 그릇만큼은 했노라고 이걸 훈장처럼 달고 다니려네."

그런 말을 할 때의 마도섭의 표정은 부끄러운 것도 같고 자랑스러운 것도 같아서 종잡을 수가 없었다. 사람에 따라서는 치사하기도, 기회주의적으로도 보일 소리를 마도섭이 하니까 그저 순박하게만 보였다.

그 후 태남이는 물론 마도섭이 시키는 대로 영수증을 받거나 하진 않았다. 처지가 마도섭하곤 다르니까. 그러나 마도섭의 영수증 생각만 하면 괜히 마음이 푸근해지곤 했다. 마도섭이 적은 헌금으로 얻은 큰 긍지가 대견했고 마도섭처럼 자타가 공인하는 맨주먹도 헌금을 했다는 감동 때문에 더 많은 헌금을 하고 싶은 의욕이 솟구쳤다. 그러나 무엇보다도 그 영수증이 큰 효과는 마도섭에 대한 신뢰감이었다. 태남이의 의식 속엔 그때 얼핏 본 영수증이 우리는 서로 동지끼리라는 암호처럼 남아 있었다. 태남이는 그게 마도섭이 던진 미끼라는 걸 조금도 의식하지 못했다. 그래서 마도섭의 언행 중 그의 마음에 거슬리거나 더러 의심스러운 점이 있더라도 그걸 캐 들어가기보다는 동지적인 의리로 무마하고 눈감아 두려고 애썼다. 박승재가 마도섭의 소박함을 탁월한 간지*로 본 것과는 판이한 사람 보는 눈의 차이였다.

그날 밤 두 사람은 그 이상은 신 영감에 대해서 얘기하지 않았다. 누구랄 것도 없이 말머리를 경순이한테 새엄마가 급하다는 쪽으로 몰고 갔다. 배천댁도 졸린 눈을 부비고 참견을 했다.

"부자가 더 무섭다니까. 국수 잔치헐 돈 아까워서 밤엔 서로 끼고 자구 낮엔 남남인 척 시침을 떼는 거 아닌가 모르겠네."

혼자 몸으로 술장사하면서도 주위에 넘보는 사내를 거느리지 않은 여편네답게 덤덤하게 말했음에도 불구하고 태남이는 버럭 역정을 냈다.

"듣기 싫소. 아지머이도 혼자 살면서 혼자 사는 여자를 어드렇게 보구 허는 소리요."

*   奸智: 간사한 지혜.

태남이가 혜정이를 사모한 건 아내가 살아 있을 때부터였기 때문에 그의 사랑엔 처음부터 죄의식 같은 게 섞여 있었다. 지금 그는 홀아비요 혜정이는 이혼당한 몸이었다. 동네 사람은 물론 그의 아들까지 두 사람이 정식으로 결합하기를 학수고대하는 눈치였고, 설사 국수 잔치를 생략하고 합친다 해도 피차가 헌 계집 서방이니 하늘과 땅에도 부끄러울 것이 없었다. 그러나 태남이는 상처하기 전부터 혜정이한테 마음을 태운 죄를 속죄하는 의미로도 참는 데까지 참아 보고 싶었다. 경순이를 끼고 잠든 혜정이를 달빛에 훔쳐보면서 맛본 정욕의 괴로움은 사랑이 아니라 차라리 지옥의 기름 가마였다. 그러나 그걸 잘 다스리고 났을 때의 슬픈 만족감은 죽은 아내와의 첫사랑의 기쁨보다 더 귀중했다. 태남이는 그들 사이가 이러쿵저러쿵 남의 입초시에 오르내리는 걸 참을 수가 없었다. 남에게 설명할 수도 없거니와 구태여 이해받고 싶지도 않은 비밀스러운 영역을 모독당하는 것 같았다.

"어매, 저 역성드는 것 좀 봐. 혼자 사는 여편네 어디 서러워 살겠나."

태남이의 역정을 배천댁은 가볍게 받아넘겼다. 그런데도 태남이는 역정을 가라앉힐 줄 몰랐다.

"그런 말투가 어딨소. 누가 들으면 혜정 씨는 혼자 사는 게 아닌 줄 알잖겠소."

"자네 왜 이렇게 옹졸허게 구나. 이웃사촌들이 다 자네네 경사가 보고 싶어서 허는 소린 줄 몰라서 이러나."

"미안케 됐시다."

태남이는 한참 만에 이렇게 사과를 했지만 께적지근하
긴 마찬가지였다. 배천댁이나 마도섭의 사람됨과 입이 다
견딜 수 없이 상스럽게 여겨졌다. 그리고 무턱대고 그들의
천박하고 통속적인 관심으로부터 혜정이와의 관계를 지키
고 싶었다. 그가 정말 하고 싶은 말은 미안하게 됐시다가 아
니라 모독하지 마시우, 였다.

"중이 제 머리 깎는 거 봤수?"

배천댁이 귀 떨어진 목판에다가 빈 그릇을 주섬주섬
담아 가고 나서 행주로 술청을 훔치면서 중얼댔다.

"그게 누구 들으라고 허는 소리요?"

마도섭이 딴청을 부렸다.

"누군 누구요, 마 씨 아재지."

"으응, 나한테 배천댁 중신 서 달라고?"

"듣기 싫소. 술 석 잔에 양복 한 벌은 떼 논 당상인 연분
을 코앞에 두고도 딴청만 부리니까 생전 궁상을 못 면하지."

배천댁이 흰자위가 많은 눈으로 한 번 크게 마도섭을
흘겨 주고 나서 돌아섰다. 허술하게 찐 쪽에 삐딱하게 꽂힌
흑각 비녀하며 푸수수 곤두선 흰 머리칼하며 여자를 느끼
기엔 한참 지난 나이란 게 몹시 쓸쓸하게 느껴졌다.

"자네도 들었지. 이 동네 사람덜이 자네덜이 뜸만 들이
는 게 오죽 답답했으면 저 마음씨 좋은 배천댁이 다 나헌테
악담꺼정 해 가면서 중신 들라고 성화를 허겠나. 뜸 너무 들
이다 누룽지 먹지 말고, 따끈헌 밥 먹고 싶거든 내가 나서

286

줌세. 양복 한 벌은커녕 고무신 한 켤레도 안 바랄 테니 그점은 걱정 말고 한마디만 허거나."

"싫습니다요, 절대루요."

태남이가 정색하고 단호하게 말했다.

"싫다니, 장개를 안 가겠단 말야. 뭔 소리야?"

마도섭보다 배천댁이 더 놀라서 언성을 높였다.

"제 일에 남들이 상관허는 게 싫다구요. 우리 일은 우리가 알아서 헐 테니 제발 내버려 두세요."

마도섭은 태남이의 전에 없이 단호한 태도에 질렸는지더는 그 얘기를 하지 않았다. 그러나 세 사람 사이가 묘하게서먹서먹해져서 두 사람은 무안을 당한 것처럼 머쓱하게배천옥을 나왔고, 배천댁도 입을 한 번 삐쭉하는 걸로 인사말을 대신했다.

꽤 늦은 시간인데도 경국이는 가겟방 책상에 단정히앉아서 공부를 하고 있었다. 경국이는 공부를 잘했다. 태남이는 문득 그가 그만한 나이 때 읽은 『월남 망국사』를 생각했다. 그걸 읽고 잠 못 이루던 밤의 바른 정신이 밤하늘의별처럼 또렷이 떠올랐다. 자신의 지난날의 정신을 별처럼아름답게 여기긴 처음이었다. 저렇게 열심히 공부하는 이들에게도 과연 별 같은 지표가 있을까. 실은 그게 알고 싶은건지도 몰랐다. 아들은 아버지의 기척에 일어나서 공손히인사하고 다시 책상 앞으로 갔다.

큰길로 면한 가게와 가겟방은 중정을 끼고 안채와 통하게 돼 있었다. 안채엔 안방과 건넌방 마루가 있었고, 안방에서 꺾여서 부엌과 광이 있고 건넌방에서 꺾여선 광과 뒷곁목으로 난 출입문이 있었다. 전체적으로 ㅁ 자 구조였다.

불 켜진 건넌방엔 경순이가 잠들어 있었고 혜정인 그 곁에서 바느질을 하고 있었다.

"벌써 설빔을 지으시니까?"

색색가지 헝겊을 길이로 모아 인두질을 하고 있는 혜정이를 보고 태남이는 이렇게 말을 시켰다.

"설빔은요, 색동저고리를 한번 입혀 보고 싶어서요."

"경순이 호사허네."

"저녁 잡수셔야죠?"

혜정이가 화로 한가운데를 누르고 있던 불돌을 인두로 밀어 놓고는 재를 헤치자 뜬숯은 물론 눌렸던 재까지 장밋빛으로 살아났다. 혜정이가 그 위에다 삼발이를 놓고 찌개 뚝배기를 얹는 걸 보면서 태남이는 명주 이불에 맨몸으로 파고들 때처럼 따습고 포근한 가정의 평화를 느꼈다.

"군상 차릴 거 읎는데……. 안주를 많이 집어먹어서 시장기는 면했거들랑요."

"시장만 면해서 씁니까. 늦도록 주판 놓고 장부 정리하실 분이……."

"아지맨 저녁 드셨시니까."

"그럼요. 시방이 몇 신데요. 아이들하고 벌써 먹었지요. 안방으로 가세요. 거기 상 봐 놨으니까요."

"그럼 뚝배긴 이리 주소. 내가 가져다 먹을 테니까."

혜정이는 말없이 작은 오지 소래기에다 뚝배기를 받쳐

주었다. 안방 아랫목은 부엌 부뚜막과 연결이 돼 있어서 훈훈했다. 그러나 혜정이가 따라 들어와 주지 않은 게 서운한 태남이에겐 유난히 썰렁하게 느껴졌다. 윗목엔 아내가 쓰던 세간살이가 고스란히 보존돼 있었다. 그러나 아내가 죽은 후 더욱 반들반들 윤기를 더해 가고 있어 아내보다도 혜정이의 손때가 느껴졌다. 개성의 양말 공장 시절 만발한 유도화 꽃그늘에서 처음 만난 여학생 때의 아내를 생각해 내려고 했다. 젊은 날의 기쁨과 아픔이 느낌으로는 생생하게 떠올랐지만 처녀 적 아내의 모습은 잡힐 듯 잡힐 듯 잡히지 않았다. 처녀 적뿐 아니라 혼인하고 행복하게 살던 때의 아내의 모습을 그는 기억해 낼 수가 없었다. 아내가 건강할 때 그는 행복했었건만 지금 그가 구체적으로 떠올릴 수 있는 건 정신이 병들어 거의 폐인이 되다시피 한 아내밖에 없었다. 아내의 일생이 비록 길지는 않았지만 그래도 병들었을 때보다 건강하게 산 적이 훨씬 길었건만 어쩌면 그렇게 생전 병들었던 것처럼밖에 기억할 수 없는 것일까. 세상에 의리도 없지. 태남이는 이렇게 스스로를 꾸짖었다. 그러나 행복했던 시절은 순식간에 가고 고통은 길었다. 다시 행복해지고 싶은 갈망을 탓할 수는 없었다.

태남이는 색 맞춰 모은 조각 상보에 덮인 밥상을 아랫목으로 끌어당겼다. 아랫목 포대기 밑에 묻어 놓은 밥주발이 따끈따끈했다. 시장기가 당기지 않아선지 그는 엎드린 채 한동안 밥주발을 끌어안고만 있었다. 밥주발의 알맞은 온기가 편안하고 흐뭇했다. 혜정일 안으면 어떤 느낌일까.

한 번도 여자를 안아 본 적이 없는 것처럼 그 신비가 그의 마음을 울렁거리게 했다. 그는 소년처럼 부끄러워하며 소년처럼 상상력이 풍부해졌다. 내가 이게 무슨 꼴이지. 문밖을 스치고 지나가는 바람 소리에 놀란 태남이는 얼른 밥주발을 상에다 올려놓고 저녁을 먹기 시작했다. 거의 주발이 비어 갈 무렵 혜정이는 조심스럽게 인기척을 내고 숭늉을 대령했고 식사가 끝나자 상을 내갔다. 그렇게 드나드는 동안 혜정이는 조금도 태남이를 경계하거나 어려워하는 기색이 없이 마치 누이처럼 굴었다. 밥주발보다 훨씬 부드럽고 유연한 여자의 손길이 눈앞에 오락가락하고 향긋한 크림 냄새가 정신을 산란하게 했지만 그는 손목 한번 잡아 볼 엄두를 못 냈다. 경계하지도 아양을 떨지도 않는 누이처럼 천연덕스러운 태도가 되레 그를 꼼짝 못 하게 했다. 혜정이는 처음부터 그랬다. 그녀가 여란이하고 처음 불쑥 그의 집에 나타났을 때 그는 얼마나 곤혹스러워했는가. 집안 꼴도 그때는 말이 아니었지만, 여란이도 비록 조카딸이라곤 하지만 친숙한 사이가 아닌데 친구도 아니고 친척도 아닌 수상한 여자를 달고 오다니 반가울 리가 없었다. 게다가 알고 보니 경성서도 알아줄 만한 대갓댁 맏며느리였다가 쫓겨 온 몸이라니 더욱 난감했다. 하루 이틀 데리고 있기도 모셔야되는 건지 내버려 둬야 하는 건지 분간이 안 됐다. 그러나 혜정이는 누가 싫어하고 좋아할 새 없이 신속하게 제 할 일을 찾아 알아서 하기 시작했다. 마치 그녀가 나타나기를 기다리고 일부러 내버려 두었던 것처럼 그의 집구석은 온통

할 일투성이였다. 함부로 쏟아지고 흩어진 책이 책꽂이에 꽂혀 나가듯이, 주부가 병든 집안의 귀살스러운 혼란이 단박 질서 잡혀 가기 시작했다. 여란이가 일본으로 떠나자 혹시 혜정이도 어느 날 감쪽같이 없어져 버리는 게 아닌가 전전긍긍할 만큼 그녀는 단시일 내에 그 집안에 없어선 안 될 존재가 돼 있었다.

덕분에 그의 아내는 아내 노릇 엄마 노릇을 제대로 못한다는 죄책감에서 놓여나 마음껏 병을 즐기다가 죽을 수가 있었다. 혜정이가 얼마나 아내를 잘 거두었던지 아내의 주검은 그대로 하늘로 날아올라도 손색이 없을 만큼 곱고 깨끗하고 화평스러웠다. 동네 사람들도 다들 호강하다 죽었다고 아내의 주검을 기렸다. 혜정이만 아니었으면 아마 어림도 없었을 것이다. 아내가 호강하다 죽었다는 건 지금도 태남이에게 큰 위로가 되었기 때문에 곧이곧대로 믿고 싶었다. 그건 아내가 숨을 거두기 전까지는 결코 혜정이를 사모한 일이 없다고 스스로 믿고 싶은 마음과도 같았다. 아무리 사랑하던 아내였고, 아이들의 어머니였고, 또 제 명에 못 죽은 젊은 죽음이라고는 하나, 여러 해 병석에 있었고, 보통 병이 아닌 성한 사람도 미치게 할 것 같은 정신의 병이었기에 죽고 나자 집 안에 갑자기 햇볕이 든 것처럼 명랑해지고 숨통이 트인 건 어쩔 수가 없었다. 그러나 행여 혜정이 때문에 더 그런가 반성하는 마음이 더욱 혜정이의 공을 생전의 아내에게까지 미치게 하고 싶었다.

아랫목에 이부자리를 깔자 그대로 그 속에 파고들어

달착지근한 공상이나 궁글리다 잠들고 싶은 생각이 굴뚝 같았다. 그러나 산짜 엿본 건넌방엔 아직도 불이 켜져 있었다. 밤이 이슥도록 가겟방에서 장부 정리도 하고 다음 날 돈 벌 궁리도 하기를 혜정이가 바라고 있다고 생각하자 갑자기 졸음이 달아났다. 그는 일부러 큰기침을 하면서 가겟방으로 나갔다. 소년처럼 스스로를 사내답다고 으스대는 기분이 넘쳤다.

장사를 해서 돈을 버는 것도 사내답고 보람 있는 일이라는 걸 일깨워 준 것도 혜정이었다. 그가 10여 년 전 홀연히 양말 공장 기술자 자리를 박차고 만주 땅으로 진동열 선생을 찾아 나선 건 달래에 대한 연정도 있었지만 자신 속에 넘치는 정열과 힘을 투신할 일을 찾아서이기도 했다. 그가 투신하고 싶은 건 독립운동이었고 그중에서도 입이나 붓대를 놀리는 갑갑한 운동이 아니라, 총칼을 들고 목숨을 거는 화끈한 운동이었다. 그러나 훗날 장인이 돼 준 진동열 선생이 그에게 시킨 일은 자금을 조달하는 일이었고, 덕분에 많은 동지들이 희생되고 장인까지 학살을 당하는 전투와 토벌 속에서도 그는 안전하게 목숨을 부지할 수가 있었다. 진동열 선생 같은 애국지사도 사사로운 정으로 사위의 안전을 꾀했다고 생각할 수밖에 없었다. 장인이 그렇게 무참하게 죽은 후에라도 구차하게 살아 있음에 대한 치욕을 만회하고 싶었지만 그땐 이미 아내는 병들고 자식들은 어렸다. 호구지책이 급했고 마침 그의 곤궁을 보고 간 종상이의 두터운 정의로 장삿길에 들어서긴 했지만 장사가 잘되면 잘

될수록 이게 아닌데 싶은 열등감도 깊어만 갔다. 언젠가 그런 심정을 혜정이한테 털어놓은 적이 있었다. 그때만 해도 아내가 살아 있을 때여서 혜정이에 대한 연정도 의식하기 전이었다. 고맙고 쓸모 있는 누이 대하듯 스스럼없이 좋고 마음으로부터 의지가 될 때였다. 혜정이는 그의 자못 심각한 고민을 가볍게 일축했다.

"총칼 들고 싸우는 것만이 독립운동인가요. 총칼은 어데서 거저 난대요. 또 안 먹고 안 입고 싸울 수 있나요. 돈 많이 벌어서 무기도 대 주고 독립투사들 의식도 대 주는 것도 훌륭한 독립운동이에요. 자기가 할 수 있는 일 제쳐 놓고 남하는 일 부러워하는 것처럼 바보짓은 없어요."

혜정이의 그런 말이 당장 그의 열등감과 앙앙불락하는 마음을 고쳐 준 건 아니지만 예언처럼 현실로 나타나기 시작했다. 잠적했던 독립운동 단체들이 과거의 연줄을 믿고 그에게 줄을 대 물질적 원조를 요청하기에 이르렀고 그들을 섭섭지 않게 해야겠다는 생각으로 열심히 하니까 장사에도 점점 손속이 나기 시작했고 나름대로 보람도 느낄 수가 있었다. 무엇보다도 혜정이가 지켜보고 있다고 생각하면 많이 벌고 잘 쓰고 으스대고 칭찬도 받고 싶었다.

그때도 아내가 살아 있을 적인데 병자 수발하랴, 아이들 거두랴 눈코 뜰 새 없이 바쁜 혜정이를 위로한답시고 불쑥 이런 말을 한 적이 있었다.

"참 고생도 팔자유. 내로라하는 양반에다 부잣집 맏며느리가 이 험한 땅에서 이게 무슨 못할 노릇이시우."

워낙 말주변이 없는 태남인지라 너무도 고마운 걸 이러 퉁명으로 대신했나 보다 그때의 혜정이의 대답도 태남이는 잊을 수가 없다.

"진짜 못할 노릇은 사람답지 못한 사람의 아내 노릇, 경멸하는 집안의 며느리 노릇이랍니다."

참으로 당찬 여자였다. 그렇게 당찬 여자가 그에겐 얼마나 다소곳하고 아이들에겐 또 얼마나 자상한가. 태남이는 자부심과 함께 기쁨이 용솟음치는 걸 느꼈다. 혜정이도 자기를 좋아하고 있다는 건 벌써부터 알고 있었다. 그런 건 말 이전에 느낌으로 오게 돼 있었다. 그는 말에 자신이 없는 대신 느낌엔 자신이 있었다. 아직도 자신이 안 서는 게 남아 있다면 그녀가 자기를 사랑할 뿐 아니라 존경까지 해 주느냐였다. 존경까지 해 주지 않는 한 그녀를 완전히 소유할 수는 없을 것 같았다. 그게 그 여자가 보통 여자와 다른 점이라고 생각했고 그 다른 점 때문에 더욱 그 여자가 좋았다. 어떻게 무슨 말로 혜정이한테 자기의 진심을 밝힐 것인가.

아까 배천옥에서 아무도 그와 혜정 사이를 중신 서 주길 바라지 않는다고 큰소리칠 때와는 달리 직접 할 말이 도무지 생각나지 않았다.

"경순이 엄마가 돼 주십시오." 그게 가장 무난할 것 같지만 당장 핀잔을 맞을 것도 같다. 지금도 경순이 엄마 노릇은 충분히 하고 있으니까. "내 아내가 돼 주십시오." 너무 평범하다. "우리 같이 삽시다." 너무 천박하다. "당신과 함께라면 죽어도 좋소." 너무 화끈하고도 사위스럽다. 한 번 상처도 억울한데 또 누굴 죽이려고.

결국은 마도섭이 나서야 뭔 일이 성사될 것 같다. 젠장. 싫지만 어쩔 수가 없다. 어떡허든 밀어 내고 싶은 혐오감과 마지막 기댈 곳은 그밖에 없다는 만만한 안도감은 자신의 감정인데도 도무지 종잡을 수가 없었다. 문득 마도섭이 신 선생을 일등칸에서 만난 게 수상한 생각이 들었다. 마도섭 은 신 영감이 신사복 입고 일등칸에 탄 걸 수상하게 여기고 접근한 모양이지만 태남이 보기엔 마도섭이 일등칸에 탔다 는 게 더 수상했다. 마도섭도 신사복이나 세루 두루마기쯤 입고 일등칸에 탄 것일까. 그랬을 리가 없다. 그는 겨우 남 루를 면한 무명 바지저고리와 마도섭을 떼어 놓고 생각할 수가 없었다. 그렇담? 태남이는 마도섭을 더 이상 의심하는 대신 픽, 하고 맥 빠진 웃음을 웃고 말았다. 잘못 알았거나, 아니면 호기심 반 주책 반 해서 미친 척하고 일등칸을 기웃 거렸음에 틀림이 없다고 여겨서였다. 그게 가장 마도섭에 게 어울렸다. 그러면 그렇지 쯧쯧, 그는 그런 마도섭을 본 듯이 민망해서 혀까지 찼다.

엿장수 신 영감에 대한 중대한 비밀을 공유하고 있다 는 친밀감과 이런 경멸감이 어우러져 태남이는 더욱 마도 섭한테 흉허물 없이 굴었고, 마도섭은 마도섭대로 마음씨 좋은 친척 아저씨처럼 아이들을 귀애하고 집안 대소사에 참견도 했지만 결코 아쉰 소리 하거나 폐 되는 짓은 하지 않 았다.

결국 익은 과일 따듯이 수월하게 태남이와 혜정이를

맺어 준 것도 마도섭이었다. 두 사람이 맺어지길 바라면서 오래 기다린 이웃 사람들이 참 어려운 일 했다고 치하하면 마도섭은 별것도 아니라는 얼굴로 이렇게 말하곤 했다.

"내가 헌 일이라곤 때를 기다린 것밖에 없시다. 과일도 선 걸 섣불리 따려면 무뜯어야 허지만 농익으면 툭 건드리기가 무섭게 떨어지지 않던감요."

9   인삼장의 연회

고무 공장과 삼업사의 실무를 거의 전부 아들 경우에게 물려주고 난 종상이는 동흥동의 고려청년회관에서 소일하는 날이 많았다. 서해랑 집에서 가깝기도 했거니와 아래층에 자리 잡은 상공회의소와 번영회엔 개성의 내로라하는 장사꾼들이 수시로 들락거렸다. 상인들끼리 친목도 도모하고 정보도 교환할 겸 해서 들르는 사람들이라 늘 시끌시끌하고 활기에 차 있으면서 적당한 긴장감이 감도는 게 꼭 왕년의 황도중 어른의 사랑방을 연상시켰다. 황도중이 세상을 떠난 지도 10년이 넘었고 주로 사랑방에서 이루어지던 흥정이나 돈거래의 풍습도 많이 변해 이젠 얼마 남아 있지 않았다.

종상이네뿐 아니라 처가인 전부성, 전이성 양가를 비롯해서 그 바닥에서 이름이 알려진 장사꾼의 집안이 거의가 다 세대가 교체되는 바람에 장사의 방식도 신식 바람이

불고 있었다. 외빈내부를 숭상하던 선대와는 달리 씀씀이
도 헤퍼지고 툭하면 전주를 끌어들여 주식회사 차리고 사
무실 꾸미고 사장 명함 돌리는 게 유행이었다.

번영회 사무실을 들락거리는 젊은 상공인 중 그렇게
실속 없는 사람은 극히 일부이련만도 한쪽 구석에 진을 치
고 바둑이나 장기로 소일하는 왕년의 상인들의 주된 화제
는 요즈음 젊은것들에 대한 걱정과 한탄이 대부분이었다.
그중에도 동해랑 집 당주가 된 분열이가 경성 가서 사업한
답시고 신여성을 첩으로 들여앉히고 거들먹거리다 패가
망신한 건 두고두고 늙은이들 입초시에 오르내렸다. 동해
랑 집까지 잡아먹어 날아가게 된 걸 태임이가 빚을 갚아 주
어 지금은 중풍으로 반신불수가 된 이성이가 쓰고 있었다.
평소 친정 식구들 중에서 이성이 삼촌과 그의 아들 분열이
를 가장 못마땅해하던 태임이가 거금을 아끼지 않고 동해
랑 집을 구한 건 순전히 집에 대한 애착이지 친정 식구들
에 대한 의리나 동정하곤 상관없는 일이었다. 절손이 된 종
가의 가계를 잇기 위해 분열이를 사후 양자로 삼은 게 법도
로나 인정으로나 조금도 어긋남이 없건만 태임이는 아직도
거기 승복하지 못하고 있었다. 출가외인이 된 지 30년이 넘
은 지금까지도 태임이는 옛날의 친정집인 동해랑 집의 숨
결 속에서 할아버지의 애증과 회한, 어머니의 애욕과 비탄
을 생생하게 감지할 수가 있었다. 그녀에게 동해랑 집은 살
아 숨 쉬고 있었고 인간의 운명의 덧없음에 대해 소곤대고
있었다. 그녀만이 그걸 알아들을 수 있는 한 동해랑 집은 그

녀의 집이었다. 분열이를 그 집 당주로 들여앉힌 건 세상 법도와 후손들의 욕심의 농간이었을 뿐 할아버지의 뜻은 결코 그게 아니었을 거라고 태임이는 아직까지도 믿고 있었다. 그 집은 내 거다. 그건 욕심하고도 무관한 아무한테도 설명할 수 없는 아무한테도 이해받을 수 없는 그녀만의 확신이었다. 아니, 할아버지와의 유명을 초월한 교감이었다. 할아버지는 특별한 어른이니까. 태임이는 할아버지가 그녀의 어머니의 불륜의 씨인 태남이에게 보인 이상한 애착과 간곡한 마지막 부탁을 생각할 때마다 할아버지의 비상식적인 집념이 자신의 피 속에 질기게 이어져 오고 있다는 걸 생생하게 느끼곤 했다. 태남이에 대한 책임감에 앞서 태남이는 내 거라는 무작정의 소유욕이 그녀의 젊은 날의 의식을 깊숙이 지배했던 것처럼 그 집이 생판 남의 것이 되는 걸 참을 수 없는 것 또한 아무도 못 말릴 그녀의 늘그막의 정열이었다. 그러나 재물에 대한 노욕하곤 달랐다. 태임이가 생판 남에게 내주기 싫은 건 집문서나 노른자위 집터나 육간대청이 드높은 기와집이 아니라, 그녀만 아는 할아버지의 전성시대와 뒤란 우물 속에서 복사꽃보다도 요요하게 떠오른 어머니의 죽음이었다.

"이성 씨 그 모양으로 폐인 된 걸 보면 자식 놈 유학 보낸 게 암만해도 굉연헌 짓 헌 것 같다니까."

알부자로 소문났으면서도 위로 두 아들은 상업학교만 졸업시켜 가업을 잇게 하고 막내만 하도 졸라서 마지못해 일본 유학을 보낸 대동상회 윤 노인의 개탄이었다.

"처숙이 중풍 걸린 게 어디 분열이 때문인감요. 연세도 있는데 쇼싯저처럼 야주 너무 좋아허시다 그 지경 당허신 게죠."

훈수를 두는 것도 아니면서 멍허니 남의 장기판을 바라보고 있던 종상이가 한마디 했다. 분열이를 변명할 생각보다는 나 듣는 데서 처갓집 얘기는 더 이상 말라는 뜻이었다.

"뭘 다 아는 얘길 가지고 그래. 분열이 녀석이 즈이 애비 어음 부도 내고 나서 홧김에 몇 날 며칠 술만 퍼마시다가 덜컥 그 지경 당했잖은감."

"그렇긴 헙죠만 그건 분열이가 유학 갔다 온 것허군 상관읎는 일입죠."

종상이는 노인 대접을 해서 공손하게 한 걸음 물러난다. 그러나 백발이 성성하긴 오히려 윤 노인보다 종상이가 더하다. 경우한테 장사를 넘겨주고 나서 시난고난 기력과 양기가 떨어지더니 작년부터는 느닷없이 쇼싯적의 장독까지 도져 자다가도 애개개 소리가 나게 뼈마디가 쑤시곤 한다. 장독이 무서운 건지 환갑 나이가 무서운 건지, 아마 둘 다일지도 모른다.

"왜 상관이 읎어. 유학허구 온 눔치구 조강지처 박대허지 않은 눔이 있으믄 어디 대 보게나."

윤 노인이 괜히 언성을 높였다.

"허허 윤 사장, 어느새 노망났어. 때와 장소에 따라 헐 소리 못 헐 소리도 못 가리게."

윤 노인과 동년배인 염료상회 임 노인이 윤 노인 옆구

리를 찌르며 눈총을 주었다. 종상이 앞에서 못 할 소리라는 뜻이 뻔했다. 종상이는 모욕감으로 얼굴이 달아오르는 걸 의당 받아야 할 벌을 받듯이 지그시 참는다. 그리고 속으로 기력이 쇠한 건 매사에 의욕을 잃고 나서고 의욕을 잃은 건 여란이 때문이라고 생각한다. 여란이, 절 내가 어떻게 기른 딸인데 하필이면 남의 첩이 됐단 말인가. 상철이의 조강지처는 여란이가 아들을 낳자 선선히 민적까지 갈라 주고 나갔기 때문에 여란이는 여봐란듯이 성대한 결혼식까지 치르고 떳떳하게 본마누라가 된 지 몇몇 해가 흘렀건만도 여전히 그 보수적인 고장 사람들 눈엔 첩이었다. 호적에 올랐기 때문에 더욱 못되고 요망한 첩이었다. 첩이 된 딸을 둔 모욕감을 견디기 위해 성깔을 죽이다 보니 덩달아 기력까지 쇠퇴해 가는 게 눈에 보이는 듯했다.

"내가 뭐랬게. 난 암 말도 안 했네. 일전에 이성 씨 문병을 갔다가 그 안식구 데면데면허기가 꼭 후딱 죽기를 바라는 눈치구, 며느리두 쌀쌀맞기가 고드름허구 맞먹는 걸 보구 나선 속으로 어드렇게나 안되구 괘씸헌지, 아무리 가산은 기울었어두 소박만 맞지 않았으믄 하늘도 내려다보구 시상 이목두 있는데 설마 마누라 노릇을 저리 야박허겐 못 헐 것이다 싶더란 말일세. 그래서 나온 말이지 누구라 이 사장 보구 뭐랬남."

뒤늦게 무안해진 윤 노인이 장황하게 변명을 늘어놓았다. 여란이 하나 그렇게 된 것만 빼면 여지껏 쌓아 온 인덕으로 보나 재력으로 보나 뒤를 이은 경우의 실력으로 보나 그 바닥에서 종상이를 괄시할 사람은 아무도 없었다.

"그만덜 두십시다요. 건 아무렇기도 않으니까요."

"그럼, 그럼 그래야지. 실상 자네 들으라고 헌 소리긴 했지만서두 기분 상허게 헐 생각은 추호도 없었다네. 자네 딸 생각은 그만 깜박 잊어먹고, 아들 생각만 했지 뭔가. 난 늘상 자네 아들을 젤 부러워했거들랑. 자네 아들 하나는 열 아들 부럽지 않게 둔 줄이나 알게. 애비 돈 많겠다 저 공부 잘허겄다. 경성 유학 아니라 일본 구라파 유학도 갈 만한 처진데도, 어중이떠중이가 다 사각모를 무신 돌날 복건처럼 써 보려고 날치는 시체 풍습에 외눈 하나 까딱 안 하고 딱 상업에 필요헌 만큼만 배우고 나서 가업을 잇기가 어디 쉬운 노릇인가. 가업을 잇고 까먹지만 안 해도 황공헐 텐데 그 후 불 일어나듯 일어난 건 우리덜도 다 아는 사실이구. 뭐니 뭐니 해도 자넨 복인이야."

"아무러믄요."

종상이는 쓸쓸하게 맞장구를 쳤다. 경우가 남 다 가는 일본 유학 대신 일본의 유수한 화학 공장에 견습공으로 취직해서 앞선 기술뿐 아니라 새로운 상품의 일수판매권까지 따내 망해 가는 아버지 회사를 다시 일으킨 사건은 몇 년을 두고 개성 사람들이 싫증도 안 내고 즐겨 읊는 입지전이었다. 그러나 종상이는 아들이 전형적인 장사꾼으로 굳어져 가는 게 남이 부러워하는 것만치 흐뭇하지만은 않았다. 아무 말 없이 일본으로 달아났던 것 말고는 여지껏 부모 속을 썩이거나 말을 거역한 적이 없었다. 부모가 먼저 선보고 나서 맞선을 보게 한 규수와 순탄하게 혼인해서 벌써 아들만 형제를 두고 금슬도 한결같았다. 그 시절로는 늦게 둔 외아들이 그만했으면 복 좋단 소리 들어 마땅했다. 이런 걸 두고 복에 겹다고 하는 건가. 종상이는 그럼에도 불구하고 허전한 자기 마음을 이렇게 꾸짖어도 보았지만 허전하긴 마찬가지였다. 그가 아들에게 건 소망의 자리는 아직도 많이 비어 있었다. 한마디로 경우의 그릇은 그의 소망의 그릇에 훨씬 못 미쳤다. 그는 아들에게 꿈이 있었고 아들은 현실적이었다. 어쩜 젊은 애가 저렇게 이상이 없을까. 전문학교만 갔어도 안 그럴 텐데. 그래서 종상이는 남들이 경우를 유학도 안 가고 성공한 본보기로 삼는 게 듣기 싫었다.

"다 제 되기 나름이지 유학 간다고 다 연애질만 허란 법이 어디에 있시니까. 공 부잣집 아들 공진항이 못 봤어요?"

"그래, 그래 참 개성에서 인물 났더구만."

"아무렴 큰 인물이구말구요."

"구라파 유학 가서 하두 안 돌아오길래 노랑머리 얻어서 아들 손주꺼정 거느리고 올라나딜 쑤군대더니만 하여튼 우리네 우물 안 개구리딜은 꿈도 못 꿀 큰일을 저질렀더구먼……."

"큰 인물이 마침 큰 땅을 만난 게지요. 농장 규모가 900만 평이나 된다니 만주 땅이나 되니까 있을 수 있는 일이지 이 코딱지만 한 국토 안에서야 아무리 통 큰 사람이래두 별수 있었겠시니까."

상담을 나누던 소장 장사꾼이 참견을 했다.

"코딱지만 헌 땅에서락두 쫓겨나지나 말았으면 좋겠네. 긔년에 삽남에 기풉이 들디니만 올헤 봉친이니 회렁스루 가는 삼등 기차간 보게. 맨 누덕누덕한 보따리에 바가지 매달구 고향 땅 등지는 식구덜이라니까."

"그겁니다. 바루 그게 공진항 씨가 만주 땅을 개척한 포부라니까요. 많은 인총이 이 좁은 땅에서만 복작거릴 게 아니구나 허는 게 공진항 씨가 구라파에서 시베리아 철도 타구 넓으나 넓은 러시아 땅 만주 벌판을 거치면서 느낀 거라지 않던감요."

"그럼 자넨 우리 백성이 쪽박 차고 쫓겨나는 게 잘됐단 소린가 뭔가."

"쫓겨나는 게 아니라 뻗어 가는 거라니까요."

"뻗어? 누구 맘대루 뻗어. 왜놈덜이 쥐고 있는 땅에서 조선 사람이 뻗어 봤댔자 그놈들 손바닥 안 놀음이지."

"그렇게 치면 조선 땅이 더 허죠. 이 땅은 일본 땅 아닌감요. 쫓겨나구 말구두 읊는 거야요."

"저 사람 말허는 것 보게. 젊은 사람 소견머리가 저러니 나라 꼴이 요 모양 요 꼴이지."

"자네 왜 이러나, 별것도 아닌 걸 갖고 언성을 높이고 그래. 시방 우리한테 나라가 어디메 있다구."

"아저씨 막내아드님은 한술 더 뜨데요, 뭐. 지난 여름방학에 돌아왔을 때, 길에서 만났는데 첫인사가 곤니찌와더라구요."

"그래서? 그래서 그걸 그냥 놔뒀냐. 귀싸대기를 한 대

올려 주잖구."

"아저씨두, 참."

말한 젊은이가 되레 열없어져서 그 얘긴 거기서 흐지부지되고 말았다. 개성 갑부 공성학이의 아들 공진항이가 만주 벌판 평안점에 대농장을 개척한 얘기는 그곳 상공회의소뿐 아니라 개성 바닥에 소문이 자자했다. 드물게 통이 큰 이야기이기도 했지만 그 발단도 극적이었다. 부친을 잘 만난 덕으로 구라파 유학까지 가서 남달리 오랜 유학 생활을 마치고 돌아올 때 시베리아를 거쳐 만주 평야를 지나면서 가도 가도 지평선만 보이는 그 광대무변함에 한없이 매혹당했다고 한다. 당초의 매혹은 그 버려진 황무지를 옥토로 개간할 수만 있다면 떼돈을 벌 수 있다는 다분히 상업적인 영감이었지만 고향으로 돌아와 그동안 많이 피폐해진 농촌과 남부여대 유랑의 길을 떠나는 농민들의 참상을 보고는 장삿속보다는 자신의 교양에 맞는 이상향 건설을 꿈꾸게 되었다. 워낙 통 크게 벌인 사업이라 우리 고장에서 큰 인물 났다고 믿고 싶은 소박한 마음들이 미화시킨 얘긴지는 몰라도 하여튼 공진항의 성공담은 어디 가나 화젯거리였다. 물론 칭송의 소리만 있는 건 아니었다.

"소작 부쳐 먹구 사는 신센 어디나 마찬가지지 공진항이 땅 소작 부쳐 먹는다구 어느 하세월에 제 땅 맨들어 준답디까?"

"맞아요. 죽자꾸나 농사지어도 보릿고개엔 초근목피로 연명허는 소작인 팔자가 피어 봤댔자 얼마나 피겠다구 거

305

기꺼정 가서 그 고생을 허니까? 추위가 어드렇게나 혹독헌 기 까땩 잘못 간수혔단 손목 발목을 잘라 내야 쳐는 일도 에 사래요. 농사꾼이 손목 발목 없으면 죽은 목숨이지 뭐겠시 니까. 보릿고개 겁난다고 이 일기 순한 금수강산 버리고 백 줴 오줌발이 곧장 고드름 된다는 만주 벌판으로 간다는 게 말이나 됩니까?"

"저런 소갈딱지 없는 사람 봤나. 우리네 장사꾼허구 달 라 땅 파먹는 재주밖에 못 타구난 농사꾼이 오죽해야 대물 려 살던 땅을 뜨겠는가. 쫓겨 가는 사람덜헌테 호강허구 싶 어 가는 사람헌테나 헐 소리 허는 게 아닐세."

"글쎄 그렇단 소리지만서두요, 아무튼 고생이 말이 아 니래요. 일본 사람이나 만주 사람 땅 소작 부쳐 먹는 것보담 더 신역이 되고 수탈이 가혹허단 소문도 못 들으셨시니까? 만주 땅꺼정 쫓겨 가는 게 억울허다구 거기서락두 조선 사 람 밑에서 땅 파는 걸루다 마암을 달래려는 게 다 부질없다 이겁죠."

그때 고려청년회관 이사로 있는 훤칠하고 준수한 청년 이 언제 들어왔는지 말참견을 했다.

"어르신네덜 말씀이 다 틀린 말씀은 아니로군요. 황무 질 가지구 밭도 아니구 논으로 맹글려니 그 고생이 이만저 만했겠시니까. 아무리 동포가 허는 일이라 해도 자리가 잽 힌 일본인 농장이나 본토 사람덜 땅 소작 부쳐 먹는 것보다 훨씬 더 고된 건 뻔헌 이치죠. 그렇지만 되놈이나 왜놈 땅 에서 고용살이허는 것허구 대겠시니까. 그놈들 땅 죽자꾸

306

나 파 봤댔자 겨우 굶지 않는 게 고작이지만 공 사장은 이상이 있는 사람이거덜랑요. 자기 이상에 동포덜을 탄복시키고 뒤따르게 맨드는 재간도 특출허구요. 한마디로 같은 고생을 해도 꿈을 가지고 고생을 허게 헌 거죠."

"좋게 말허자문 그렇겠지만서두 까놓구 말허문 그것도 힘 덜 들이구 농민 피땀 울궈먹는 고등 수단 아닌감?"

"공 사장이 말루만 그렇게 했다문 그런 소리 들어 싸겠지만 실지로 한 해가 다르게 이상대루 돼 가는 데야 어쩔 겁니까. 젤 먼첨 민족 교육을 위한 학교를 세웠죠. 정처 읎이 유랑해 온 동포는 무조건 수용해 정착토록 했죠. 시방은 평화롭고 풍요허기가 딴세상 겉으답니다."

"설마. 그 사람이 단시일 내에 그만큼 된 건 소문대루일지 몰라도 부자가 부자 되는 방법은 예나 시방이나 뻔헌 거 아냐. 배부른 눈으루 본 평화, 그거 믿을 거 못 되지. 예로부터 제 배 부르면 종이 굶어 죽어두 배탈 나 죽은 걸루 보인다지 않던감. 얼마나 농장에서 소출을 많이 냈으면 왜놈덜이 그 농장을 내놓으란다며? 불법이라구."

"그건 또 어데메서 들으셨으니까?"

"만주가 뭐 먼가, 다 일본 땅인걸. 작아서 왜놈이니 쪽바리니 했다는데 통두 커. 얼렁뚱땅 만주꺼정 삼켰으니."

"나도 그런 소문을 얼핏 들은 것 같네만 공 사장이 호락호락 내놓을까. 통도 크지만 발은 오죽 넓은 사람인가. 그쪽 헌병대나 영사관 높은 사람덜하구 다 통헐 텐데 미리 손을 쓰겠지."

"나라가 통째루다 넘어가는 걸 보구두 그런 소릴 허나?"

"시유.개산쳐구 나라쳐군 다르기. 사사로운 이익 지키려구 나라 팔아먹었다구 볼 수도 있으니까. 내남직읎이* 사유재산 지키기엔 악착같을걸."

"어쩌다 나라 꼴이 이렇게 됐는지 제아무리 학식 높고 통 큰 공 사장이 만주 벌판을 다 경영허문 뭘 해, 왜놈 손바닥 안 놀음인걸."

입으로 한몫 보는 게 주로 노년층이라 그런지 결론은 자조적으로 끝날 것 같았다. 그때 젊은 박 이사가 다시 한 번 끼어들었다.

"만주로 간 동포치구 편한 거 바쳐서 간 사람이 어딨겠시니까? 독립운동허러 간 지사덜을 비롯해서 빚져서 가구, 쫓겨서 가구, 숨통 막혀서 가구, 알구 보면 나라 잃은 설움을 우리보담 훨씬 많이 느끼고 당한 사람덜입죠. 그 사람덜이 그 거친 땅에 뿌리내리려고 무슨 짓은 못 했겠시니까? 거기서두 잘사는 사람이 생기구 못사는 사람이 생기는 건 사람덜이 맨든 이 세상 이치구, 여기서 우리가 섣불리 흉보거나 부러워허구 끝날 문제가 아니다 이겁니다. 왜놈덜은 만주 땅꺼정 통째로 집어삼켰는지 모르지만 우리 동포들은 죽자꾸나 만주 땅 구석구석에까지 우리의 핏줄을 대 살려 내고 있으니 얼마나 위대헌 일이니까. 가도 가도 끝이 보이지 않는 황무지에 벼가 자랄 수 있도록 수로가 골고루 퍼져

---

* 나와 다른 사람이나 모두 마찬가지로.

있는 걸 보면 목석도 아, 저게 우리 동포의 핏줄이로구나 감동을 안 허군 못 배깁죠. 백문이 불여일견이라구 이번에 그쪽에서 발간되는 우리 동포 신문사의 후원도 있구 해서 뜻있는 청년 실업인을 모아 시찰단을 구성해 볼 참인데 어르신네덜두 많이 협조해 주시기 바랍니다.”

박 이사는 생긴 것도 밉지 않게 생겼거니와 언변도 좋아 결국은 시찰단의 선전과 사전 양해로 끝낸 얘기일망정 듣기 좋고 함축성 있게 했다.

종상이는 다 같이 번영회 사무실에서 헤어져 나오다 말고 문득 떠오른 생각이 있어서 혼자서 돌쳐 들어가 따로 박 이사를 만났다.

“아까 말한 만주 시찰단 말일세. 우리도 한 자리 낄 수 있겠나.”

“이 선생님도 가시게요? 일정이 벅찰 텐데. 그냥 구경 가는 게 아니라 산업 시찰 명목이거든요. 그래서 주로 30대의 젊은 상공인끼리 갈 작정으로 모으는 중인데…….”

“이 사람이 날 아주 늙은이 취급허구 있네. 나두 구경이 좋아 이러는 게 아냐. 구경은 예전에 다 했는걸.”

“정 그러시면 경우를 보내시면 어드렇겠시니까? 그 사람이라면 크게 공부가 될 성싶은데요.”

박 이사가 눈을 빛내며 말했다. 종상이도 그 말에 솔깃했다. 남들이 암만 아들 잘 됐다고 칭송해도 종상이 보기엔 그릇이 작아 보여 불만인 경우로 하여금 견문을 넓히게 하는 데는 다시없는 기회다 싶었다. 그러나 끝내 늙은이를 따돌리려고 하는 박 이사의 계략이 내심 섭섭한 것도 사실이었다. 집에 돌아와 경우를 불러 그 얘기를 했더니 자기두 알고 있었지만 갈 생각이 없어 잘 귀담아듣지 않았노라고 했다.

"넌 너무 처자식 중한 것만 알아서 탈이다."

종상이 말투는 경우 듣기에 꼭 여편네 궁둥이 두들기는 맛에 집 떠나기 싫어하는 것처럼 비양거리는 것 같아 발끈했다. 아버지의 기울어 가는 사업을 일으키기 위해 치른 당찬 모험과 고생을 벌써 잊었단 말인가. 화도 났지만 야속하기도 했다. 경우가 말을 안 해서 그렇지 경우 나름으로 아버지한테 쌓인 유감이 많았다.

"제가요?"

경우는 구태여 뒤틀리는 심정을 감추려 들지 않고 아버지를 똑바로 쳐다보며 말했다.

"그런 식으로 장사허다간 평생 소부(小富)밖에 못 된다."

종상이는 눈치도 없이 아들의 뒤틀린 심사를 건드렸다.

"평생 소부 노릇이라도 헐 수 있었으면 좋겠시다. 전요, 그것도 힘에 부쳐요."

그제서야 종상이는 아들의 심사가 평탄치 않다는 걸 눈치채고 언성을 높였다.

"너 시방 뭐랬냐? 대드는 품이 필시 곡절이 있으렸다."

"아버지, 그 곡절은 아버지가 더 잘 아시잖아요. 전 만주 땅이라면 지긋지긋해요. 저나 허니까 밑 빠진 가마솥에 물 붓기로 한정 없이 그리루 빠져나가도 이만큼 현상 유지

허는 줄이나 아셔요. 시찰단에 끼기 싫은 것두요, 저라도 만주 땅에 돈 안 뿌리려구 그래요. 이제 알아들으시겠어요?"

경우는 전에 없이 불손하게 굴었다. 그거였구나. 네놈의 심보가 겨우 그거였구나. 종상이는 경우가 왜 심통을 부리는지 몰랐을 때보다 더 괘씸하고 실망스러웠지만 그 문제에 한해서만은 함구하는 게 수라는 몸에 밴 버릇으로 용케 참아 넘긴다. 국자가에 벌인 태남이네 상점으로 보내는 약재랑 고무신 피륙 등은 해마다 물량만 늘어났지 변변하게 대금이 결제된 적이 없었다. 그걸로 인해 거덜이 날 지경은 아니라 해도 사업을 키워 보고 싶은 야심이 결코 남 못지않은 경우로선 영문도 모르게 밑으로 새는 자본이 신경에 거슬렸을 뿐 아니라 때때로 의욕 상실의 원인이 되기도 했다.

"그게 그렇게 아깝든?"

"누구라 아깝다구 했시니까? 영문을 몰라 갑갑하다구 했습죠."

종상이의 착 가라앉은 태도에 경우도 체념한 듯 공손해졌다.

"다녀오거라. 박 이사 말투로 봐서 여비가 그렇게 많이 들 것 같진 않더라. 남은 유학도 가는데 며칠 대륙 바람 쐬는 데 돈이 얼마나 들겠다고 돈돈 허는?"

"저는 일본 유학도 돈 한 푼 안 들이구 헌 놈입니다."

"안다 알어."

종상이는 속으로 저놈이 틀어져도 단단히 틀어졌군,

311

평생 안 하던 공치사를 다 하게, 생각하며 부드럽게 다독거리는 투로 말했다. 평생 안 하던 공치사에다 통명두 부릴 만큼 부린 경우지만 아버지 말을 거역한 적도 없는지라 만주 가게 될 것도 벌써 체념하고 있었다. 경우뿐 아니라 시찰단에 낀 청장년들이 다 같이 뜻밖으로 여긴 건 막판에 가서 종상이도 같이 가겠다고 나선 거였다. 종상이가 건강이 안 좋다는 건 본인이 느끼는 것보다 더 심하게 소문이 나 있었다. 팔팔하고 괄괄한 젊은이들에겐 짐스러울 수밖에 없었다. 안 된다고 딱 잘라 따돌릴 수도 있었지만 아들이 동행하는 데 구태여 그럴 필요가 없겠다 싶었는지 한 사람도 모나게 이의를 제기하지 않았다. 이래저래 경우에게만 고되고 부담스러운 시찰 여행이었다.

만주 땅은 봄가을이 짧다고 해서 날 잡은 게 노염이 기승스러운 8월 하순경이었다. 일행은 신경 가는 히카리 특급열차로 출발해서 노만 국경 하얼빈을 비롯해서 목단강성 일대를 두루 구경하고《만몽일보》에 들러서 만주에 흩어져 사는 동포의 실태와 농촌의 현황과 만주국 개척 정책에 관한 중요한 정보를 들은 후 유명한 만보산 농장을 시찰했다. 마지막으로 신경의 야마토 호텔에 모여 만주국의 관계 기관장과 간담회를 갖기 전에 이틀이나 각자 자유 시간을 주었건만 종상이는 돌아오는 길에 일행에서 처지려고 했다. 어디든지 같이 모시겠다는 경우를 부득부득 마다하고 혼자서만 볼일이 있다고 고집을 부렸다.

"그 사람덜이 보여 준 것만 갖곤 난 성이 안 차서 그런

다. 난 내 눈으로 보구 싶구 내 귀로 듣구 싶다. 만주국 관리
나 총독부 관리나 다를 게 뭐냐."

혼자서 떨어지려는 까닭을 알고 싶어 하는 경우에게
종상이는 이렇게 둘러댔지만 경우는 그걸 곧이곧대로 믿지
않았다. 만약 아버지가 정말 그런 뜻이었다면 오히려 아들
에게 그런 기회를 주고자 했을 것이라고 생각했다. 만주에
온 김에 태남이한테 들르고 싶어서 그런다고 넘겨짚은 경
우는 여간 낭패스럽지가 않았다. 술과 음식을 절제해서 그
런지 빡빡한 일정과 긴 여정을 젊은이 못지않게 잘 견디었
다. 그보다는 시찰단에 낄 때부터 경우의 속셈 역시 나중에
혼자 처져서 어머니와 성 다른 이상한 외삼촌 태남이가 경
영하는 상점에 들러 보고 싶었기 때문이다. 태남이에 관해
선 어릴 적 기억밖에 없었지만 늘 그의 의식 속에서 손거스
러미처럼 민감하고 달갑잖게 걸치적댔다. 그러나 그건 어
디까지나 자신의 마음 안에서의 일일 뿐 만나서 따지겠다
는 것도, 생질 노릇이 새삼스럽게 하고 싶은 것도 아니었다.
다만 화주의 자격으로 만나고 싶었다. 대금 한 푼 못 받은
화주로서 그는 의당 태남이를 만날 권리가 있다고 생각했
다. 대금 결제까지 안 바라더라도 속이라도 시원해졌으면
어디랴 싶었다. 그러나 그 기회마저 아버지한테 뺏기고 경
우는 일행과 함께 먼저 돌아왔다.

아버지 혼자 만주에다 떨어뜨리고 온 것에 대해 어머
니는 유난히 속을 끓이고 이제나저제나 조바심을 하더니
기어코 큰일이 터지고 말았다. 상해임시정부와 만주, 조선

313

등지의 민족주의적인 자본가들 사이에서 굵직한 돈줄 노릇을 하던 신영시 옹하고 손태남, 이종상 등이 접선해서 거금을 건네는 현장에서 일망타진당한 사건은 경우가 미처 노독을 풀기도 전에 일어났다. 물건을 수령만 하고 대금이 결제되지 않은 태남이의 장부도 압수돼 경우까지 연행돼 곤욕을 치르게 되니 한때 집안이 발칵 뒤집혔다. 다행히 종상이가 미리 아들과 완전히 분리된 자신의 몫의 장부를 꾸며놓았고, 아직도 계속되고 있는 일본 본토 내의 유수한 화학공장과의 착실한 거래 실적이 은연중 그의 신분을 친일적으로 돋보이게 했기 때문에 경우는 곧 풀려났다.

풀려나긴 했지만 쉴 틈도 없었다. 소싯적의 장독으로 골병든 느이 아버지 이번에 또 매맞으면 살아 나오지 못한다는 어머니의 성화는 차라리 안 풀려나니만 못 했다.

그 사건은 마도섭이 태남이와 혜정이 중매를 선 지 4년 만에 터졌다. 그 전부터 태남이와 신 영감은 접촉했었고 그 돈줄의 근원이 종상이라는 걸 마도섭이 모르지 않았건만 종상이가 실제로 신 영감과 접선하는 현장을 덮치기까지는 그렇게 오랜 끈기를 가지고 기다려야 했던 것이다. 그걸 알리 없는 태남이는 자기만 중간에서 생색을 내고 종상이와 신 영감이 서로 모르고 지내는 게 늘 마음에 걸렸었다. 그러던 차에 뜻밖의 종상이의 방문을 받자 서로가 서로에게 가공의 인물이 아니라 실재하는 인물이라는 걸 보여 주고 싶은 천진스러운 생각이 떠올랐다. 두 사람 역시 태남이의 즉흥적인 발상을 의심 없이 받아들였고 그렇게 된 만남이 벌써 몇 년째 아가리를 벌리고 있는 함정이 될 줄이야.

"손을 써 줄 유력한 사람이 그렇게 없는? 시상에 우리 처지가 이렇게 고적하구 한미헌 줄은 미처 몰랐구나."

점잖고 기품이 있는 대신 잔정에는 인색한 편이어서 아버지보다 더 어렵게 모시던 어머니가 시도 때도 없이 이렇게 보채는 데는 경우도 당해 낼 도리가 없었다. 차라리 갇혀 있을 때가 마음은 편했다.

"느이 아버지가 얼마나 골병이 깊은지는 나만 안다. 느이 증조할아버지가 때맞춰 양의를 대 주셨게 망정이지 조금만 때가 늦었어도 병신 되셨지. 그때만 해도 양의가 귀헐 때여서 병신 안 될려니까 귀인을 만나는가 싶더니 시방은 어째 이렇게 귀인도 안 생기는? 귀인이 거저 생기는 게 아니다. 찾아 나서야지."

이런 푸념도 했다. 경우는 가뜩이나 자신의 무능이 한심스러운데 자꾸 아픈 데만 건드리는 어머니가 짜증스럽기도 하고 만약 아버지가 옥고를 못 견디고 잘못되기라도 한다면 자식 된 도리도 말이 아니지만 그 바닥에서 얼굴을 들고 다닐 수가 없을 것 같았다. 경우는 잘 둔 아들의 표본처럼 알려진 자신의 평판을 무슨 수를 써서든지 유지하고 싶었다. 그러나 아버지가 소싯적에 겪었다는 고초도 왜놈 때문이고 지금 역시 그렇다는 게 도무지 이해가 안 됐고 부담스러웠다. 그가 겨우 기어다닐 때 전깃불이 없는 외가에 다니러 가서, 등잔불에 자꾸만 가까이 가려고 해 한번은 숯제 손으로 불을 만져 보게 했더니 다시는 안 그랬단 얘기를 아버지한테도 어머니한테도 들은 기억이 났다. 자식은 그렇게 현명하게 경계할 줄 아는 어른이 왜 당신 자신은 현명하게 굴 줄 모르고 그 모양으로 미련을 떨었을까. 경우라고 나라 팔아먹은 족속이나 왜놈 앞잡이들이 가증스럽고, 필요에 의해 왜놈들과 교제해야 할 때 배알 꼴리는 걸 모르는 바는 아니었다. 그러나 장사꾼은 친일파나 일인을 잠깐 이용하면 했지 직접 친일까지는 안 해도 이윤을 추구하는 데 지장이 없으니 얼마나 속 편한가. 그의 시국에 대한 관심은 물가와 물자의 유통에 영향을 끼치는 한도에 국한돼 있었다. 항일 투사나 독립운동가를 존경 안 하는 건 아니었지만 친일파하곤 정반대의 정치적인 행동쯤으로 알고 있었다. 그는 친일파가 역겨운 것만치나 시국에 대한 관심이 전문인 정치꾼들이 싫었다. 장사꾼이 장사 잘하고 효성까지 지극한 아들을 두었으면 편안히 노후나 즐길 것이지 뭐가 부족해서 섶을 지고 불로 뛰어드는 짓을 했을까? 경우는 쉽사리 귀인이 만나지지 않는 조바심과 열등감 때문에 아버지가 더욱 멀고 야속하게 느껴졌다.

신영식 옹에게 독립운동 자금을 댔던 기업인이나 지주들이 국내에서도 속속 밝혀짐으로써 사건은 커지고 신영식 옹을 비롯해서 이종상, 손태남도 경성으로 압송됐다.

부랴부랴 상경한 경우는 종로경찰서에 있다는 것만 확인했을 뿐 면회조차 허락이 안 된 무력감과 자기모멸감 속에서 문득 윤성규 생각이 났다. 윤성규가 개성 부윤으로 있을 때 젊은 상공인과 한두 번 자리를 같이한 적이 있었다.

총독부로 가게 될 때 송별회를 해 준 생각도 났다. 젊은 사람과 어울리기 좋아하는 멋쟁이 부윤이었다. 송별회 때 영전이라고 축하해 준 게 생각나는 걸로 봐서 꽤 높은 자리에 있을 것 같았다. 그뿐 두 사람만 따로 교류가 있었던 건 아니었다. 경직된 관리 티가 전혀 안 나는 소탈한 윤성규한테 호감을 느낀 건 이쪽 사정이고 윤성규가 자신에게 호감이나 특별한 인상을 받았다고 믿을 만한 어떤 사연도 계기도 있었던 것 같지 않았다. 그런데도 경찰서에서 잔뜩 주눅이 든 마음이 서보다 몇십 곱절 어마어마한 총독부를 바라다보면서 친밀감 같기도 하고 나도 한 군데쯤 믿는 데가 있다는 분풀이 같은 감정이 생긴 건 순전히 윤성규가 그 안 어디엔가에 있으려니 해서였다. 젊은 상공인 사이에서도 그가 가장 어린 걸 윤성규가 기특하고 대견하게 봐준 것 같은 기억도 보탬이 됐다.

경우는 앞으로 외롭게 감당해야 할 전혀 새롭고 곤욕스러운 아들 노릇과 여지껏 쌓아 온 상인으로서의 실적에 비해 자기 나이가 너무 어리다는 걸 갑자기 서럽고 억울하게 느꼈다. 너무 서러워 무턱대고 하소연하고 어리광 부리고 싶었다. 10대에 그는 벌써 금의환향했고, 내로라하는 장사꾼에다 애 아버지를 겸한 지금도 아직 20대였다.

수소문해서 찾아낸 윤성규의 사샷집은 옥인동 윤덕영 별장 밑에 있었다. 웬만큼 잘사는 집 보고는 주눅이 안 들 만큼은 산다는 게 경우를 훨씬 덜 초라하게 했다. 윤성규는 기대했던 것보다 더 스스럼없이 맞아 주었고 경우가 말을

317

꺼내기 전에 먼저 부친의 일로 얼마나 심려가 크냐는 극진한 위로의 말은 채 주었다. 더태에 그는 비굴하게 굴지 않고도 도움을 청할 수가 있었고 믿음직한 친척 웃어른에게 하듯이 그 나이에 맞는 어리광까지 부릴 수가 있었다. 그러나 윤성규는 아직 현직에 있는 몸이고 또 너무 떠들썩하게 알려진 사건이라 몸소 나서긴 꺼려 했다. 자기는 그만한 실력이 없다는 것도 겸사의 말만은 아닌 듯했다. 몸을 사리는 사람임엔 틀림없었으나 그럼에도 불구하고 어떡허든 도와주려는 순수한 호의가 부빌 언덕에 목말라하던 경우를 감격시켰다. 윤성규는 또 경우네 집안 내력은 물론 외가의 내력, 어머니의 도저한 인품까지 아는 척을 하면서 박승재를 통해 들었노라고 했다. 경우는 박승재에 대해 아버지의 배재학당 동창이라는 정도로밖에 아는 바가 없었지만 그렇게까지 집안을 높이 봐주었다면 좋은 사람일 거라는 생각이 들었다.

"그 양반이라면 자네 어르신네를 무사히 풀려나게 할수 있지 않나 싶네만……. 물론 혐의 사실이 어느 정도인지도 모르고 할 소리는 아니지만 말일세. 그럴 리는 없겠지만 어르신네가 중죄를 졌다고 해도 중벌은 면할 수 있도록 손을 써 보는 데까지는 써 봐야 하는 게 자식 된 도리 아니겠는가."

"여부가 있겠습니까요. 그렇지만 딴 혐의하고 달라서 사상 관계니 누굴 믿고 함부로 청탁을 헐 수도 없구……."

"나도 그래서 박승재 씨밖에 없다고 생각한 걸세. 그분은 현재 관직에서 물러나 큰 회사 고문으로 있으니까 우선 신분상 자유로워서 좋고 조선 사람치고 그 양반만치 경부, 경시 따위 고위직 경찰들과 친분이 두터운 사람도 드물 걸세."

"그런 어른이 즈이 아버님 친구분 되신다는 게 도무지 믿어지지 않습니다요."

"그렇겠지. 더군다나 자네 같은 가정환경에선 그런 친일파는 꿈에도 상종하기 싫은 괴물로 보일 수도 있을 거야."

"절대로 그런 뜻이 아니오라⋯⋯."

"글쎄 안대두. 그 양반도 아주 좋은 사람이야. 총독부 경무국에 몇 년 있었던 연줄로 경찰 관계 인사하고 친분이 많은 건 사실이지만, 그걸 어떻게들 알고 형사나 순사로 취직시켜 달래는 사람에다 죄짓고 나서 빼 달라는 사람까지 청탁꾼들이 어찌나 그 집에 몰리는지. 그렇지만 본인은 그걸 아주 싫어하지. 보통 사람 같으면 은근히 과시할 법도 한데 그 사람은 창피해서 어쩔 줄을 모른다니까."

"그런 분헌테 제가 청탁을 해도 되겠시니까."

"그런 분이니까 부탁을 해 보자는 게지. 왜 있잖은가. 세상 영욕을 두루 맛보고 난 노년기에 느끼는 순수했던 소년 시절의 인간관계나 정에 대한 향수 같은 그리움 말일세. 자넨 아직 이해가 잘 안 될 테지만 난 그 양반이 자네 어르신네나 집안을 유난히 미화시켜 말하는 걸 듣고 그렇게 느꼈다네. 아마 힘닿는 데까진 발 벗고 나서 줄 걸세."

"어째 점점 더 그런 부탁을 헐 용기가 안 나는구먼요."

"자네 소문보다 숫기가 없구만. 자네가 열몇 살 때 일본에 건너가서 큰 공장과 직거래로 대단한 이권을 따냈다는 걸 누가 믿겠나."

"이건 장사가 아니잖아요. 그런 어른을 난처하게 허는 것도 내키지 않지만 아버님을 욕되게 헐까 봐 그게 더 걱정스럽네요."

"경찰서 고등계가 어떤 데라는 걸 알면 아마 그렇게 한가한 소린 안 나올 걸세."

경우는 왠지 선뜻 내키지 않는 가운데 어머니의 애틋한 귀인 타령이 생각났다. 이런 게 소위 귀인이라는 거 아닐까 싶어 우선 윤성규에게 박승재한테 다리를 놔 주기를 부탁했다. 집에 돌아와 어머니에게 대강의 경과 보고를 했더니 어머니의 태도 역시 경우는 도무지 종잡을 수가 없었다.

"그 작자라면 능히 그럴 수 있을 게다."

어머니는 처음엔 무력한 탄식처럼, 점점 이를 갈듯이 격렬하고 저주스럽게 같은 말만 되풀이했다. 경우는 처음엔 그 소리를 박승재라면 능히 아버지를 풀어 줄 수도 있다는 뜻으로 알아듣다가 나중엔 박승재라면 능히 아버지를 옭아 넣을 수도 있다는 뜻으로 들렸다. 나중 생각은 하도 터무니가 없어서 왜 그런 생각을 했는지 스스로도 깜짝 놀랄 지경이었다.

"무슨 뜻이오니까, 어머니."

"그 사람이 귀인이 될지 악인이 될지는 너한테 달렸느니라."

어머니는 그 이상 말하지 않았고 더 물어봐도 대답할

것 같지도 않았다.

    며칠 안 있어 윤성규로부터 박승재랑 경찰 간부 두어 명이 개성 구경을 간다고 했으니 이번 기회에 성의껏 접대를 해 보라는 전갈이 왔다. 호텔 시설도 좋고 온천물도 좋은 연안으로 가겠다는 걸 개성에도 결코 거기 못지않은 시설이 있다고 선전을 해서 마음을 바꾸게 했다고 생색을 내는 걸로 봐서 어디서 접대하라는 것까지 정해 준 거나 마찬가지였다. 윤성규가 개성 부윤으로 있을 때 남긴 업적 중에서 지금까지 자랑스러워하는 건 부산동과 채하동 사이 아름다운 명승지에 자리한 부호의 별장을 부 예산으로 매입해서 공식적인 영빈관으로 꾸미라는 안을 낸 일이었다. 영빈관으로 꾸미기 전부터 풍류를 좋아하는 윤성규가 종종 애용하던 그 유명한 별장을 호텔 규모로 꾸며야 할 필요성을 느낀 건 예성강 건너 해주까지 경편 철도가 개통되고 나서였다. 배천과 연안 등 온천물이 나오는 데가 교통이 편해지자 호화스러운 호텔이 생겨나고 각지로부터 관광객이 운집하게 됐다. 개성부에서도 경성의 중앙 관서에서 내려오는 손님은 으레 배천이나 연안에 데리고 가 온천을 시켜 줘야 융숭한 대접이 되는 게 관례가 되고 말았다. 그러다 보니 부의 예산이 타도로 흘러 나가는 것도 아까웠지만 우리 고장처럼 산자수명하고 볼만한 고적이 많은 명승지는 없다고 여기고 싶은 개성 사람의 자부심에도 어긋났다. 그래서 생각해 낸 게 온천보다 더 좋은 목욕물을 만들어 보자고 인삼탕을 개발했고 위치로 보아 더할 나위 없이 좋은 데 자리 잡은 개인의 별장을 매입하기에 이르렀다.

물론 부의회의 동의와 상공인들의 친동 협조기 있이서 실현 가능한 일이었지만 당시의 부윤이었던 윤성규의 발상의 공이 컸다. 비록 규모가 크고 호사스럽게 지었다고는 하나 개인의 별장을 공적인 영빈관으로 꾸미는 데는 시일이 좀 걸려, 완성됐을 때는 윤성규가 영전돼 떠난 뒤였다. 영빈관은 내부를 일류 호텔 못지않게 꾸미고는 목욕물을 비롯해서 음료수, 비누, 화장품, 과자에 이력까지 온통 개성 특산의 인삼 일색으로 하였기 때문에 인삼장이라고 불렀다. 북쪽에 있는 너른 바위를 뚫어 용출하는 천연수를 끌어들여 자가 상수도와 목욕물로 썼는데 삼엽과 삼피를 넣고 끓였기 때문에 인삼탕이라 했고 세안용 비누도 인삼을 넣고 만든 독특한 거였다. 다실에서는 백삼 분말차나 홍삼 엑기스차를 인삼 웨하스나 인삼 정과에 곁들여 마실 수가 있었으니 그야말로 호강의 극치여서 중앙의 고급 관리도 인삼장에서 대접을 받고 나면 오래도록 자랑거리로 삼곤 했다. 그 밖의 숙박 시설과 회의실 식당도 일급 호텔 수준이어서 관리들뿐 아니라 상공계나 예술계의 저명인사들도 즐겨 접대나 회합 장소로 이용했다. 개성의 새로운 명소였다.

"그 어른이 내려오신답니다. 이번 기회에 교제를 해 보라는데 이왕이면 인삼장에서 모셔야겠습죠?"

경우는 이렇게 넌지시 어머니의 의중 먼저 떠보았다.

"아무렴. 이왕이면 기가 질리게 대접을 허렴."

"어머니 뭔 말씀을 그리 탐탁지 않게 허시니까?"

경우는 어머니의 될 대로 되라는 듯한 태도가 섭섭했다.

"그럼 오냐오냐허련?"

어머니의 반듯하고 정갈한 이마와 아직도 소녀 같은 정기가 남아 있는 눈을 경우는 까닭없이 피했다.

"어머니는 그동안 얼마나 귀인 귀인 허셨시니까? 저헌텐 꼭 변변치 못헌 자식이라고 한탄하시는 소리로 들렸더랬죠. 실상 그렇기두 허구요. 못난 자식이 검부락지라두 잡는 격인지는 두고 봐야 알 일입니다만서두요. 전 이번 일이 벅찹니다. 어머니가 오냐오냐 부추겨 주셔두 신명을 낼 수 없는 일인데 해 보기도 전에 아예 기대도 안 허시는 것처럼 이러시니 섭섭헙니다요."

"니가 섭섭할 게 뭬 있? 시방 내 심정이 고약헌 건 사실이다만 설마 지성으로 애쓰는 자식 땜에 그렇겠는? 인삼값이 왜 이렇게 천해졌나 그게 한심해서 그런다. 마암 쓰지 말거라."

"인삼값이 천하다니요."

"인삼장에선 인삼으로다 목간꺼정 헌다며."

"예 삭신 쑤시구, 살갗에 기름기가 모자라 비늘이 돋는 증엔 온천물보담 효험이 높다구들 헙지요. 그러나 그보담은 최고로 호강을 했다고 뻐기고 싶은 마음 때문에 더 좋아허는 것 같아요. 누렇게 인삼물이 든 타월을 기념품으로 가져가려구 목간도 더 여러 번 헌다니까요. 그렇지만 그게 어디 공짠가요. 호강허는 사람 돈 내는 사람이 따루따루이긴 허지만서두요. 목간물뿐 아니라 거기서 소비되는 인삼 제

323

품이 가짓수도 많구 쏠쏠해요. 우리 삼업사 제품도 납품을 많이 허구 있으니께 그 편은 여율헤 끼서요."

"안다. 나도 한때는 삼포에서 나는 건 꽃 한 송이 이파리 한 장도 허투루 버리지 않고 상품을 맨들 궁리를 여러 가지 해냈고 시방까지 써먹는 내 발명도 많으니라."

"근데 왜 그러십니까?"

"내가 한심스러운 건 느이 아버지는 소싯적에 인삼 몇 뿌리를 왜눔들에게 도둑맞지 않으려구 목숨을 거셨드랬지. 지키는 쪽에서 목숨을 걸었으니 도둑질허는 쪽에선들 그만헌 각오 읎이 덤비진 못했을 것 아니냐. 그때만 해도 인삼은 금쪽이구 목숨이구, 영물이었드랬지. 그런 인삼이 무쪽이 돼 버려두 분수가 있지 왜눔이나 왜눔 앞잡이들이 그 물로 제눔들 발샅에 낀 때까지 씻는 세상이 돼 버렸으니 더 살면 무슨 꼴을 보게 될까 나이 먹는 게 욕스럽구 겁나는구나."

"인삼으루다 그 사람덜 마음을 살 수만 있으문 그 또한 인삼의 신령한 효험 아니겠시니까."

"오냐오냐, 네 말대로 돼야 헐 텐데. 그래두 행여 잊지 말거라. 천해질수록 영험도 줄게 돼 있다는걸."

빅승재는 일본인을 세 명이나 데리고 내려왔다. 마중 나간 경우를 먼저 알아보고도 어떻게 알고 마중을 나왔느냐고 능청을 떨었다. 마치 모처럼 오붓하게 친구끼리 즐기려고 번잡을 피한 자리에 아첨꾼이 벌써 알고 대기하고 있었다는 듯 약간 귀찮은 듯, 그러나 그런 일엔 너무나 익숙하다는 걸 일인들에게 과시하려는 티가 역력했다. 일인들은 하나같이 사복이어서 누가 높고 낮은지 분간이 안 됐다. 하카마 차림까지 한 사람 있었지만 번득이는 살기는 못 속였다. 경우는 득달같이 미리 예약해 놓은 인삼장으로 그들을 안내했고 정해진 코스대로 진탕 인삼으로 목욕을 시켰다. 저녁 자리엔 나중에 내려온 윤성규까지 합석을 하게 되자 자연히 자리가 질탕해졌다.

"내 이럴 줄 알았다니까. 젊은 사람이 그런 데까지 생각이 못 미칠 것 같아 내가 이렇게 제백사*하고 내려왔다네."

이렇게 경우한테 귓속말을 하더니 척척 알아서 경우의 생각이 못 미친 걸 해결해 나갔다. 이름난 기생을 부르는 일이었다. 풍악도 울렸다. 부윤으로 있을 동안 그 방면 사정에도 깊이 도통한 듯 금세 판에 흥취가 도도해졌다.

"저 사람들은 말야, 옆구리에다 계집을 껴 줘야 비로소 긴장을 푼다니까."

윤성규는 훈수 두듯 경우에게 슬쩍슬쩍 그런 얘기도 했다. 경우가 살기로 본 걸 윤성규는 긴장이라고 말하니 한결 듣기도 좋았고 경우의 긴장도 덩달아 풀리는 듯했다. 그러나 노는 데는 경우는 암만해도 어색했고 하다못해 눈에 거슬리지 않거나 없는 것처럼 구는 재주도 없어 시종 안절부절을 못했다. 그런 태도까지도 윤성규는 구박하지 않고 요새 젊은이답지 않게 순진해서 좋다고 추켜세웠다. 그러나 잠자리에까지 여자를 한 명씩 달아 줘야 한다는 말엔 저

---

*   한 가지 일에 전력하기 위하여 다른 일은 다 제쳐 놓음.

절로 눈살을 찌푸리고 말았다.

"아니, 이 사람 보게나. 그게 정작이야. 그게 알맹이라 말야. 여지껏 뭣 하러 속살에 윤내고 잔뜩 보양을 했겠나. 다 알맹이를 알차게 맛있게 먹으려는 준비운동이야. 이 사람아, 자넨 모르면 모르는 척하게. 내가 알아서 할 테니까."

그것도 윤성규가 알아서 척척 해 주었다. 다행히 박승재는 그것만은 완강하게 거절을 했다. 그리고 부득부득 윤성규와 같은 방을 쓰겠다고 했다. 윤성규도 거절을 안 했고 경우는 께적지근한 가운데서도 그나마 뭐가 돼 갈 것 같은 조짐이 보여 한 가닥 위로가 되었다. 밤늦게 파김치가 돼서 돌아온 경우에게 어머니는 경과를 물었고 경우는 잘돼 갈 겁니다, 라는 어정쩡한 대답을 했다.

태임이는 그날 밤을 뜬눈으로 새우며 뒤척였다. 종상이가 감옥살이하고부터 하룻밤도 잠자리가 편한 날이 없었지만 그것하고는 생판 다른 처음 느껴 보는 고통이었다. 남편이 당하고 있을 악형과 조악한 식사와 잠자리를 생각하면 부드러운 이부자리가 가시방석 같고 이밥이 모래알 같은 건 인지상정이고 편안치 못함이지 결코 고통은 아니었다. 적어도 그 편안치 못함 속엔 도도한 자부심이 시퍼런 서슬을 세우고 있었다. 그러나 지금의 고통은 하필 그 자부심이 다치고 짓밟힌 치욕감이었다.

박승재 그가 누구인가. 제가 아무리 거들먹거려도 고작 왜놈 발샅에 낀 때에 지나지 않는다는 건 태임이 보기엔 너무도 명료했다. 때를 보고 눈살을 찌푸리면 됐지 증오할 것까지는 없었다. 그렇게 능멸해 마지않던 박승재가 지금 호화를 극하게 꾸며 놓은 인삼탕에서 시도 때도 없이 미역을 감는다지 않는가. 딴사람도 아닌 내 아들이 박승재에게 그런 호강을 시키고 있었다. 아버지를 구해 내기 위해 소위 교제를 한답시고 그런 짓을 하고 있다. 인삼을 모독해도 분수가 있지.

태임이는 종상이가 붙들려 간 때를 집을 떠난 시기하고 같이 잡아도 겨우 달포를 넘었을 뿐인데도 그 무렵의 종상이를 떠올릴 수가 없었다. 그녀가 수시로 애틋하게 생각나는 건 도채하러 온 도적놈들이 왜놈들이란 결정적인 증거를 잡고 관아에 고발한 게 되레 죄가 되어 죽지 않을 만큼 두들겨 맞고 버러지처럼 기어 나온 소년 이종상이었다. 그때의 억울함, 그리고 육신과 입성이 참담하여 오히려 더 빛나던 소년의 눈빛이었다. 하필 그때의 장독이 도져 시난고난 앓고 있을 때 붙들려 갈 게 뭐람. 그냥 내버려 두면 영 밝은 세상을 못 보고 옥중 귀신이 될지도 모른다. 그럴 순 없지. 그건 생각만으로도 뼛속까지 저려 왔다. 여북해야 조숙한 게 대견하기보다는 미심쩍기만 하던 경우에게 구명 운동을 시켰겠는가. 일찍이 스무 살도 안 된 나이에 일본 가서 기술 배우고 국제무역의 길까지 튼 아들의 기회를 잘 포착하는 솜씨가 태임이 보기에 탐탁한 것만은 아니었다. 남의 입에 희귀한 성공 사례로 오르내릴수록 태임이는 불안했다. 이익을 추구하는 데 악착같다는 게 의로움을 못 본 척하는 기질로 굳어 버릴까 봐서였다.

그러나 종상이가 꼼짝없이 사상범으로 몰려 갇힌 몸이
되자 아들이 그런 남다른 행동 방식이 그렇게 익지가 될 수
가 없었다. 용빼는 재주라도 있는 것처럼 믿고 싶었다. 그래
서 그렇게 아들을 닦달질한 거였는데 아들이 그동안 겨우
구한 연줄이 박승재일 줄이야. 그녀의 의식 속에서 소년 종
상이가 목숨 걸고 왜놈의 도적질로부터 지킨 게 인삼의 운
명이 아니라 나라의 운명이었던 것처럼, 그리고 그 후 여지
껏 인삼에서 얻은 이익을 독립운동 자금으로 흘려보낸 게
인삼에 대한 신성한 제사였던 것처럼 한껏 고양되었다. 그
러니 그렇게 당당한 집안의 체통이 박승재 따위가 굽어살
펴 줄 것을 앙망하게 된 상황을 어찌 승복할 수 있단 말인
가. 그럴 순 없었다. 그러나 더욱 그럴 수 없는 건 종상이가
당하는 데까지 당하도록 모든 걸 천명에 맡기고 내버려 두
는 거였다. 그러기엔 종상이는 너무 늙었고 또 너무 부유하
고 다복했다. 박승재 아니라 똥하고 비비대는 한이 있어도
목숨만은 보전토록 하고 싶었다. 얽히고설켜 뒤죽박죽이
된 생각 때문에 태임이는 머리를 두억시니처럼 흔들며 신
음했다. 차라리 아무런 가망도 없는 편이 나을 뻔했다는 생
각도 들었다.

　　"어머니 밤새 어디 편찮으셨시니까? 신색이 안 좋습니
다요."

　　아침 문안도 없이 일찌거니 출타했다 오정이 넘어서야
돌아온 경우가 놀라 물었다.

　　"잠을 좀 설쳤느니라. 느이 아버님은 양회 바닥에 꿇어

앉아 눈을 붙이시는지, 주리를 틀리시는지 모를 지경에서 내가 어드렇게 편헌 잠을 자겠는?"

경우가 또 시작이다 싶은 뜨악한 얼굴로 미간에 주름을 잡았다. 그래도 치받치는 퉁명을 꿀꺽 삼고 데면데면하게 한마디 했다.

"여지껏 잘 견디셨잖시까."

"인정머리도 없는 놈, 네놈 눈엔 그렇게 보였겄지."

장가들기 전에도 놈 자를 들어 본 일이 거의 없는 경우는 곧바로 자존심이 상했다. 그러나 어머니는 한술 더 떠서 속에서 뭔가가 우뚝 살아 일어서는 기세였다. 그는 속속들이 지쳐서 헛헛하게 웃었다.

"일이 뜻대로 안 되는?"

그제서야 어머니도 조금은 아들의 눈치를 살피는 시늉을 했다.

"아직은 잘되고 못 되고도 읎시다. 두구 봐얍지요."

경우는 지쳐 있다는 걸 과장하며 아무렇게나 말했다.

"뭘 더 두고 보는. 사람 목숨이 경각에 달렸는데."

"글쎄 왜 이러세요. 급헌 건 우리지 그 사람덜이 아니잖아요."

"그래서? 즈이덜은 급헐 거 하나투 읎으니까 마냥 인삼탕에서 헤엄이나 치구 있겠다던?"

"인삼탕에서 헤엄만 치면 얼마나 좋겠시니까."

경우는 경찰 간부라는 일인에게 기생을 하나씩 붙여 준 지난밤의 일을 생각하고 스스로 창피해져서 얼굴을 붉혔다. 그는 두 아이의 아버지였지만 아직은 그런 면에 있어서 맹물이었다. 그런 일에 서투르 7를 숮지하다고 한 유성규의 말도 생각났다. 그때의 말씨는 분명히 추켜세우는 투여서 그닥 기분이 나쁘지 않았는데 회상을 해 보니 모욕을 당한 것 같아지는 것도 이상했다. 호색적인 중늙은이들의 짜리뭉툭한 팔에 휘어잡힌 기생의 가는 허리와 아장거리던 흰 버선발이 생각났다. 못할 노릇이었다. 자식에게 그런 못할 노릇을 시킨 아버지가 원망스러웠다. 독립운동이 뭐관대. 나라란 너무 커서 그런지 종잡을 수가 없었다. 나라를 팔아먹었다느니, 나라를 되찾아야 한다느니 하고 비분강개하는 애국지사라면 이제 신물이 났다. 누가 팔려 가는 나라의 모습을 보았는가. 그러나 나는 유카타에 휘감겨 아양을 떠는 치마저고리를 보았다고 경우는 생각했다.

"그럼 오늘은 독삼탕에다 목간을 시키면 되겠구나."

아들의 심기엔 신경 쓰지 않고 대들듯이 말하는 어머니를 경우는 물끄러미 바라보았다. 어머니한테 어디까지 말했는지 생각나지 않았다. 아무튼 기생 얘기는 하지 않기로 했다. 어머니를 위해서라기보다는 알아서 금을 긋는 일종의 자기보호본능 같은 거였다. 그는 그때 비로소 어머니의 솟아오른 광대뼈를 보았고 그 밑에서 번식하기 시작한 검버섯을 보았다. 어차피 나는 어머니하고 같을 순 없다는 분명한 자립심이 그를 냉담하게 했다.

"그들은 떠났습니다. 시방 전송하구 오는 길입니다."

"그냥 떠나보내면 어드럭해?"

"그냥 떠나보내잖으면요?"

"다짐을 받아야지, 떠나기 전에."

"아버님 친구분은 남아 계시니까요. 하룻밤 더 묵고 내일 떠나시겠답니다."

"박승재 영감 말이냐?"

태임이가 날카롭게 언성을 높였다.

"예."

경우는 어머니가 또 암상을 부릴 것 같은 예감에도 굴하지 않고 노한 목소리로 대답했다.

"목간을 들 했다던, 그 영감은?"

"왜 자꾸 목간 얘기만 허시니까? 다짐을 받아야 헌다구 허시구선."

"왜 하필 그 영감헌테 다짐을 받는? 높은 사람덜은 다 놓치구선."

"일본 사람이면 덮어 놓구 다 높은 사람이니까?"

"애 대드는 것 좀 보게나 시상에."

"고정하십시다요 어머니. 저도 힘에 부치는 일이라서 그럽니다. 일이 어젯밤 대접으로 끝났으면 저도 오죽이나 좋겠시니까. 그러나 정작 볼일은 이제부터지요. 그 어른허구 일대일로 쇼부를 쳐야 허니까요."

"그 영감 만만찮은 영감이다. 조심허거라."

태임이 기세가 별안간 꺾이면서 근심스럽게 말했다.

"조심허구 말구가 있겠시니까. 어차피 일방적인 흥정이 될 텐데요."

"그래도 네가 아들인 게 다행이다."

"그건 인제 아셨시니까?"

경우의 지친 표정에 해도 해도 인정받지 못하고 살아왔다는 야속함이 살짝 드러났다. 태임이는 거기 개의치 않고 딴소리를 했다.

"그 영감 집안이 아주 고약한 집안이거든. 바닥 쌍것보담도 못헌."

"지체로 봐선 우리 집보다 훨씬 높은 걸루 알고 있는데요."

"그깐 양반 말이냐. 개 팔아 두 냥 반덜이 이 나라를 죄다 팔어먹었는데두."

"그만두세요. 그 양반덜이 팔아먹은 나라 되찾는 일이 그렇게 장헌 일이라면 뭣 허러 그 양반 찌꺼기덜헌테 빌붙어 목숨을 구걸허니까? 어머니는 패씸하게 들으실지 몰라도 전 그게 자꾸만 헷갈립니다요."

경우는 어젯밤의 연회에서의 자신의 굴욕스러운 역할과, 그 역할이 아직 끝나지 않았음에 울화통이 터지는 걸 힘겹게 자제하며 말했다.

"그게 다 나라 없는 설움 아니겠는?"

"어머니는 공치사로 들으실지 몰라도 전 일찍부터 장사에 눈을 떠 열심히 돈을 벌었습니다. 문 닫기 직전까지 간 아버지의 공장도 다시 일으켜 세웠구요. 집안을 다시 일으켜 보겠다는 욕심도 있었지만, 나라 없는 설움을 안 당하려면 뭐니 뭐니 해도 돈이 제일이라는 생각도 저를 어린 나이에 돈벌이에 눈뜨게 했드랬습니다. 시방도 제 생각엔 변함이 읎습니다. 이번 일만 아니었으면 전 생전 나라 읎는 설움 같은 건 모르구두 살 수 있었을 겝니다. 아버지가 절 그 설움, 그 모욕에 떠다민 거나 마찬가지 아니고 무엇이겠시니까?"

"이런 못난 놈. 번연히 있는 걸 너만 읎는 걸루다 치부허구 살구 싶었드랬단 말이냐?"

어머니의 얼굴이 그의 어린 날, 사정없이 회초리를 휘두를 때처럼 싱싱해졌다. 효성이 지극한 경우는 끝까지 대들기보다는 어머니의 여전한 기승을 확인한 것으로 만족하고 싶었다. 그는 엉거주춤 일어서면서 말했다.

"나가 봐야겠습니다. 헐 일은 이제부터니까요."

"그 영감허구 말이냐."

"전(前) 부윤 말로는 교제는 어젯밤 잔치로 잘됐다구 허니까요. 박승재 어른허구 마지막 담판을 해야지요. 어머니 말씀대로 다짐을 받아야지요."

"애쓴다."

"애는요. 그보담은 얼마부터 흥정을 시작해야 헐지 도무지 요량이 안 서는 게 걱정입니다. 새중간에 낀 부윤도 돈 문제만은 귀띔도 안 허려구 하니까요."

"그래도 그렇지. 아버님 생사가 걸린 문제를 놓구설라므네 흥정이 뭐냐. 본데읎이⋯⋯. 행여 그 영감 앞에서 시방 예서 허듯이 본데읎이 굴면 못쓴다. 양반 부러워헌 적은 읎다만 절대로 양반헌테 흉잽히게 행동해선 안 된다, 알

왔지?"

"예."

경우는 금방 개 팔아 두 냥 반이라고 경멸하다가 깍듯이 양반 대접을 하는 어머니의 변덕을 이해할 수 없었지만 긴말이 하기 싫어 꾹 참았다.

"아버님도 형님 대접허던 어른이니 공손허게 굴어야 헌다."

"예."

"그렇지만 너무 굽잽히진 말거라. 우리가 뭘 잘못해서 제 따위헌테 굽잽혀. 당당하게 굴어라. 아버지 아들답게. 알았쟈?"

"예."

"여지껏 그 영감이 해 온 짓거리로 봐선 넌 굽잽히긴커녕 그 영감을 들입다 호령해도 말 못 헐걸. 넌 그럴 자격이 있다는 걸 잊지 말고 처신해야 헌다, 알았쟈?"

"예."

경우의 대답에 충분히 짜증이 섞였다.

"그래도 우리가 부탁허는 입장이란 건 명심허구. 치사허구 억울헌 노릇이지만 어쩌겠는? 그 영감 사람됨이 워낙 교만허니까 혹시 네 성미에 거슬릴 소릴 허드래두 참거라, 알겠쟈?"

"어머니, 그렇게 못 미더우면 차라리 어머니가 대신 나서서 직접 그 어른허구 맞상대를 허시죠. 저 같은 게 어려워서 어디 해먹겠시니까?"

334

경우는 아무래도 앞뒤가 맞지 않는 어머니의 잔소리에 버럭 화를 내고 일어섰다.

"저런 말버릇이 있나."

태임이는 잔뜩 골이 난 아들의 뒤통수에다 대고 언성을 높였지만 곧 풀이 죽고 울먹해졌다. 어떻게든 박승재한테라도 빌붙어 종상이를 사지에서 구해 내야 한다는 한껏 비굴한 생각과 박승재한테만은 도도하고 품위 있게 굴고 싶은 자존심은 둘 다 양보할 수 없이 세차서 스스로도 갈피를 잡을 수가 없었다. 무엇보다도 에미의 그런 절망감을 이해하려 들지 않는 아들이 야속했다. 모든 것이 뒤죽박죽이었다. 맺고 끊은 듯이 분명하게 처신하며 살아온 태임이에겐 낯설고도 고약한 느낌이었다. 아들 앞에서니까 마음속의 그런 혼란을 곧이곧대로 내보인 건데 그렇게 야멸찬 핀잔을 줄 게 뭐람. 태임이는 자신이 심한 혼란 상태라는 걸 인정하면서도, 그렇게 못 미더우면 어머니가 대신 나서라는 아들의 말을 용서할 수가 없었다.

며느리가 들어와 애비가 귀한 손님을 초대했다며 무엇을 차릴까를 의논해 왔다.

"애비가 청한 손님이면 네가 알아서 허려무나."

"박승재 어른이라고 허기에……."

"뭬야, 그럼 그 양반이 오늘 우리 집에서 묵는다던?"

"아니올시다. 오늘은 인삼장에서 하룻밤 더 유허시겠다구 허셔서 내일 상경허시기 전에 저희 집에서 아침이나 대접허겠다구 애비가 간청했다구 헙니다. 지체 높구 까다로운 분이니 각별히 신경을 쓰라구 애비가 하두 신신당부 하기에 괴괴이 괘씸이미님께 믿지 옛는트디는 깁니다."

"네 음식 범절이면 칙사 대접을 해도 꿀릴 데가 없을 터인즉슨 알아서 허려무나."

태임이는 마음에 있는 대로 말했지만 며느리 듣기엔 냉랭하게 들렸는지 무안쩍은 얼굴로 물러갔다. 그날 온종일 그녀는 바깥일에는 최소한도의 아는 척을 하면서 방구석에서 평소에 등한히 허던 벽장이나 반짇고리를 뒤집어서 없앨 것은 없애고 챙길 것은 챙겨서 말끔하게 정돈하는 일에 몰두했다. 그러는 중에도 어머니가 대신 해 보라는 경우의 핀잔은 수시로 떠올랐다. 생각할수록 괘씸했지만 그로 인하여 일손이 더뎌지거나 맥이 빠지진 않았다. 되레 그 생각이 날 때마다 없는 기운이 솟아 수장궤 밑바닥도 뒤집고 새로 들여놓은 신식 의걸이의 서랍 속도 뒤집었다. 그렇게 야속하던 핀잔이 자꾸 되뇌이는 동안 피할 수 없는 사명의 암시처럼 그녀의 의식에 뿌리내리기 시작했다.

해 질 무렵 그녀는 인삼장으로 박승재를 찾아가 맞부딪치지 않으면 안 될 것 같아 안절부절을 못했다. 세상에 망측해라. 노경에 접어들었다고는 하나 외간 남자가 혼자 묵고 있는 여관방에 여염집 여자가 혼자 찾아간다는 건 누가 보기에도 망측한 노릇이었다. 망신살이 뻗쳐도 분수가 있지 어떻게 감히 그런 생각을 할 수가 있단 말인가. 태임이는 자신의 마음의 변덕을 이해할 수도 없었지만 놓여날 수도 없었다. 아침나절까지만 해도 생게망게하던 생각이 이젠 피할 수 없는 운명처럼 그녀를 조였다.

며느리가 식헷밥을 해다가 아랫목에 묻고 솜 포대기를 빈틈없이 둘러 놓고 나가면서 밥풀이 떠오르나 봐 달라고 했다. 내일 손님 대접할 때 쓸 것인 듯했다. 걱정 말라고 해 놓고 나서 그녀는 경대 앞에서 머리를 정성 들여 빗었다. 그러나 머릿기름을 바르거나 얼굴에 화장을 하진 않았다. 나이 들면서 아침저녁으로 바르던 구리무도 종상이가 붙들려 가고부턴 일절 바르지 않기로 하고 있었다. 가을이 깊어서 그런지 가뜩이나 수척한 안색이 까실하고 메말라 보였다. 그녀는 자신이 늙고 수심이 차 보인다는 데 묘한 만족감을 느꼈다. 그러나 초라하거나 궁상맞아 보이고 싶진 않았다. 그래서 남색 비단 치마에 옥색 저고리를 받쳐 입었다. 얼핏 보기엔 수수한 듯한 배색이었지만 최고급 비단의 밝고 깊은 남색은 다홍색보다 더 요염했다. 순백의 레이스 숄까지 두르고 그녀는 종종걸음으로 집을 빠져나왔다. 내가 직접 그 영감하고 담판을 하리라. 누가 못 할 줄 알구. 이제 그녀는 아들의 핀잔을 고까워하는 마음도 없었다. 박승재를 만나서 뭔가 아퀴를 짓고 싶은 건 그녀가 오랫동안 심중에 품어 온 옹어리였는지도 모른다.

서해랑 집에서 고려동의 인삼장까지는 처음 가 보는 길이었지만 남에게 길을 묻거나 헤맬 필요는 없었다. 워낙 유명해서 서울 가서 총독부 찾는 것만치나 수월했다. 태임이는 잠시 매점 앞에서 머뭇거렸다. 선물용으로 판매하는 비누, 화장수, 과자, 차 등이 온통 인삼 일색이었다. 그녀가

고안해 낸 발명품도 있었다. 삼포에서 나는 건 인삼꽃이나 잎끼지 알뜰히게 이용히는 데 그녀는 선구자저 여할을 했다고도 볼 수 있었다. 무심히 버릴 수 있는 것에다 고가의 상품 가치를 창출해 냈다는 건 그녀의 은근한 자랑거리였다. 그러나 그 고가의 상품들이 박승재 같은 족속에게 아양을 떨며 진열돼 있는 현장을 보면서 그녀는 배알이 뒤틀리는 듯한 갈등을 느꼈다. 나는 이윤을 추구했을 뿐이라고 변명을 해 보아도 조금도 위로가 되지 않았다. 그녀의 인삼에 대한 외경은 그만큼 뿌리가 깊었다.

박승재가 일행으로부터 처져 하루를 더 묵기로 한 건 저들처럼 매인 몸이 아니라는 지극히 자연스럽고 한유한 구실이었지만 그들끼리는 그렇게 하는 게 상례였다. 청탁에 있어서 다리가 있어서 좋은 건 서로 언제든지 시침을 뗄 수 있도록 직거래를 피할 수 있다는 점이었다.

저녁을 먹고 나서 또 한 차례의 목욕 후 따끈한 인삼차를 마시는 박승재의 만족감은 한껏 고조돼 있었다. 경우는 그가 소문으로 듣던 것보다 더 만만한 애송이였다. 돈은 돈대로 쓰게 하고 생전 은인으로 추앙받을 자신이 있었다. 객고를 풀 미색을 소개해 드리고 싶다고 떠들거리며 말하던 경우 생각이 났다. 그런 일을 생전 처음 해 본다는 티가 역력했다. 엣기, 이 사람, 늙은이 놀리지 말게. 이렇게 피차 부끄럽지 않게 대범하게 거절한 건 또 얼마나 잘한 일인가. 그러나 아침상에서 한창나이의 호색한들이 어젯밤 끼고 잔 기생에 대한 온갖 해괴하고 외설스러운 품평을 하는 소릴 듣고 나서 어쩔 수 없이 달뜬 마음은 아직도 고요하달 수 없었다. 그러나 그의 한껏 문란해진 상상력이 농하는 계집은 그런 화류계의 여자도 서울에 남아 있는 야주개댁도 아니었다. 종상이의 후행으로 따라가 초례청에서 처음 본 태임이의 모습은 이젠 몽롱했다. 개성 지방 특유의 화려한 화관과 함께 꿈에 본 야릇한 꽃구름처럼 잡을 수 없는 한 무더기의 환각으로 남아 있을 뿐이었다. 그보다는 통감부의 관리가 된 후 스스로의 출세에 도취하여 한껏 으스대며 방문했을 때의 태임이의 교만하고 요요한 모습은 어제런 듯 생생했다. 그때 여지없이 상한 자존심 때문일까. 자신을 마치 미천한 하인처럼 굽어보던 나이 들어 더욱 빼어나 보이던 그녀의 미모뿐 아니라 그 미모에 낙인찍힐 때의 아픔까지도 불덩이처럼 화끈하게 되살아났다. 이 무슨 주책인가, 노망인가. 그는 아직도 그의 내부에 타오르길 기다리는 정염의 불씨가 남아 있다는 걸 느끼고 절망적으로 신음했다.

그때 문밖에서 미풍처럼 비단옷 살랑이는 소리가 들리고 인기척이 났다. 순간 그는 경우가 객고를 풀 기생을 보내왔다고 생각했다. 어젠 일인들의 호색에서 짐짓 초연하고 싶은 객기도 있었지만 오늘은 혼자였다. 무엇보다도 지글대는 욕망의 발산도 급했다. 그는 문밖의 여자에게 가학적인 적의를 느끼며 밭은기침을 하고 나서 들어오라고 명령했다. 문이 열리고 남치맛자락과 사뿐한 버선발이 먼저 들어왔다. 여인은 홍두깨를 두른 듯이 뻣뻣이 서 있었다. 스르르 레이스 숄이 방바닥으로 미끄러져 내렸다. 에그머니나,

그제서야 여인은 허리를 굽혀 숄을 집어 개키면서 좌정했다. 처음에 승재는 여인이 누군지 알아보지 못했다. 우선 여인이 너무 늙었음에, 그리고 너무 기생답지 않음에 놀라 방을 잘못 찾아온 거라고 생각했다.

"여란 에밉니다."

태임이 떨리는 목소리로 자기소개를 하자 승재는 비로소 온몸이 감전된 듯한 전율을 느꼈다. 그가 마도섭을 시켜 멀리 만주까지 광범위한 그물을 치고 몇 년을 두고 기다린 건 바로 이 순간을 위해서였다는 격렬한 절정감이었다. 그러나 모든 절정감이 그렇듯이 순간적이었다. 눈앞에 무릎을 꿇은 태임이는 그의 내부에 운명처럼 낙인찍힌 그 오만하고 요요한 여인과는 얼토당토않았다. 그녀는 몰라보게 늙고 미워져 있었다. 그 가냘프고도 빼어나던 목은 시들시들 주름져 있었고, 둥그스름하고도 반듯하게 빛나던 이마엔 회색빛 머리칼이 부수수 우울한 그늘을 드리우고 있었다. 무엇보다도 사람을 얕잡는 듯 당돌한 눈빛에 정기가 없어지니까 그렇게 초라하고 무력해 보일 수가 없었다. 게다가 화사한 비단옷과 검버섯이 자리 잡기 시작한 야윈 얼굴과의 부조화는 노추의 극치였다.

이게 아닌데 결코 이건 아니었어, 싶은 환멸의 비애로 승재는 어쩔 줄을 몰랐다. 어쩔 줄을 모르기는 태임이도 마찬가지였다. 거기까지 무엇에 쫓기듯이 절박한 느낌으로 달려오면서도 내내 중요한 걸 하나 잊어버린 듯한 느낌을 못 버렸었다. 방문을 열고 승재의 개개 풀린 눈과, 배꼽 있는 데까지 흘러내려서 겨우 여민 유카타 사이로 드러난 익은 것처럼 흐물흐물 탄력 없어 봐는 분홍빛 속살을 보자 비로소 무엇을 잊어버렸는지가 생각났다. 승재한테 호령을할 것인가 애원을 할 것인가를 미리 결정하고 왔어야 하는건데 깜박 잊고 있었다. 그건 중대한 실수였다. 실수를 인정하기가 잘못이었다. 어젯밤부터의 뒤죽박죽의 절망감이 그녀를 엄습했다. 그래도 그녀는 안간힘 쓰듯이 비굴하지만은 않으려고 했다. 경우 에밉니다, 하지 않고 여란이 에미라고 한 것도 그런 애처로운 노력의 결과였다. 그녀는 승재가여란이 소리를 듣고 그의 집안의 수치스러운 내력을 상기해 주길 바랐다. 그러나 승재의 경직된 표정은 미동도 안 했고 태임이는 마침내 이면 체면 볼 거 없이 정직해지기로 작정했다. 그녀는 징징 울면서 종상이를 살려 달라고 호소했다. 승재는 그 소리가 듣기 싫었다. 내가 과연 종상이를 빼낼 능력이 있을까, 진지하게 돌이켜 보게 되는 것도 싫었다. 그는 오랫동안 치밀하게 꾸민 일이 마침내 그 지경까지 이른 것에 토할 것 같은 혐오감을 느꼈다. 또한 수습할 수 없는 파탄에 직면한 것처럼 낭패스럽기도 했다.

이쯤 해서 숫제 이 여편네를 겁탈을 해 버릴까. 이런 난폭한 충동이 번득였지만 마음뿐 한심하게도 육신이 말을들을 것 같진 않았다. 육신은 단순한 만큼 정직하기도 했다. 그가 마도섭을 사주해서 그런 일을 꾸미게 된 건 종상이의인품과 함께 종상이가 누리고 있는 것에 대한 뿌리 깊은 열등감이 동기였으니만치 종상이의 망하는 꼴을 보는 게 목적이었지 태임이를 어째 보겠다는 구체적인 흑심까지 품었던 건 아니었다. 태임이에 대한 엷은 기대가 있었다면 분해져서 기가 꺾인 그녀를 볼 수 있었으면 하는 정도였다. 그렇다면 그 목적을 십분 달성한 셈이건만 그는 일생일대의 헛수고를 한 것처럼 허망했다. 태임이의 두서없는 읍소는 계속됐다. 승재는 그런 태임이가 싫은 나머지 여전히 요요하고 여전히 자존심이 강한 태임이가 능청맞게 그런 숭한 연기를 하고 있었으면 싶었다. 너무 오래 환멸에 직면하는 걸 견딜 수 없어진 승재가 태임이보다 더 두서없이 위로의 말을 하기 시작했다. 태임이는 집요하게 다짐까지 받아 내려고 했고 그는 자포자기한 심정으로 그녀가 원하는 대로 해 주었다.

도대체 어쩌자는 헛수고였을까. 태임이를 현관까지 정중하게 전송하고 빈방으로 돌아온 승재는 이렇게 혼잣말로 부르짖었다. 정말로 완벽한 헛수고였다. 그는 아직도 종상이가 부러웠기 때문이다.

다음 날 아침 승재는 경우가 보내 준 인력거를 타고 서해랑으로 향했다. 어젯밤의 일도 있고 해서 기왕에 초대에 응한 거니 아침 한 끼 때우자는 생각 외에는 아무런 설렘이 없어서 되레 편했다. 그러나 날씨도 유난히 청명하거니와 달리는 인력거에서 내다본 거리가 방금 씻어 놓은 듯이 정결해서 차츰 기분이 좋아지기 시작했다. 그가 경우의 마중을 받으며 주위의 밝음이 하도 눈부셔 손바닥으로 이마를 살짝 가리며 인력거에서 내릴 때였다. 머리에 흰 무명 수건을 쓰고 역시 새하얀 치마저고리에다 행주치마를 두른 부인이 골목을 들어서고 있었다. 행주치마로 가뜬하게 동여매서 약간 짧은 듯한 무명 치마가 바람 때문인지 풀기 때문인지 항아리처럼 부풀어 뵈는 게 나이에 걸맞지 않게 귀여워 보여서 승재는 잠시 멈춰 서서 미소를 보냈다. 부인도 활짝 웃으면서 머릿수건을 벗어서, 들고 있던 베수건과 포개더니 허리를 굽혔다.

"이제 오시니까 어머니."

부인은 태임이였다. 경우가 시키는 대로 두 사람은 초면처럼 인사를 나누었다. 태임이한테서는 강한 인삼 냄새가 났다. 태임이가 먼저 안채로 들어간 후에도 승재는 동네 구경을 하는 척 머뭇대며 흐르는 물처럼 청량한 아침 공기에 은은하게 용해된 그 냄새를 심호흡했다. 어젯밤부터의 병적인 망상이 서서히 씻겨 내려가는 것 같았다.

인도된 사랑방엔 유리문이 달린 책장을 비롯해 전에 못 보던 신식 세간들이 눈에 띄었지만 사랑 마당의 운치는 여전했다. 송이가 잔 순백의 국화가 무리 지어 피어 있는 걸 내다보면서 승재는 좀 전에 본 태임이의 잔잔한 눈빛을 생각했다.

"참 모친께서는 어디를 그렇게 일찍 갔다 오시는가?"

"백삼포에 다녀오시는 길입지요."

"거긴 왜."

"삼 깎으러요."

경우가 조금은 부끄러워하며 말했다.

343

"삼을 깎다니?"

"디린 분들은 길 이해를 못 히시겠기만 이맘때 이곳 부녀자들은 잘살고 못살고를 가리지 않고 온통 백삼포로 삼껍질 벗기는 부업을 나갑지요. 돈도 돈이지만 워낙 일손이 딸리니까 내 고장 일을 제때제때 해치우자는 의무감도 있는 것 같아요. 하여튼 동트기 전부터 백삼포 앞 병교다리가 미어지니까요."

"아무리 그래도 자네네 같은 대갓집 마님이 얼마를 번다고 그런 품팔이를 나가시다니, 자네 혹시 아버님 안 계신 사이에 어머님 잘못 모시는 거 아닌가 모르겠네."

말은 그렇게 했지만 나무라는 투가 아니라 탄복한 투여서 경우도 넉살 좋게 맞받았다.

"글쎄올시다. 더 몹쓸 불효를 저지르기 전에 아버님이 나오셔야 텐데. 어르신네만 믿겠습니다."

"자네 모친 참 대단한 분이야. 젊어서는 미인이구 중년엔 사업을 일으키신 것까지는 알고 있었지만 오늘 뵌 모습은 그중 인상적이었던 것 같으이."

"그렇게 봐 주셨다니 자식 된 도리로 증말 고맙기 이를 데 읎습니다요."

경우는 그렇게 치하부터 하고 나서 가을철의 백삼포 풍경을 이것저것 얘기해 주었다. 삼포에서 실려 온 수삼 중에서 홍삼으로 쓸 상품을 빼고는 다 백삼이 되는데 수삼의 뿌리를 따고 껍질을 벗기는 일거리는 여럿이 둘러앉을 수 있는 큰 맷방석으로 하나씩 지급이 된다고 했다. 너른 마당에 군데군데 수삼이 수북수북한 맷방석이 놓이고 거기 둘러앉아 대나무 칼로 삼 껍질을 벗기는 부녀자들은 일손도 날래거니와 입심도 여간 아니어서 백삼포는 인삼의 집산지일 뿐 아니라 개성 바닥의 소문의 집산지도 겸한다고 했다.

"어르신네께 제가 수수께끼 하나 낼게 알아맞혀 보실래요?"

경우가 버릇없을 정도로 친숙하게 굴었다. 승재는 그것 또한 싫지 않았다.

"이왕이면 돈을 거는 내기로 허려나."

"그건 안 됩죠. 어르신네가 지실 게 뻔허니까요."

"봐줘서 고맙네그려. 그럼 어디 내보게나."

경우가 애써 꾸민 거긴 하겠지만 분위기가 의외로 빨리 화기애애해졌다.

"일거리만 한 맷방석 단위로 나오는 게 아니라 품삯도 그렇게 모개로 나오거든요. 만약 한 맷방석에 1원의 품삯이 나왔는데 아홉 명이서 일을 했다면 11전씩 노나 가지고도 1전이 남게 되는데 그 1전을 무슨 수로 논겠시니까?"

"난 하나투 안 어렵구먼. 나도 그 정도는 개성 사람 이악한 것에 대해 알고 있네. 엿을 한 가락 사서 아홉 토막으로 내서 한 조각씩 우물거렸겠지 뭐."

"어르신네가 틀렸습니다요."

"아, 알았네. 그나마 자기 입에 집어넣지 않고 집에 가져다 어린 것 주전부리를 시켰다는 게 정답이겠구먼."

"그것도 틀렸습니다요."

"그것도 틀렸으면 두 손 들겠네."

"성냥을 한 곽 사서 나눕지요, 엿보다는 노느매기에 정확을 기할 수 있으니까요."

"참 무서운 사람들이로구먼."

"정확한 게 왜 무섭시니까? 원은 부정확한 게 무섭지요."

"글쎄 듣고 보니 말의 켯속이 그렇게 되는 게 옳은 것도 같고……."

승재는 괜히 뜨악해져서 말끝을 흐렸다.

"엿 대신 성냥개비로 노느매기허는 법을 젤 먼저 생각해 낸 게 바로 저희 어머님이시랍니다."

경우가 정색을 하고 말했다.

"호오, 그래."

승재는 고개를 주억거리며 길게 탄복을 했다. 경우댁이 손수 상을 들고 나와 인사를 했다. 차린 것 없지만 많이 드시라는 격식적인 인사를 신식 트레머리가 잘 어울리는 수수한 새댁은 몹시 수줍어하며 말했다.

"솜씨가 여전하시구먼."

"예?"

"자네 어렸을 적이던가, 낳기도 전이던가 아무튼 오래 전에 자네 어르신네로부터 이런 대접을 받으면서 깔끔한 음식하고 좋은 기명이 잘 어울린 상이 꼭 작은 꽃밭 같다고 여긴 적이 있지. 개성 음식이라고 다 이렇겠나. 인삼장 음식도 자네 모친 솜씨에다 대면 아무것도 아니던걸."

"그렇지만 어르신네, 이건 순전히 제 안사람 솜씨입니

다요."

"이 사람 못쓰겠구만. 내 눈엔 전통이 시퍼렇게 살아
있는데 자네 눈엔 안식구 솜씨만 보이니."

두 사람은 파안대소하고 반주로 인삼주를 곁들여 맛있
게 아침을 먹었다. 기차 시간이 임박한 걸 기화로 경우는 어
색하지 않게 홍삼 상자에 돈 봉투를 넣어서 건네면서 비용
으로 써 달라고 부탁했다. 걱정하던 일이 쉽게 풀렸다고 생
각되자 경우는 피곤이 한꺼번에 엄습하는 걸 느꼈다. 어머
니가 꼬치꼬치 묻지 않는 게 그나마 다행이었다. 승재도 기
차간에서 기분이 상쾌했다. 오랫동안 그의 내부에 끈적한
앙금처럼 가라앉아 있던 정욕에서 비로소 자유로워진 느낌
이었다. 묘한 희열이었다. 그는 자신의 희열에 도취한 나머
지 자기가 마냥 선해진 것처럼 느꼈다. 그는 친구를 위해 최
선을 다하리라 다짐했다.

그리고 그 나름으로는 최선을 다했지만 풀어 주기를
거드는 건 옭아 넣기를 거드는 것처럼 쉽지가 않아서 종상
이는 태남이, 신 영감 등과 함께 검찰로 넘어갔고 재판에서
2년의 실형을 언도받았다. 태남이와 신 영감은 각각 5년씩
이었다. 그런 고초를 겪는 동안 가족이 면회하고 차입하는
데 편의를 본 게 그나마 승재한테 돈 쓰고 빌붙어서 얻은 혜
택이었다. 승재의 실력에 대한 실망은 종상이네 가족보다
는 승재 본인이 더했다. 형이 확정된 후에도 무슨 수가 있을
거라고 희망을 버리지 않도록 부추긴 것도 가족에게가 아
니라 자신을 향해서였는지도 모른다. 승재가 희망을 버리

347

지 않고 손을 써 본 게 적중했는지 워낙 병이 위중했던지 종상이는 1년도 안 돼 병보석으로 풀려났다. 그리고 석 달 만에 예순세 살을 일기로 조용히 운명했다. 그 석 달 동안에도 정신은 명료했고 여러 가지 지시를 했다. 그의 지시에 의해 아직 간도에 남아 있는 태남이네 식구들을 개성으로 불러들였다.

종상이의 사후 혜정이가 시골에서 살기를 원해 농토가 있는 샛골로 이주를 시켰다. 혜정이는 경성을 지긋지긋하게 여겼기 때문에 태남이 옥바라지는 주로 태임이가 맡게 되었다. 여란이가 서울에서 잘 살고 있어서 여러모로 편했다.

태임이에게 경성 여란이네는 더할 나위 없이 편안한 휴식처였다. 여란이는 효성이 지극했고 사위 상철이는 싹싹하고 붙임성이 있었다. 무엇보다도 여란이네는 넉넉했다. 태임이 역시 부잣집에 태어나 여지껏 부자 소리 들으며 살아왔지만 쌀 한 톨 동전 한 닢도 허투루 쓰지 않는 근검절약이 몸에 배 있었다. 장 속에서 몇십 년 묵은 비단이 피륙째 좀이 먹어 못쓰게 될지언정 살갗에 닿는 속옷이나 안감, 이불 호청에 명주를 써 본 일이 없는 게 그녀가 어려서부터 보고 배운 살림의 법도였다. 미덕임을 의심해 본 적이 없는 그런 절제의 습관까지 어리석기 짝이 없는 헛수고였다 싶은 게 남편을 잃고 난 후의 태임이의 심경의 변화였다. 살림만 알뜰하게 한 게 아니라 장사는 또 얼마나 영악하게 했던가. 그렇게 열심히 벌고 아껴서 독립운동 자금 댈 적에 영화를 바란 건 아니었다 해도 뒤끝이 고작 남편의 죽음과 동생의 감옥살이일 줄이야. 분하고 억울할 법도 한데 그렇지도 않았다. 그냥 허망했다. 나이 탓인지도 몰랐다. 오래도록 젊어 뵈는 사람이 흔히 그렇듯이 태임이도 요 몇 달 새에 폭삭 늙어 버렸다.

그런 어머니에게 여란이는 극진했다. 본처는 정식으로 이혼을 해 줬을 뿐 아니라 일본 유학 가서 재혼까지 했건만 여란이에겐 늘 첩이란 손가락질이 따라다녔다. 호적에 올라 봤댔자 그 보수적인 고장의 편견은 끄덕도 안 했다. 자연히 개성 땅이 싫어서 시집하고도 친정하고도 멀리 지내는 동안 쌓인 그리움과 회한을 겸한 효도였다. 마음뿐 아니라 물질로도 넉넉한 효도는 태임이에게 크나큰 위로가 됐을 뿐 아니라 기력 회복에도 여간 도움이 되지 않았다. 늙은이하고 아이는 괴는 데로 간다라는 옛말이 그르지 않았다. 게다가 규모 있게만 살아온 지난날에 대한 회의와 반발도 있고 해서 약간은 헤퍼 보이는 딸네 집의 넉넉한 살림이 그닥 눈에 거슬리지 않았다. 지난날의 태임이 같으면 어림도 없었다. 딸 잘못 길렀다고 짚고 넘어갈 만한 허물도 오히려 내가 헛살았지 싶게 괜찮아 보였다. 꼭 끼는 옷만 입다가 넉넉한 옷으로 갈아입은 것처럼 편안한 김에 태임이는 태남이 옥바라지를 핑계로 개성보다 경성에 머물러 있는 날이 더 많았다.

옥바라지라야 일주일에 한 번 면회를 하고 안부를 확인하고 허용된 한도 내에서 돈이나 물품을 차입해 주는 일이었지만 여느 파렴치범이나 사상범은 누릴 수 없는 특별한 호강이었다. 태남이가 옥중에서나마 그런 호강을 할 수 있었던 것은 태임이의 유별난 우애와 집착 때문도 있었지만 뭐니 뭐니 해도 박승재의 덕이 컸다. 태임이가 남편의 구명을 위해 글강 외듯 상성을 한 귀인 타령이 태남에게 이르러 효력이 나타났다고나 할까. 그러나 그 또한 태남이 복이지 그 후 더는 박승재에게 청탁한 바가 없었다. 승재가 알아서 그 정도의 편의를 봐주고 있었다. 당하는 쪽에선 편의 정도로 느끼는 것이지만 현직 형무소장도 아니겠다, 단지 소싯적부터 축적해 온 관계, 경찰계 등과의 친일적 교분만으로 그런 혜택을 준다는 것은 승재로서도 분수 밖의 일이었다. 돈이 생기는 일도 생색이 나는 일도 아니었다. 돈이 생기기는커녕 제 돈 들여 가며 체면을 돌보지 않고 굽신거려 가며 어렵사리 얻어 낸 특혜였다.

그런 것은 박승재답지 않았다. 얼마나 그답지 않던지 스스로 돌이켜 보아도 어처구니가 없어 허허 실소를 할 지경이었다.

종상이가 죽고 나서 변한 건 태임이보다 박승재가 더했다. 개성까지 조문을 온 그는 유족보다 더 목메어 애통을 했고 누가 탓을 한 것도 아닌데도 죄인처럼 굴었다. 아마 상가라는 밤낮없이 번다한 환경만 아니었다면 태임이나 경우 앞에 무릎을 꿇고 자신의 죄상을 털어놓았을지도 모른다. 그만큼 그의 마음이 순하고 여려져 보긴 생전 처음이었다. 물론 오랜 친구이자 적수를 잃은 이런 최초의 충격은 오래가지 않아 참회할 수 있는 기회가 생겼을 때는 참회할 마음도 없어져 있었다.

그러나 무상감은 오래갔다. 그는 수시로 온몸에 껍질만 남은 것처럼 허전했고 그럴 때마다 신음처럼 소리 내어 또는 속으로 인생무상이로고, 아니면 인생 일장춘몽이로고를 읊조렸다. 그리고 겨우 그 말을 터득하기 위해 악착같이 살아온 육십 평생에 대한 허망감을 주체하지 못했다. 도대체 이 꼴이 뭐람. 몸 아낄 줄 모르고 극성스럽게 일만 하던 사람이 어느 날 문득 자신의 망가진 건강을 돌보고 놀라듯이 그는 형편없이 허약해진 그의 마음에 스스로 아연했다.

눈치는 아둔하나 입은 촉새 같은 그의 마누라까지도 그의 상심을 보다 못해,

"부모는 산에 묻고 자식은 가슴에 묻는다는 소리는 들어 봤어도 친구 무덤에 반쪽은 따라 들어간단 얘기는 영감님이 아마 시초일 겝니다. 누가 상 줄 것도 따라 할 것도 아니니 이제 그만저만 해 두시구랴. 영감님답지 않아서 볼썽사납습니다."

이렇게 걱정을 해 주었다. 한 번도 탐탁하게 귀담아들어 본 적이 없는 마나님의 잔소리에 승재는 퍼뜩 짚이는 바가 있었다. 그래 이건 비애나 애통이 아니라 상실감이다, 라고. 상실감 중에서도 자신이 소유하고 있던 것의 상실이 아니라 바로 자기 자신의 반쪽을 잃은 상실감이라고 깨달았다. 실상 종상이를 의식한 경쟁심, 우월감과 열등감, 애증은 그의 생애의 정신 내용의 절반 이상이었다. 스스로도 예기치 못한 이런 상실의 자리를 메우기 위한 조급한 수단으로

그는 자진해서 귀인 노릇을 하고 있는지도 모를 일이었다.

옥중의 태남이는 이런 괴상한 호강이 도무지 불편하기만 했지만 차츰 안에서도 나누는 기술을 익혀 갔고 생전 처음 동기간의 정에 응석 부리는 기분도 나쁘지 않았다.

"누님, 저 때문에 종사할 게 생겨서 좋으시겠시다."

이렇게 짐짓 뻔뻔스럽게 굴 수 있을 만큼 오누이 간에 흉허물이 없어진 것도 비록 철창을 사이에 둔 거긴 하지만 자주 만난 덕이었다. 태남이 말은 맞는 말이었다. 태임이에게 그나마 종사할 게 없었으면 살아 있대도 죽은 목숨이나 진배없었을 것이다. 줄창 독립운동과 연줄을 맺고 살아왔다는 긍지와 보람을 잃은 허탈감은 남편을 잃은 설움 못지않았으므로 옥바라지야말로 그 빈 데를 메워 줄 수 있는 가장 적절한 일거리였다.

여란이네가 사직동에 산다는 것도 태임이의 옥바라지의 노고를 견딜 만하게, 때로는 즐길 만하게까지 만들어 준 조건 중의 하나였다. 영천에 있는 서대문 형무소까지 가려면 효자동이나 광화문까지 나가서 전차를 타야 되는데 그보다도 인왕산 자락을 타고 넘어 현저동을 거쳐 걸어 내려가는 게 운동도 되고 이 생각 저 생각 하염없이 궁글릴 시간도 넉넉해서 좋았다. 사직공원에서 벚꽃의 낙화가 난분분한 게 바로 엊그저께 같은데 인왕산 줄기를 아카시아의 안개구름이 젖비린내를 풍기며 피어오르고 나면 곧장 장마가지고 여름이었다. 짙은 녹음 속에서 매미 소리가 자지러지다가도 한두 차례 소나기가 무더위를 식혀 주는가 싶어 한

숨을 돌리고 나면 징그럽게 번들대던 푸르름에 금이 가고
으스스 몸을 떨기 시작했다. 만산홍엽이 꽃보다 고운 가을
철은 계절 중 가장 성미가 급해서 멀리서 겨울이 을씨년스
러운 비바람 한두 번만 보내와도 쉽게 무너져 내렸다. 인왕
산의 겨울은 유별나게 길었다. 첫눈이 오고부터 여란이 내
외가 극구 말려 전차를 타고 다니다 외손자들이 방학하면
데리고 내려가 양력 음력설 다 쇠고 대보름까지 지나고 상
경해도 인왕산의 눈길은 꼭꼭 막힌 채였다.

　옥바라지가 세월을 주름잡은 건지, 경성과 개성을 하
도 부산하게 오르내려싸서 그런지, 인왕산의 사계절이 활
동사진 지나가듯 유난히 빠르게 휘딱휘딱 두 번씩이나 반
복해서 지나갔다. 앞으로 태남이의 형기도 1년 남짓밖에 안
남았다. 그동안의 거의 반은 여란이네서 편히 지냈으니 그
만하면 딸의 덕을 톡톡히 본 셈이었다. 여란이가 그동안 정
성스럽게 달여 준 보약만도 몇 재가 되는지 몰랐다. 그러나
태임이는 그걸 그닥 고마워하지도 짐스러워하지도 않았다.
세월의 덧없음에 몸을 맡기듯이 딸의 보살핌에 편안히 의
지하며 지냈다.

　태남이의 형기가 끝날 때까지 그런 식으로 딸네와의
관계를 유지했더라면 피차 좋았을 것을, 보약의 효험이 난
것은 몸보다 마음이 먼저였다. 어느 날 별안간 사위가 여란
이를 부를 때 여보 당신 하지 않고 랑꼬라고 하는 게 귀에
거슬렸다. 일본에서 살림 차렸을 때부터 제 아내를 그렇게
부르는 건 상철이의 말버릇이자 애정의 표시였다. 느닷없

이 장모님을 모시는 일이 잦아지면서부터 저희끼리 살 때보다 매사에 조심이 되어 특하면 터놓고 히히덕대던 부부간의 화락도 많이 신중을 기했으니까 랑꼬라고 부르는 것도 저절로 삼갔을 것이다. 그러나 한 번도 그렇게 안 부를 만큼 장모에게 눈치보고 살진 않았건만도 장모의 귀에 아니, 마음에 그 소리가 거슬린 건 한참이나 후제부터였으니 마음이 기력을 회복했다 할밖에.

그 한마디가 도무지 같잖고 망측하게 들리기 시작하자 못마땅한 게 한두 가지가 아니었다. 태임에게 있어서 마음의 기력이란 곧 옳고 그름에 대한 탄력성 같은 거였다. 그런 뜻으로 태임이는 아직 정정했다. 일본이 도발한 이른바 지나사변은 승승장구였다. 그해 겨울에 벌써 남경을 함락시켰다고 경성의 중학생들을 총동원해서 등불을 들고 축하 행진을 시켰다. 전찻길이 온통 대낮 같은 불바다라고 했다. 상철이는 큰 경사가 난 것처럼 큰애는 걸리고 작은애는 무등을 태워 가지고 엉덩춤을 추며 그 구경을 나갔다. 내 사위가 저런 쓸개 빠진 녀석일 줄이야. 부엌데기에다 애 보는 계집애까지 부리고 사는 헤픈 살림살이도 못마땅했다. 일본 유학에서 돌아오자마자는 잠시 중학교에서 교편을 잡은 적이 있었지만 곧 적성에 안 맞는다고 집어치고 《매일신문》기자로 취직해서 오늘날에 이르고 있었다. 월급쟁이로 그 정도로 살 순 없을 테고 부자 아버지 덕일 게 뻔했다. 아버지가 미리 분재해 준 토지에서 나는 소출만도 기백 석은 된다고 했다. 바깥사돈인 김경호의 재력은 개성 바닥에

서도 널리 알려진 거니 생전에라도 자식에게 그 정도의 분
재는 할 만했다. 그러나 태임이 보기엔 과람해 보였고, 아무
리 과람하게 받았더라도 지각 있는 자식이라면 결코 그렇
게 과람하게 써선 안 될 것 같았다. 순전히 호의호식을 위해
서 돈 아까운 줄 모르는 거나 남경 함락했다고 엉덩춤을 추
며 축제 구경을 나가는 꼬락서니가 허우대가 아까운 가관
이었다. 집에서 즐겨 입는 상철이의 유카타 차림도 보기 싫
었고, 처음에는 감탄해 마지않던 일본식 생활 양식도 아니
꼬웠다. 사직공원을 오른쪽으로 옆구리에 낀 완만한 오르
막길 가에 있는 여란이네 이층집은 총독부 고관을 지낸 일
인이 살던 집을 산 거라는데 아래층 방은 다 구들을 논 것만
빼면 일본식 구조였다. 마당에 내려가 신발을 신지 않아도
갈 수 있게끔 안방과 미닫이 하나로 연결된 부엌이나 복도
끝에 자리 잡은 정결한 변소가 처음엔 그렇게 신기하고 편
해 보이더니 사위가 눈에 나자 그것조차 아니꼬웠다. 양지
바르고 너른 마당을 수석과 관상목과 철 따라 피고 지는 화
초한테 내주고 부엌문 밖 응달에 가까스로 자리 잡은 장독
대 된장독에 꾄 구더기를 보고도 걷어 내고 꼴을 만들어 줄
생각 대신 머지않아 왜된장 먹을 집구석인데 차라리 잘됐
다고 구더기의 번성을 응원하고 싶은 심사였다. 민감한 여
란이는 어머니의 기가 예전처럼 살아나는 걸 느끼고 다행
스럽기도 했지만 조금씩 처신의 불편을 느끼기 시작했다.
그러나 상철이는 처가가 독립운동과 관련되어 곤욕을 치르
는 동안도 그걸 명예롭게도 수치스럽게도 여기지 않고 보

통 우환이나 액운을 당한 친척을 위로하고 도와주는 태도
를 건지했듯이 심상치 않게 치닫는 시국에 대해서도 자신
의 논평이나 고뇌를 도무지 드러내지 않았다. 하다못해 냉
소조차 아끼는 완전 중립적인 태도가 처음엔 장모를 의식
한 특별한 배려인 듯해서 고맙더니만 그게 아니라 타고난
성품이라는 게 드러나자 정이 떨어졌다. 도산 안창호의 죽
음이나 3·1운동 때의 33인의 한 사람이 최근에 쓴 내선일
체론을 논평 없이 단지 똑같은 비중으로 재미나 하면서 화
제 삼는 위인을 어떻게 좋아할 수 있단 말인가. 장모의 이런
뒤틀린 심사를 아는지 모르는지 상철이는 기자라는 직업상
남보다 먼저 알아낸 시국담이나 알려지지 않은 세상 돌아
가는 얘기를 곧잘 밥상머리나 일가 단란의 자리에서 화제
에 올리곤 했다.

그래 봤댔자 사위에 대한 태임이의 평가가 나아질 리
없었다. 상철이의 사람됨이 도무지 성에 차지 않았고, 의로
운 일에 대한 열정이나 용기는 애시당초 타고나지도 않은
가 싶은 위인과 같이 사는 여란이가 불쌍하단 생각까지 들
었다. 눈에 뭐가 씌어도 분수가 있지 저런 위인이 뭐가 좋다
고 첩 소리까지 무릅썼을까. 일껏 사라져 가던 가슴의 멍까
지 새삼스럽게 욱신대며 분하고 억울했다. 그러다가 트집
을 잡는다는 게 랑꼬로부터 비롯됐다.

"너는 랑꼬구, 네 딸은 미찌꼬, 미에꼬면 느이 집은 모
녀가 한 항렬이냐?"

동엽이 밑으로 난 두 딸은 처음부터 자(子) 자 돌림으

로 일본식 이름을 지어 그렇게 부르고 있었다. 태임이는 무식한 척 웃으면서 말했지만 말 속에 든 가시를 놓칠 리 없는 여란이였다.

"일본 사람들은 여자 이름에 대개 자 자가 붙잖아요. 아시면서⋯⋯."

"그게 그렇게 좋다던? 김 서방은."

"나쁠 것도 없잖아요. 부르기 편하고 귀엽고⋯⋯."

"귀엽다구? 제 새끼를 귀여워하는 건 제 마음이라고 치자. 아내를 딸자식처럼 하대해 부르는 건 어느 나라 풍습이라던. 난 아직 행랑것의 집안에서도 그런 상풍은 듣도 보도 못했다. 여란이란 이름은 느이 아버지가 너 낳고 석 달 동안이나 옥편하고 씨름해 가며 지어 주신 이름이다. 아무리 제 처가를 우습게 알아도 그렇지 우두머리 떼어 내고 꽁지만 부르는 것도 경망스럽거니와 족보에도 없는 자 자는 왜 붙인다던. 랑꼬만이면 또 좋게. 랑꼬짱은 뭔지, 유리그릇 깨지는 소리가 짱이라던?"

"그만해 두세요. 안 그러서도 어머니가 김 서방 탐탁해 하시지 않는 거 알아요."

"한심한 건 너다. 내 속으로 나서 가르친 자식도 옳게 살 줄 모르는데 남의 자식을 왜 나무래는."

"어머니, 옳게 사는 게 도대체 뭐예요? 우리가 남의 걸 훔치거나 협잡질해서 이만큼 사는 거 아닌데 어머니는 왜 옳지 않다고만 보시려구 해요?"

"직접 협잡질을 안 했다고 장할 거 없다. 큰 협잡꾼들허구 한패거리니까."

"어머니 제발 우리를 그런 눈으로 보지 마세요. 어머니가 뭘 못마땅해하시는지 저도 알아요. 어머니나 개성 사람들이나 똑같아요. 왜 그렇게들 우리가 잘사는 걸 아니꼬워하나 몰라. 개성 사람들이 저한테 뭐라는 줄 아시죠? 저 여자 갖은 호강하며 점잔 빼고 살아도 근본은 첩이라고들 수군대죠. 그들이 말하는 근본이라는 건 요지부동이에요. 제가 일생 동안 몸부림쳐도 고쳐질 수 없는 거예요. 처음엔 호적에만 오르면 될 줄 알았어요. 그러나 호적도 근본이 될 순 없더군요. 호적등본을 이마에 붙이고 다닐 수도 없구. 호적 갈라 가지고 나간 여자는 재혼해서 시방 잘 산대요. 그래도 여전히 전 남에게 못할 노릇 한 첩년이구 그 여자는 조강지처인 걸 아무도 변경시킬 수가 없단 말예요. 실제로는 있지도 않은 허깨비가 제 근본이니 미칠 지경이지요. 여북해야 김 서방이나 저나 고향을 고향으로 안 알기로 했을라구요? 어머니도 마찬가지세요. 우리 사는 거 보고 왜 그렇게 꽁하신지 알아요. 느이가 아무리 잘살아도 근본은 친일파다 이렇게 여기시는 거죠. 그이가 친일하는 거 보셨어요? 독립운동만 안 하면 친일판가요. 다들 독립운동도 안 하구 친일도 안 하구 살지. 독립운동하는 사람이 몇이나 되겠어요. 어머니가 김 서방한테 조금이라도 애정이 있다면 그까짓 랑꼬짱이나 미에꼬짱쯤은 애교로 봐주실 수도 있잖아요. 그이도요 근본을 따져 들어가면 그 장한 독립운동과 아주 관계가 없는 것도 아녜요. 경우가 누구 덕에 일본 사람 사장 눈에 들어 그 큰 계약을 맺게 된 줄이나 아세요. 그때 경우는 스무 살도 안 된 나이였어요. 일개 소년 견습공하고 큰 회사 사장하고 일대일로 그런 거래가 가능하다고 생각하세요? 더군다나 조선 사람하고 일본 사람 사인걸요. 우리 그이가 유력한 일본 사람들하고 교제를 하고 경우를 선전해서 성사시킨 일이라구요. 그렇게 해서 경우가 어린 나이에 사업가로 성공하고 아버지는 그 돈을 빼다가 독립운동 자금을 댄 거라구요."

"쪽박에 밤 쥐 담듯 웬 말이 그리 많는?"

"근본을 따져 들어가려니까 그렇죠."

"근본을 따져 들어가면 느이도 독립운동에 이바지했다 이 소린가 본데, 나는 경우조차도 독립운동에 털끝만치도 이바지했다고 여긴 적 없다. 그야 자금의 근본을 따져 들어가면야 경우한테까지 이를 수도 있지. 허나 마음의 근본은 그게 아니었으니까. 경우는 독립운동에 1푼도 내놓을 마음이 없는 애였느니라. 나는 절대로 아들이라고 추켜세우고 사위라고 헐뜯지 않는다. 너무 바로 보는 게 탈이지."

태임이는 가위로 끊듯이 딱 잘라 말했다. 여란이는 어머니의 이런 매몰찬 태도에 도저히 어째 볼 수 없는 무력감을 느꼈다.

"어머니는 제가 편안하게 살기보다는 그 켯속을 속속들이 들여다보길 바라시나요? 그럼 제가 편안할 수 없는데두요."

여란이는 그동안 참았던 적대감을 숨기지 않고 드러내

면서 대들었다. 태임이도 지지 않고 할 말 다 할 기세였다

"느이만 편하히먼 제일이냐. 남의 이목이 불편해할 걸 생각한다면 최소한도 꼴불견으로는 살지 말아얄 게 아니 겠는?"

"랑꼬짱, 미에꼬짱 소리에 불편해할 사람이 어머니 말 고 누가 또 있다고 그러세요. 또 어머니 보기에 꼴불견이라 고 해서 세상 사람 눈에도 그러리란 보장도 없는 거구요."

"그래 미에꼬짱은 참아 주자고 치자. 요샌 동엽이헌테 도 도짱이라고 허더구나. 내가 학교는 안 댕겼어도 세상이 하 망측허니 귀동냥으로두 대강의 일본말은 알아듣는데 아 버지가 오도상 아니냐. 아빠라고 어리광 부릴 땐 도짱이구. 동엽이는 중한 맏자식이다. 쌍것 중엔 애비하구 아들하고 맞담배 피우는 망종도 더러 있다고 들었다만 아들도 애비 에게 도짱 애비도 아들에게 도짱 헌다는 소린 내 생전에 금 시초문이다. 부자간에 서로 요놈 조놈 식으로 맞먹는 것도 왜놈식이니까 좋다면 아주 문패꺼정 왜놈식으로 갈아 붙이 지 그러냐. 우리 집안은 왜놈 다 됐습니다 허구……."

"어머니, 이제 더 하실 악담은 없수? 못 할 것도 없죠. 문패 아니라 호적은 못 갈려구요. 일본 사람 될 바엔 철저하 게 돼야죠."

여란이도 지지 않고 극한적인 말로 되받았다. 그러나 모녀가 다투고부터 3년 안에 사직동 김상철네 집 문패가 정 말 가나우미 데츠오(金相哲雄)로 바뀔 줄은 꿈에도 몰랐다. 물론 여란이도 가나우미 랑꼬가 되었다. 랑꼬는 단순한 애

360

칭에서 당당한 호적상의 이름이 된 것이다. 모녀가 다툰 게 그러니까 조선에 창씨 제도가 강제되기 3년 전쯤이었다.

딸, 사위, 외손주와 같이 지내는 게 편안치 않아지면서부터 면회 가는 횟수도 일주일 간격에서 열흘 간격으로 다시 한 달 간격으로 점점 뜸해져 갔다. 한 달 만에 상경해서도 딸네집에서 하루 이틀 이상 묵지 않았다. 그렇다고 서해랑 집에서 진득하니 안방마님 노릇도 못 했다. 남편 수발로부터 놓여나자마자 살림을 곳간 열쇠까지 몽땅 며느리한테 내주고 나서 이태나 넘어 밖으로만 겉돌다가 돌아온 내 집은 이미 살림 주장이 며느리한테 넘어가 있었다. 다시 살림주장이 하고 싶어서가 아니라 말 한마디도 참견이 되는 처지가 서글퍼서 도무지 집에 정이 붙지 않았다. 옥바라지는 핑계고 그동안 집에 붙어 있기가 싫었을 뿐이란 생각도 들었다. 자연히 샛골에서 농사꾼으로 변신해 가는 혜정이한테 가서 보내는 날이 늘어 갔고 그동안이 무엇보다도 행복했다. 왠지 혜정이하곤 못 할 말이 없었다. 후처로 들어온 이한테 전처 얘기를 삼가는 것은 개가한 이에게 전 시집이나 전 남편 얘기 안 하는 것과 마찬가지로 상식이건만 혜정이하곤 그런 상식에 구애될 것도 없었다. 혜정이는 개가를 해서 후처로 들어왔으니까 말 잘못하지 않도록 신경 써 줘야 할 악조건 두 가지를 겸비했달 수도 있건만도 그러했다.

"경순 애비가 부모덕은 없어도 처덕이 있는 게 얼마나 다행인지 모른다네. 자네도 알지, 나허구 경순 애비가 이부남매간이라는 것. 이복형제는 흉이 아닌데 이부형제는 왜

361

그리 우세스러워했던지. 우리 어머니가 경순 애비 배고 낳느라 당한 수치야 헌번은 모질기가 축생헌테두 그럴 순 읎는 거였다네. 제 속으로 낳은 자식 목 졸라 죽이지 않은 것만도 어머니가 보통 독한 분이 아니니까 할 수 있는 일이었다 싶은 게 그 무렵의 우리 집안의 형편이었지. 결국 그런 독한 분도 생목숨을 끊고 말았으니 부정에 대한 박해가 어드랬는가 짐작이 가지 않는가. 그러니 부모덕이고 말고 따질 것도 읎지. 목숨 부지헌 것만이 천행이니까. 그렇지만 우리 할아버지는 특별헌 분이셨어. 나헌테 베푸신 자애도 유별났지만 과부 며느리의 실절도 이해하고 싸고 도셨으니까. 촌구석에 맡겨 놓은 경순 애비를 찾아보시고 이름까지 지어 주고 나서 뭐라고 덕담을 허신 줄 알아? 그 아이는 관옥 같더라구 하셨어. 그때 어린 마음이지만 그 말씀이 어찌나 듣기 좋던지, 두고두고 생각헐 때마다 마음이 찬란해지곤 했지. 경순 애비가 한때 못되게 굴 때마다 그 말씀이 위로가 되기두 했구. 경순 애비 우리 집에 데려오고 나서 한동안 어찌나 못되게 굴었는지 말도 못 해. 사람 되고 나서도 관옥 같단 생각은 안 들었어. 할아버지가 결코 빈 말씀 허시지 않았다는 걸 알게 된 건 개가 징역 살고 나서야. 철창 너머로 의젓한 경순 애비를 볼 때마다 과연 관옥 같다고 감탄을 허게 된다니까. 할아버지는 어린 핏뎅이한테서 어드렇게 그런 희귀한 싹수를 알아보셨을까 몰라."

태임이도 어언 앞날에 대해서보다 지난날에 대해 더 할 말이 많은 나이가 돼 있었다. 탁 터놓고 말해서 내 집안

흉 될 것도, 듣는 이의 인격이나 비위에 거슬릴 것도 없는 편안한 말 상대가 필요했고 혜정이는 적격이었다. 그녀는 자신이나 남의 과거가 드러나는 데 담담하다가도 곧잘 맞장구도 쳐 줘서 말할 맛을 나게 해 주었다.

"형님은 요새 알아보셨다지만 전 그이를 보자마자 알아본걸요."

"그래서 내가 경순 애비 딴 복은 몰라도 처복 하나는 타고났다고 안 했남. 경순이 생모는 올케도 봤지? 그렇지만 올케허구 만났을 땐 경순 에미가 이미 실성했을 때니까 잘 몰랐겠지만 몸 성했을 때는 참 좋은 여자였다구. 집안도 좋고 우리 집에 데리고 왔을 때는 경국이 뱄을 땐데 내 마음에 어찌나 탐탁하던지 태남이가 다 돋보이더라니까. 거기 비하면 올케의 첫인상은 잘 생각도 안 나. 참 그때 여관으로 날 찾아왔을 땐 당돌허달까 건방지달까 아무튼 앞으로 상종할 여자가 못 된다 생각했지. 미안해. 그땐 아직 올케가 박승재 영감의 자부였잖아. 그 영감네붙이라면 치가 떨릴 때였으니까. 사람의 운명처럼 알 수 없는 것도 없을 거야. 그때만 해도 그 영감의 며느리가 우리 올케가 될 줄을 어찌 알았겠어. 올케도 보통 올케야? 한 집안의 기둥인걸."

그건 결코 입에 발린 찬사가 아니었다. 태임이가 샛골 집에서 혜정이를 만날 때마다 탄복하는 건 혜정이가 그곳과 너무 잘 어울리는 거였다. 서울 장안 한복판에서 태어나서 서울의 명문 대갓댁으로 시집가서 쫓겨나고, 쫓겨난 끝에 간도까지 흘러가 태남이한테 개가하고서는 큰 상점의 안주인으로 변신한 기구한 과거가 있다고는 도저히 믿어지지 않았다. 마치 낳아서부터 땅에 순응해 살아온 것처럼 편안하게 어울려 보였다. 그렇다고 직접 농사를 짓는 것도 아니었다. 논은 애초에 소작을 주고 있었고, 삼포에는 서너 명의 일꾼이 붙박이로 붙어 있는 한편 일손이 달릴 때는 수시로 품을 사고 있었다. 그러니까 감농 정도였고 텃밭을 손수 돌보는 것도 실은 힘에 부쳤다. 그러나 그녀는 많은 시간을 들에서 보내면서 농사일을 배우려고 애썼고 무엇보다도 즐겨서 하고 있다는 티가 역력했다. 혜정이 곁에는 늘 경순이가 붙어 다녔다. 몸은 처녀티가 완연하건만 겨우 똥오줌 가릴 정도의 지능에서 발달이 멈춰 버린 경순이도 샛골로 내려온 후 하루가 다르게 얼굴에 화색이 돌았다. 경순이를 보고 있으면 지능과 삶을 즐길 수 있는 능력과는 별개의 것이라는 걸 저절로 알 수가 있었다. 경순이는 시냇가의 미루나무처럼 구김살 없이 그곳 자연의 일부가 되어 갔고, 땅과의 완벽한 친화는 보는 사람한테까지 생의 즐거움이 옮아 붙게 했다. 경순이가 텃밭에서 김을 매는 새엄마를 따라 하거나 냇물에 발을 담그고 물장난치는 모습은 평화 그 자체였다. 여북해야 태임이는 샛골 땅을 그들을 위해 예비한 것처럼 느꼈고 혜정이가 태남이 면회를 좀처럼 안 가려는 까닭도 새롭게 짚이는 바가 있었다. 혜정이 정도의 도량이라면 경성 땅의 연줄이나 지겨운 추억에 구애받을 리가 없었다. 경성 땅 밟기 싫다는 건 핑계고 경순이를 남에게 맡기지도 끌고 다니지도 않으려는 뜻이었다는 걸 뒤늦게 깨달은 태임이는 더욱 혜정이가 미덥고 좋았다. 태남이가 형기를 채우고 풀려날 날도 얼마 안 남았겠다, 여생을 태남이와의 못다한 동기간의 회포도 풀 겸 해서 혜정이네하고 같이 지내는 게 가장 편할 것 같은 생각까지 들었다. 이렇다 하게 섭섭한 일 당한 것도 없으면서 공연히 자식들이 야속해서 속으로 이렇게 삐쳐 보는 것도 일종의 노쇠 현상인지도 몰랐다.

이래저래 뜸해졌던 태임이의 서울 나들이도 태남이의 형기를 반년쯤 남겨 놓게 되자 다시 신명이 나기 시작했다. 5년을 거진 채웠다는 대견하고도 지겨운 마음과 남은 반년에 대한 아슬아슬한 조바심이 새로운 정열을 북돋운 것 같았다. 그러나 여란이하고는 긁어 부스럼으로 일단 덧난 사이가 회복되지 않아 여관에서 유하는 것처럼 최소한도의 신세밖에 지지 않았다. 그러다가 우연찮게 서숙 후성이를 만나고 나서부터는 그나마의 신세도 안 지게 되었다.

김장철을 앞두고 하늘이 찌뿌드드하고 바람이 을씨년스러운 날이었다. 어쩌면 사직동에서 인왕산 자락을 넘어 현저동을 거치는 행보는 이게 마지막이려니 싶은 감개로 곧 눈 덮일 산길과 헐벗은 동네를 유정한 눈으로 살피며 걸을 때였다. 부스럼 딱지처럼 닥지닥지 붙은 오막살이 앞을 싸리비로 쓸고 있는 노인과 눈이 마주쳤다. 노인 쪽에서 먼저 뭔가 생각날 듯하면서 안 난다는 듯이 고개를 가우뚱했고 태임이도 괜히 놀라서 그냥 두어 걸음 지나쳤다. 실상 노인이라기엔 아직 먼, 머리칼이 겨우 한두 올 세기 시작한 초로의 남자였건만 태임이는 그의 좀 빠른 듯한 하관에다 풍

성한 은빛 수염을 보탠 모습을 상상하고 있었다. 하체가 길
고 강거해 뵈는 몸매까지 영락없었다. 돌아서서 태임이는 남
자가 쓸고 있는 좁은 골목길로 면한 대문을 쳐다보았다. 얇
은 널빤지로 된 초라한 일각대문 기둥에 전후성이란 문패
가 붙어 있었다.

"역시 막냇삼촌이었군요."

"뉘십니까?"

그는 아직도 태임이가 누군지 생각해 내지 못한 모양
이었다. 웃지도 않고 쏘아보기만 했다.

"강릉골에 사셨죠. 해주댁 아주머니허구. 아버님은 전
자, 처 자, 만 자시구, 맞죠? 전 그 어른 손녀 태임일시다."

"그래요. 생각나요. 이게 도대체 얼마 만이고. 그 곱던
조카님도 별수 없구랴. 머리에 서리를 이니 왕년의 미색을
뉘 알아줄꼬."

"막냇삼촌 구변은 여전허시네. 어찌나 돌아가신 할아
버님을 빼닮았는지 단박 알아봤다우. 삼촌들 중에서 제일
많이 닮은 것 같아요."

"서얼은 워낙 그래요. 행여나 씨를 의심받을까 봐 봐준
하나님 조화지."

"아무리 그럴까요. 해주댁 할머닌 생존해 계시죠? 뵙고
가야지."

"벌써 돌아가신 지가 언제라구. 그 어른 안 계시면 들
어가지도 않고 갈 기세네. 섭섭하게스리."

"섭섭한 건 나라우. 어쩜 부고도 안 보냈어요?"

"아버님 제사에 형님들이 큰마음먹고 불렀을 때도 삐죽 얼굴만 내밀고 참례도 안 한 서얼 주제에 하늘 같은 적형들을 무슨 염치로 서모 영전에 절을 시키겠소."

"막냇삼촌, 계속해서 이렇게 못나게 굴기예요? 나 실망했어요."

"자아 들어갑시다 조카님. 나 사는 거 보면 실망할 거 많을 게요."

"가는 길에 들를까요? 나 시방 저기 마주 보이는 큰집으로 태남이 면회 가는 길이라우."

태임이는 자세한 말을 줄이는 대신 짐짓 급하고도 엄숙한 얼굴을 했다. 후성이도 뭔가 짐작이 가는지 순순히 길을 비켜 주며 당부했다.

"더운 점심 지어 놀 테니까 꼭 들러야 돼요. 안 그러면 정말 의절을 하고 말 테니까."

면회하고 돌아오는 길에 들른 후성이네는 협소하고 누추했지만 그의 마나님은 씩씩하고 붙임성 있는 여자여서 단박 친숙하게 굴었다. 더운밥에 시래기찌개도 맛깔스러웠다. 밥상머리에서 말로만 듣던 친척을 만난 기쁨과, 친척하곤 담을 쌓고 산 세월의 설움을 한꺼번에 쏟아 놓으려는 마나님을 후성이는 무안을 주다시피 내쫓고 태남이에 대해 자세한 걸 알고 싶어 했다.

"설마 그 총각 나쁜 짓 하다가 감옥살이하는 건 아니겠지, 조카님."

"그 총각이라뇨. 삼촌만 나이 먹고 남들은 세월 붙들어

매 놓고 사는 줄 아시나 봐. 내일모레면 쉰이라우. 옛날 같
으면 장가든여 손주 두엇을 봤을 아들에다 딸에다 암식구
에다 없는 거 없는 가장이라우."

"왜 들어갔냐니까."

태임이의 간략한 설명만으로도 그는 희색이 만면해
졌다.

"바로 감옥소를 마주 보고 사니까 맨날 보는 게 시뻘
건 수의에다 발목엔 쇠사슬 차고 노역 나온 전중이나 용수
쓰고 재판받으러 가는 미결수 아니겠소. 저 가운데는 사상
범도 숱하거니 싶어 혼자서 옷깃을 여미다가도 내 일가붙
이 중엔 어째 사상범 하나 없을까 별난 게 다 부아가 나더니
만 그 사람이 내 소원을 풀어 줄 줄이야. 참 그 사람 조카님
하고 어떻게 되는 일가지? 그걸 알아야 나하고도 촌수를 따
지지."

"이제 와서 감출 게 뭐가 있겠수. 내 이부제라우. 이복
이 아니라 이부 말유. 서얼보다 더 못한 출생도 있으니까 못
나게 굴지 말아요."

그 한마디가 후성이가 일방적으로 쌓고 살던 담벼락을
트는 데 즉효가 되었다. 떳떳지 못한 출생에 대한 후성이의
열등감은 의외로 심각했던 듯했다. 그 한마디로 한 번밖에
만난 적이 없는 태남이에 대해서뿐 아니라 태임이한테까지
열렬한 애정을 보내려고 했다. 그 옛날 제삿날 태남이하고
집을 보면서 나눈 얘기에도 살을 붙이고 의미를 부여하고
애쓰는 게 중늙은이답지 않게 순진해 보였다.

"그래 맞아, 그때부터 큰일 할 싹수가 보이더라니. 의병에 대해 알고 싶어 했었지 아마. 그때 초롱초롱한 눈으로……."

"걔가 그때 몇 살이라구 눈이 초롱초롱해요. 부리부리했다면 모를까."

"초롱초롱이나 부리부리나. 아무튼 총명한 총각이었어."

"총명허지두 않았어요, 뭐. 외곬의 미련퉁이였지."

"조카님보다는 내가 그 사람에 대해 더 잘 알 게요. 단한 번의 만남이었지만 그날 밤에 내가 그 총각한테 끼친 영향력은 막강했으니까. 아마 훗날 그런 큰일을 하게 된 것도 내 영향력을 무시 못 할걸."

후성이는 아물아물한 기억력을 되살려 가다가 드디어는 자신도 크고 보람 있는 일에 한 가닥의 동참을 한 것처럼 여기고 싶어 했다. 아무려나 태남이가 한 일을 그토록 과대평가해 주고 동경해 주니 고마웠다.

"막냇삼촌은 몇 남매나 두셨수?"

"사 남매, 딸 둘, 아들 둘인데 위로 둘이 다 딸이라우."

"다복허시구랴."

"자식만 많으면 다복한가? 시대를 잘못 만난걸."

"닥터 스톤네허군 잘 안 됐나 보죠?"

"그 사람하곤 괜찮았드랬어. 그 사람이 본국으로 돌아가면서 인계해 준 후임자하고 좀 안 좋았지. 그래도 그 사람밑에서 배재학교는 가까스로 졸업했으니까 신세는 졌지. 어머니가 많이 고생하셨어. 난 젊은 놈이 배알 다 빼놓고 살아야 했구."

닥터 스튼 후인가는 어떻게가 까쟁이여서 해주댁을 가혹하게 부려먹었다고 했다.

닥터 스톤은 미국 유학까지 시켜 주겠다고 했지만 후임자에게 그런 약속까지 인계한 건 아니어서 유학은커녕 중학교 학비와 모자의 숙식 제공도 해주댁이 뼛골 빠지게 일한 대가지 한 푼의 공짜도 덤도 없었다고 했다. 그래도 졸업과 동시에 취직은 시켜 주어 그 집 드난살이는 면할 수가 있었는데 취직 자리가 예수교 재단에서 운영하는 사립 보통학교였다고 한다. 월급은 박했지만 아이들 가르치는 게 싫지 않아 결혼도 하고 자식도 낳고 노모 봉양도 하면서 20년 가까이나 근근이 살림을 꾸려 올 수가 있었다. 그러나 소학교는 공립학교에서 떨어진 아이나 수용하는 걸로 겨우 명맥을 유지하고 있었다. 게다가 사립학교에까지 천황의 신주를 모신 봉안전을 운동장에 짓고 교사와 아이들이 교문을 들고날 때마다 90도로 허리 굽혀 절을 하라는 영이 내렸다. 후성이는 봉안전에 절하기를 거부하다가 쫓겨났다고 했다.

"하여튼 막냇삼촌 예수 잘 믿는 건 알아 줘야 한다니까."

태임이는 예수 믿으니까 제사 참례할 수 없다고 뻗대던 때의 후성이 생각이 나서 한숨 섞인 소리로 말했다.

"잘 믿긴, 그때도 아마 신앙은 핑계였을 게요. 적형들한테 반항하기 위한. 훈장질 때려치울 때도 마찬가지였지. 가장 독실하게 예수 믿는답시고 고사떡만 봐도 귀신 붙었다

370

고 천 리는 도망가던 교장이 하루아침에 천황 귀신한테 어찌나 나긋나긋 아양을 떨면서 경배를 하는지, 그렇게 되니까 사람 꼴이 정말 말이 아닙디다. 그때 그 짓을 따라 안 하긴 정말 잘한 일이었소. 그래 봤댔자 그 학교도 몇 년 못 가문 닫고 말았으니까."

직장도 잃고 어머니 우환까지 겹쳐 위로 두 딸은 소학교만 나와 인근에 있는 제사 공장에 다니다가 시집갔고 아들들만 중학교까지 졸업을 시켰는데도 큰애는 공부 더 해 보겠다고 일본으로 건너가 속을 썩이고 작은애는 한 직장에 오래 붙어 있질 못해 속을 썩인다고 했다.

태임이는 사방에 궁기가 덕지덕지한 살림을 돌아보면서 속으로 할아버지의 서자에 대한 인색한 처사를 도무지 이해할 수가 없었다. 태남이한테 보인 유별난 집착과 넘치는 배려하고 비교하면 더욱 알 수 없어졌다. 혹시 자신에게 박하고 남에게 후하던 그 어른의 생전의 인품과 관계 있지 않을까. 그렇다면 후성이를 가장 가깝고 애틋하게 여기는 마음이 물질적인 베풂에 있어서는 그 반대로 나타난 게 아닌가 싶기도 했다. 만일 그랬다면 우리끼리만 호의호식하면서 서출이 어떻게 사나엔 관심 밖이었던 적출들을 얼마나 괘씸하게 여기셨을까 싶기도 했다.

후성이는 자고 가라고 붙들었고, 딸네가 걱정할 테니 그럴 수 없다고 자리를 뜨자 요다음 상경할 때는 아예 자기 집을 숙소로 삼으라고 우겼고, 그러겠다는 다짐을 받고서야 놓아주었다. 태임이는 그다음 상경 때부터 정말 그렇게 했고 그게 딸네 집에서 신세 지는 것보다 훨씬 속 편했다. 그 대신 상경할 때마다 구끼구끼 양식이랑 잡곡이랑 먹을 걸 날랐다. 설 임박해선 엿을 넉넉히 고아서 강정을 만들어 날랐고, 돼지 한 마리 잡으면 3분의 1은 후성이네 몫이 됐다. 아들한테 말해서 1년 계량할 양식을 철도 화물로 부쳐 줄 수도 있으련만 보따리 보따리 나르는 게 더 정이 붙을 것 같아 그렇게 했다.

태남이가 출옥할 무렵에는 혜정이까지 남매를 데리고 상경해서 며칠 그 집에서 묵장을 치면서 태남이를 마중할 준비를 했다. 출옥하던 날은 혜정이하고 후성이 댁하고 같이 쑨 두부로 잔치를 푸지게 했다. 후성이와 태남이는 어렵게 촌수 따질 것 없이 예전대로 형님 아우님 하며 쉽사리 마음을 텄다.

태남이도 그가 갇혀 있는 동안 식구들의 생활 기반이 간도에서 개성 근방 샛골로 옮긴 건 알고 있었다. 그러나 자신이 거기 적응할 수 있을지는 미지수였다. 다만 태임이하고 혜정이가 불온한 공모처럼 은밀하고 조심스럽게 어떡허면 그를 그 고장에 붙들어 매 놓을 수 있을까 눈치로 의논해 본 정도였으나 뾰족한 수는 없었다. 비교적 터놓고 옛날 고 릿적 얘기까지 할 수 있었던 후성이네서도 그 문제만은 건드리지 않으려고 했기 때문에 아직도 여자들의 희망 사항으로만 남아 있었다.

다 함께 개성으로 내려온 날은 경우가 역까지 마중 나와 서해랑 집으로 맞아들여 조촐한 잔치를 해 주었다. 그날 밤은 거기서 유하게 할 작정이었으나 태남이는 막무가내 샛골로 가겠다고 했다. 그래, 네 집에서 마음 놓고 몇 년 묵은 내외간의 회포를 풀어야지, 하면서 태남이네 식구만 보내고 태임이는 남았다.

이래저래 어둑해질 무렵이었다. 고남문을 지나자 깜깜해졌다. 소년 태남이가 처음으로 샘말을 떠나 종상이 뒤를 따라 개성으로 오던 길이었다. 태남이 가슴에 만감이 서렸다. 그때 알 수 없는 적의를 불태우며 바라보던 들판은 지금 부드러운 어둠에 잠겨 있었다. 멀리 전깃불과 외등 불빛이 환한 마을이 보였다. 깜깜한 들판에 홀연 나타난 환한 고장은 시골답지 않아 꿈속처럼 비현실적으로 보였다.

"저기가 어데메요?"

"면 소재지예요."

"이 고장도 많이 변했군."

그때도 그 근처에 면소가 있었다. 그러나 전깃불은 없었다. 면소 근방에서 샛골로 가는 길과 샘말로 가는 길이 갈라지게 돼 있다는 것도 생각했다.

"저 외등 달린 집은 뭐 하는 집이요?"

"주재소예요."

태남이는 숨결을 가다듬으며 발길을 멈추고 멀리서도 유난히 환한 외등을 노려보았다. 아내와 아이들도 까닭 없이 불안해하며 발길을 멈추었다.

"당신 내 솜씨 한번 구경하려우?"

그는 어둑한 발밑을 손으로 더듬어 돌멩이를 하나 주

워 들었다. 그러나 혜정이는 그가 무슨 짓을 하려는지 짐작
도 못 했다. 다만 가슴만 두방망이길을 쳤다. 어둠 속에서도
태남이가 허리를 유연하게 비틀면서 팔을 뒤로 치켜드는
게 보였다. 뭐라고 할 새도 없이 와장창 유리 깨지는 소리가
아득하게 들리고 주재소 외등이 꺼졌다.

"다레까? 고노 야로."*

"곤치쿠쇼오."**

주재소 안에서 순사들이 뛰어나와 웅성대며 욕지거리
하는 소리가 들렸다.

"당신 미쳤어요? 고작 이따위 짓을 하고 또 콩밥을 먹
고 싶어요?"

혜정이가 태남이 소매를 부여잡고 나직하게 울부짖
었다.

"그냥 태연하게 걸어가요. 안 잡힐 테니. 이렇게 먼 데
서 외등을 맞힐 수 있는 솜씨는 조선 팔도에 나밖에 없을
거요."

그는 어린애처럼 뽐내며 어깨를 으쓱거렸다. 아닌 게 아
니라 뛰어나온 순사들이 마을 안으로 흩어지는 게 보였다.

그들 일행은 유유히 면소가 보이는 신작로를 통과해
샛골 가는 고갯길로 접어들었다. 고개를 넘고 나서야 비로
소 혜정이는 깊은 숨을 내쉬었다. 그러나 안도의 숨은 아니

---

*   "누구야? 이 새끼."
** "이 개새끼."

었다. 태남이를 샛골에 잡아 둘 수 없을 것 같은 암담한 예감 때문이었다.

말로만 듣던 태남이의 울뚝증을 눈으로 생생히 본 느낌이었다. 무슨 수로 그 거친 울분을 잠재울 것인가. 그러나 태남이는 스스로 생각해도 믿기지 않을 만큼 샛골에 오래 머물렀다.

그 이듬해 창씨 제도가 강행됐고 다음 해엔 일본이 미국한테 선전포고를 했다. 하루하루 경색되는 시국이 그를 꼼짝 못 하게 윽박질렀던 것이다.

태임이에겐 일본이 미국한테까지 싸움을 걸었다는 사실보다 조선 사람 성을 일본식으로 갈게 하는 정책이 더 충격적이었다. 욕 중에도 성을 갈 놈이란 욕은 가장 큰 모욕을 뜻했고 성을 걸고 하는 맹세는 막다른 골목에 몰렸을 때나 써먹을 수 있는 마지막 맹세였다. 역적의 집안은 삼족을 멸해 씨를 말리는 잔혹한 형벌이 있어 온 나라지만 씨를 갈게 하는 치욕까지 가한 일은 없었고, 숱한 사화 중에는 신분을 속이거나 낮추고 숨어 삶으로써 목숨을 부지한 경우가 더러 전해 내려오지만 훗날 어떻게든지 성이 끊기지 않도록 하기 위해 그러했을 뿐 성을 갈고 살아남았단 소리는 들어 보지 못했다. 같은 성끼리, 또는 자식을 나눈 타성끼리의 끈끈한 응집력이 나라를 빼앗긴 뒤에도 집요한 국력이 되어 남아 있다는 걸 왜놈들이 눈치챈 것일까.

성을 빼앗아다가 국을 끓여 먹을 것도 아니겠다, 여지껏 수탈해 간 것들이 유형무형의 실리나 권리였던 것에 비해 이번 것은 순전히 모욕감을 주고 얼을 빼는 것이 목적이 아닌가. 싱싱을 초월한 익궐린 박혜있디. 태임이는 아무도 상상을 못 한 사태를 홀로 예측하고 입방아까지 찧고 난 데 대해 죄의식을 느꼈다. 그러나 여자의 악담은 오뉴월에도 서리를 내리게 한다지만 오뉴월에 정말 서리를 내리게 하려는 악담이 어디 있을까. 태임이는 마치 딸한테 한 악담이 온누리에 그런 엄청난 재앙을 가져온 것처럼 경악했다. 오히려 딸네 집에 누구네보다도 먼저 '가나우미 데츠오'라는 문패가 붙었다는 소문을 듣고 나서는 별로 놀라지지 않았다. 딸네가 서로 간의 사는 사정이 옴니암니* 뻔한 개성에 살지 않고 이웃 간일수록 익명이 편한 경성에 산다는 게 다행스러운 나머지 꽤씸한 마음은 뒷전이었다. 개성서도 관청에 다니는 사람으로부터 비롯해서 문패를 갈아 다는 집이 한두 집씩 늘어났다.

"내 눈에 흙이 들어가기 전엔 성만은 못 간다."

태임이는 이렇게 미리 못을 박으면서 한집안의 윗사람으로서의 고달프고 벅찬 사명감을 느꼈다. 그러나 태임이에게 늙은이로서는 벅찬 걱정 근심에다 몸고생까지 몰고 온 건 창씨개명보다는 전쟁 쪽이었다. 하룻강아지 범 무서운 줄 몰라도 유만부동이지, 하는 정도로 남의 일 보듯 하던 전쟁이 태남이의 귀띔으로 조선 독립과 맞물려 있다는 걸 알고 희망에 부푼 건 잠깐이었다. 싱가포르를 함락시켰

---

*   자질구레한 일에 대하여까지 좀스럽게 셈하거나 따지는 모양.

다고 좋아 날뛰는 꼴은 남경 함락 때의 유가 아니었다. 간간이 애상적인 유행가도 내보내던 경성방송국은 호전적인 행진곡 조의 「깨어졌다 싱가포르」 노래를 온종일 내보내 한껏 전승의 기세를 높였고, 거리거리는 일본 깃발로 뒤덮였다. 남양에서의 일본의 기세는 신풍에 돛을 단 듯 거칠 것이 없었고 그들 말짝으로 귀축미영(鬼畜米英)의 운명은 경각에 달려 있는 것처럼 보였다. 이어서 남양군도를 속속 함락시켰고 무진장한 천연자원을 가진 그쪽 땅뎅이가 일본의 손아귀에 들어왔다는 걸 과시하고 자축하기 위해 전국의 국민학생에게 고무공을 한 개씩 나눠 주었다. 황공하옵게도 천황 폐하가 내리신 하사품이라고 했다. 남양군도에는 고무뿐 아니라 설탕의 원료도 무진장하다고 했다. 그러나 곧 고무신과 설탕은 배급제로 바뀌었고 흰 고무신은 사치품이 되었다. 남양군도는 또 석유 철강 등 군수용품의 보고라고 했다. 그러나 시골의 등유도 배급제가 되더니 어느 날 신문이 제기(祭器)를 귀축미영을 무찌르는 총알을 만드는 데 써 달라고 헌납한 갸륵한 종갓집 얘기를 대서특필한 걸 시작으로 너도나도 유기그릇을 헌납하지 않으면 안 되는 사태가 벌어졌다. 웬만한 집에선 산 사람 밥그릇은 내놓더라도 제기는 보존하려고 땅속 깊이 묻어 두었다.

　　고무신 생산이 주종이던 경우네 공장도 원료의 배급과 관로의 통제로 축소되고 피폐해지기 시작했다. 경우도 그래서 어머니가 머물러 있는 샛골 집에 문안 겸 해서 자주 드나들면서 삼농을 비롯한 농사일에서 어떤 가능성을 엿보기 시작했다. 그렇다고 직접 농사를 짓거나 삼농이라도 하고 싶은 엄두를 낸 건 아니었다. 집안이 산업으로 융성했을 저에도, 그가 다시 사업을 일으킨 뒤에도 살림의 근본을 농토에 두고 땅을 지키거나 확장하기에 힘쓰던 어머니를 너무 극성스럽게 여긴 적도 있는 경우였다.

그러나 지금은 거기밖에 마음 놓고 발붙일 데가 없었고 시국을 관망하기에도 적지였다. 뭐든지 안 돼 갈 땐 다 그렇듯이 사사건건 까탈만 부리는 공장 사장의 명색보다는 지주는 아직도 많이 편했다.

군수물자뿐 아니라 식량도 날로 귀해지기 시작해 배급제로 바뀌고 쌀 공출이 가혹해졌지만 지주에겐 어수룩한 구석이 꽤 남아 있었다. 유기그릇 안 쓰고도 고무신 안 신고도 살아남을 수 있지만 식량 없인 못 사는 게 사람 목숨인데 그걸 여퉈 둘 수 있다는 건 뭇사람의 목숨을 관장하고 있는 거나 마찬가지였다. 지주가 여지껏 누려 온 주재소 순사나 면서기 등 지방 하급 관리들과의 유대관계도 지주를 마지막 특권층으로 남아 있도록 했다.

샛골이 고향이거나, 출생지는 개성이지만 샛골에 1년 계량할 정도의 땅뙈기를 갖고 있거나를 막론하고 속속 샛골로 모여드는 것만 봐도 세상이 점점 힘들게 돌아간다는 걸 알 수가 있었다. 태임이 외가도 외숙 부부가 다 세상을 뜨고 난 후엔 그전에 경성으로 간 자식들이 야금야금 남은 땅을 팔아 가 이제 팔아먹을 수 없는 선산과 거기 딸린 논밭이 약간 남아 있을 뿐인데도 거기 의지하려고 식솔까지 거느리고 돌아오는 조카도 생겨났다. 대물림의 땅이 남아 있는 전씨 집은 말할 것도 없었다. 이성 씨는 세상을 떴지만 아직 정정한 마나님하고 여지껏 해로하는 부성 씨 부부가 함께 샛골로 이주해 여생을 보내려고 했다. 노동력엔 별로 보탬이 안 되는 짐스러운 식구였지만 여투고 빼돌리려는 노욕은 왕성한 늙은이들이었다. 소작인들의 잡도리를 철저히 해서 한 톨의 양식도 깔축없이 여뒀다가 경성이나 개성에 흩어져 사는 아들 손자들 양식 걱정 안 시키겠다는 속셈이 뻔했다. 그러나 양곡 공출의 목표 달성을 위해 혈안이 된 당국은 공출량을 과도하게 할당하는 한편 양곡의 타관 반출을 가혹하게 단속했다. 철도편으로 곡식을 부치는 건 불가능해졌고 기차간을 순찰하며 여객의 보따리까지 뒤지는 헌병이나 순사들한테 들키면 빼앗기는 건 물론 따귀를 맞거나 걷어차이는 수모를 당하는 일도 비일비재였다. 반항했다간 유치장 신세를 지게 되는 건 말할 것도 없었다. 그래도 20리 길이 채 안 되는 개성까지 식량을 실어 나르는 게 가장 수월했다. 수시로 드나드는 나뭇짐, 거름 달구지를 이용할 수 있었고 들켜도 지주의 세도를 무시 못 하는 하급 관리를 무마하는 것쯤은 문제없었다. 자연히 샛골에서 여생을 보내려는 노인들의 자손 중 경성에 생활 기반이 있는 이들이 개성으로 옮겨 오거나 식구들만 개성으로 보내는 일도 연달아 생겨났다.

식량이 배급제가 될 때만 해도 한 사람 앞에 백미를 하루 3홉씩 계산해 주던 걸 잡곡을 섞더니, 다시 잡곡 섞어 2

홉 5작, 2홉 3작으로 줄이고, 연달아 반나마 섞는 잡곡이란 게 두저히 사람이 먹을 수 없는 콩깨묵으로 변하 파국이니 자연히 그리될 수밖에 없었다. 대대적인 이동을 시작한 일가붙이들은 태임이 입장에선 친가와 외가가 되지만 경우 입장에선 외가와 진외가가 됐다. 자신이 장만한 건 아니더라도 샛골 주변에 가장 많은 땅을 소유한 상속자로서의 경우의 책임도 커질 수밖에 없었다. 한 지붕 밑에 살진 않더라도 티격태격 반목하지 않도록 하기 위해선 품을 사는 일로부터, 소출의 분배, 노동력 보태기 등의 공정을 기하고 화목의 구심적 역할을 할 인재가 필요했고 경우가 적격이라는 건 자타가 공인하는 바였다. 30대에 접어든 한창 나이였고 가장 넓은 농토와 삼포의 소유주였을 뿐 아니라 사업에서 독자적으로 이룩한 자수성가의 경력이 모든 이에게 그런 신뢰감을 주었다. 또 통이 크고 임기응변에 능한 그의 기질로 봐서도 그런 역할을 마다할 까닭이 없었다. 그로서는 고무 공장의 침체 국면을 기죽지 않고 극복하고 다시 많은 사람을 먹여 살릴 수 있는 절호의 기회였고 그의 많은 일가붙이들에겐 샛골이야말로 난세의 신천지였다.

"『정감록』엔 천지개벽헐 난리가 나도 살아남을 수 있는 피난 고장으루다 계룡산을 첫째로 꼽았다지만서두 나 겉으면 샛골을 제엘로 쳤을 거구먼. 안 그렇는?"

이제 늙어 빠진, 가끔 망령까지 부려 쌓는 부성 씨가 심심하면 젊은이를 붙들고 하는 소리였다. 그만큼 부성 씨에게 샛골이 만족스럽다는 표시였지만 어쩌면 너무 안락한

게 불안스러워서 자꾸만 다짐을 받고 싶은지도 몰랐다.

　태임이 역시 아직도 대가족이 배부르게 먹고살면서 타관으로 빼돌릴 양식이 남아도는 샛골 생활이 불안하긴 마찬가지였다. 잘은 몰라도 시국 돌아가는 게 왜놈 말짝으로 비상시국인 건 면서기나 순사들의 핏발 선 눈만 봐도 틀림이 없었으니 샛골이라고 언제까지 배부르고 등 따신 생활을 할 수 있으리란 보장이 없었다. 누구보다도 먼저 농사일에 적응해 밥값의 몇 배 일을 말없이 해내는 태남이의 모습도 까닭 없이 태임이를 불안하게 했다. 복잡하고 번족하게 얽힌 일가친척 속에서 아직도 자신의 명확한 위치를 찾지 못한 자격지심인가도 싶어 안쓰럽다가도 너무 뻣뻣하게 굴 적에는 무위도식하는 족속들에게 시위를 하는 것 같아 조마조마해지는 게 태임이의 심정이었다. 또 불과 1, 2년 사이에 농사일이 황소처럼 몸에 밴 태남이를 볼 적마다 씨는 못 속이지 싶어 기특하기보다는 섬찟해지는 건 태임이만의 비밀이었다. 태임이는 태남이의 생부를 본 적이 없었다. 어머니의 정부라니 상상하기조차 싫었다. 그러나 어려서부터 아랫것들이 수군대는 소리를 통해 본의 아니게 형성된 상스럽고 무지막지한 사내의 모습을 간직하고 있었다. 그리고 태남이가 그 사내를 영락없이 빼닮았다는 걸 이제야 깨달았다. 그런 느낌은 생뚱스럽고도 억울했다. 마치 할아버지가 일찍이 태남이한테서 확인한 관옥 같은 사내를 그 상스러운 무지렁이가 밀어낸 것 같았기 때문이다. 그러나 태남이는 누님이나 그 밖의 누구의 눈치도 보지 않고 상머슴으로 변신해 갔다.

바로 지척에서 태임이 마음을 쓰이게 하는 태남이와는 달리 후성이는 멀리서 그녀의 마음을 편치 않게 했다. 그녀는 태남이 옥바라지할 때 신세 진 게 고마워서 그 후에도 추수가 끝나면 쌀섬이나 보내는 걸 잊지 않았고 1년에 두어 차례는 상경해서 하루 이틀 묵으면서 회포도 풀고 안부도 주고받았다. 대개는 사위나 외손자 생일이다 졸업이다 할 때마다 여란이가 성화를 해서 상경하는 거지만 후성이네 들를 때가 한결 더 푸근했다. 그러나 시국이 갑자기 험악해지면서 쌀 부치기는 어려워지고 후성이네는 식구만 늘어났다. 동경에 폭격이 심해지자 일본 가서 떠돌던 맏아들이 거기서 눈이 맞아 함께 산 여자를 데리고 돌아왔고 여자는 곧 몸을 풀었다. 좁은 집에 별안간 식구가 한꺼번에 셋이 늘어난 셈이었다. 한군데 질정을 못 하는 둘째의 버릇도 여전해서 여러 식구가 고정 수입 없이 사는 게 신기했다. 태임이가 알기로는 시집간 딸들이 무던해서 조금씩 보태는 게 유일한 고정 수입이었다. 그러나 둘 다 제사 공장에 다니다 시집간 딸네들 살림 또한 근근이 입에 풀칠이나 하는 정도였으니 거기서 빼돌리는 실낱같은 부조에 의지한다는 건 못할 노릇이었다. 쌀이 배급제가 되자 배급 쌀이 식구들 양에 안 차는 게 문제가 아니라 배급 쌀을 살 돈이 문제일 정도로 궁색했다.

"막냇삼촌 제발 우리께로 내려갑시다. 글쎄 아들, 손자, 며느리 다 데리고 내려와도 상관없다니까요."

"난 싫네. 설마 산 입에 거미줄 치겠는가. 범강장달이 같은 아들이 둘씩이나 되는데."

"난리 통엔 어른은 배 곯아 죽고 아이는 배 터져 죽는다는 소리도 못 들으셨수. 몸뚱이만 범강장달이 겉으면 뭐 하우. 제 밥벌이헐 철도 안 났으니 아이나 진배없지. 아들 믿다 굶어 돌아가겠소. 여러 말 헐 것 없이 내 말대로 허십시다."

"나 이래 봬도 대처에서만 놀았다우. 배울 만큼 배우기도 했구. 촌구석에 처박혀선 못 살아요."

"경순 애비 겉은 역마직성도 촌에 잘만 틀어백혔을라구. 틀어백혔기만 허는 줄 아슈. 토박이 농사꾼보담 더 농사에 박사라우. 그 나이에도 기운은 황소구."

"조카님, 우리 식구들도 데려다 그렇게 부려먹으려구."

"삼촌, 제발 그렇게 억지 부리지 말아요. 내가 그럴 사람 아니란 걸 알면서. 경순 애비가 있으니까 샛골로 내려와도 적적허거나 겉돌지 않을 거란 얘기예요. 서로 통허잖우. 또 강릉골이 바루 재 넘어 아뉴. 난시가 아니라두 늙으면 고향 쪽으루 머리 둔다는데 삼촌은 어쩌면 그런 인지상정도 없시니까."

"그걸 몰라서 묻남? 입쌀의 뉘처럼 살긴 싫으이. 주려 죽을망정 천금 같은 자식한테 내 근본 들춰 보이기도 싫고."

태임이는 더는 권하지 않았다. 쌀의 뉘 같기야 태남이의 출생 쪽이 서얼보다 몇 배 더하련만 늠름하게 견디는 걸 보면 사람됨의 차이가 분명하게 드러났다. 태임이는 남의 천성까지 고쳐 볼 엄두도, 그럴 기운도 없었지만 그렇다고 그 집 걱정까지 사라진 건 아니었다.

배급 쌀에 콩깻묵이 섞이고 나서는 지방에서 경성으로 가는 기차간을 돌며 수색하는 순사들의 수법은 더욱 혹독해졌다. 다만 몇 됫박의 쌀도 들키면 빼앗겼다. 그런 위험을 무릅쓰고 조금씩이라도 후성이네 식량을 보태려니 태임이의 경성 나들이가 잦아질 수밖에 없었다. 옷보따리처럼 꾸민 짐 속에 쌀을 감춰 가지고 기차를 탈 때일수록 태임이는 비단옷으로 잘 차려입었다. 몸뻬라는 전시복이 새로 생겨나 여자들의 옷차림이 꼴사나울 때였다. 늙어서도 옷태가 여전한 태임이는 단연 돋보였고 일본 순사나 조선 순사나 간에 귀티 부티엔 약했다. "옷가지요." 하는 점잖은 한마디에 감히 끌러 보거나 찔러 보질 못했다. 그러나 매일 그 노릇을 할 수도 없고 벼르고 별러 어쩌다가 쌀 몇 됫박씩 숨겨다 줘 봤댔자 받는 쪽에서는 감질만 나고 주는 쪽에선 힘만 들고 낮은 안 나는 노릇이었다.

1944년, 대본영 발표는 여전히 대일본제국 군대가 귀축미영을 무찌르고 있다고 으스댔지만 조선 사람이 느끼기는 그와 정반대였다. 경성에는 소개령이 내려 집과 사람을 가차 없이 솎아 냈고 농가에 매기는 공출량도 터무니없어졌다. 말은 추수한 쌀에서 도시 사람 배급량만큼의 1년 양식을 떼 놓고 산출한 양이라지만 시골 사람이 그렇게 먹고 농사를 지을 수도 없었거니와 그만큼 남겨 주지조차 않았다. 자연히 쌀을 감추게 되고 군량미에 갈급이 난 그들은 면서기나 순사를 시켜 수시로 농가를 급습했다. 짚단 낟가리,

갈잎 낟가리, 두엄 더미, 심지어는 솜이불까지 쇠붙이가 달린 장대로 마구 찔러 보고 나서 허탕을 치면 욕지거리를 남겨 놓고 다음 집으로 옮겨 갔다. 끝은 뾰족하고 몸체는 대롱을 절반으로 갈라놓은 것처럼 생긴 쇠붙이는 평화로울 때도 싸전에서 쌀가마 속에 든 쌀의 질을 가마니를 끄르지 않고도 소비자에게 보여 주기 위해 요긴하게 쓰이던 기구였다. 그러나 유난히 긴 장대 끝에서 번쩍이는 그 쇠붙이를 앞세우고 각반 친 면서기나 순사들이 동구 밖을 들어서는 걸 보면 울던 아이도 그치고 어른들은 치를 떨었다. 만일 그 쇠붙이가 숨겨 둔 쌀가마나 쌀자루를 정통으로 찔러 흰쌀이 담겨져 나온다면 농부는 욕먹고 얻어맞기 전에 심장을 찔리우고 선혈을 흘리는 듯한 고통을 맛보아야 했다. 유기그릇을 수탈해 갈 때는 그래도 희망이 있었다. 그러나 쌀 공출이 그악해지자 그놈의 전쟁이 오래 못 가리라는 희망은, 살아서 일본이 망하는 걸 보지 못하고 굶어 죽으리라는 절망으로 변했다.

그런 중에서 샛골에 모인 태임이네 일가붙이들은 여전히 따습고 배부르게 지냈다. 가끔 몰래 떡도 해 먹었다. 동네 눈치가 보여 떡을 철썩철썩 치지 못하고 떡메로 지그시 누르고 문질러서 겨우 꼴을 만든 조랑떡으로 떡국을 끓였더니 풀어지고 입천장에 늘어붙어 못 먹겠다고 불평할 만큼 입맛들도 여전했다. 지주라는 신분이 아직까지도 그 정도의 특권을 보장해 주었고 태임이네 땅을 부치는 소작농들도 그 그늘에서 초근목피로 연명해야 하는 절량 상태만

은 면할 수가 있었다. 도조*를 헐하게 해 줬을 뿐 아니라 쇠
붙이 앞세우고 면소에서 공출 두러반이 나오는 날을 미리
소작인들 집에 연통해 주어서 여둬 놓은 양식을 지주네 족
속들 집에 감추어 주도록 하는 건 경우의 소임이었다. 경우
는 그런 일에 능했고 그런 능력을 유지하기 위해 지방 관서
와 밀착돼 있었다. 지주네 족속들이 사는 집이라고 그들이
그냥 지나치는 건 아니었지만 건성이었다. 괜히 뒤지고 찔
러 보는 시늉만 했다.

이런 절호의 피난 고장에서 스스로 소외되어 태임이를
불편하게 하던 후성이네 일가도 마침내 샛골로 이주할 수
밖에 없는 계기가 왔다.

어느 날 밤새도록 태임이는 홀로 불 밝히고 바느질을
했다. 둥덩산 같은 솜바지였다. 우수 경칩 다 지나 삼포 일
이 바빠지기 시작할 무렵이었으니까 겨우내 입던 솜바지도
군실거려 뜯어 빨고 싶을 때였다. 또 해가 길어지면서 시장
기는 빨라져 벌써부터 보릿고개 넘길 걱정이 되는 막막하
고 따분한 철이기도 했다. 태임이는 밤새도록 꿰맨 솜바지
를 입고 경성 나들이를 나섰다. 후성이네 다니러 간다면서
도 양식 보따리를 챙기지 않아 식구들은 이상하게 여겼다.
더 이상한 건 그 둥덩산 같은 솜바지 때문에 옷태도 안 나거
니와 걸음걸이도 몹시 느리고 아장거리는 거였다. 태남이
가 먼저 눈치채고 다짜고짜 치마 위로 만져 보았다. 켜켜 쌓

*   賭租: 남의 논밭을 빌려서 부치고 논밭을 빌린 대가로 해마다 내는 벼.

을 넣고 누빈 쌀바지였다.

"어드런가? 순사들 눈을 기일 만헌가?"

태임이도 이왕 들킨 바에 스스로 궁금해하던 것부터 물었다.

"평소에 누님을 모르던 사람이면 속아 넘어가겠죠."

"됐네 그럼."

"어디서 그런 꾀는 내 가지고."

"내가 낸 꾀가 아닐세. 그놈들이 오죽 극성을 떨어야 말이지. 보따리에는 몇 됫박 숨기기도 어려워지니까 이런 꾀라도 낼 수밖에 더 있나. 나도 얻어들은 대로 한번 해 본 걸세."

"그러다 들키면 더 큰 봉변이 아니겠시니까."

"어떤 놈이 감히 내 몸에 손을 대."

태임이의 동그스름 튀어나온 이마에 반짝 교만이 빛났다. 태남이는 허허 맥 빠진 웃음을 웃으며 말했다.

"들키고 말고는 나중 일이고 그 무게를 달고 어드렇게 20리 길을 가시겠수. 내가 기차 정거장까지 태워다 드리리다."

그러면서 소달구지를 냈다.

"부녀자가 인력거도 아니고 달구지를 어드렇게 타는?"

"타시우. 가다가 쓰러져서 달구지에 실려 오지 않으려거든."

그 소리에 태임이도 웃으며 달구지에 올라탔고, 고삐를 잡고는 더는 말을 안 시키는 태남이의 장대한 덩치를 가

숨이 뿌듯하도록 믿음직스러운 마음으로 바라다보았다.

경성여까지는 무사하게 드차은 했다. 그러나 아무리 보아도 정정하고 곱게 늙은 여잔데 작고 가벼운 손가방 하나만 들고도 어기적어기적 힘겹게 발을 떼는 걸 구내 순찰 중인 순사가 놓칠 까닭이 없었다.

"요보 요보, 고찌 고이."*

당꼬바지에다 번쩍거리는 칼을 찬 순사가 집게손가락 한 개를 간당간당하면서 태임이를 불러세웠다. 순사의 비웃는 듯한 눈길과 마주치자 태임이는 간이 오그라붙는 것 같았다. 그래도 짐짓 태연하게 걸음을 멈추고 말했다.

"왜 그러슈?"

순사는 대답 대신 태임이의 하체를 만지려고 했다.

"무엄하오."

태임이가 큰 소리로 꾸짖었다. 사람들이 구경났다 싶은 얼굴로 걸음을 멈추었다.

"흥, 무엄? 이 늙은이가 감히 얻다 대고 호령이야?"

비웃는 듯한 웃음이 싹 걷히고 싸늘하게 날이 선 순사의 태도에 일이 고약하게 뒤틀려 간다는 걸 직감했지만 태임이는 하고 싶은 말을 참을 수가 없었다.

"아니 이제 보니 멀쩡한 조선 사람 아닌가. 조선 사람 혓바닥이 어떻게 생겨 먹었길래 여보 소리도 제대로 못 하슈. 내 반말지거리는 못 들은 걸로 해 두겠소만 요보 소리만

* "이리 와."

은 내 귀가 부끄러워서두 못 들은 척헐 수가 읎구려."

당장 목에 칼이 꽂힌다 해도 아마 그 말을 참진 못했으
리라. 배설의 쾌감과도 닮은 진저리를 쳤다. 화가 머리끝까
지 난 순사가 그 자리에서 태임이의 몸수색을 했고 태임이
는 온갖 수모를 당하면서 연행됐다. 파출소에서 싹싹 빌기
만 했어도 쌀이나 뺏기고 풀려났을지도 모르는데 굳게 입
을 다물고 견디어 냈으므로 서까지 넘어가고 말았다. 마침
서울역 구내에서 태임이가 당하는 걸 본 구경꾼 중에 그 집
안을 잘 아는 개성 사람이 있어서 경우에게 연통을 해 주었
다. 부랴부랴 상경한 경우는 우선 매형에게 의논했고 그런
일에 나서는 걸 창피하게 여긴 상철은 직통으로 통할 만큼
유력한 인사라면 박승재밖에 더 있겠느냐는 정도의 귀띔만
해 주고는 발을 빼려고 했다. 과연 박승재는 유능할 뿐 아니
라 자초지종을 듣고 나서 위로해 주는 태도에도 거짓이 없
어 보였다.

박승재 덕에 풀려났다는 걸 안 태임이는 그에게 고맙
다는 인사를 해 달라는 말 대신에 후성이에게 자신이 당한
횡액을 고대로 전하라고만 이르고 곧장 샛골로 돌아갔다.
그 소식을 전해 들은 후성이는 식솔을 이끌고 샛골로 이주
했다. 다만 둘째 아들은 마침 취직자리를 구해 제 밥벌이는
하는 중이었으므로 혼자 경성에 남았다.

징병제가 실시된 이듬해, 학병제까지 생겨난 그해였
다. 근로보국대와 징용 제도도 물샐틈없이 강화됐다. 징병
은 면할 수 없는 걸로 돼 있었지만 노력 동원은 어수룩한 구

석이 남아 있었다. 샛골로 여러 가구의 친인척이 모여들었다고는 하지만 기류계까지 옮긴 건 부녀자아 노인층뿐 징집의 대상이 될 만한 젊은이들은 개성이나 경성에 튼튼한 직장이 있건 없건 간에 기류지를 대처에 놓아두고 있었다. 그러나 기류계를 이중으로 해 놓고 쌀 배급을 이중으로 타 먹는 사례가 늘어남에 따라 배급 통장과 실제로 상주하는 인구가 일치하나를 조사하고 감시하는 작업이 도시로부터 시골까지 확산됐다. 밤중에 순사들이 애국반장을 앞세우고 집집의 문을 흔들고 들어가 구둣발로 마루에 올라 안방 건넌방에서 잠든 식구의 머릿수와 배급 통장의 식구 수가 맞나 조사를 하는 짓은 많은 웃지 못할 소문을 남겼다. 어떤 집 안주인은 외박하는 남편 대신 베개로 이불을 불룩하게 해 놓았다가 들켜서 아이들 보는 앞에서 따귀를 얻어맞았다고도 했고, 어떤 친한 이웃끼리는 먼저 조사받은 집에서 나중 조사받는 집으로 담으로 자식을 넘겨주어 감쪽같이 유령 인구를 메울 수가 있었다고도 했다. 배급 통장에서 유령 인구를 적발하기 위한 조사는 동원할 수 있는 장정의 수효를 파악하는 데 더욱 이용 가치가 있어 배급 통장이 없는 자작 농가까지 파급됐다. 시골은 도시와는 반대로 기류계보다 더한 식구가 문제가 됐다. 그러나 노력 동원의 권한이 면소 노무계에 있었기 때문에 경우의 실력으로도 들쭉날쭉하는 샛골 식구들 수효 문제는 그럭저럭 무마가 가능했다. 허나 그런 음성적인 일일수록 꼬리가 길면 안 좋다는 것 정도는 알고 있는 경우였다. 태남이의 맏아들 경국이는 아버지를 따라 말수 적고 힘센 농군으로 변해 궂은일과 힘든 일을 독차지하고 있었다. 경우 마음에 여간 들지 않는 듬직한 젊은이였다. 경우는 그를 위해서라기보다는 자신의 필요성에 의해 그의 기류계를 미리 개성으로 빼돌려 고무 공장 기술자처럼 꾸며 놓고 있었다. 그러나 정말 고무 공장 기술자라 해도 고무 공장이 아닌 이상 관계 관청에서 눈감아 주지 않으면 징용에 끌려 나갈 수밖에 없었다.

경국이 때문에 늘 불안하던 무렵에 후성이네는 기류계까지 고스란히 떼어 가지고 이사를 와 경우를 짐스럽게 했다.

어머니의 서숙까지 책임져야 한다는 게 도무지 받아들여지지 않았다. 어머니의 서숙이면 나에겐 뭔가 그는 일부러 서외종조부라는 복잡한 숙어를 만들어 내 가지고 그 부당성을 남까지 알아주길 바랐다. 그건 어쩌면 후성이 말짝으로 범강장달이 같은 후성이의 아들, 그에게는 외당숙뻘이 되는 광표까지는 책임지고 싶지 않은 속마음의 표현인지도 몰랐다. 광표는 처음부터 경우 마음에 안 들었다. 서얼에다 손아래인 주제에 촌수 따져 아재비 노릇 하려는 것도 꼴사나웠거니와 하고 다니는 꼴도 마뜩지가 않았다. 일을 한몫하든지 조용히 죽치고 앉았든지 둘 중의 하나를 하지 않고 순전히 입으로 날치고 다녔다. 그가 일본 도처를 전전하며 보고 들은 경험을 유창한 말솜씨로 풀어 먹으면 우물 안 개구리처럼 바깥세상을 모르는 그 마을의 토박이 청장년들은 넋을 잃고 경청을 했다. 그렇게 해서 사랑방의 인기를 얻은 것이야 겉도는 것보다 나았지만 뭔가 보이지 않는 걸 취서 잡았다고 생각히기 그걸 취 두르고 싶어 헤서 탈이었다.

그가 겪은 동경 폭격의 가열상으로 일본이 오래 못 가리라는 걸 예견해서 젊은이들뿐 아니라 곁다리로 끼어든 노인들의 가슴까지 떨리게 한 것까지는 좋은데 징병으로 끌려 나갈 청년들을 위한 환송 준비에 앞장서 날치는 건 정말 꼴불견이었다. 그는 면소까지 충동질을 해서 정집된 청년 집에다 무운장구(武運長久) 필사보국(必死報國)이라고 쓴 기다란 천을 달게 했다. 노인들 보기에 그건 마치 만장(挽章) 같아 상서롭지 못했다. 그뿐 아니라 병정 나가지 전에 씨라도 남기려고 급히 혼인한 앳된 새댁이나 어린 누이까지 부추겨 센닌바리*를 만들도록 한 것도 그가 일본 바람 쐬며 보고 배운 대로였다. 후성이네 식구들을 샛골로 불러들이지 못해 성화를 하던 태임이까지도 가끔 한숨을 쉬며 낯을 찌푸릴 정도였다. 그래도 경우가 그를 능멸하는 눈치를 보이면 어떻게든 역성을 들었다.

"우리 식솔 중에서 한 사람쯤은 면서기나 주재소 순사 앞잡이처럼 보이는 사람이 있어 해로울 게 뭐 있겠는? 살얼음판 겉은 시상 아니냐."

"그 노릇이나 제대로 하면 누구라 뭐래겠시니까. 바람

---

*　千人針: 병사의 수운을 기원하며 천 명의 여자가 한 땀씩 천에 매듭을 놓아 보낸 배두렁이.

을 넣으려면 일관성이 있어야지 꼭 미친년 키질하듯 종잡을 수 없이 날치니까 걱정입지요."

"그래도 당숙이다. 윗항렬 대접을 해서라도 그런 말버릇은 삼가거라."

"예, 그저 모르는 척하는 게 숩지요."

그러나 광표는 그가 모르는 척하게 두지도 않았다.

그 무렵엔 가까스로 소학교만 나와도 시골에선 지식인 축에 들었다. 샛골에도 그런 지식인들이 따로 모이는 사랑방이 있었는데 그들 사이에선 이광수가 우상화돼 있었다. 어떤 경로로 그들 손에 들어왔는지는 모르지만 돌고 돌아 겉장 뒷장은 간데없고 본문도 나달나달해진 두 권의 소설책이 다 춘원의 작품이라는 것도 관계가 있었지만, 그 전에도 이광수라면 천재적 글재주와 놀라운 경륜으로 조선 사람 마음을 자유자재로 쥐었다 폈다 할 수 있는 문필가 겸 지도자라는 것쯤은 촌구석까지도 알려져 있었다. 높은 이름을 기리던 이의 소설을 직접 읽어 본 감동은 유별났다. 겉장이 울긋불긋한 이야기책 말고 근대적인 소설이라는 걸 읽어 보기가 처음인 그들이었다. 한 사람은 읽고 여러 사람이 듣는 종래의 이야기책 읽기 방식 대신 따로따로 돌려 가며 혼자서 읽는 맛을 터득한 것도 처음 겪어 보는 신선한 경지였다. 한 권은『흙』이고 또 한 권은『단종애사』였다. 그들은 또 벅찬 감동을 홀로 삭이기가 아까워서 서로 나누려고 밤을 새웠고, 그 새로운 재미를 딴 사람들한테도 퍼뜨리려고 떨어져 나간 책장은 밥풀로 붙이고 희미해진 활자는 딴 종이에 옮겨 써서 벌충하는 수고도 아끼지 않았다. 그런 수고는 그 책에 대해서뿐 아니라 그 책은 쓴 저자에 대한 경의도 되었다.

마치 정신의 갈증이 단비를 만나 뭔지 모를 연연한 것을 움트게 하는 것 같은 자리에 천둥에 개 뛰어들 듯이 난데없이 끼어든 것은 광표였다. 그는 뛰어들기만 한 게 아니라 다짜고짜 그 움에다 소금을 뿌리는 짓을 서슴지 않았다. 그는 이광수를 숭배하는 촌구석 먹물들을 큰 소리로 비웃으며 이광수가 시방은 가야마 미츠로(香山光郎)가 돼서 어떤 연설을 하고 어떤 논문을 쓰고 있는지를 폭로했다. 믿으려 들지 않자 그는 마침 갖고 있던 최신의 잡지에 실린 가야마의 글을 증거품으로 제시하는 친절까지 베풀었다. 그러고는 그가 보기엔 순진하기보다는 어리석어 뵈는 두메의 먹물들이 배신감에 치를 떠는 걸 바라보면서 쾌감을 느끼는 듯했다.

이런 일들이 다 샛골에서 일어났다고는 하나 경우의 행동 반경과는 다른 데서의 일이고 또 눈에 띄는 사건이 아닌지라 경우는 모르고 지나갈 수도 있었다. 그러나 우상이 무너진 충격을 가장 심하게 받은 게 그의 아들이었다. 경우의 아들은 올해 겨우 중학생이 된 주제에 조숙하여 애아범이 된 청년들과도 제법 벗했고 특히 시국 문제에 관심이 많고 민감했다. 일본어로 세계 명작도 대강 섭렵했다고 자부하는지라 책에 굶주렸달 것도 없었다. 그러나 그 나이로는 드물게 한글을 깨친 덕으로 처음 읽은 그 두 권의 소설의 재미와 감동은 소년에게 전혀 새로운 경험이었다. 소년은 처음엔 책의 재미 때문에 밤을 새웠고 마지막 장을 넘기고는 가슴이 울렁거리는 흥분으로 잠을 못 이루었다. 작가에 대한 열정적인 흠모가 소년을 황홀하게 했다. 광표의 우상 모독은 소년에게 우상과 자존심이 동시에 모욕당하는 충격이었다.

소년은 가족들에게 다짜고짜 학교고 뭐고 다 집어치우고 도코타이(特攻隊)로 나가겠다고 선언했다. 주로 10대 소년들에게 광적인 애국심을 고취시켜 내보내는 특공대는 소년에겐 악몽이었다. 소년은 우상을 잃은 허전함과 분노스러움을 엉뚱하게도 악몽에 정면으로 도전하는 걸로 풀려하고 있었다. 워낙 충동적인 발작이었던지라 달래고 꾸짖고, 또 시일이 지나는 사이에 가라앉긴 했지만 생각만 해도 끔찍한 충동을 일으킨 원흉이 광표였다는 걸 안 경우도 이만저만 화가 나지 않았다. 가뜩이나 마뜩잖게 봤는데 새록새록 예쁘지 않은 짓만 골라 하니 경우 눈 밖에 날 수밖에 없었다.

경우는 누가 뭐라든 간에 자기가 기회주의자라는 걸 알고 있었고, 그의 기회주의로도 현 시국을 다치지 않고 넘기기가 힘겹다는 것도 알고 있었다. 경우가 보기에는 광표역시 기회주의자였지만 조금도 동류의식을 느낄 수가 없었다. 그 서투름과 어리석음만 눈에 보였고 될 수 있으면 안보고 싶었다. 요컨대 그의 기회주의와 광표의 기회주의는 손발이 안 맞았다.

경우에게 광표가 눈엣가시처럼 밉기만 할 즈음해서 광
표에게 징용 영장이 나왔다. 후성이는 경우가 스께 빼 주려
니 해서인지 크게 법석을 떨지 않았지만 마나님은 울고불
고 온 집안을 한바탕 초상집을 만들어 놓았다. 그러나 경우
는 자신이 없었고 그럴 마음도 우러나지 않았다. 영장이 나
온 후에도 빼낼 수 있다고 낙관하는 후성이한테도 화가 지
글지글 났다. 그러나 경우가 미처 어디 가서 말도 붙여 보
기 전에 광표가 먼저 종적을 감추었다. 갈수록 애물덩어리
였다.

경우는 자신이 빼돌렸단 덤터기를 쓰지 않기 위해 오
만 군데 불려 다니면서 싹싹 빌고 온갖 수모를 겪어야 했고
적지 않은 돈을 써야만 했다. 광표는 지명수배를 당했고 면
서기들한테는 책임을 물어 시말서를 쓰게 하고 좌천을 시
켰다. 경우와 밀착 관계에 있던 노무계 서기들은 총무나 호
적계로 가고 노무계엔 낯선 사람이 들어앉았다. 주재소 순
사까지 나이가 지긋하고 능글맞은 새 사람으로 바뀌었다.

양팔을 잃은 듯한 무력감에 사로잡힌 경우에게 설상
가상으로 문중의 원성이 빗발쳤고 광표댁은 두 번째 아이
를 낳았다. 다 경우가 부양해야 할 식솔이었다. 경우에게 그
해는 유난히 긴 해였다. 특히 동지섣달이 길었다. 이해를 잘
넘기려나 싶은 초조감과 막연한 불안 때문에 더 그런 것 같
았다. 태임이가 가끔가다 그의 조바심을 조심스럽게 건드
렸다.

"아범 신색이 어쩌 그 모양인가. 대범허게 마음 쓰게.

아범은 우리 일가 문중의 기둥일세."

"이씨가 몇 된다굽쇼."

"그게 억울헌가?"

"억울허긴요. 그렇단 말씀입죠."

"이런 난세는 내 생전에 처음일세. 오래야 가겠나?"

"염려 마세요. 더한 어려움도 거뜬히 이겨 낸 제 실력 아시죠?"

경우는 짐짓 으스댔지만 실은 맥 빠져 있었고 조마조마했다. 그런 중에도 의지가 되는 건 태남이네 식구들이었다. 추수가 끝난 후에도 태남이는 아들 경국이를 데리고 일손을 놓지 않았다. 내년에 삼을 심을 예정으로 올해 놀린 땅을 소 쟁기로 깊이 가는 일을 비롯해서 해를 가릴 발, 이엉, 기둥목, 청대, 굵은 새끼줄, 가는 새끼줄, 칡 등 삼포에 드는 재료를 마련하는 일을 겨울 안에 끝마쳐야만 했다. 별로 바쁘게 굴지 않으면서도 쉬지 않고 일하는 태남이를 볼 때마다 경우는 미안하고도 마음이 놓였다. 응석 부리고 싶은 생각이 들 적도 있었고 저렇게 애써서 삼포를 만들어 봤댔자 수확할 날이 있을 것 같지 않아 문득 서글퍼지기도 했다. 만 5년이나 걸리는 느긋한 농사를 짓기엔 세상은 너무도 종잡을 수 없이 돌아가고 있었다. 그런 뜻을 비쳤더니 태남이는 덤덤한 표정을 바꾸지 않고 말했다.

"한치 앞이 안 보인다고 안달할 게 뭐 있나. 이럴 때일수록 먼 앞날을 내다보고 사는 게 속 편하다네."

그런 태남이를 가까이서 지켜보며 시중도 들고 말벗

도 하는 혜정이 곁엔 또 항상 경순이가 붙어 있었다. 반편이
만 아니었으면 시집가서 애를 두엇을 낳았을 나이였다. 워
낙 혜정이가 깔끔하게 거두고 알뜰히 챙겨 먹이는 까닭도
있지만 속에서 피어나는 힘도 한창일 때라 살갗이 분칠한
것처럼 보얗고 야들야들했다. 그러나 표정은 예닐곱 살 계
집애처럼 꾸밈없이 무심해서 누구도 더럽히거나 꺾지 않은
풀꽃처럼 보였다. 경우는 어머니처럼 그 애를 각별히 측은
해하거나 편애하는 마음은 없었지만 그 애를 보고 있으면
평화를 느꼈다. 샛골에서 평화가 사라져 가고 있다는 체념
때문인지 그녀에게 간신히 머물러 있는 평화가 저녁나절의
햇빛처럼 아쉽게 느껴졌다.

　김장을 해 넣었는데도 봄날처럼 온화한 날씨가 이어지
고 있을 무렵이었다. 그러나 언제 눈보라가 몰아칠지 몰라
감질나는 따스함이었다. 태남이는 삼포에 딸린 농막 앞 양
지바른 마당에서 이엉을 엮고 있고 혜정이는 저만치 그를
바라볼 수 있는 마을 앞 냇가에서 빨래를 하고 있었다. 이불
홑청, 버선 따위 양잿물에 삶은 빨래라 김이 무럭무럭 났지
만 냇물은 뼈가 시렸다. 혜정이는 안반 같은 빨랫돌에 누렇
게 잘 삶아진 빨래를 놓고 힘차게 방망이질을 하면서도 옆
에 있는 경순이한테 자주 눈길을 보내야 했다. 경순이는 뭐
든지 새엄마가 하는 대로 따라 했다. 오랫동안 그걸 못 하게
하지 않고 칭찬하고 북돋아 준 덕으로 이젠 설거지쯤은 혼
자서도 할 수 있게끔 훈련이 돼 있었다. 지금도 빨랫돌에다
제 몫으로 준 수건을 놓고 치대기도 하고 방망이질도 하는

게 제딴엔 매우 심각해 보였지만 열중해 있을수록 그 밖의 것은 눈에 보이지 않는 경순이였다. 혜정이는 옷을 적시지 않도록 소맷부리랑 치맛자락을 걷어 주고 나서도 자꾸 신경이 써졌다. 솜버선 발을 적실까 봐 걱정이 됐지만 차마 벗길 수는 없었다. 그 대신 시냇물 쪽으로 발이 미끄러져 내리지 않도록 자주 경순이 가랑이를 벌려 주어야만 했다. 그러나 엉덩이를 짚방석으로 괴고 편히 앉은 경순이의 다리는 자연스럽게 앞으로 뻗으려고 했다.

그때 저벅저벅 쇳소리가 났다. 징을 많이 박은 구둣발 소리는 듣기만 해도 가슴이 내려앉았다. 칼 찬 순사와 누런 국방복에 각반을 찬 사내가 이쪽으로 다가오고 있었다. 시내를 낀 길은 분교와 상점과 주재소가 있는 면소재지로 가는 길이어서 낯선 사람이 지나갈 적도 있었지만 그들의 시선이 곧장 경순이를 주목하고 있는 게 흡사 경순이를 찾아오는 사람들 같았다. 혜정이는 거의 본능적인 공포감으로 경순이를 뒤에서 얼싸안으면서 그들의 시선으로부터 보호하려고 했다. 그러나 경순이는 이미 어린 계집애가 아니었다. 새엄마보다 훨씬 풍성하고 탄력 있는 살집을 가지고 있었다. 혜정이는 손바닥이 뿌듯하게 경순이의 젖가슴이 만져지자 가슴이 두방망이질을 했다. 두 남자가 눈앞으로 다가와 경순이를 얼른 놓아주고 빨래를 계속했다. 저희들끼리 일본말로 예쁜데, 근데 왜 시집을 안 갔을까 하는 소리가 들렸다. 경순이의 머리꼬랑이를 보고 하는 소리였다. 샛골에도 이웃 마을에도 과년한 처녀가 거의 없었다. 징용 징병

으로 끌려가기 전에 손이라도 봐 놓고 싶어 한 신랑 쪽 욕심
까 딸을 정신대로 빼앗기기 전에 치우고 싶은 새시 쪽의 위
기감이 궁합이 잘 맞아 조혼이 대유행이었다. 머리꼬랑이
가 수상해 보인 건 당연했다. 이럴 줄 알았으면 쪽을 쪄 주
는 건데 싶은 생각이 퍼뜩 떠올랐지만 때는 이미 늦었겠다
당장의 봉변이나 면하는 게 수였다. 내가 있는데 누가 감히
내 딸의 털끝이라도 건드린단 말인가, 어림도 없지, 이런 오
기로 정면으로 쏘아본 남자들의 얼굴은 그러나 너무도 호
색적이었다. 특히 칼 찬 순사의 시선은 끈적끈적한 진처럼
경순이의 보오얀 볼에 엉겨붙어 있었다. 혜정이는 속이 떨
리는 걸 가까스로 억제하고 말했다.

"이 애는 반편이랍니다. 오죽해야 시집도 못 보내겠시
니까?"

그 소리엔 암만해도 정이 떨어지는 모양이었다. 당장
벌레 씹은 얼굴을 했다. 그러나 국방복의 사내는 능글능글
웃으면서 말했다.

"아 소오까네. 모데 이신따이와 가마와나이조."*

두 남자는 멀어져 가면서 저희끼리 무슨 얘기를 하는
지 음탕한 웃음소리가 오래도록 들렸고 혜정이는 손발이
떨려 빨래를 계속할 수가 없었다. 정신대로 끌려가면 어떻
게 된다는 건 이미 소문이 파다했다. 딸년을 정신대로 내보
내느니 차라리 죽여 버리고 말겠다는 어머니의 모진 소리

---

*   "아 그래, 허지만 정신대는 상관없어."

400

가 도무지 독하게 들리지 않을 만큼 몸서리쳐지는 소문이었다. 딸 가진 어머니들은 미처 소학교도 졸업하기 전에 혼처를 구해 시름을 덜려고 했다.

혜정이는 경순이를 시집보낼 엄두를 낸 적이 없기 때문에 정신대 걱정도 한 적이 없었다. 그게 잘못됐을지도 모른다는 생각은 심히 낭패스럽고도 생급스러웠다. 그녀는 빨래에서 양잿물기도 제대로 빼는 둥 마는 둥 경순이를 앞세우고 허둥거리며 집으로 돌아왔다. 생각할수록 치가 떨리고 가슴이 울렁거려 아무것도 손에 잡히지 않았다. 정신대는 상관없다, 반편도 정신대도 써먹는 덴 지장이 없다는 소리는 그 하늘 무서운 소문을 입증하고도 남았다. 온갖 망측한 꼴이 눈앞에 어른거렸고 경순이의 비명이 들리는 듯했다. 혜정이는 이런 백주의 악몽을 혼자 견디다 못해 우선 남편에게 털어놓았다. 태남이도 안색이 변하고 안절부절을 못하더니 먼저 경우하고 의논한 모양이었다. 경우가 일부러 찾아와서 혜정이를 안심시키려 들었다.

"외숙모, 괜한 걱정 마셔요. 남자들하고 달라 여자들 데려가는 건 아직 그렇게 심하지 않아요. 영장도 없구 명색이 지원제니까요."

"한 치 건너 두 치니까 그런 한가한 소리 하지, 그놈들 눈동자가 보통이 아니더라니까. 꼭 조만간 무슨 일 날 것 같아. 어디 신랑 없을까. 논마지기나 떼 줄게 데려가라고 해볼 만한 혼처 좀 구해 봐요, 얼른."

"글쎄, 그것도 좋은 생각이긴 하지만 아무 데나 보낼

수야 옳잖겠시니까. 외숙모도 그러시겠지만 제가 싫습니다. 천기 같은 우리 경순이를 내다 버리듯이 키우다니요."

"아무렴 아무렴."

그 소리에 혜정이도 눈물을 그렁이며 동의했다.

"혼처도 유념허구 있을게요. 그러니 우선 고정하세요. 속셈이야 어찌 됐건 아직까지는 정신대를 뽑는 명목이 간호부나 군수품 공장 여공으로 노력 봉사시키겠다는 건데 병신을 데려가 보세요. 정신대가 그게 아니란 게 단박 탄로가 날 텐데 그 약은 놈들이 그런 짓을 할 리가 읎잖아요."

이치로 봐선 백번 지당한 말이어서 고개를 끄덕이다가도 혼자 있을 땐 그 진이 묻어날 듯 끈적거리던 사내의 호색적인 눈길만 생각나 더럭 겁이 났다. 혜정이는 한 번도 경순이가 성적 대상이 될 수도 있다는 걸 생각해 보지 않았기 때문에 더욱 그러했다. 절대로 그럴 순 없다는 결의는 부지불식간에 광적인 살의마저 불러일으켰다. 살의의 대상은 일정치가 않았다. 경순이까지 붙잡혀 가는 세상이 오면 죽는 게 낫지 살아서 무슨 꼴을 더 보랴 싶을 적도 있었고, 잡아가는 놈과 사생결단을 하고 싶은 맹렬한 투지가 끓어오를 적도 있었고, 그 애를 정신대로 내주느니 차라리 죽여 버리고 말지 광기에 사로잡힐 적도 있었다. 옆에서 태남이가 경순이 걱정보다 아내 걱정이 더 될 만큼 그녀는 평소의 그녀답지 않았다. 자신도 이해할 수 없는 불길한 예감에 가위눌리고 있었다.

뭐니 뭐니 해도 아직은 여자들보다는 남자들 걱정을

더 해 줘야 할 때였다. 면소에다 징용 영장을 터무니없이 많이 할당을 해 놓고 어느만큼 목표 달성을 하느냐에 따라 충성심에 점수를 매기는 식으로 경쟁심을 부추겼기 때문에 면서기들이 혈안이 돼 있었다. 그러나 징병 제도처럼 나이만 차면 일단 빠져나갈 수 없도록 돼 있지도 않았다. 노력 동원에는 하급 행정기관의 재량권을 어느 정도 인정했기 때문에 걸려도 절체절명은 아니라는 데 문제가 있었다. 가혹함보다는 불공평이 더 민심을 흉흉하게 했다. 쉰 살이 다 된 가장한테 호적엔 서른 몇으로 돼 있다고 영장이 발부되기도 하고 밤중에 잠자리를 급습해 기류계에 안 올린 남자가 자고 있으면 당장 잡아가기도 했다. 불과 한 해 동안에 샛골이 피난 고장이란 소리도 옛말이 되고 말았다. 샛골은 사람이 들고나는 게 손바닥처럼 뻔한 고장이었다. 경우는 경국이를 비롯해 그의 농토에 딸린 젊은 노동력이 광표짝 나지 않도록 주재소나 면소와 새롭게 교제를 트지 않으면 안 되었고 무엇보다도 남자가 너무 여럿 상주 인구로 보이지 않도록 세심하게 조절을 해야만 했다.

최초의 충격이 가라앉자 혜정이도 경순이를 위해 똑같은 신경을 썼다. 칼 찬 순사나 면서기풍의 남자가 동구 밖에 나타났다 하면 갈잎 낟가리 속에 숨는 훈련은 경순이에겐 무리인 듯했지만 집요하게 반복하니까 되레 똑똑한 사람보다 더 빨리 할 수 있게 되었다. 순사다! 새엄마가 일부러 잔뜩 겁에 질린 시늉을 하면서 날카롭게 부르짖는 걸 신호로 경순이는 갈잎 낟가리 속으로 감쪽같이 사라지곤 했다. 태남이는 왠지 그게 보기 싫었다. 한 번도 아내가 경순이한테 히는 걸 게모 노릇이라는 편견을 가지고 바라본 적이 없는 태남이었다. 그런 전적인 신뢰감 때문에 오히려 무심한 아버지였건만 그 짓에만은 무심할 수가 없었다. 그렇다고 그런 짓을 쓰잘 데 없는 짓이라고 꾸짖기엔 시국이 너무 흉흉했다. 그는 영문도 모르는 숨바꼭질에 날로 익숙해지는 딸을 갈잎 더미 속에서 끌어내어 머리칼과 옷에 달라붙은 가랑잎을 뜯어내 주면서 피가 거꾸로 흐르는 듯한 분노를 느꼈다.

양력으로 해가 바뀌었지만 음력으로는 아직 섣달 그믐께인 어느 날이었다. 동구 밖에 순사와 면서기 일행이 나타났다. 어느 때보다 많은 일행이었고 먼저 발견한 마을 사람에 의해 집집마다 연통이 되었다. 행여나 음력설을 쇠려고 떡살이나 엿을 골 잡곡을 담은 집이 있나 조사가 뻗칠날 때였다. 그들 중 앞장선 이가 높이 쳐든 장대꼴의 쇠붙이가 순사의 칼빛보다 훨씬 더 살벌해 보였다. 두런대는 불안한 기미에 경순이는 자동적으로 몸을 숨겼다. 사람을 찾아내려는 게 아니라 곡식을 찾아내려는 사람들이라는 걸 구별할 능력이 없었다. 느닷없이 들이닥치는 관공서 사람은 대개두 가지 목적을 겸하고 있었기 때문에 구태여 그런 어려운 분별법까지 가르칠 필요가 없었다. 밤중에 떡 치는 소리가 났다는 제보에 의해 출동한 그들은 처음부터 살기등등했다. 성까지 호락호락 간 주제에 양력에 비해 비과학적인 게 분명한 음력설을 조선 설이라고 악착같이 붙들고 늘어서는 심보를 도무지 이해할 수가 없는 그들이었다.

불가해한 대로 마치 그게 조선 사람 근성의 최후의 보루처럼 보여서 어떻게든지 깨부수고 짓밟아야만 직성이 풀릴 것 같았다. 떡쌀이 문제가 아니었다. 조선 명절날은 밥도 굶는 날로 만들어 놓고야 말리라는 악랄한 적개심으로 눈이 핏발 서 있었다.

태남이네는 마을 한가운데였는데도 그들은 뭐가 끌어당긴 것처럼 제일 먼저 들이닥쳤다. 광 속, 마루 밑 농막에 산적한 짚단 등을 예리한 눈빛으로만 훑어 나가던 앞장선 순사가 경순이가 숨은 갈잎 낟가리 앞에서 음험하고 자신 있는 미소를 지으며 발걸음을 멈추었다.

숨죽이고 뒤따르던 혜정이가 안 돼, 하면서 가로막은 것과 그의 장대가 낟가리를 깊숙이 찌른 건 거의 동시였다. 낟가리 안에서도 비명이 들리고 그 역시 놀라 급히 빼낸 장대 끝의 쇠붙이엔 살점과 선혈이 묻어났다. 혜정이는 그 자리에 까무러치고 태남이가 미친 듯이 갈잎나무를 파내고 경순이를 들어냈다. 배 창자가 터진 경순이는 양순한 짐승이 상한 것처럼 애처롭게 신음했다. 사람들이 모여들고 누군가가 무명 헝겊을 찢어 주어 상처를 틀어막았다. 달구지를 대 주는 사람도 있어서 태남이는 딸을 부둥켜안고 달구지에 올라탔다. 그러나 개성까지 가기 전에 숨진 딸을 안고 슬프게 울며 되돌아왔다. 그동안에 그들은 온데간데없어지고 마을은 덕택에 그날의 수탈을 면했다.

태남이는 손수 딸의 관을 짜고 제일 좋은 옷으로 갈아

입혀 뒷산 양지쪽에 고이 묻었다. 그리고 그믐 달빛에 날을 비춰 보면서 밤이도록 칼을 갈았다. 그는 딸은 누가 죽게 했는지 똑똑히 기억하고 있었다. 그러나 정신만 돌아오면 내가 죽였어, 내 탓이야 내 탓이야 몸부림치다가 다시 정신을 잃곤 하는 혜정이 때문에 그 칼을 휘두르는 일은 하루하루 뒤로 미뤄야 했다. 그의 살의를 눈치챈 태임의 간곡한 만류도 그의 심금을 울렸다.

"고정허게 동생, 나를 봐서라도. 그리고 경순이 낳은 에미 생각도 해 보게나. 지금도 난 그 사람 모습이 눈에 선허다네. 어찌나 씩씩허구 명랑허던지 첫눈에 쏙 들었었지. 그런 사람이 왜 그렇게 됐는지 벌써 잊어버렸나. 아버님의 참혹한 시신을 본 게 경순이도 배 속에 있을 적에 제 어미가 실성허는 바람에 그렇게 온전치 못허게 태어난 게 아니던가. 자네가 왜놈헌테 억하심정이 없다면 사람도 아니지. 나도 그건 아네만 한 걸음 물러나 시방도 정신이 들락날락허는 경순 에미 생각을 해 보게. 자네가 곁에서 돌봐 주지 않으면 그 사람마저 또 폐인 되고 마네. 자네가 칼을 가는 심정은 너 죽고 나 죽자는 심정이니 남은 식구는 안중에도 없겠지만서두 그러는 게 아닐세. 경순 에미 자네 사람 되고 나서 자네나 아이들헌테 들인 지극 정성을 그렇게 갚는대서야 말이 되나. 인두겁을 쓰고서는 차마 못 할 짓이니 돌이켜 생각해 보게. 나도 늘그막에 실성한 올케를 어찌 맡겠나."

"누님, 누님 이 억하심정을 참는 거야말로 차마 인두겁을 쓰고는 못 할 짓입니다. 누님 전 어떡허면 좋겠시니까."

태남이는 처음으로 누님한테 매달려 목 놓아 울었다. 그러고는 복수를 단념하고 혜정이 간호에 온 정성을 다했다.

태임이도 이웃에서 약병아리를 고아 온다, 양즙을 내온다, 물자가 극도로 달리는 시국에 보통 사람 같으면 엄두도 못 낼 것들을 해다가 식보를 도왔다. 원래 팔자가 순탄치 못한 만큼 심지가 당찬 혜정인지라 차츰 헛소리가 줄고 기력을 회복해 부시시 자리를 털고 일어났다.

경순이가 이 세상에 태어났던 흔적은 풀꽃이 스러진 자리처럼 금방 자취도 없어졌다. 그래도 자취가 남아 있다면 사람들의 마음속에였다. 태남이와 혜정이 내외의 상실감에 대해선 말해 무엇하랴. 그들은 문자 그대로 일심동체가 되어 공유한 그 상처를 건드리지 않으려는 연민 때문에라도 열심히 일하는 게 수였다. 그러나 경우는 달랐다. 경우의 상처가 얼마나 심각하다는 걸 아무도 헤아리지 못했다. 그건 물론 경우가 누구보다도 경순이한테 정이 깊었다는 것하곤 달랐다. 그가 경순이를 참으로 좋아한 건 사실이나 에미 애비나 동기간만 할 순 없었다. 마음이 황폐할 때, 문득 풀꽃에 이끌리는 것처럼 순수한 위안이 됐을 뿐이었다. 그가 상처 입은 건 애정이라기보다는 자존심과 책임감이었다. 그에게는 많은 일가붙이와 이웃들이 자기를 중심으로 모여들어 자기의 그늘에서 안전을 보장받고 목숨을 부지하고 있다는 우두머리 기질이 있었다. 타고난 천성도 있었지만 외아들로서 일찍부터 부친하고 대등한 의논 상대가 돼 왔을 뿐 아니라 약관의 나이에 과시한 사업적 성공은 널리 주위로부터 그런 기대와 찬사를 모은 때문이기도 했다. 그는 허필 그의 그늘에 가장 온몸으로 기댄 목순은 제대로 갈무하지 못했다는 데 심한 충격을 받았다. 그는 자신의 충격을 남에게 드러내 보이는 것조차 창피하게 여겼으므로 경순이가 뒷산에 묻히는 걸 보고 나서 샛골을 떠나 개성 본집에서 달포 가까이 두문불출했다. 아이들 학교 관계도 있고 고무 공장도 문 닫은 건 아니어서 그는 그때까지도 개성 부내와 샛골에 두 집 살림을 하고 있었다. 식구들까지도 그가 샛골에서 안 보이면 서해랑 집에 있으려니, 서해랑 집에서 안 보이면 샛골에 가 있으려니 할 정도로 그의 출입은 무상했기 때문에 아무도 그를 이상하게 여기지 않았다. 이렇게 아무한테도 방해받지 않는다는 것조차 그는 야속했고 외로웠다. 그는 몸부림치듯이 고독과 싸우다가 집을 떠나 경성으로 올라가 누나네 집에서 며칠 머물렀다. 그의 그늘로 기어들어 오지 않고도 어려운 시국을 어렵지 않게 지내는 매형이 갑자기 의지가 되었다. 그는 그동안 고독한 가운데 머리를 짜서 생각해 낸 것을 실행에 옮기기 전에 타인의 동의가 필요했던 것이다. 그가 꼭 동의해 줄 타인으로 매형 상철이를 떠올린 것은 잘한 짓이었다. 상철이는 동의만 해주었을 뿐 아니라 적극적인 협조를 아끼지 않았다. 경우의 구상은 그의 고무 공장을 군수품 하청업체로 전환시키는 것이었다. 그렇게만 되면 거기 종사하는 직원들이 합법적으로 징용이나 정신대를 면제받을 수가 있었다. 그러나 그런 허가는 굉장한 배경이 있지 않으면 얻어 낼 수도 없거니와 설사 얻어 낸다 해도 경우 같은 지방 상인의 밑천으로는 턱도 없으리라는 건 자명했다. 어떻게든지 하고 싶긴 한데 자기 분수로는 허황하달밖에 없는 사업 계획이어서 비웃음까지도 각오하고 털어놓은 걸 상철은 진지하게 동의해 줬을 뿐 아니라 손쉬운 가능성까지 제시해 주었다. 그는 직업상 여러 계층의 실상과 허상에 정통했다. 이를테면 요새 신문에도 대서특필한 바 있는 조선의 이름난 자본가가 투자한 항공기 회사도 알고 보면 속 빈 강정이라고 했다.

일본으로서는 조선의 이름난 부자한테 생전 지울 수 없는 친일파의 낙인을 찍은 셈이니 제품이 나올 수 있느냐 없느냐 하는 계산을 유보하고도 막대한 정책적인 이득은 이미 올린 셈이고 자본가의 입장에서도 군수품 회사의 명색 하나로 수많은 노동력의 신분을 보장해 줄 수 있으니 굉장한 이권이었다. 비록 생산능력에 있어선 속 빈 강정이라 해도 볼 장 다 본 세상에서는 필요악이었다. 박승재를 고문으로 앉혔던 주물회사에서도 승재에게 취체역*이라는 실권을 주고 항공회사에 납품할 부품공장을 신설했지만 그 또한 염불보다 잿밥에 마음을 둔 유령회사 수준이라고 했다. 또 박승재가 제일 먼저 물망에 올랐다.

"그 어른 댁하고 처가하곤 세교(世交)가 있는 터 아닌가? 친하다 보니 중간에 의가 상한 적도 있었다고 들었네만 서로 약점까지 알고 있다는 게 얼마나 편한가. 새로 연줄을

---

*　　예전에, 주식회사의 이사(理事)를 이르던 말.

찾느니 그 어른한테 매달려 보세. 자네하고 나하고 힘을 합
치면 불가능은 없다는 거 자네도 알잖나."

상철은 그런 일이라면 신바람부터 나는 성품인지라 일
본에서의 과거지사까지 들추어 내며 경우를 부추겼다. 아
닌 게 아니라 생판 모르는 사람과 교제를 트는 것보다 얼마
든지 쉽고 편하게 목적을 달성할 수 있을 것 같았다. 시국
이 돼 가는 낌새가 심상치 않았다. 최후의 발악이라는 징후
가 모든 분야에서 열병의 발진처럼 걷잡을 수 없이 돋아나
고 있었다. 숨죽이고 가만히만 있어도 어차피 그런 발악의
시기는 어처구니없이 빠르게 지나가게 돼 있었다. 그러나
경우는 진득하니 엎드려 있기보다는 앞지르려고 서둘렀다.
어디까지 앞지를 수 있을까. 어디로 가고 있을까 따위를 생
각할 여유도 없었다.

뒤쫓기고 있는 자에게 자유의사 같은 건 없었다. 뒤쫓
는 자가 원하는 방향으로 가고 있을 뿐이었다.

"쇠뿔도 단김에 빼랬다구, 매형 서두릅시다."

그렇게 해서 처남 매부로 다시 손을 잡고 박승재를 공
략했고 반승낙을 얻어 냈다.

"쉬운 일은 아니나 내가 힘쓰면 어려운 일도 아니니 하
는 데까지 해 봄세. 시국이 시국이니만치 멸사봉공하겠다는
갸륵한 뜻을 만났는데 어찌 우물쭈물할 수가 있겠나. 가부
간에 빠른 시일 안에 결정을 내릴 테니 내려가 기다리게나."

이 정도로 호락호락하게 나오는 걸 보면 박승재도 뭔
가에 쫓기고 있었다. 경우는 어르신네만 믿고 있겠노라는

간절한 부탁과 함께 교제비조로 상당한 금액을 바치고 개성으로 돌아왔다. 그 후 보름도 안 돼서 관계 공무원과 회사 간부와 함께 공장 시찰을 내려오겠다는 통고가 왔다. 군수품 하청업체로서의 시설 여건을 갖추고 있나를 조사해 보고 난 후에 허가 여부를 결정하겠다는 말은 지당했다. 그러나 어디까지나 형식상의 절차일 뿐이니 시설은 눈가림으로 하더라도 높은 사람들 대접은 극진해야 한다고 박승재는 은밀한 당부를 덧붙였다.

경우는 경성서 내려올 높은 사람 일행을 영접하기 위해 몇 년 만에 다시 인삼장을 예약했다. 물자의 궁핍이 막바지에 달했을 때라 인삼장도 겉만 번드르르할 뿐 실속은 하나도 없었다. 이름난 경성의 미쓰코시 양식부에서도 라이스 카레 한 그릇 얻어먹으려면 온종일 줄을 서야 할 때였다. 없는 사람은 환장을 하게 배고프고, 돈 있고 세도 있는 사람도 헛헛하고 소증 날 때였으므로 흠빡 기름지고 질탕하게 대접할 필요가 있었다. 경우는 샛골에서 사람을 시켜 몰래 어린 돼지와 암탉을 잡게 하고 야미*로 쇠고기도 넉넉히 구해 인삼장 주방에다 공급했다. 하다못해 어머니가 작년 가을에 담근 게장까지 퍼 갔다. 당일치기가 아니고 하룻밤 묵어 가도록 예정된 출장이어서 흥청망청 먹고 나서 기생을 안동시키는 순서까지 몇 년 전하고 똑같았다. 다만 그때 20대의 풋내기였던 경우가 이제 능구렁이가 다 된

*   일본어. 뒷거래〔闇〕.

411

30대여서 그런 일에 능숙하고 무감각해졌다는 게 차이라면 차이였다. 신산 무디어지지 않고는 할 짓이 아니었다. 추근목피로 연명하는 세상에 산해진미를 약비나게 처먹은 사내들한테 비단 치마저고리를 곱게 차려입힌 기생까지 하나씩 안동시킨다는 건 하늘 무서운 짓이었다. 그러나 경우는 양심보다는 계산에 한껏 예민해져 있었다. 여자들 옷 입은 게 몸빼 때문에 여간 꼴사나울 때가 아니었다. 여염집 여자건 학생이건 화류계건 아랫도리는 몸빼 일색이었다. 여염집 여자가 저고리에 몸빼를 입어 허리가 드러나 보이는 것도 민망했지만 기생의 몸빼 차림은 난봉꾼이 아닌 점잖은 남자라도 살맛이 안 나게 했다. 실은 공식적인 기생은 있지도 않았다. 권번 대신 음식점 조합에 속한 특별 여성 대원이 돼 있었다. 그들에게 고운 비단옷을 입히고 화장까지 시켰으니 본인이 황홀했을 건 물론이고 대접받는 쪽에서도 선녀가 하강한 것처럼 보였으리라. 그런 선녀로 하여금 잠자리 시중까지 들게 했으니 먹인 것까지 합치면 꿈인지 생시인지 분간 못 할 향응을 베푼 셈이라 치고 경우는 단지 기다리는 일만 남겨 놓고 있었다.

예상한 것보다는 빠른 시일 안에 경우는 항공기 부품을 납품하는 군수품 공장의 허가를 따냈다. 나사를 깎는다고 했지만 선반 하나 제대로 갖추지 않고 우선 고무 공장에다 간판만 바꿔 달았다. 그리고 일가친척과 샛골에 사는 소작인과 자작농의 식구 중 징용에 걸릴 만한 청장년을 닥치는 대로 취직을 시켰다. 물론 월급 한 푼 지불 안 하고 징용을 면제받을 수 있는 신분보장만 해 주는 거니까 대단한 권한이었다. 그 권한을 얻기 위해 경우는 인삼장의 향응과 거액의 뇌물을 썼고 그리고 그의 성을 잃었다. 나 죽거든 갈라는 어머니의 엄명 때문에 그때까지 창씨를 못하고 있던 경우는 군수공장 허가 절차상 조선 성을 그대로 갖고 있으면 좀 곤란할 거라는 박승재의 귀띔을 지당한 걸로 받아들였다. 창씨를 못 할 때는 어머니가 제동을 걸고 있다고 생각했지만 일단 해야겠다고 생각하니까 어머니는 걸치적거릴 만하지도 않았다. 그는 호주였다. 어머니의 승낙 없이도 얼마든지 창씨개명을 할 수가 있었다. 외가 진외가 쪽으로는 번족하지만 사고무친했던 선친의 외아들이어서 친가 쪽으로는 고적한 경우는 이씨들의 창씨 중 가장 흔한 구니모토를 본따 구니모토 요시오가 됐다.

"한창나이의 조선 사람 장정들을 한 사람이라도 더 징병에서 빼낼 수 있는 길은 그 길밖에 없어서 생각다 못해 결정한 일이오니 어머니께서 눈감아 주셔야지 어쩝니까."

그 정도의 양해로 충분했다. 경순이의 참사로 태임이는 마음뿐 아니라 몸도 눈에 띄게 무력해져 있었다. 고운 티는 물론 간간이 번득이던 성깔의 서슬 같은 것도 사라진 지 오래였다. 경우도 당장은 좀 섭섭했지만 그가 펴 든 우산이 한층 넓어지고 그 그늘에 더 많은 사람이 난세의 비바람을 피할 수 있게 됐다는 우월감과 만족감에 비하면 아무것도 아니었다.

경우의 새로운 우두머리 노릇은 다섯 달 만에 끝났다.

그해 8월에 일본이 항복하고 조선이 36년 만에 해방이 된 것이다. 그건 경우 개인을 위해서도 부통 다행한 일이 아니었다. 그의 우산 밑에서 난을 피하려는 인원은 자꾸만 늘고 우산의 넓이는 한정돼 있으니 그는 본의 아니게 사람을 고르거나 밀쳐 내야 하는 짓도 해야 했다. 이러다가 내가 혹시나 세도를 부리게 되지나 않나 돌이켜 보았을 때는 이미 전지전청으로지만 한두 마디씩 원성이 들릴 무렵이었다.

그래서 그는 해방의 감격에 광희하는 군중 속에 어울려 우쭐우쭐 춤을 추면서 조국을 되찾은 감회 못지않게 자신이 아차고비에서 구원받은 듯한 기쁨을 맛보았다. 군중 속의 한 목소리가 친일파를 타도하자고 부르짖자 우레와 같은 함성이 합세하면서 군중의 의기는 하늘을 찌를 듯이 드높아졌다. 군중의 남아도는 힘은 복수와 파괴를 향해 걷잡을 수 없이 거세졌다. 경찰서와 파출소에다 돌을 던질 때까지도 군중을 움직이는 힘의 근원엔 그래도 이성적인 게 남아 있었다.

"관공서를 파괴하지 맙시다. 관청은 개인의 재산이 아닙니다. 이제부터 우리 조선 사람이 주인 노릇을 할 재산을 우리가 지켜야지 깨부순다는 게 말이나 됩니까?"

그런 소리가 먹혀들어 갔다. 어떤 파출소와 동회는 벌써 조선 청년이 자위대의 간판을 걸고 주인 노릇을 하고 있는 데도 있었다. 그러나 봇물처럼 터진 원한은 복수를 단념할 수 없었고 복수의 대상은 관공서 말고도 얼마든지 있었다. 고등계 형사의 집이 파괴와 약탈을 당하고부터는 군중은 무리무리로 나뉘어졌다. 다음 차례를 정하는 데 의견이 분분해졌고 그건 공분에 사원*이 섞이기 시작히는 과정이기도 했다.

경우의 날림 하청 공장도 손에 손에 몽둥이를 든 청년들에 의해 철저한 파괴와 조롱을 당했다. 시설은 보잘것없이 간판만 어마어마했다는 게 경우의 친일 행각을 거물급인 양 과대평가하게 만들었다.

"시상에 왜놈 눈에 얼마나 잘 보였으면……."

"아무렴. 총독이 빽이 돼 주지 않고서야 무슨 수로 저런 간뎅이 큰 짓을 했겠는가."

몽둥이 든 사람들보다 더 신이 난 구경꾼들도 이렇게 한마디씩 거들었다. 다음은 경우의 살림집 차례였다. 공장은 파괴만 당했지만 살림이 짭짤한 서해랑 집은 약탈까지 당했다. 그들은 억울하게 빼앗겼던 제 물건 찾듯이 당당하게 들입다 욕까지 해 가며 제각기 쓸 만한 물건을 챙겼고 장롱이나 장독 등 들고 나갈 수 없는 건 산산조각을 냈다. 식구들은 몸만 겨우 샛골로 피했지만 샛골 집도 미구에 노한 마을 청년들에 의해 짓밟혔다. 가져갈 것이 별로 없는 시골 집이라 기둥만 남겨 놓고 문짝이란 문짝은 모두 다 산산조각으로 결단을 냈다. 충천하던 의분은 충동적인 파괴의 쾌감으로 확산돼 갔다. 공출이나 노력 동원과는 무관한 호적계의 면서기 집까지도 짓밟히고 저주를 당했다.

*   사사로운 원한.

'대한 독립 만세'를 목청껏 외치며 태극기를 흔들고 일본 놈한테 빌붙어 잘 먹고 잘살았다고 어거지던 무리들에 집을 짓밟고 약탈해도 아무도 뭐라지 않는 세상이 됐으니 독립이 된 게 틀림없다고 여긴 것은 잠시였다. 소련군과 미군이 삼팔선을 경계로 해서 남과 북으로 나누어 진주한다고 했지만 삼팔선이라는 금이 땅에 그어져 있다는 게 시골 사람들에겐 실감이 나지 않았다. 논두렁, 밭두렁, 능선, 강줄기 어디 한 군데도 직선이 없는 게 우리 자연환경이었다. 학교를 다녀 위선과 경선에 대해 알고 있는 지식인이라 해도 그게 땅 위에다 정말로 구체적인 금을 그을 수 있는 선이 될 수도 있다고 생각한 사람은 없었다. 지도를 펴 보면 개성은 그 금이 지나가는 길이었지만 아무도 그 금을 본 적이 없었다. 눈에 보이지 않는 가공의 금이라면 엄연하고 구체적인 사람 사는 사정을 봐 가며 휠 수도 돌 수도 있어야 마땅했다. 그래서 사람들은 삼팔선이라는 금이 정확하게 개성 땅 어디를 지나가나보다는 미군이 진주하는 게 더 유리할까 소련군이 진주하는 게 더 유리할까 하는 제 나름의 전망을 하기에 급급했다. 지주나 돈푼이나 번 상인들은 미군이 들어오길 바라고, 소작인이나 남의 집 고용살이하던 가난한 이들은 소련군이 진주하길 은근히 바라는 추세는 누가 시킨 것도 아니지만 자연스럽게 생겨났다. 어쩌면 미소 양군은 그 모습을 나타내기에 앞서 이념의 바람을 먼저 불어 보냈는지도 모르겠다.

삼팔선이 지나가는 금을 정확하게 송악산 북쪽이라는

식자들의 주장과는 달리 개성에는 소련군이 먼저 진주했다. 며칠간의 행정의 공백기를 장악했던 자위대는 인민위원회로 변신을 하고 각 기관을 접수하기 시작했다. '공장은 노동자에게, 토지는 농민에게'라는 벽보가 개성 부내는 말할 것도 없고 촌구석 토담까지 붙었다. 경천동지할 희소식이었다. 일본 놈을 등에 업고 거들먹거리던 족속들을 한번 혼내 주고 싶어서 너도나도 휩쓸렸던 파괴 행위는 제각기 주인 노릇 할 장소를 찾으려는 개별적인 하극상과 약탈로 변했다. 부내의 유일한 교통수단인 인력거만 봐도 '타는 사람은 누구고 끄는 사람은 누구냐'는 식으로 깨부수고 양쪽을 다 욕보였다. 위계질서의 혼란은 곧 행정력의 마비를 가져와 불과 며칠 사이에 부내는 무법천지가 되고 말았다.

경성 가는 기차도 같은 미군이 진주한 봉동이나 장단까지 걸어가야 탈 수 있다고 했다. 경우는 간단한 행장을 꾸려 경성 갈 채비를 하고 어머니에게 하직 인사를 했다.

"경성 가서 자리 잡는 대로 곧 모시러 오겠습니다."

"에미허구 아이들이나 데려가도록 허게나. 내 걱정은 말구."

"어찌 그리 섭섭한 말씀을 하시니까? 기차만 전처럼 개성역에서 탈 수 있어도 어머니를 이 무법천지에 남겨 놓고 떠날 제가 아닙니다요."

"글쎄 내 걱정은 말래두. 만약 느이 외삼촌 같은 일꾼도 발붙일 수 없는 세상이 되면 그때 떠나겠네. 그때까진 두고 볼 테야."

그때 태임이는 파괴와 약탈을 면한 태남이네에 기거하고 있었다. 개성과 샛골이 두 집이 그 모양으로 기둥뿌리밖에 안 남아났는데도 별로 낙심하거나 겁내지 않고 평상시와 다름없이 지내는 어머니에게 경우는 속으로 정이 뜨악해지고 있었다. 평상시와 다름없기만 해도 경순이가 그 꼴당하는 걸 보고 나서 혼이 반쯤 나가 희로애락에 무딘 상태의 연속이려니 싶었을 텐데 간간이 호기심을 드러내 보이는 게 싫었다. 급변하는 세상에 대한 호기심으로 어머니는 오래간만에 생기를 되찾고 있었다. 그의 아내는 서해랑 집에서 직접 그 일을 겪고는 혼비백산하여 아이들하고 친정으로 간 후 여지껏 기력을 회복하지 못하고 있었다.

"생전 외삼촌네 얹혀서 사실 것처럼 말씀하시는군요? 아들 체면이야 어찌 되든 말든⋯⋯."·

경우는 버르장머리 없이 말끝을 얼버무리며 어머니를 똑바로 쳐다보았다. 어머니는 조금도 노여워하지 않고 수줍게 웃었다.

"아닐세 아냐, 나 그런 생각 헌 적 읎네. 샛골에서 죽어야지 싶은 거야 이루 다 말할 수도 읎지만서두⋯⋯."

"우리 집이 저 꼴로 작살이 났는데두요? 딴 사람도 아닌 한동네 사람들이 우리 집을 그렇게 맨들었는데두요?"

"상관읎어. 문짝만 몇 개 해 달면 될 텐데 뭘 그렇게 역정을 내나 내길. 조금만 손보면 쓸 만한 문짝도 많대. 저 소리 안 들리나? 며칠 전부터 외삼촌이 손본답시고 저렇게 뚝딱거리는데 글쎄 솜씨가 어떨려는지."

경우는 아무리 그래 봤댔자 어머니가 다시 그 집 안방 마님 하긴 틀린 세상입니다, 라고 오금을 박고 싶은 걸 힘 겹게 참아 냈다. 외삼촌한테 대신 그 소리를 해 줄 작정으로 밖으로 나왔으나 저만치 헛간 모퉁이에다 망가진 문짝을 산더미처럼 모아 놓고 열심히 망치질을 하고 있는 모습을 보자 힘이 스르르 빠졌다. 아직 늦더위가 빠지지 않아 산과 들의 짙푸름이 축 늘어져 있는 게 잠시 성장을 멈춘 것처럼 따분해 보이는 가운데 홀로 땀 흘려 일하는 모습은 괜히 위압적이었다. 경우는 어머니와 외삼촌이 갈라놓을 수 없는 한패라는 생각을 하며 울적하고 노여워졌다. 그는 그냥 휭하니 동구 밖으로 나가려다 말고 뒷동산으로 올랐다. 금년에 새로 생긴 경순이의 무덤은 숨 쉬는 처녀의 젖가슴처럼 봉긋하고 부드러웠다. 비석도 상석도 없었지만 앞이 트이고 떼가 고르게 자란 게 항상 돌보고 있는 손길을 연상시켜 경우는 가슴이 찡했다. 뒤따라온 태남이가 그의 곁에 말 없이 앉았다. 시척지근한 땀 냄새가 확 풍겼다.

"쓸데없는 짓을 왜 하십니까?"

경우가 먼저 퉁명스럽게 말을 시켰다.

"왜 그러나? 내가 뭘 잘못했게."

"문짝은 왜 고치세요. 누구 좋은 일을 하시려구요."

"누님이 하도 원하셔서……."

"어머니도 아실 건 아셔야죠."

"아직 확실허지도 않은 걸 알려서 마음 상하게 해 드릴 게 뭔가?"

419

"그럼 외삼촌은 우리가 다시 그 집을 지닐 수 있다고 생각하시니까? 참 딱도 하십니다."

"꼭 그래서 문짝을 고친 건 아니네. 쓸 만한 걸 모다 보니 자연히 손질도 하게 됐나 보이."

"제발 정신 똑바로 차리시고 손해날 짓 좀 그만하세요."

"내가 그렇게 이해에 밝았으면 짓는 족족 공출로 빼앗길 줄 번연히 알면서 어떻게 피땀 흘려 농사를 지었겠나."

태남이의 순하디순한 눈이 경우를 지그시 바라보았다. 경우는 마주 보던 눈길을 까닭 없이 피하면서 딴청을 부렸다.

"전 이 고장을 뜰까 합니다. 경성 가려구요. 숨이 막혀서 살 수가 있어야죠."

"그래 자넨 소싯적부터 그릇이 컸드랬지. 이제 전쟁도 끝났겠다 마음 놓고 대처에 나가 활개를 한번 쳐 보게. 할 일이 좀 많겠나?"

"고맙습니다, 외삼촌. 어머니는 도무지 탐탁해하시는 것 같잖아 기가 꺾일 판이었거든요."

경우가 처음으로 고분고분해졌다. 무덤가의 원추리꽃에 고추잠자리가 간당간당 앉았다가 날아갔다. 산자락까지 기어 올라온 텃밭 머리에 무리 지어 핀 도라지꽃을 흔들고 불어온 바람이 하도 쓸쓸해 경우는 으스스 몸을 웅숭그렸다. 경순이가 이 세상에 없다는 게 일순 세상이 텅 빈 것 같은 허망감으로 이어졌다.

"가긴 가더라도 얼마간 예서 더 머물렀다가 가는 게 안 좋겠나?"

마음이 여려져 있었기 때문인지 태남이의 타이르는 듯한 말투가 울컥 귀에 거슬렸다.

"왜요? 뭣 하려요?"

"왜요라니? 그 지경 당하고 나서 여지껏 자네 마을 사람들하고 변변히 눈길 한번 마주친 적 없었잖은가."

"그래서요?"

"여기 남아 있는 식구들 생각을 해서라도 웬수진 건 풀고 갔으면 싶어서 하는 소리네."

"저더러 그 배은망덕한 놈들한테 무릎을 꿇으라는 말씀인가요? 전 그렇겐 못 합니다. 그것들이 주인 노릇 하는 거 안 보면 그만 아닙니까. 네에, 저 그 꼴 안 봅니다."

"자네 무슨 말을 그렇게 하나. 난 자네더러 무릎 꿇으라곤 안 했네. 그냥 예사롭게 섞여 지내는 사이에 저절로 화해가 되는 게 여지껏의 우리네 인심이었잖나. 그러니 그런 시간을 갖도록 하라는 권고지. 화해하고 싶은 건 자네보다는 그 사람들이 더 하련만 말을 못 꺼내는 심중도 헤아려 줘야지. 화해는 싸움을 건 쪽에서 훨씬 더 하고 싶어 하는 게 인지상정이거든."

"그 배은망덕한 것들한테 무슨 인지상정이 통합니까. 외삼촌도 속 차리시고 어림도 없는 꿈 꾸지 마세요."

"자네 자꾸 배은망덕한 것들이라고 하는데 어째 듣기가 싫구먼."

태남이가 눈살을 찌푸리며 곱지 않은 시선으로 경우를

바라보았다. 경우도 지지 않고 발끈했다.

"외삼촌도 똑똑히 보셨잖이요. 감히 우리 집을 깨부수면서 친일파네 집이라고 지랄발광한 것들이 누구였습니까? 타 동네 것들이면 저 이러지 않습니다. 다 우리께 사람들이었고 그중에도 내 덕으로 근로보국대나 징용을 빠지고 여지껏 목숨을 부지한 것들이 주동자였다구요. 정말 환장을 할 노릇이죠. 서해랑 집에 쳐들어와 난동을 부린 것들도 마찬가지라구요. 공장에 취직시켜 빈둥빈둥 놀리면서 끝까지 신분보장해 준 우리 공장 패거리가 앞장서서 깨부수는 짓도 도둑질도 욕지거리도 젤 잘하더라구요. 제 집사람이 그때 놀란 가슴이 병이 돼 여태 못 추스르는 것도 다 그런 이치죠. 제 입에서 배은망덕 소리가 안 나오게 생겼습니까. 그런 것들을 돌본다고 내 돈 들여 가며 갖은 아니꼬운 걸 다 참은 제 꼴이 창피해서 이쯤 해 두는 줄이나 아세요."

"자네가 그들을 끼고 돈 건 사사로운 공이고, 그들이 자네를 한바탕 규탄한 건 공분이었네. 사사로이 입은 은혜 때문에 공분을 저바리지 않았으니 그 사람들 쓸 만한 사람들 아닌가. 허나 사사로이 베푼 것마저 없었던들 내가 어떻게 화해를 입에 담을 수 있었겠나."

"결국은 외삼촌까지도 저를 친일파 취급 하시는군요. 전 한 사람이라도 더 우리께 사람이나 일가친척을 보호하고 싶은 욕심에서 일본 놈한테 빌붙었던 것뿐인데."

"우리 경순이 배 창자를 찔러 죽인 순사가 조선 사람이었다는 건 자네도 알지? 그놈도 아마 자네 같은 변명은 가능했을 걸세. 그놈 역시 제 식구 굶기지 않구 빼앗기지 않으려고 그 짓 했을걸. 실상 그건 변명도 아니지. 식구들에겐 그가 더할 나위 없이 안전한 그늘이었다는 건 의심할 여지 없는 사실이었을 테니까. 그와 자네의 차이는 그는 고작 제 식구들을 보호할 능력밖에 없었고, 자네는 일가친척과 마을 사람의 안전까지 참견할 만큼 오지랖이 넓었다는 것밖에 더 있겠나."

"그만하세요, 제발."

경우는 외삼촌한테 달려들어 입을 틀어막고 싶은 광폭한 충동에 사로잡혔다. 아마 외삼촌의 힘이 얼마나 세다는 선입관만 없었던들 그렇게 했을 것이다. 그는 주먹을 헛되게 떨면서 산을 내려왔다. 그리고 그길로 개성으로 가서 경성으로 뻗은 국도로 접어들었다. 야다리 이쪽엔 소련군이 지키고 있었지만, 건너편 다리 남쪽엔 미군이 보초를 서고 있었다. 많은 사람들이 도보로 야다리를 건넜지만 양쪽에 보초를 선 양국의 군인은 서양 사람 특유의 알 게 뭐냐는 듯한 맺힌 데 없는 표정으로 구경만 하고 있었다. 유심히 살펴보았지만 야다리 위에 경계선 같은 건 그어져 있지 않았다. 경우는 괜히 맥이 빠져서 건들건들 야다리를 건넜다. 어려서 말썽을 부리면 어른들이 "저 녀석은 야다리 밑에서 주워 왔나, 어디서 저런 별종이 나왔을까."라고 야단치던 생각이 났다. 그 한마디의 회상이 평범한 회색빛 양회다리를 아련한 그리움을 가지고 되돌아보게 했다. 비슷한 추억을 가진 개성 사람들이 다리가 미어지게 남쪽을 향해 걷고 있었

다. 봉동역까지는 10리 남짓한 거리였다. 땅 위엔 아직 아무
린 급도 표시도 없었지만 경의선은 봉동역에서 몇이 있었
다. 봉동역은 인산인해였고 무법천지였다. 경성 가는 기차
를 타기 위해 사람들은 승강구에서 밀치고 밀려나기보다는
숫제 유리창을 깨부수고 밑에서 밀어 주고 안에서 잡아당
기는 방법을 쓰고 있었다. 매표소도 개찰구도 비어 있었다.
경우도 남들이 하는 대로 무임승차를 했다. 유리창을 이용
하지 않고 승강구에서 머리악을 쓴 건, 밖에서 밀어 주고 안
에서 당겨 줄 동행이 없었기 때문이었다. 이윽고 기차가 움
직였다. 그렇게 기를 쓰고 올라탔으면서도 아무도 기차가
실제로 움직일 수 있다는 걸 믿지 못했던 양 일순 여기저기
서 환성이 일었다. 경우는 숨 막히게 짓눌린 상태에서 그래
도 키가 큰 덕으로 유리가 하나도 남아나지 않은 창문을 통
해 드문드문 피어나기 시작하는 코스모스가 뒤로 물러가는
것을 볼 수 있었다.

그 무렵 인삼장에선 해방 후 처음으로 큰 잔치가 벌어
지고 있었다. 개성 부윤이 베푼 잔치였다. 해방 전의 부윤은
아직도 부윤인지 스스로도 불확실했다. 그러나 하급 기관
이 인민위원회 패들에게 장악된 것과는 달리 부윤의 자리
는 아직도 공백이었다. 아무도 부인민위원회 위원장이라고
나서지도 않았고 새로운 인물이 임명되지도 않은 상태였
다. 어디서부터 임명이 되는 건지 그 전달 체계도 확실치가
않았다. 잠시 피신했던 부윤이 이런 공백기를 틈타 그의 집
무실에 나와 얼쩡거려도 누가 뭐라는 사람이 없었다. 처음

엔 사물함이나 깨끗하게 해 놓으려는 게 출근의 목적이었으나 불과 하루 이틀 사이에 책잡힐 증거물이 될 만한 공문을 슬쩍슬쩍 찢어 버리거나 불태울 만큼 대담해졌다. 그쯤해 두고 집에서 근신하고 있었으면 좋았으련만 사람의 욕심이란 그게 아니어서 부윤도 해방된 내 나라에서 계속해서 부윤 노릇 못 해 먹으란 법 있나 싶어지기 시작했다. 해방 직후만 해도 언감생심이었던 욕심을 부윤 스스로도 책임감으로 착각하고 정당화시킬 수 있었던 것은 소련군이 진주한 후의 개성 부내의 극심한 혼란상과도 관계가 있었다.

경우네가 당한 것 같은 보복 행위가 차츰 공분을 넘어 사원으로까지 번지고 약탈 그 자체를 즐기는 불량배들이 날뛰게 된 것까지는 그래도 약과였다. 주둔군이 시장 바닥에서 먹을 것을 닥치는 대로 빼앗아 먹고 행인의 소지품 중 특히 시계를 좋아해서 약탈을 하고 뒷골목에서 부녀자를 겁탈한다는 소문은 삽시간에 부내의 인심을 흉흉하게 만들었다. 실제로 따발총을 메고 한 팔에 시계를 팔목서부터 팔꿈치까지 여남은 개나 차고 으스대며 거리를 활보하는 소련군 사병을 거리에서 흔히 구경할 수 있었다. 그들은 인종이 달라서 그런지 우리네의 노소를 구별 못 하고 늙은이도 치마만 둘렀으면 끌고 가 겁탈을 한다는 소문이 파다했다. 부윤은 사뭇 비장한 직업의식과 사명감으로 주둔군의 최고 책임자를 회유하여 부민의 미풍양속을 존중해 줄 것을 부탁하기로 마음을 먹었다. 마침 아버지 대에 연해주로 망명하여 그쪽 교육을 받고 소련군 장교가 된 조선 청년이 중요

425

한 통역 업무를 맡고 있단 소리를 듣고 접촉을 시도한 게 의외로 빨리 연결이 되었다. 여기 동족이 좋긴 좋구나 싶은 게 그 청년 장교는 그의 부윤이라는 기득권을 인정해 주고 깍듯하게 대해 주었을 뿐 아니라 부민의 안정을 생각하고 고뇌하는 그의 마음까지 충분히 헤아려 주면서 공감과 존경을 표시해 주었다. 이런 말귀 잘 알아듣는 통역장교 덕에 진주군 대좌를 주빈으로 초청해서 대접하고 면담하는 일은 일사천리로 진행되었다.

장소를 인삼장으로 정하는 데까지도 문제가 없었다. 개성에선 시설로 보나 경치로 보나 가장 일급의 장소였고 부청에 속한 기관이어서 가장 자주 스스럼없이 이용하던 장소였다. 그러나 부내의 교통이 거의 마비된 때 기생들을 인삼장까지 모아들이는 데는 적지않은 어려움이 예상됐다. 술과 음식만으로 잔치를 베풀까 하는 생각도 해 보았으나 그의 오랜 교제와 청탁의 경험에 의하면 환심을 사려다 되레 분심을 사는 잔치가 될 게 뻔했으므로 어떤 수를 써서라도 기생을 불러 모아야 했다. 부윤에겐 아직도 손발처럼 움직여 주는 부하들이 있었다. 그 수효나 그 충성도가 해방 전과 조금도 다르지 않음은 부윤 스스로도 믿기지 않을 정도였다. 한땐 세상 눈치 봐 가며 등을 돌렸었지만 며칠간의 혼돈은 그들로 하여금 성급하게도 부윤의 시대를 그리워하게 했던 것이다. 자진해서 나선 부하들이 대낮에 기생을 한 명씩 동부인 형식으로 인삼장까지 데려오는 걸로 그 걱정은 수월하게 해결이 되었다.

좋은 음식과 독한 술과 아리따운 기생을 갖추고 손님을 초대해서 화기애애한 가운데 교제의 솜씨를 발휘하려던 꿈은 진주군 장교가 현관에서 신발을 벗을 때부터 빗나가기 시작했다. 군화를 신은 채 매끄럽게 닦아 놓은 마루로 올라서려는 대좌와 수행한 장교들에게 신발을 벗도록 일러 줄 때까지만 해도 풍속의 차이려니 싶어 오히려 미안하게 여겼다. 서양 사람네 집을 방문해서 신발을 벗고 올라선 게 도리어 망신이 됐다는 이야기쯤은 부윤도 익히 알고 있었다. 그러나 구두 속에서 나온 그들의 발이 일인들의 옷을 찢어 만든 헝겊으로 친 감발이었으니 부윤도 질릴 수밖에 없었다. 때는 삼복더위를 넘겼다고 하나 아직도 대낮엔 모시옷이 제격인 늦더위가 남아 있었다. 감발에서 나는 냄새가 고약한 건 당연했다. 술도 개성 특산의 45도짜리 소주를 준비했지만 화주를 마셔난 그들은 숭늉 마시듯이 사발로 들이켰고, 젓갈질은 서툴고 식욕은 다급한지라 음식을 손가락으로 집어먹고 나서 그 손으로 신기한 듯 기생들의 비단 옷을 마구 주물렀다. 신발을 벗으라고 일러 줄 때까지는 제법 잘 움직이던 풍속의 차이에 대한 부윤의 이해성은 감발에서 그만 탁 막혀 버리고 나선 영 풀리지를 않았다. 하는 짓이 하나같이 망측하게만 보이니 대화가 풀릴 리가 없었다. 교제는 뒷전이고 그 꼴을 참아 내는 데만도 녹초가 되고 만 부윤은 그들의 취중과 야음을 틈타 접대차 참석한 일행을 눈짓으로 규합해 인삼장을 걸음아 날 살려라 빠져나왔다. 기생들은 부윤의 일행에 포함되지 않았다. 기생들은 이미 취한 장교들의 억센 팔에 하나씩 휘감겨 있었다. 그렇지 않았다고 해도 기생 따위가 주둔군이 컨겨스러움도 감시 내지 못하는 부윤의 귀골스러움과 일행일 수는 없는 일이 었다. 인삼장에 남겨진 기생들이 점령군한테 밤새도록 어떤 일을 당했는지는 불문가지였다. 다음 날 아침 인삼장을 나오는 기생들은 하나같이 엉치뼈가 퉁겨 나온 것처럼 괴로워하며 어기적거려 차마 바로 볼 수가 없었다고 한다.

공교롭게도 그다음 날 주둔군은 소련군에서 미군으로 바뀌었다. 부윤이 베푼 인삼장의 질탕한 잔치의 효험이 나타나고 말고 할 새도 없었다. 북위 38도선을 정확하게 긋고 보니 개성은 그 이남이 된다고 했다. 봉동역에서 끊겼던 경의선도 개성을 지나 토성(土城)까지 이어졌다.

미군이 들어오자 새하얀 밀가루와 알록달록한 알사탕을 한바탕 공짜로 풀었다. 첫선을 보인 미제 물건이었다. 나이 지긋한 개성 사람들은 지금도 해방 후를 회상할 때 이렇게 말하기를 좋아한다.

"전국에서 유일하게 우리 개성 사람들은 그때 미제 사탕을 안 받아 먹었답니다. 사탕발림을 거부한 거죠."

그러나 그 전에 기생들이 부민을 대신해서 겪은 치욕에 대해선 아무도 말하지 않았다.

종장

　　일제 말기에 밥이라도 굶지 않으려고 샛골로 모여들었던 태임이의 친가 외가붙이들은 경우를 시작으로 해서 속속 그 고장을 떠났다. 부성 씨네 노부부만 개성 본가로 돌아가고 나머지는 다들 서울로 서울로 떠났다. 그동안 진 신세를 고마워하며 빈말로라도 어서어서 돈 벌어서 은혜를 갚겠노라 사례하고 떠난 식구들도 있었고 뭣에 토라졌는지 내 생전에 이쪽에다 대고 오줌도 안 누겠노라 앙심 섞인 맹세를 하고 떠나는 식구들도 있었다. 외가인 손씨네가 특히 그러했다. 선친인 손태복 씨가 생전에 동네 인심을 별로 못 얻었고 땅뙈기도 남아 있지 않아 동네 사람들한테 거들먹거릴 건덕지가 없었던 자격지심이 태임이한테로 뻗친 듯했다. 이밥 먹을 땐 다 같이 이밥 먹고 보리밥 먹을 땐 다 같이 보리밥 먹으며 공평하게 대접하려고 애썼건만 속에 챙겨둔 웬 야속한 사연이 그리 많은지 고맙다는 소리는커녕 한

바탕 포달을 부리고 뒤도 안 돌아보고 떠났다.

"동생, 음지가 양지 되고 양지가 음지 될 날 있다는 게 무슨 소릴까? 새겨들을수록 괘씸허네요."

태임이는 외가로 사촌 올케뻘 되는 이가 남기고 간 말이 가시처럼 걸려서 이렇게 태남이에게 하소연을 했다.

"새겨듣고 말고가 어딨수? 생전 잘사나 두고 보자는 악담 아니겠소. 다 자격지심에서 나온 소리니 잊어부려요."

"그래도 난 우리 외가 쪽만은 그 난리 통에도 식구가 한 명도 안 줄어 그런 복은 읎다 싶더니만……."

"섭섭해허지 마시라니까요. 나도 손가니까."

후성 씨네도 떠났다. 후성 씨가 제일 늦게까지 처져 있었던 건 징용을 피해 행방을 감춘 광표가 행여나 샛골로 돌아오든지 기별을 하지 않을까 해서였다. 정작 징용으로 끌려 나간 사람도 돌아오는데 광표는 종무소식이었다. 손 씨네 빼고는 학병, 징병, 징용 등으로 한두 식구 잃지 않은 집이 없어 서로 위로가 되다가 광표만이 나중까지 생사가 확인되지 않자 후성 씨는 몹시 외로워했다. 자식이 둘이나 딸린 며느리가 울고 짜는 것을 매일 봐야 한다는 것도 할 짓이 아니었다. 서울에 남아 있던 둘째 인표가 미군 부대에 취직을 했는데 수입이 쏠쏠하다는 소식도 후성 씨의 엉덩이를 들먹이게 했다. 태임이 마음 같아선 인표가 모시러 와서 그 집 식구들이 어깨 펴고 떠났으면 싶었지만 후성 씨는 그새를 못 기다리고 짐을 쌌다. 소싯적 닥터 스톤네서 고용살이하면서 익힌 일상생활에 불편이 없을 정도의 영어를 유용하게 써먹을 수 있을지도 모른다는 희망에 부풀어 샛골을 떠났다. 그는 떠날 때도 태임이네한테 진 신세를 못 잊고 작별을 아쉬워했지만 떠난 후에도 때마다 문안편지를 잊지 않았다. 광표가 살아 돌아왔단 소식이 온 건 이듬해 여름이었다. 샛골을 떠나 전전하다가 마지막으로 피신한 데가 함흥 근방의 산골이었다고 한다. 해방이 되자 함흥으로 나와 그쪽 청년들과 휩쓸려 항일투쟁을 한 것처럼 으스대며 청년동맹 일을 볼 땐 그쪽에 눌러살 마음이 들 만큼 대우도 받았다고 한다. 그러다 차츰 부모 형제 처자식 생각이 났다고는 하나 그건 제 변명이고 십중팔구는 그의 역마직성이 그쪽의 경직성을 못 견디었으리라는 게 식구들의 짐작이었다. 어찌 됐든 광표까지 살아 돌아오니 전쟁 통에 목숨을 잃은 건 경순이 하나로 축소되어 더욱 억울하고 한이 되었다.

후성이네가 떠난 걸 마지막으로 더는 떠날 사람도 기다릴 사람도 없어진 마지막 식구는 태임이와 태남이네 식구 전부였다. 태남이네 식구도 전부라야 그의 아내 혜정이와 아들 경국이까지 겨우 세 식구여서 비록 부서졌지만 덩치가 큰 태임이네를 수리하고 합쳤건만도 네 식구밖에 안 됐다. 네 식구 중에서도 경국이는 미덥지 못한 불안한 식구였다. 어른한테 마음 쓰는 거나, 삼포에서 몸 쓰는 게 나무랄 데 없이 탐탁한 게 되레 어른들에겐 불안했다. 조금만 배운 게 있거나 도시에 연줄이 있어도 공부를 더 해 보겠다고, 넓은 세상을 구경해 보겠다고, 큰돈을 잡아 보겠다고 시골 구석을 뜨는 게 해방 후의 새로운 풍조였다.

경국이는 중학교까지 나왔을 뿐 아니라 공부를 좋아했으니 전문대학에 가고 싶을 만두 했고 정 가고 싶다면 말릴 형편도 아닌데도 통 그런 내색을 하지 않았다. 또 연줄로 보더라도 서울 가서 눈치 보지 않고 기댈 만한 데가 다 쏠쏠했다. 제일 먼저 서울로 가서 상철이하고 손잡고, 적산가옥도 접수하고 마카오 무역도 해서 떵떵거리고 사는 경우는 그러잖아도 내려올 때마다 서울 가자고 경국이를 꼬셨다. 하는 짓이 진국스러워 무슨 일을 맡겨도 안심이 되려니 탐이 나서이기도 했지만 어머니를 모셔 가려는 사전 공작이기도 했다.

경우는 서울에서 자리를 잡자 즉시 처자식을 데려갔고 물론 어머니도 모셔 가려고 했다. 그러나 칠순을 바라보는 노인네가 그 문제에 있어서만은 완강했다. 외아들로서의 체면을 생각해 달라는 말까지 했지만 막무가내였다. 샛골서 죽고 싶다는 거였다. 경우는 외아들로서 효도와 책임을 다하고 싶은 진심이 거부당한 것보다도 어머니가 샛골을 정 떠나려 하지 않는 게 더 야속했다. 경우도 아직도 샛골 사람들하곤 상종을 안 할 만치 꿍생원은 아니었다. 봉동역까지 걸어가면서까지 성급하게 개성 땅을 등질 때는 생전 안 돌아올 것처럼 앙심을 품은 건 사실이나 곧 일이 잘 풀려 큰돈을 만지게 되자 제일 먼저 생각난 것도 고향이었다. 다행히 개성이 삼팔 이남이 됨으로써 어머니를 뵈러 수시로 드나드는 데 불편함이 없었고 고향 사람들도 언제 그랬더냐 싶게 그를 우러러보게 됐다. 경우야말로 시골 사람들이 소문으로만 듣던 마카오 신사의 본보기였다.

"그 사람은 어디메 가든 눈에 돈의 흐름이 환히 보인다더군. 그러니까 그냥 줏어담기만 허면 된다나 봐."

이런 허무맹랑한 소문이 그럴듯하게 들리는 좁고 어수룩한 고장이었다. 그러나 경우는 그 고장 사람들한테 당한 걸 결코 어수룩하달 수 없는 배신이라고 여겼고 그 배신을 용서할 수 없었다. 요컨대 그는 샛골이 싫었다. 무쪽 자르듯 인연을 끊고 싶었지만 그럴 수 없도록 그 고장에 집착하는 어머니에게 화가 났다.

"어머니 여기가 뭐가 좋다고 못 떠나세요. 어머니는 인심 인심 하시지만 시골 사람 인심이 얼마나 믿을 게 못 된다는 거 보셨잖아요. 그 사람들 음흉한 거 무섭지도 않으세요?"

"무섭긴 그까짓 게 뭐가 무섭누. 난 야아 경순이 찔러 죽인 순사가 버젓허게 빨갱이 잘 잡는 경찰로 출세해 다닌다는 서울이 더 무섭다."

이렇게 나오는 데는 할 말이 없었다. 아닌 게 아니라 그 순사도 해방 직후 잠시 피신했다가 가족을 이끌고 이판사판으로 서울로 이사를 한 후 일이 잘 풀려 사찰계 형사로 그 솜씨를 인정받고 있다고 했다. 섣불리 그의 과거를 들추었다간 빨갱이로 몰릴 거라고 시골 사람들은 지레 겁을 먹고 있었다.

이렇게 요지부동인 어머니를 움직이려니 경국이라도 꼬실 수밖에 없었다. 태남이가 아직 정정하다곤 하나 경국이 없인 삼포를 꾸려 나가지 못할 테고, 그보다도 노경의 세

식구에게 씩씩한 경국이가 들고 나는 게 얼마나 큰 낙이요 자랑일까는 짐작하고도 남음이 있었다. 경국이만 서울로 빼낼 수 있다면 남은 식구 따라오는 건 문제도 없으리라는 게 경우의 계산이었다. 경우도 언제부터인지 어머니와 외삼촌을 모자지간보다 더 뗄 수 없는 한 묶음으로 여기는 데 익숙해져 있었다. 그러나 경국이는 점점 경우의 이런 희망과는 얼토당토않은 방향으로 가고 있었다. 그는 튼튼하고 마음씨 고운 이웃 마을 처녀한테 중매를 넣어 청혼을 했고 곧 성사가 되어 혼인 잔치를 해서 세 분 웃어른한테 큰 기쁨을 주었다. 다음 해 아들까지 낳고 내외가 합심해 농사에 힘을 쓰니 그가 샛골에 뿌리내리리라는 건 누가 보기에도 의심할 나위가 없었다. 만약 6·25사변만 없었던들 그는 샛골에서 상봉하솔,* 다복하고 늠름한 농사꾼 노릇에 자족하며 늙어 갈 수도 있었을 것이다. 그 여름의 난리는 그의 첫아들이 돌도 되기 전에 휘몰아쳐 왔다. 그는 일찌감치 의용군을 지원했다. 국민학교 운동장에서 벌어진 궐기대회가 파하고 나서 일이 그렇게 되고 말았는데 그보다 앞서 본의 아니게 인민재판의 구경꾼 노릇을 한 것도 그 일을 피할 수 없게 한 심리적인 원인이 되었다. 인민재판에서 목격한 사람을 죽일 수도 있는 죄목이 도무지 남의 일 같지가 않았다. 비슷한 죄를 짓고 남은 죽었는데 나만 살아 봤댔자 속이 편할 것 같지가 않아 잔뜩 혼란스러운 판에 의용군 지원은 덮어 놓고

---

*   위로는 부모님을 모시고 아래로는 처자식을 거느림.

뛰어들고 싶은 속죄의 길이었다. 그러나 촌의 국민학교에서 개성 시내 국민학교로 옮겨 갔을 때는 그에게 광적인 충동을 일으켰던 패거리들은 어디로 갔는지 이미 다 빠지고 보이지 않았다.

그는 거기서 다시 딴 장소로 옮겨지던 중 밤의 어둠을 타고 도망을 쳐 샛골로 돌아왔다. 속았다는 생각이 들자 집과 식구들이 보고 싶어 미칠 것 같았고, 외곬의 그리움이 만난을 무릅쓰게 했다. 그의 아내는 물론 부모와 고모는 그의 도망을 죽은 사람이 돌아온 것처럼 두려워하며 기뻐했다. 늙은 고모(태임)가 그를 감추는 일을 자진해서 맡고 나섰다. 그 전부터 골골하던 고모는 아예 안방 아랫목에 자리보전하고 눕고 벽장에다 경국이를 감추었다. 여러 번 위기가 있었으나 노인의 병자 노릇이 하도 엄엄한지라 아무도 함부로 그를 넘어 벽장에까지 손을 댈 엄두를 못 냈다. 그해 가을에 세상이 바뀌니 경국이는 다시 세상 햇살을 보게 되고 서울 식구들과도 연락이 닿았다. 친손과 외손자가 다 인민군 치하를 무사히 넘기고 국군에 입대했다는 소식을 듣고 태임 노인은 어서 죽고 싶다고만 말했다. 몇 해 전 칠순을 넘긴 노인에게 인민군이나 국군이나 젊은이가 목숨을 걸어야 하기론 마찬가지로 보였고, 무엇보다도 험한 꼴 보기 전에 죽고 싶은 게 진심에서 우러난 소원이었다. 처음엔 남에게 보이기 위한 칭병이 차츰 골수에 사무쳐 이젠 뒷간 출입도 어려웠다. 석 달 동안이나 오금이 저리도록 마음을 졸인 게 노환을 깊게 한 것 같았다. 그해 겨울 중공군의 참전으로

435

다시 세상이 바뀔 조짐이 보이자 경우는 동구 밖까지 찝차를 타고 와 어머니를 모셔 가려고 했다. 그러나 노인이 정기는 근력이 좋을 때보다 오히려 더 꼿꼿해서 막무가내였다. 다 죽게 된 늙은이가 뭐가 무서워서 이 좋은 죽을 자리를 뜨겠느냐는 거였다. 그동안에도 전세는 하루가 다르게 나빠져 경우는 노인들과 헛된 승강이로 시간을 지체할 수가 없었다. 서울에 있는 제 처자식을 피난시키는 일이 더 급했다. 그는 더 늦기 전에 경국이 내외만이라도 꼭 피난을 가도록 하라고 이르고 황망히 샛골을 떠났다.

"저런 빈말을 누가 못 헐꼬."

태임이는 아들이 찝차에 경국이네 식구를 싣고 떠나지 않은 게 여간 야속하지 않았다. 만약 세상이 또 한 번 뒤집힌다면 경국이네 식구만은 꼭 피난을 보내고 싶은 게 태임이뿐 아니라 태남이 내외의 간절한 소원이었다. 세상이 뒤집힐 때마다 이웃끼리 이간질하거나 고자질해서 목숨을 잃는 젊은이가 전쟁의 포화로 죽어 가는 목숨보다 많다는 건 끔찍한 일이었다. 그러나 경국이는 경국이대로 세 노인만 남겨 놓고 즈이 식구끼리만 피난을 떠난다는 건 차마 못 할 짓이라 차일피일하는 사이에 사태가 급박해졌다. 다시 세상이 바뀌는 건 시간문제인 듯싶었다. 죽을 때 죽어도 내 집 구석에 앉아 죽을 배짱으로 있던 원주민들도 남으로 남으로 물밀듯 밀려오는 피난민들 입을 통해 중공군이 얼마나 무섭다는 소문이 퍼지자 어마 뜨거라 황망히 피난 짐을 썼다. 경국이는 처자식은 남겨 놓고 혼자만 떠나겠다는 마지막 타협안을 내놓았다. 태임이가 병석에서 삿대질을 하며 호령을 했다.

"이눔, 처자식이 무슨 물건이라든, 네눔 발길 떨어지기 쉽고 생색 내기 좋자구 처자식을 잽혀 먹으러 들게. 나도 인석아, 그런 물건 안 잡는다. 왜 걔들 입장으루다 생각헐 줄 모르는? 천하에 못난 게 사내 코빼기만 믿고 계집 자식을 제 물건 다루듯이 허는 거야, 인석아."

노환이란 워낙 사그라져 가는 불씨 같아 정신이나 근력이 가물가물하고 조용한 법인데 별안간 이렇게 새된 목청으로 악을 쓰니 변괴였다. 경우에 어긋나는 소리라면 노망으로 치련만 그렇지도 않으니 쩔쩔매는 시늉을 하며 고정하시라는 소리밖에 할 말이 없었다. 혜정이가 가만히 보니 그러단 죽도 밥도 안 되고 때만 놓칠 것 같아 백설기를 찌고 패물과 솜옷을 챙겨 둥덩산 같은 피난 보따리를 만들었다. 강제로라도 아들 며느리 손자를 내몰 작정이었다. 마침 그때 경우가 다시 들이닥쳤다. 즈이 식구는 다 부산으로 피난을 시켜 놓고 홀가분해지니까 암만해도 샛골에 남겨 둔 어머니가 걸렸던 모양이다. 그러나 공교롭게도 그날 벌써 임진강 길은 끊겼다고 했다. 낭패였다. 설마 하고 피난을 미루고 있던 이들도 독 안에 든 쥐가 되자 아우성을 치며 살길을 찾았고 마지막 남은 살길은 뱃길로 강화도로 가는 거였다. 경우가 도착하자마자 위기가 조성된 게 경국이한테는 되레 잘된 일인지도 몰랐다. 가느니 못 가느니 밀고 당기고 차마 발길이 안 떨어지는 시늉을 하고 말 것 없이 얼떨결에 마지막 피난민 속에 끼게 됐으니 말이다. 그들 일행은 풍덕으로 해서 바닷가로 가 그그믄 ○○을 디고 강화도로 갔다. 당산리라는 어촌이었다. 개풍 개성 땅을 옮겨다 놓은 것처럼 맨 그쪽 사투리여서 우선 마음이 놓였다. 떠나온 개풍군 땅이 손짓해 부를 수 있을 것처럼 가깝게 바라다보였다. 경국이는 간도가 낳아서 자란 고장이었고 샛골로 돌아와서는 어려운 일도 많았음에도 불구하고 샛골에서 비로소 느낀 친화감과 안정감을 잊지 못했다. 그 고장을 바라다라도 볼 수 있는 고장에 피난 짐을 풀 수 있게 됐다는 게 다시 뿌리뽑힌 경국이에겐 큰 위안이 됐다. 그러나 경우는 경국이네를 거기다 떨어뜨리고 혼자서만 부산으로 간다는 게 암만해도 마음이 안 놓여 숨돌릴 틈도 주지 않고 다시 배편으로 인천으로 해서 육로로 오산까지 데려다 놓고서야 부산으로 갔다. 그러나 그해 봄에 서울이 수복되자 경국이는 식구들을 이끌고 덮어 놓고 북상을 했지만 한강을 건너기가 어렵자 바다를 건너 강화도에 정착했다.

해가 바뀌고 그사이에 전선은 무수한 일진일퇴를 거듭했지만 낙동강까지 후퇴를 했다가 압록강까지 밀고 올라가는 식의 급격한 변화는 다시는 없었다. 그나마 서부전선은 임진강에 거의 고착돼 있었다.

경우가 경국이네를 그의 서울 집에 우선 들어가 살게 할까 싶어 오산으로 찾아갔을 때는 경국이가 그 고장을 뜬지 1년이나 지나서였다. 난리 통엔 한번 정해 준 자리를 임의로 뜨는 게 아니라고 그렇게 일렀건만 제 마음대로 행방을 감춘 경국이가 괘씸했다. 그래도 수소문해 보니 여기저기다 강화도에 정착했다는 걸 기별해 놓고 있었다. 일부러 행방을 감춘 건 아닌 듯했다.

1년 만에 만난 경국이는 있는 거 까먹으면서 판판이 놀고 있었다. 길바닥에 돈이 놓인 게 훤히 보이는 눈을 가졌다는 경우에 관한 샛골 사람들의 소문은 조금은 과장된 거였지만 전혀 헛말은 아니었다. 그는 언제 어딜 가나 돈벌이할 만한 일거리가 즉각 머리에 떠올랐고, 머리에 떠오르면 지체하지 않고 덤벼들어 최선을 다한 자부심 또한 만만한지라 사지육신 멀쩡하고 식솔이 딸린 가장이 놀고먹는다니 부아가 치밀 수밖에 없었다.

"나하고 같이 서울로 가자. 이 꼴이 뭐냐?"

"내 꼴이 어때서요."

"지척에다 만장 같은 집을 두고 이 코딱지만 한 방에서 세 식구가 숨도 크게 못 쉬고 살 게 뭐냔 말이다."

"형님은 코딱지 한번 큰가 보오, 하긴 통이 크니까. 서울에 만장 같은 집도 그렇지 그게 형님 집이지 어디 내 집이니까?"

"우선 서울 가면 집 걱정은 안 해도 된다 이거지 누가 네 집이랬냐. 서울선 집 걱정만 덜 수 있는 게 아냐. 하다못해 양키 물건 장수라도 밥벌이할 길이 널렸을 게다."

"형님 집 아니래도 서울엔 빈집 천지랍디다. 나도 빈집이 탐이 나서 서울로 올라가 볼까도 싶었지만 한강을 누가 건네줘야 말이죠."

"다 건너는 방법이 있지. 그건 나한테 맡겨라."

"시방은 이네요. 여기기 미음에 들이요. 쉬 갯골로 들이 갈 수 없다면 장차 눌러살 곳은 여기밖에 없다 싶은걸요."

"짜아식, 어째 그리 생각이 어리냐. 계집애처럼 여리기도 하구. 너 멀거니 바다 건너로 고향 땅 바라보는 맛에 여기가 좋다는 게지? 나도 네 기분은 안다만 기분이 밥 멕여 주냐."

"기분이 아네요. 제반 조건이 우리께하고 똑같다니까요. 산과 들의 모습도 비슷하거니와 특히 땅이요. 땅이 기름지지도 척박하지도 않고, 건조하지도 습하지도 않거든요. 그뿐인 줄 아세요. 맨발로 땅을 밟거나 손으로 만질 때 전해 오는 흙 기운까지 영락이 읊다니까요. 마치 개풍군 한 모퉁이가 엄마한테 야단맞고 쫓겨난 바다에 둥실 떠 있는 소년 형상이라니까요."

경국이가 감상적인 어투로 말했다.

"너 정말 어리다 어려. 나 역시 그쪽에 어머님이 계시니 네 심정 알 것 같다만 어디 가서 그런 소리 하면 너 무식하단 소리 듣는다. 강화도는 개풍군에서 떨어져 나온 땅이 아니라 경기도 김포반도에서 떨어져나온 땅이라더라. 염화물이 땅을 깎아먹어서 그만 그쪽이 끊기고 섬이 됐다더라. 지질학자들의 연구니까 틀림이 없을 게다. 우리 눈으로 봐도 김포하고 강화 사이의 물길이 강물만도 못한 게 어디 바다 같기나 하냐. 오죽해야 염하(鹽河)냐?"

"형님 그건 지질학자의 연구고 내가 같다는 건 농사꾼

의 느낌이에요."

"부질없다 야아, 그런 느낌은."

"왜요 형님."

"피난민이 농사는 무슨 농사냐."

"형님 여기에다 삼포를 일구면 좋은 인삼을 얻을 수 있을 것 같아요. 제 느낌이 틀림없다니까요."

경국이의 눈빛이 진지하고 고집스러워졌다.

"뭐라고, 너 시방 네 정신으로 하는 소리냐. 눈뜨면 아침 걱정, 아침 먹고 나면 점심 걱정해도 시원찮은 피난민 주제에 한 해 농사도 아니고 자그마치 6년씩이나 걸리는 삼농사를 짓겠다구?"

"배운 게 그거구 정 붙인 게 그뿐인 걸 어드럭허우?"

"요샌 허다헌 대학 졸업생도 미군 부대에서 청소부라도 시켜 주면 얼씨구 하면서 부대 턱찌끼로 식구 부양하는 걸 출세로 아는 세상이다. 삼농 기술이 대학 졸업장이라도 된다던? 고작 생각한 게 그거 써먹을 궁리였어? 한심하다 한심해."

경우는 내심 이미 맥이 빠져 있건만 큰소리를 멈추지 않았다.

"한심해도 헐 수 없어요, 형님. 마땅한 땅까지 구해 놓은걸."

"벌써?"

"벌써가 아녜요. 지난 1년 내내 그것만 듣보고 다닌걸요."

"정말이지 못 말릴 노릇이로다. 개 눈엔 똥만 보인다더니."

"실컷 욕하시구려."

"그래 땅을 샀단 말이냐?"

"내가 뭐 형님처럼 부잔 줄 아슈?"

"그럼 남의 땅에 침만 흘렸단 말이야?"

"그렇게 화내지 말아요. 형님더러 땅 사 내라지 않을 테니까."

"차라리 땅을 사 달라고 하면 덜 화가 나겠다. 나 구차스러운 거 싫어하는 성민 건 너도 알지?"

"아다마다요. 그렇지만 이번에 내가 듣봐 논 땅도 인삼재배지로는 하나도 구차스럽지 않으니까 걱정 말아요. 강화의 토질이 전체적으로 개성 닮은 것 말고도 그 땅은 벌써 2년째나 놀고 있을뿐더러 양지바르지도, 그늘지지도 않고 게다가 놀리기 전엔 콩밭이었다니 내가 눈독을 안 들이면 오히려 이상하죠."

"얼씨구 삼박자가 척척 맞는구나."

"아아뇨, 아직은 아네요."

"그렇겠지. 아무리 노는 땅이라도 남의 땅을 제 마음대로 삼포로 만들 순 없겠지."

"그 문제도 해결을 봤어요. 두 아들을 양쪽 군대에 하나씩 내주고 매사에 뜻이 없는 늙은 양주분 밭이었거든요. 나를 괜찮게 보시고 뜻대로 하라는 허락이 났어요."

"참, 발 한번 빠르구나. 그런데 아직도 안 된 게 뭐가 있어?"

"묘삼이요. 아무리 밭이 좋으면 뭘 하우? 씨가 있어야지. 엉덩이만 크다고 처녀가 애 낳는 것 봤수?"

"얘가 농담도 다 할 줄 아네."

"농담이 아네요. 내가 꼭 탐나는 묘삼이 있긴 있는데."

"그 문제라면 나도 도울 수 있을 것 같다. 김포만 나가도 삼포가 꽤 있을걸. 남쪽으로 내려가면서 더러 삼포를 본 것 같구. 개성처럼 상업이 성하진 않지만 설마 돈 가지고 묘삼이나 삼씨 못 구하겠냐?"

"내가 꼭 탐나는 건 샛골 묘삼이라우. 그것도 아버지가 정성 들여 가꾼."

"너 이렇게 농담으로만 나오기냐?"

경우는 속으로 꽤히 뜨끔하면서도 농담으로 가볍게 넘기려 들었다.

"진담이에요. 이보다 더한 진담은 없어요."

"그게 진담이라면 넌 미쳤어. 예서 뻔히 바라다보이는 개풍 땅은 이제 우리 고향이 아니다. 적지일 뿐이야. 그 사이의 바다가 헤엄쳐 건널 만큼 우습게 보여도 그게 어디 예사 바다냐. 무시무시한 전선이야."

"그래도 난 꼭 우리께 묘삼을 가져다가 이 땅에서도 고려인삼이 나게 하고 싶어요."

"보아하니 그 방법까지 듣봐 논 사람 같구나."

경우는 체념한 듯 말하고 먼 산을 바라보았다. 이해관계를 초월한 위험한 일에 휩쓸리고 말 것 같은 예감으로 가슴이 떨렸다. 그건 미친 짓이다. 미치지 않고는 할 수 없는 짓이다. 그런데 왜 가슴이 떨리는 것일까. 어머니의 안부가 궁금했다. 아아 어머니. 경우는 자신이 결코 무모하고 위험한 짓에 충동적으로 휩쓸릴 사람이 아니란 걸 알고 있었다. 그러나 너는 그럴 수 없어, 너는 아니다라고 자꾸 자신을 다잡는 게 되레 수상했다. 개풍군 땅은 너무 가깝게 보였다. 그러나 어느 정도의 위험만 각오하면 갈 수 있는 거리에 고향이 있다는 것만이 화근은 아닐 터였다. 실상 핏줄의 끌어당김은 땅의 인력보다 훨씬 강했다. 그는 안절부절을 못했다. 그의 갈등은 비단 두고 온 고향 집과 어머니가 너무 가깝기 때문만은 아니었다. 그 무렵의 강화도의 독특한 분위기와도 관계가 있었다. 강화도는 임진강 이북, 예성강 이남 땅을 우리가 잃은 후에도 계속 그쪽을 잊지 못하는 이상한 땅이었다. 강화도를 거점으로 해서 서해 도서 지역은 물론 인민군이 장악한 개성, 개풍, 연백에 무시로 상륙해서 난민을 구출해 내고 기습 작전으로 적의 요소요소에 타격을 주고, 거기 남아 항쟁을 계속하는 세력을 지원하는 8240부대 유격대원들은 민간들 사이에서도 유명했다. 한때는 유격대를 따라 바다를 건너가 고향 집에서 제사를 지내고 오는 게 유행처럼 번진 때도 있었다. 지금은 작전상 유격대가 해산됐다고는 하나 그때의 분위기뿐 아니라 그때의 작전에 동참하던 민간인들도 그냥 남아 있었다. 어디로 상륙하는 게 가장 안전하고 어느 지점으로 가려면 어떤 길로 가야 내무서 검문을 피할 수 있고 어느 마을은 우호적이고 어느 마을은 적대적이라는 것까지 손바닥 들여다보듯 훤한 안내원을 구하기도 어렵지가 않았다.

결국 경우와 경국이는 안내원 두 명과 뱃사공 한 명과 함께 3월의 어느 깜깜한 밤 철산리 월곶진에서 목선을 탔다.

"허탕이나 안 치려나 모르겠다."

경우는 죽을 것 같은 무서움을 달래려고 이렇게 속삭였다.

"허탕 치고 말 게 뭐 있겠수? 죽기 아니면 살기지."

"인석아, 묘삼 때문에 죽냐? 묘삼에 목숨 거는 놈은 내 생전에 네가 처음이다."

"두 번은 보지 마소."

"누가 아니래냐. 그나저나 때맞춰 묘삼이 준비돼 있으리라는 보장이 어딨냐?"

"또 허탕 칠 걱정이유? 나만 믿어요. 지금이 묘삼 때니까 틀림없이 있을 게요. 난리 나던 해, 그 폭격이 극심한 여름에도 정성껏 삼 종자를 받아다가 시냇물에 비벼 닦아 겉껍질을 깨끗이 벗겨 내서 응달에서 말려 종자 체로 쳐서 상치, 중치, 하치로 선별하는 일을 한 번도 서둘러서 대강대강하거나 남에게 맡긴 적이 없는 지독한 아버지시니까."

"나 보기엔 네가 더 지독하다. 채종도 힘든데 싹 내긴 또 얼마나 어렵겠냐. 그렇게 몇 달 며칠을 갓난아기 기르듯 한시도 눈을 못 떼고 싹을 낸 걸 빼앗으러 가는 네놈이야말로 지독한 걸로는 둘째가래면 서러워할 놈 아니냐."

경국이는 웃기만 하고 대답하지 않았다. 온몸이 나사로 조이듯 긴장하는 건 뺄도 박을 수도 없는 위험의 한가운데 처해 있다는 긴장감 때문만은 아니었다. 채굴해서 질서정연하게 동이에다 재어 넣고 유지로 밀봉했을 묘삼을 손에 넣을 수 있다는 감격과 흥분 때문이었다. 경우가 핏줄에 이끌리고 있다면 경국이는 인삼의 정기에 홀린 거였다.

그들이 샛골 집에 당도했을 때는 새벽녘이었다. 혜정이만이 기함할 듯 놀랐고 태남이는 역정부터 냈다.

"도대체 느희들 여벌 목숨을 몇이나 갖고 다니는 놈들이야. 목숨을 걸 때 걸어야지 누가 보챘다고 늙은이들 때문에 목숨을 거냐 걸길."

"어머니는요?"

경우가 숨죽여 다급하게 물었다.

"너를 못 봐 숨 못 넘어가신다. 휘딱 들어가 뵈럼."

조금은 기특하게 여겨 줌 직도 한데 여전히 통명스럽게 굴었다. 어머니는 조용하고 반듯하게 누워 있었다. 벤 베개하며, 덮은 이부자리하며, 머리맡에 반짝이는 놋요강하며 모든 것이 정결한 게 유난히 가슴에 사무쳤다. 조금이라도 눈에 거슬리는 데가 있으면 지신의 불효가 위로받을 수 있으련만 싶었다. 아직도 생존해 있는 것일까 경우는 두려워하며 어머니의 손을 잡았다. 뼈에 가죽만 입힌 것 같은 무섭도록 앙상한 손이 뜻밖에 따끈했다.

"어머니."

목메어 부르는 소리에 어머니가 눈을 댔다.

"고모."

뒤따라 들어온 경국이가 나머지 한 손을 그의 두둑한 손으로 얼싸안았다. 허공을 맴돌던 어머니 눈이 비로소 경우의 이마에 머물렀다. 그러나 흐릿하고 아득한 시선이었다.

"왜 이렇게 손이 차냐?"

밖에서 장난치다 들어온 아이한테 말하듯 하고 나서 희미하게 웃었다.

동이 트자 경국이는 살금살금 광으로 가 보았다. 그가 미리 상상한 대로였다. 그는 구태여 유지를 들춰 보지 않아도 동이의 위치, 밀봉한 솜씨만 보고도 어떤 게 상품인지 하품인지 알아맞힐 수가 있었다. 그는 지난밤의 모험이 헛되지 않았음을 감사하며 묘삼 동이를 끌어안았다. 그날 해만 떨어지면 그들은 떠나야 했다. 어젯밤 당도한 지점에다 같은 시간에 배를 대 놓고 기다리기로 돼 있었다.

혜정이는 온종일 부엌에서 음식만 만들었다. 묵은 김치, 묵은 나물만 가지고도 별의별 조화를 다 부려 가지고 먹이고 또 먹이지 못해 했다.

그러나 아버지가 묘삼을 나누어 줄 수 없다고 할 줄은 경국이가 전혀 상상을 못 한 일이었다. 처음에는 아버지가 괜히 한번 그래 보는 줄만 알았다. 좋은 묘삼을 생산하기까지의 과정이 얼마나 손 가고 힘들다는 건 경국이도 익히 알고 있었기 때문에 아무리 자식한테 내준다 해도 그 정도의 생색은 낼 만하다고 이해했던 것이다. 그러나 그게 아니었다. 아버지의 태도는 시간이 갈수록 더욱 완강해졌다. 강화도에다 꼭 고려인삼을 퍼뜨려 보고 싶다는 아득의 역망을 태남이는 차갑게 비웃었다. 개풍 개성 땅을 떠나면 그건 이미 고려인삼이 아니라는 거였다. 경국이는 강화도의 지세와 흙 기운이 얼마나 개풍 땅과 닮아 있나를 누누이 설명하고 아들의 땅 보는 눈을 한 번만 믿어 달라고 애걸했지만 막무가내였다.

부자지간에 결국은 격렬한 언쟁이 오고 갔다.

"너무하십니다. 정말 너무하세요. 아들이 그 일에다 온통 젊은 혈기와 야망을 걸어 보겠다는데 그걸 안 도와주실 줄은 정말 몰랐습니다. 목숨을 걸고 사선을 넘어온 아들한테 이렇게 하셔도 되는 겁니까? 사람 나고 인삼 났지, 인삼나고 사람 났답니까?"

"네놈이 아무리 악을 쓰고 덤벼도 내 귀엔 네놈 목소리보담 인삼의 하소연이 더 크게 들리는 걸 어드럭허는? 내인삼은 여기가 좋대. 여기서 뿌리내리고 살고 싶대. 사람을 제 살고 싶은 데서 못 살게 하는 세상이 기막히고 억울해서라도 난 인삼만은 제 살고 싶은 데서 살게 하고 싶다. 내 고집 꺾을 생각일랑 말아라. 알았냐?"

이렇게 어거지를 쓰는 데야 경국이도 당해 낼 도리가 없었다. 온종일 헛된 싸움만 하다가 제시간이 되자 빈손으로라도 떠나지 않을 수가 없었다. 혜정이는 새중간에서 어쩔 줄을 모르고 손만 부비고 있다가 두 사람이 떠나려고 하자 살금살금 따라 나왔다. 태남이는 내다도 안 보고 그간 녀

448

석들 배웅도 하지 말라고 안에서 호령을 했다.

혜정이가 멈칫하더니 "훔쳐 가." 한마디하고는 돌아섰다. 상쾌한 한마디였다.

경국이는 날렵하게 몸을 날려 광으로 들어가 묘삼 동이를 상품으로 한 동이 들고 나왔다. 그리고 걸음아 날 살려라 길을 재촉했다.

혜정이가 들어오는 걸 보자 태남이는 뭉기적대며 일어섰다.

"어딜 가시려구요?"

혜정이는 태남이의 바짓가랑이를 붙들듯이 놀라며 물었다.

"왜 이래? 자기 전에 한 바퀴 도는 내 버릇 처음 본 것처럼."

"예에."

혜정이는 대답이라도 길게 하려고 애썼을 뿐 붙잡지는 못했다. 태남이는 광부터 돌아보고 혼자서 헛헛하게 웃었다. 그리고 밖으로 나와 돌멩이를 하나 줍더니 동구 밖으로 사라져 가는 검은 그림자를 향해 혼신의 힘을 다해 팔매질을 했다. 경국이는 귓뿌리를 스치는 채찍 같은 바람에 머리끝이 쭈뼛했지만 뒤돌아보지 않았다.

이윽고 태남이는 안방 누님 곁에 앉았다.

"누님 그 애들은 떠났소. 이제 누님 생전에 그 애들을 다시 보시긴 틀렸소."

"갔어?"

혼잣말을 한 셈이었는데 태임이가 알아듣고 눈을 번쩍 떴다. 오래간만에 빈뜩 생기기 들이온 눈빛이었다.

"예, 갔어요. 그 애들이 글쎄 우리 묘삼을 훔쳐 가지고 도망을 가지 뭡니까?"

"저런 고얀 놈들이 있나? 그래 그놈들을 그냥 놔뒀나?"

너무도 또렷한 목소리였다. 태남이는 눈물이 글썽해서 말했다.

"제가 그냥 둘 성밉니까? 팔매질을 했는데 빗나갔어요. 저도 이제 늙었나 봐요. 그래도 제놈들이 감쪽같이 훔친 건 아니란 거야 알았겠죠, 뭐."

태임이는 더는 대답하지 않고 눈을 감아 버렸다. 그리고 입가에 예쁜 미소가 떠올랐다. 미소는 입가에서 뺨으로 뺨에서 눈가로 눈가에서 이마로 차례로 주름을 지워 가며 번졌다. 정말로 예쁜 미소였다.

태임이가 숨지기 전에 마지막으로 본 건 일본 놈 인삼 도적을 추적하는 소년 종상이의 씩씩하고 아름다운 모습이었다.

ⓒ 구본창

작가 연보

1931년   경기도 개풍군에서 태어남.

1934년   아버지 별세. 어머니가 오빠를 데리고 서울로 떠나고 조부모
         밑에서 어린 시절을 보냄.

1938년   서울 상경. 매동국민학교 입학.

1944년   숙명여고 입학.

1945년   개성으로 이사, 호수돈여고로 전학. 고향에서 해방을 맞음.

1950년   서울대학교 문리대 국문과 입학. 6·25 전쟁으로 중퇴하고 미
         군부대 PX의 초상화부에 근무.

1953년   결혼. 이후 1남 4녀의 자녀를 둠.

1970년   「나목」으로 《여성동아》 여류 장편소설 공모에 당선.

1971년   「세모」, 「어떤 나들이」 발표.

1972년   「세상에서 제일 무거운 틀니」 발표. 「한발기」를 《여성동아》
         에 연재. 이 작품은 1978년 수문서관에서 『목마른 계절』로
         출판됨.

1973년   「부처님 근처」, 「지렁이 울음소리」, 「주말농장」 발표.

1974년   「맏사위」, 「연인들」, 「이별의 김포공항」, 「어느 시시한 사내
         이야기」, 「닮은 방들」, 「부끄러움을 가르칩니다」, 「재수굿」
         발표.

1975년   「카메라와 워커」, 「도둑맞은 가난」, 「서글픈 순방」, 「겨울나
         들이」, 「저렇게 많이!」 발표. 「도시의 흉년」을 《문학사상》에
         연재.

1976년   첫 창작집 『부끄러움을 가르칩니다』 출간. 단편 「어떤 야만」,
         「포말의 집」, 「배반의 여름」, 「조그만 체험기」 발표. 「휘청거
         리는 오후」를 《동아일보》에 연재.

1977년 「흑과부」, 「돌아온 땅」, 「상」, 「꿈을 찍는 사진사」, 「여인들」, 「그 살벌했던 날의 할미꽃」 발표. 장편소설 『휘청거리는 오후』, 중편소설집 『창 밖은 봄』, 산문집 『꼴찌에게 보내는 갈채』, 『혼자 부르는 합창』 출간.

1978년 「악사의 아이들」, 「꿈과 같이」, 「공항에서 만난 사람」, 「집보기는 그렇게 끝났다」 발표. 창작집 『배반의 여름』, 장편소설 『목마른 계절』, 산문집 『여자와 남자가 있는 풍경』 출간.

1979년 「내가 놓친 화합」, 「황혼」, 「우리들의 부자」, 「추적자」 발표. 장편소설 『도시의 흉년』, 동화 『달걀은 달걀로 갚으렴』 출간.

1980년 「그 가을의 사흘 동안」으로 한국문학작가상 수상. 『살아 있는 날의 시작』 출간. 「오만과 몽상」을 《한국문학》에 연재.

1981년 「엄마의 말뚝 2」로 제5회 이상문학상 수상. 「쥬디 할머니」, 「천변풍경」 발표. 『도둑맞은 가난』 출간.

1982년 「로열박스」, 「무중」, 「유실」 발표. 창작집 『엄마의 말뚝』, 장편소설 『오만과 몽상』, 산문집 『살아 있는 날의 소망』 출간. 장편소설 『그해 겨울은 따뜻했네』를 《한국일보》에 연재.

1984년 「재이산」, 「울음소리」, 「저녁의 해후」, 「어떤 이야기꾼의 수렁」, 「지 알고 내 알고 하늘이 알건만」 발표.

1985년 「해산바가지」, 「초대」, 「애보기가 쉽다고?」, 「사람의 일기」, 「저물녘의 황홀」 발표. 장편소설 『서 있는 여자』 출간.

1986년 「비애의 장」, 「꽃을 찾아서」 발표.

1987년 「저문 날의 삽화 1」, 「저문 날의 삽화 2」, 「저문 날의 삽화 3」, 「저문 날의 삽화 4」 발표.

1988년 「저문 날의 삽화 5」 발표. 남편과 아들을 연이어 잃음.

1989년 「복원되지 못한 것들을 위하여」, 「가」 발표. 장편소설 『그대 아직도 꿈꾸고 있는가』 출간.

1990년 장편소설 『미망』 출간. 이 작품으로 대한민국문학상 우수상 수상. 산문집 『나는 왜 작은 일에만 분개하는가』 출간.

1991년	창작집 『저문 날의 삽화』, 콩트집 『나의 아름다운 이웃』 출간. 장편소설 『미망』으로 이산문학상 수상.
1992년	『그 많던 싱아는 누가 다 먹었을까』, 『박완서 문학 앨범』 출간.
1993년	「꿈꾸는 인큐베이터」로 제38회 현대문학상 수상. 제19회 중앙문화대상 수상. 『박완서 소설 전집』 출간 시작.
1994년	「나의 가장 나종 지니인 것」으로 제25회 동인문학상 수상. 창작집 『한 말씀만 하소서』, 동화 『부숭이의 땅힘』 출간.
1995년	「환각의 나비」로 제1회 한무숙문학상 수상. 장편소설 『그 산이 정말 거기 있었을까』, 산문집 『한 길 사람 속』 출간.
1996년	장편소설 『그 산이 정말 거기 있었을까』로 제5회 대산문학상 수상.
1998년	창작집 『너무도 쓸쓸한 당신』, 산문집 『어른 노릇 사람 노릇』 출간. 문화관광부 보관문화훈장 받음.
1999년	『너무도 쓸쓸한 당신』으로 제14회 만해문학상 수상. 『박완서 단편소설 전집』 출간.
2000년	장편소설 『아주 오래된 농담』, 동화 『자전거 도둑』 출간. 제14회 인촌상 수상.
2001년	단편소설 「그리움을 위하여」로 제1회 황순원문학상 수상.
2005년	산문집 『잃어버린 여행 가방』 출간.
2006년	서울대학교 명예문학박사학위 수여. 제16회 호암상 예술상 수상.
2007년	창작집 『친절한 복희씨』, 산문집 『호미』 출간.
2009년	이야기집 『세 가지 소원』, 동화 『이 세상에 태어나길 참 잘했다』 출간.
2010년	산문집 『못 가본 길이 더 아름답다』 출간.
2011년	담낭암 투병 중 별세. 정부로부터 금관문화훈장을 추서받음.

미망 3

1판 1쇄 찍음 2024년 7월 19일
1판 1쇄 펴냄 2024년 8월 2일

지은이 박완서
발행인 박근섭, 박상준
펴낸곳 ㈜민음사
출판등록 1966. 5. 19(제16-490호)
서울특별시 강남구 도산대로1길 62(신사동)
강남출판문화센터 5층(우편번호 06027)
대표전화 02-515-2000
팩시밀리 02-515-2007

ⓒ 박완서, 2024. Printed in Seoul, Korea
ISBN 978-89-374-5743-2 04810
세트 978-89-374-5740-1

* 잘못 만들어진 책은 구입처에서 교환해 드립니다.